Volver al oscuro valle

Volver al oscuro valle

SANTIAGO GAMBOA

LITERATURA RANDOM HOUSE

Título: *Volver al oscuro valle*
Primera edición en Literatura Random House: octubre, 2016
Primera reimpresión: noviembre, 2016

© 2016, Santiago Gamboa
c/o Guillermo Schavelzon & Asoc., Agencia Literaria
www.schavelzon.com
© 2016, de la presente edición en castellano para todo el mundo:
Penguin Random House Grupo Editorial, S. A. S.
Cra 5A No 34A – 09, Bogotá – Colombia
PBX: (57-1) 743-0700
www.megustaleer.com.co

Imagen de cubierta: www.istockphoto.com/fcscafeine

Impreso en Colombia-*Printed in Colombia*

ISBN: 978-958-8979-26-7

Compuesto en caracteres Garamond
Impreso en Nomos Impresores, S. A.

Penguin
Random House
Grupo Editorial

A Analía y Alejandro,
cabalgando a Golgonooza

*Ese hombre debería trabajar y entristecerse y aprender y olvidar
y volver al oscuro valle del que vino
para iniciar de nuevo sus tareas.*

W. BLAKE

*Porque aunque a ellos se los tragó el abismo el canto siguió en el aire
del valle, en la neblina del valle...*

R. BOLAÑO

PARTE I

Teoría de los cuerpos que sufren
(o Figuras que surgen de los escombros)

1.

Eran aún los años difíciles. Estaba muy cansado y quería escribir un libro que hablara de personas alegres, silenciosas y activas. Esa era mi intención. Había pasado un tiempo en la India, cerca de dos años, pero a mi regreso a Italia encontré que todo había cambiado. Ahora lo más común era la melancolía. Un inesperado nubarrón flotaba sobre el cielo de Europa y ya nada era como antes. De las puertas de los viejos edificios romanos colgaban avisos de "Se vende" superpuestos, especie de *collage* que escenificaba la angustia de los propietarios por irse o al menos resistir el golpe. Las vías y corsos de la ciudad hervían de gente que escondía los ojos o se miraba con expresión culpable.

Estar por ahí, al acecho y sin tarea precisa en un día laboral, no era la mejor carta de presentación. Tampoco demostraba una gran utilidad social. Mucho menos si uno pasaba las horas sentado en cualquier cafetería de esquina observando el devenir de la ciudad y tomando breves notas, trazando garabatos sin orden o dibujando hombrecillos que escalan montañas. Por eso convenía cambiar de lugar con frecuencia, para no llamar la atención y, de inmediato, ser clasificado en la categoría de vago o escoria. Ante la crisis, la gente se obsesiona con la respetabilidad.

Es comprensible. Cuando una muchedumbre busca trabajo sin la menor esperanza, cuando las empresas reducen personal y los almacenes de moda anuncian saldos fuera de temporada, lo mejor es convertirse en el hombre sin rostro. Ser el hombre invisible o de la multitud.

Yo era ese hombre. Siempre observando, atento a la menor vibración y tal vez a la espera de algo, con un té o café en la mano, dejándome arrastrar por la frenética actividad de los transeúntes, ese modo en que la humanidad activa va y viene llenando plazas y avenidas, como un banco de peces empujado por la marea. Un movimiento que permite a las ciudades seguir vivas y producir riqueza. Ser urbes sanas y respetables.

Urbes ejemplares.

Esta historia comienza el día en que mi apacible vida de observador se vio sacudida por un pequeño sismo. Fue algo muy sencillo. Estaba sentado en una terraza del Corso Trieste viendo pasar el flujo de paseantes y peatones hacia el barrio africano cuando mi teléfono vibró en la mesa.

Nuevo mensaje, me dije. Un correo electrónico.

"Vaya por favor a Madrid, cónsul, al Hotel de las Letras. Alójese en la habitación 711 y espéreme. Me comunicaré con usted. Juana".

Eso decía el mensaje, ni una palabra más. Lo suficiente para desatar en mi interior una modesta tormenta, un derrumbe de galerías. Juana. Ese conjunto preciso de letras aparentemente inofensivas que ocuparon mi vida por un tiempo breve. La boca se va abriendo al pronunciar su nombre. De todo aquello hacía ya varios años.

Miré el reloj, eran las once de la mañana. Volví a leer el mensaje y sentí un desgarro aún mayor, como si una corriente de aire o un tornado me levantaran de la silla, por encima de la avenida y sus altos pinos. Debía darme prisa. Correr.

"Estaré allá hoy mismo, espero indicaciones", contesté de inmediato, mientras urgía al mesero con la cuenta.

Poco después yo también estaba en movimiento, enérgico y activo, en dirección al aeropuerto.

2.

Lloviznaba, hacía calor. Sentado en un taxi romano vi pasar la vía Nomentana hacia la estación de Termini, luego la Merulana y, al final, la Cristoforo Colombo. El camino más largo y tal vez el más bello al aeropuerto.

Arrivederci Roma, pensé —recordando una vieja canción— al ver la amada ciudad. Algo me decía que iba a pasar tiempo antes de volver, pues el nombre de Juana, su increíble evocación, irrumpía de forma cada vez más nítida y salvaje.

Habrán pasado... ¿siete años? Sí, siete desde que la conocí, cuando era cónsul en India y debí ocuparme del caso de su hermano, detenido en Bangkok. En todo este tiempo no volví a saber de ella ni de su hijo, a pesar de haber enviado oficios a consulados de muchos países, los cuales pidieron información a autoridades migratorias de aquí y de allá.

"Juana Manrique. Pas d'information liée a ce nom".

Eso respondió desde París la Oficina de Migración del Ministerio des Affaires Étrangères de Francia, último lugar desde el que Juana se comunicó conmigo. Lo mismo respondieron de otra veintena de cancillerías.

Fue un misterio: una mujer y un niño dispersos en el aire congestionado del mundo. Una enfermedad más de nuestro vertiginoso presente. No pude comprenderla en los pocos días en que conviví con ella, en Delhi, y tal vez por eso en todos estos años su imagen volvió con frecuencia, siempre en forma de pregunta: ¿de qué extrañas cosas huía con tanta obstinación? Cuando acabé la misión de cónsul regresé de Asia a mi vida anterior, la del que escribe y lee y vigila. La misma que ahora estaba a punto de abandonar por un escueto mensaje suyo.

El taxi se abrió paso en medio de los atascos de la zona del EUR hasta la autopista a Fiumicino. Ahora yo también me iba, como esa multitud acezante que tanto observé y siempre creí lejana a mi vida.

Roma luchaba con ánimo por seguir siendo una urbe enérgica y activa, pero la batalla no era fácil. Un extraño indicador económico llamado *spread*, que no debía sobrepasar la cifra de 300, andaba rondando los 500. Grecia y España ya habían reventado ese límite y estaban cerca de la ruina. Los noticieros italianos abrían sus ediciones con la cifra diaria del *spread* resaltada en pantalla y se mencionaba con angustia su aumento: "¡470!", "¡478!". La gente, aterrorizada, alzaba las manos y exclamaba: "¡Qué será de nosotros!", "¿Llegaremos a 500?". Por los cafés corrían las hipótesis más descabelladas. Se decía que la mafia quería quebrar al país para sacarlo de la zona euro y seguir explotándolo lejos del control de Bruselas.

El diario *La Repubblica* registró el suicidio de cincuenta y dos empresarios en menos de un año. Los bancos italianos, dando ejemplo de solidaridad y humanismo, prefirieron capitalizar su dinero en fondos europeos a plazo fijo en lugar de prestarlo a sus clientes de siempre, impidiéndoles trabajar. Y la mediana empresa necesita del crédito como las plantas de la luz.

Pero la crisis mundial llegó primero de forma simbólica, con un estrepitoso naufragio a sólo cien metros de la costa toscana, frente a la isla del Giglio. Una representación de lo que estaba por sucederle a todo el país, como el augurio de antiguos oráculos, cuya voz parecía decir:

"Algo grave se avecina. Corred a vuestras casas".

¿Qué fue lo que pasó? El comandante de un crucero de lujo de la compañía Costa Crociere, un pobre hombre llamado Francesco Schettino, pensó en hacerle un saludo marinero a la isla del Giglio, algo que en Italia se llama "l'inchino" —costumbre de capitanes que consiste en pasar muy cerca de un puerto haciendo sonar la sirena—, pero se acercó demasiado y chocó contra un arrecife. Era el barco más grande de la compañía, con mil quinientas cabinas dobles, cinco piscinas, casino, discotecas y restaurantes, un teatro de tres pisos y seis mil metros cuadrados de gimnasios y spa.

¡Como dirigir un hotel de cinco estrellas, a toda velocidad, contra una montaña de piedras!

El barco, averiado y haciendo agua, se mantuvo a flote por tres horas antes de reclinarse hacia un lado y quedar semihundido. Murieron treinta y dos pasajeros, atrapados en los ascensores y en sus propios camarotes. Tres de los cadáveres sólo pudieron ser rescatados un año después, cuando sacaron del agua la carcasa oxidada de la nave. El comandante Schettino, que según testigos estaba ebrio, fue el primero en abandonar el barco.

Los italianos siguieron el naufragio en directo, conteniendo la respiración, y de nuevo la voz del oráculo resonó por los aires:

"¡Oh, Parca funesta en infortunios! ¡Oh, casa en desastres fecunda!".

Como un avión que incrusta el pico en un rascacielos, poco después llegó la crisis. Una violenta tempestad económica golpeó la frágil península y la dejó a la deriva, con medio cuerpo hundido en el agua. ¿Qué hacer? Algunos se lanzaron al mar e intentaron nadar a otras costas, pero ¿adónde? Los jóvenes italianos, la mayoría sin empleo, no lo dudaron ni un segundo. Empacaron sus bártulos y salieron hacia el norte a trabajar de lavaplatos y meseros en Alemania, Noruega, Holanda o Suiza.

Escapar al norte, siempre al norte.

Allá los esperaban sistemas sociales de protección y el Estado de bienestar con generosos subsidios, ¡al fin y al cabo eran comunitarios!, ¡hijos de la misma Europa! Los contribuyentes de esos países generosos, hiperactivos y responsables, se apretaron un poco la barbilla y miraron con recelo esta inesperada migración blanca. Muy pronto, sin grandes aspavientos, pidieron que se restringiera un poco la entrada a los primos pobres del sur, o al menos que se mirara dentro de sus billeteras.

Pero si la juventud de Italia escapaba del naufragio yendo a lavar platos a Berlín o Copenhague, ¿qué debía hacer esa otra servidumbre humana que vino de más lejos a lavar los de ellos? Decenas de miles de peruanos, filipinos, bangladesíes, colombianos o ecuatorianos, ¿a dónde ir? Demasiadas manos queriendo agarrar un estropajo o una escoba y cada vez menos horas de trabajo en las residencias romanas o las *trattorias* del Trastevere. Algunos emprendieron el peregrinaje al norte, detrás de sus antiguos patrones, pero llegaron allá sin subsidios ni ayudas. Eran la clase más baja de la inmigración trabajadora. Algunos habían venido a Italia huyendo de la quiebra de España, que fue primero. Los jóvenes tenían tiempo y ánimo, podían aguantar un poco más, pero los que estaban ahí desde mediados de los noventa o antes ya no tenían fuerzas.

—Es hora de volver —dijeron.

Y empezó el largo regreso: reencuentros, desilusión, retorno sin gloria a sus patrias con las manos vacías.

Arrivederci Roma!

Mi taxi continuó en medio de la lluvia mientras yo registraba, como si fuera la última vez, los campos que rodean la autopista, inmensos galpones con supermercados de descuento y parques industriales. Noté en la atmósfera una extraña sensación de despedida o derrota, pero yo sólo estaba ansioso.

Al llegar al aeropuerto debí abrirme paso entre una ruidosa multitud. ¡Cuánta gente se iba! Hasta el momento yo había preferido quedarme, pues en mi caso emigrar a otro país no habría supuesto el menor cambio. No sé si ya dije que soy escritor, y es bueno escribir en medio de la tormenta, aunque no suene muy amable con el país en que vivo. Puede ser incluso inmoral y canalla, pero es verdadero. La literatura se escribe también cuando la sangre corre por las calles, cuando el último héroe está a punto de caer troceado por una ráfaga o un niño estrella su cabecita contra el asfalto. Lo que es bueno para la escritura no siempre le sirve a la población inerme que está alrededor. Eso fue al menos lo que pensé, sin saber lo que iba a pasar luego. Por eso en mis cuadernos más recientes no escribía de fugitivos o naufragios, sino sobre otro tiempo no muy lejano. Un texto-viaje por la vida de uno de los más grandes prófugos de Occidente y de Oriente. La vida del poeta Arthur Rimbaud, mi compañía más constante en todos estos años de viajes entre Asia y Europa. Todo lo demás había quedado en el pasado, referido a otras épocas de mi vida. Pero fue Juana, desde ese mismo inquietante lugar en la memoria, quien vino a romper ese

precario equilibrio. Fue su voz la que me hizo salir preci-
pitadamente de Roma hacia algo nuevo que, intuí, podría
ser visto incluso como un lento retorno.

3.

Dr. Cayetano Frías Tellert, psicólogo
Paciente: Manuela Beltrán

Por extraño que pueda parecerle a cualquiera que me conozca, doctor, yo también soy una persona del común. Puede que esté cansada o mal vestida y tenga el pelo sudoroso de la mañana, o una camiseta arrugada y el calzón con hebras sueltas o manchitas de extraños líquidos, ¡benditas manchas! Pero si vos dejás que me arregle un rato frente al espejo y luego me mirás de cerca, bien de cerca y con un poco de afecto, a lo mejor te sorprendo. Ay, doctor, disculpá si te hablo en caleño y con un lenguaje tan familiar, ¿será que me estoy enamorando de alguien?, ¿por qué habré querido empezar diciendo esto que, en el fondo, nada tiene que ver conmigo? Bueno, lo voy a repetir sólo una vez: soy una de esas mujeres que cualquiera de ustedes, machos alfa asquerosos, con cinco whiskys en la cabeza y puede incluso que con menos, ya quisieran llevarse al cuarto de atrás, aún sin saber o importarles qué tengo por dentro. Yo soy como esas zombis que uno ve sentadas al amanecer en los primeros buses o en los vagones del metro, y que van bostezando porque la noche anterior estuvieron trabajando hasta tarde de meseras o cuidando niños o limpiando casas. No como las nenas ricas que si van bostezando es sólo porque estuvieron de rumba o fornicándose a sus novios también ricos.

Desafortunadamente, no me tocó ser una de esas.

Tampoco soy como las caribeñas que aparecen en el cine malo y en las novelas malas, de rojos labios y ritmo vibrante, claro que no, pero si hablás conmigo un rato (¡no estrictamente de mi aspecto!) te darás cuenta, oh sorpresa, de que me interesan el cine independiente, la política global y el debate sobre el fin de la historia. También la sociología y sobre todo la literatura, pues vaya casualidad, soy estudiante de Letras en Madrid, y por eso lo que a mí más me mueve la aguja no es el bronceado de un man ni su carro descapotable, sino las novelas y los poemarios y cualquier cosa que venga impresa y sea decente, ¿me entendés? Soy una apestosa intelectual, doctor, aunque no siempre lo fui. Y además lo perdí todo. Acabemos ya de una vez.

Debo estar loca.

Loquísima.

Esto que digo no es para que me tengás aprecio ni mucho menos lástima, doctor, ni siquiera para que comprendás lo que viví y eso tan terrible que me pasó y que hasta ahora no me he atrevido a contarle a nadie. Escribo esto para darme ánimos.

Es sólo una miserable y triste declaración de principios.

Voy a contar una historia. Una de las muchas que podría contar, aunque esta sea la de mi propia vida. Me salto la infancia, que es la parte más aburrida de todas las vidas y las memorias que me interesan. La gente se vuelve simbólica con la infancia, ¿y quién puede soportar eso? No hay simbolismos, pero a veces la niñez produce un tono lírico que no le cuadra a la prosa de la confesión y de la vida.

Y ahora sí, doctor. Vamos allá.

Después de que mi papá se fue de la casa y nos abandonó, allá en Cali, y de que mi mamá llorara un rato por su vida y por su hija, pero sobre todo por no haber hecho nada para retenerlo, en fin, después de eso, cansada de esperar, asustada y muy sola, mi mamá se alzó de hombros y salió a la calle con una especie de aviso de neón encima de la frente que decía "Hembra disponible", o si preferís, "Se busca macho con urgencia", no lo sé, lo cierto es que, como suele pasarle a las madres solas, consideró una lotería que alguien la volteara a mirar y por eso muy rápido y sin el más mínimo control de calidad se trajo a un tipo a vivir a la casa, un man hediondo que llegó pisando fuerte, con los consabidos e imaginables problemas para mí, su hija preadolescente de doce años, y por eso desde que lo vi entrar y luego desempacar unas horribles cajas de cartón con su ropa me dije, aquí va a pasar algo feo, esto no es bueno, peligro, y supe que tarde o temprano me debía largar de ese cuchitril.

Pero yo era muy chiquita todavía, doctor, y me demoré en irme cerca de dos años. ¿Qué podía hacer yo? Ese fue mi único error, no largarme rápido.

Como era de suponer, el novio de mamá era un hijueputa violento, lobo y grosero, ignorante y borrachín y metedor de pepas y de cuanta cosa le pusieran por delante, periquero y soplador de basuco. Metía hasta pegante. Me aburrí de que me espiara en el baño y de oírlo comerse a mamá pegando gritos y diciéndole groserías. Una vez lo pillé haciéndose la paja con la mano envuelta en un calzón mío, ¿puede caber algo así en su cabeza, doctor?

Me daba asco ese man.

Después de que pasara algo muy feo —y que pienso contar más adelante, cuando reúna fuerzas, aunque vos ya te lo imaginás, ¿verdad?—, enloquecida de dolor y de humillación, me inventé que Dios había venido a llamarme y que quería irme a un internado de monjas a rezar por los pecados del mundo. Pero yo qué iba a creer en nada, ¡qué va! Lo que quería era largarme de esa puta casa.

Había un claustro de monjas clarisas cerca de Palmira, el Santa Águeda, y mamá estuvo de acuerdo en llevarme. También su asqueroso novio, que con eso se sintió seguro. El tipo era socio de un almacén de motos en la Comuna 3 y en Cali eso es mejor negocio que vender perico, así que tenía plata y de ahí venía su poder sobre mamá. Ella decía que ahora éramos de clase media, para dárselas, pero qué va. Cuál clase media si ella seguía trabajando de mesera en un asadero de pollos en La Flora. El man desconfiaba de mí porque podía acusarlo y por eso le resultó un alivio saber que me iba. Hasta le dio plata a las monjas con tal de que me recibieran rápido. No me fuera a arrepentir. Y así fue.

Pero en el Santa Águeda la vida a la que yo quería hacerle el quite estaba más encendida que afuera, doctor. Esa vaina parecía un volcán de hormonas. Las novicias, todas metidas a la fuerza por sus familias dizque para alejarse de los vicios del mundo, eran unas depravadas y drogadictas del carajo. La adolescencia en pleno *big bang*. A la tercera noche de estar ahí una niña del cuarto me preguntó si yo era virgen y no supe qué responder. Entonces dijo que si no sabía era porque sí, porque de eso uno se acuerda, y luego preguntó si al menos había tirado con otra mujer o si me gustaría comerme a una nena. Le dije que no. Es más rico, dijo ella, ¿no querés que yo te enseñe? Al ver mi sorpresa, levantó la sábana y me acarició metiendo la mano. Luego hundió la cabeza y empezó a chuparme y yo me quedé muy quieta, avergonzada pero también alegre porque sentía cosas y era rico. Cuando la niña sacó la cabeza de las cobijas estaba muy colorada, y entonces me dijo, ahora te toca a vos chuparme, vení, y se abrió de piernas, pero yo no fui capaz y le dije que me daba asco, que yo era muy chiquita para eso, pero ella insistió, cuál chiquita, ¿no dizque tenés catorce años? Le dije que se la quedaba debiendo y me volví a tapar con la sábana.

Luego me soñé que era un conejo que corría por un prado. Algo como una sombra me perseguía llevando un garrote en la mano para pegarme en la nuca y tirarme en la olla. A veces el perseguidor era el man de mi mamá y a veces era la niña del dormitorio, que se llamaba Vanessa, y de pronto se levantaba el uniforme y le veía la cuca roja, y ella diciendo, ¡me debés una, perra!, pero yo seguía corriendo hasta que me acorralaban y cuando ya me iban a dar el porrazo aparecía un hueco entre el pasto y por ahí me les escapaba.

Me desperté gritando y la monja veladora encendió la luz y preguntó, ¿qué pasa?

Nada, madre, nada. Un mal sueño.

En el convento tenían una camioneta Chevrolet para hacer las diligencias, la comprada del mercado y el transporte del coro. Yo me metí al coro desde el primer día porque siempre me gustó cantar, y pasados unos dos meses nos llevaron a un acto en la municipalidad de Palmira. Creo que fue para una fiesta religiosa, no me acuerdo cuál. Y qué sorpresa me llevé. Cuando nos cambiamos con la ropa elegante y las túnicas vi que algunas compañeras tenían puesta tanga debajo del blusón del uniforme, que era como un hábito de monja. Luego, en la camioneta, una pelada más grande que se llamaba sor Concepción y a la que le decíamos Conche me explicó que se las ponían porque iba a haber hombres, y que por mucho que fueran estudiantes novicias los manes eran manes y miraban y podían sentirles las tangas debajo.

Me pareció raro porque yo en cambio no sentía nada y además usaba unos calzones grises que iban del ombligo hasta casi la rodilla. ¡Los matapasiones!, dijo Conche, y yo no le discutí, aunque se suponía que la única pasión nuestra era Dios y rezar por los vicios y pecados del mundo, o tal vez algo aún más concreto, y era hacer que este pequeño cagadero o cuadrilátero de excrementos que llamamos planeta Tierra fuera un poco menos pestilente (si esto le parece muy grosero, doctor, lo podemos tachar).

También había visto que las novicias se afeitaban.

Una tarde entré al baño y me encontré a varias sentadas en círculo, con el hábito levantado hasta la cintura y los calzones en los tobillos. Tenían rasuradoras y cuencos con agua y jabón entre las piernas. Conche, que se las sabía todas, les iba diciendo: primero con las tijeras para reducir el peluche, mamis, y luego con la cuchilla de arriba abajo en el sentido de los pelos para que no se les irriten los folículos, suave pero con fuercita, ¿sí?, que se sienta que están cortando, y cuando yo les pregunté qué tenía de malo tener pelo ellas dijeron, pues para no parecer indias, piroba, y para que no se formen grumos, y se reían. Les daba risa lo poco que yo conocía de la vida con catorce años cumplidos. Según ellas, ya tenía que saber de qué lado giraba el mundo y por qué se formaban grumos en los pelos.

Ay, pero si yo les hubiera contado la verdad como se la pienso contar a usted, doctor, esas pendejas se habrían quedado con la jeta cerrada y de pronto alguna hasta hubiera llorado. Pero vamos por partes, a ver si me voy animando a medida que escribo.

Llegó el día y fuimos a Palmira a cantar con otros colegios religiosos. Luego la municipalidad ofreció un refrigerio en el salón de protocolo del segundo piso, con vista a una plaza y un parque muy bonitos y sombreados. Palmira es al lado de Cali pero yo nunca había ido, y por eso me gustó. A mi modesta medida sentí que estaba conociendo mundo, porque Palmira podrá ser atrasado y caluroso y hasta feo, pero igual es mundo, ¿no es cierto?

En el refrigerio comí papas fritas y pasabocas de jamón. Mis compañeras hablaban con un grupo de muchachos de otro colegio, jóvenes de camisa blanca y pantalón gris, todos con granos en la cara y frenillo, muy feos pero muy bellos, ¿me entendés? Se les veía la inocencia y las ganas de creer en algo y por eso eran lindos, a pesar de que ellos preferían parecer malos, curtidos en la vida, aunque no fueran más que un grupito de pelados.

De aprendices.

Eso fue lo que pensé, al verlos.

Me quedé cerca de la ventana mirando el parque y por un momento olvidé lo que había alrededor, abstraída por la forma de las nubes que parecían crestas de gallo y por el rutilante viento que ponía a temblar las palmeras. El sol se iba perdiendo despacio detrás de las montañas y entonces me dije, al fin y al cabo la vida es hermosa, Manuelita, no jodás tanto, el mundo está rebosante de paz y belleza, mirá los cerros del fondo y ese pueblito color morado allá lejos, ¿no es bello? Seguí adelante, volví a decir, y me llené los pulmones de ese aire que traía tantas cosas que me hacían bien, y cerré los ojos y me convencí de que la vida e incluso Dios me habían visto y estaban por darme una segunda oportunidad.

Comí otro pasabocas de tostón con hogao y le di un sorbo a mi vaso de Coca-Cola esperando a que nos llamaran para bajar a la Chevrolet. La madre seguía hablando con los empleados de la gobernación y con la directora del coro, planeando nuevas salidas y conciertos. El funcionario le mostraba unos papeles y le decía fechas. Luego la madre sacó su calendario e hizo varios círculos rojos en algunos días.

Pasé un momento al baño y ahí me encontré con Vanessa, Estéfany y Lady, que eran las más terribles. Ya estaban fumando a escondidas, botando el humo por la ventana. Nos tenían prohibido fumar y me dio miedo que me agarraran con ellas, pero ya no podía salir del maldito baño sin que me la montaran de sapa o quién sabe de qué, así que me metí a un reservado a orinar. Ahí caí en cuenta de que el humo olía distinto, no era cigarrillo sino marihuana. Conocía bien ese puto olor por el novio de mamá, ¿y ellas de dónde lo sacaron?

Les pregunté y dijeron que los muchachos del internado de varones les habían dado tres cigarritos de bareta para que se fueran poniendo a tono. Tenían además media botella de brandy Domecq y la estaban mezclando con gaseosa en un frasco de plástico. Esta es una fiesta privada, me dijo Vanessa, pero podés quedarte si querés. Y además hay sorpresa.

Ni bien dijo eso cuando oí un ruido en la ventana y vi entrar a uno de los jóvenes de frenillo y uniforme gris. Se había pasado desde el baño de hombres, haciendo equilibrio por la cornisa. Qué peligro. Saltó del borde con su cara de angelito y sus barros en la frente y se puso a meter bareta con ellas, chupando casi con angustia, haciendo aspiraciones fuertes, ávido por trabarse. Era obvio que ya se conocían porque Vanessa y Lady lo empezaron a besar en la boca y en dos segundos le bajaron los pantalones. Miré la puerta del baño y sentí pánico, ¿y si entraba alguien? Del calzoncillo le sacaron un tremendo vergonón y Estéfany, ya volando de la traba, se lo metió a la boca. Pensé en la madre superiora, a tan sólo unos metros. Yo no estaba haciendo nada pero estaba ahí. El joven se recostó en la banca, acomodándose para que Estéfany pudiera chupárselo mejor, y mientras tanto él les metía mano a Vanessa y Lady por debajo de la falda.

De pronto, un segundo joven cayó de la ventana y se sumó a la fiesta. Antes abrió un sobre de papel de plata y sacó un polvo que se empezaron a meter por la nariz. Me ofrecieron y volví a decir, no, gracias, estoy muy chiquita para eso, y todos se rieron, ¿chiquita?, vos tenés catorce, ¿no?, y yo dije, sí, chiquita para esos vicios. Entonces el recién llegado se arrodilló frente a mí y me dijo, cuál chiquita y qué vicio va a ser pasar sabroso, déjame enseñarte algo, y entonces las otras dijeron, sí, sí, desvirgala ya, ¡desvirgala! Me agarraron de los hombros hasta quedar recostada y me bajaron los calzones, con risas y chanzas por mis pelos, ¡vea ese matorral!, ¡la cuca de la selva! Pataleé y me ahogué de rabia pero no fui capaz de gritar. Al ver que no podía zafarme le pegué un chupón a un bareto recién encendido, pero resultó ser una vaina de sabor dulce que no era marihuana y en dos segundos me lanzó a la mierda, como si un cañón me hubiera disparado por la ventana: volé con los ojos cerrados, solté los músculos. Me dio tos y sentí ganas de vomitar, y logré decir, esto no es bareta, y el joven dijo, no, mi amor, es basuco, ¿querés otro poquito? Cuando me separó las piernas ya ni hice fuerza. Hundió la cabeza y le sentí la lengua y los dientes mordiéndome. Me gustó.

Bacano que ese joven tan lindo se fijara en mí, pues ya hacía rato que el cuerpo me estaba pidiendo algo, como si las cicatrices se hubieran borrado. Luego el man se bajó los pantalones y me lo metió despacio, sin que me doliera. La traba del basuco me quitó el miedo. Cuando las tres vieron que no sangraba dijeron, ¿y no dizque era virgen?, mirala, la muy puta, ¡la mosquita muerta!

A mí me valió huevo. Cerré los ojos y me lo gocé.

Cuando volví a abrirlos sentí que habían pasado años, pero mi muchacho seguía ahí, encima. Aunque también se besaba con Estéfany, el muy perro. Lady tiraba con el primer joven en la otra banca y Vanessa, despatarrada en el suelo, se soplaba un basuco tras otro con avidez, como si estar pegada a ese tubo de humo fuera su única posibilidad de supervivencia.

De pronto sentí un temblor, los músculos se tensaron preparándose para algo y pegué un suave grito. Estéfany se dio cuenta y le dijo al joven:

—No la vayás a embarazar, echáselo en el ombligo.

Lo sacó rápido y me lo derramó encima, una baba cálida que se escurrió despacio hacia los lados. Me salió una sonrisa boba porque estaba con la cabeza en la mierda, y justo en ese momento oí los golpes en la puerta. Se me aceleró el corazón. Era la madre superiora diciendo, ¿niñas?, ¿están listas? ¡Ya nos vamos! Menos mal no quiso que le abriéramos. Nos lavamos la cara con agua fría y alisamos los uniformes. Los jovencitos se volaron por la misma ventana por la que llegaron.

Durante el viaje de regreso en la Chevrolet me seguí viniendo con el roce del cojín en cada frenazo y acelerón. Vanessa se dio cuenta. Tenía un círculo morado alrededor de los ojos, hinchados por el basuco. Me miró y dijo, entonces qué, mosquita muerta, ¿sí le gustó? Es que pichar es muy sabroso.

Al llegar al Santa Águeda nos mandaron a la capilla a rezar hasta la hora de la comida, y menos mal, porque las tres seguíamos trabadas. Es chévere rezar así, doctor. Ahí es que uno entiende la religión y las apariciones del Señor, que ese día ya no estaba en la cruz sino sentado a mi lado, mirándome con afecto, y entonces aproveché para preguntarle, o mejor dicho, le dije, ya que puedo quiero hacerte una pregunta, una sola no más, ¿por qué a mí no me dieron una vida normal?, ¿por qué me tocó todo esto a mí, que soy tan frágil y llorona? Cristo me oyó la pregunta y sonrió pero sin contestar, como si la respuesta no fuera importante, y entonces le insistí: ¿por qué me dejaste sola en medio de tanta gente mala?, y él siguió mirando sin mirar, de un modo que su presencia no parecía contradecir, era extraño, hasta que no pude más y le dije, dentro de mi mente, ¿por qué ni vos ni nadie oye nunca lo que yo grito?

Silencio, siempre silencio.

Esa fiesta de Palmira lo que hizo fue abrir de par en par las puertas del infierno, porque a partir de ese día no pasó semana en que no metiéramos vicio y abejorreáramos con todo el que se acercara al claustro, fuera hombre, mujer o cura. Y lo hacíamos con una tremenda alegría, como si algo religioso se manifestara en todo ese aparente desorden. ¿No hay cierta espiritualidad también en la desmesura? Entre el supremo dolor y la suprema fuga, ¿por qué tenemos que preferir el dolor? Yo nací para el dolor, pero ¿qué saben los jueces de los dolores de la vida?

Esto parece ficción, pero fue verdad.

Parece incluso literatura, pero primero fue verdad.

Una de esas historias que pretenden hacer belleza con las cosas más feas y sucias de la vida.

A los dos meses me encargaron ir con la monja de la alacena a hacer el mercado semanal, y en un descuido me le abrí y me compré yo también una bonita colección de tangas con los colores de la bandera. Me sentí patriota y jubilosa, una buena alumna que usa tangas tricolores para que los varones de la patria, nuestros héroes, mueran arropados por su bandera. Yo quería tragarme el mundo y quemar la adolescencia como quien riega litros de gasolina en un potrero de árboles secos y enciende el fuego. Me urgía hacerlo.

Llevaba la plata de las demás niñas del dormitorio para comprarles sus encargos especiales. De la droguería, Canestén para una recién llegada, Lucy, que tenía una candidiasis asquerosa y olía a diablos. Aspirinas para el guayabo, sal de frutas Lúa, ibuprofeno, condones, lubricante KY. En otro sitio que ellas me indicaron, y con un poco de miedo, compré droga. Me habían dicho los precios, así que llevé una bolsa de papeletas de basuco para Vanessa, cinco gramos de perico y un cuarto de kilo de marihuana, que era lo que más metíamos todas. Lo escondí todo en el costal de la fruta. Llevé también tres botellas de aguardiente del Valle, que era rico para mezclar con los jugos que nos daban en las comidas.

4.

Al llegar a Madrid me enteré de la asombrosa noticia: un comando islámico se acababa de tomar por asalto la embajada de Irlanda, en el Paseo de la Castellana. No daba crédito a mis ojos al ver las imágenes en las pantallas del aeropuerto.

¡ÚLTIMA HORA! ¡ÚLTIMA HORA!

Grupos de soldados patrullaban por los corredores del terminal aéreo, nerviosos, agresivos, pidiendo documentos y cacheando a cualquiera que les pareciera sospechoso, sobre todo personas de piel negra o aspecto árabe. La gente se arremolinaba en torno a los monitores con expresión de miedo, como si dijeran, ¿qué más va a pasar ahora?

Cuando salí de Roma no se sabía nada y el vuelo duró apenas dos horas, o sea que era muy reciente, pero todo lo que pasa en el mundo es inesperado segundos antes de que ocurra, excepto para quien lo planea y ejecuta. Una banda roja en la parte inferior de las pantallas hacía un *flash* permanente:

¡TERRORISTAS SE TOMAN EMBAJADA
DE IRLANDA EN MADRID!

Lejanas sirenas y el tableteo del motor de un helicóptero venían a mezclarse con los ensordecedores avisos de la megafonía. ¡¡¡Vuelo Iberia con destino Palma de Mallorca…!!! Los empleados del aeropuerto, además, subían el volumen de las pantallas con cada nuevo boletín de última hora. Y tal vez lo peor: el insoportable fragor humano.

Los gritos de unos a otros llamándose, la gente hablando y gesticulando, en persona o por su celular, la algarabía y las risas, las protestas, los comentarios y explicaciones. Algunos viajeros dormitaban entre las filas de sillas o directamente en el suelo, al lado de las máquinas expendedoras de refrescos y dulces, usándolas de espaldar, pues estaban vacías. Varias madres les daban pecho a sus bebés en las escaleras eléctricas, que estaban dañadas.

Entré al baño y me recibió un fuerte olor a excrementos. En los reservados no había papel higiénico y los sanitarios rebosaban de mierda y orines. Esperé en fila para poder mear en uno de los orinales de pared, que ya chorreaba un líquido oscuro. Ni hablar de lavarse las manos.

Afuera, ya casi en la entrada, vi a una familia sentada en círculo sobre la baldosa de la sala de llegadas. Comían de una olla en platos de plástico. ¿Qué estaba pasando en Madrid? ¿Qué hacía toda esa gente? Se iban. Esperaban turno para salir de España en vuelos *charter*, al norte de Europa o a América Latina. Al igual que en Italia, acá muchos también habían decidido irse o simplemente volver.

Salí del terminal y busqué un taxi en medio del gentío. El chofer tenía puesto el radio en un programa informativo, aunque prefirió explicarme él mismo lo que pasaba, mirando por el espejo retrovisor, con peligro para la integridad de ambos. Estaba nervioso, golpeaba el timón y manoteaba al hablar.

—Lo que han dicho hasta ahora es que primero entraron tres tíos negros a la embajada, como si nada, ala, y luego otros dos, haciendo como que venían a hacer trámites. Y no se sabe cómo, esos cinco hijoputas se cargaron a los guardias y les abrieron la puerta a otros para que entraran con armas y bombas. Parece que hasta metieron un coche a los garajes. En el radio están diciendo que algunos de esos tíos son españoles, pero qué van a ser españoles, ¡no me jodas! Serán negros con pasaporte español, que no es lo mismo. Tienen a treinta rehenes y dicen que los van a degollar y que van a volar el edificio si no les dan no sé cuánta pasta. ¡Qué van a ser españoles esos hijoputas! Nos han jodido.

¿Negros?, pensé. ¿Terroristas negros? Eso fue lo que dijo el taxista. Serán africanos. Habrá que esperar.

Llegué al hotel ansioso, pero al registrarme no había ningún mensaje de Juana. ¿Cuándo la veré? Sentí inquietud y volví a leer su correo en mi teléfono:

"Vaya por favor a Madrid, cónsul, al Hotel de las Letras. Alójese en la habitación 711, que tiene una buena vista, y espéreme. Me comunicaré con usted. Juana".

—¿Está libre la 411? —pregunté en recepción.

La joven miró en su pantalla.

—Sí señor, pero tiene un pequeño suplemento.

—La tomo.

Al entrar a la habitación comprendí a Juana. Tenía un amplio ventanal que hacía esquina con la Gran Vía y la torre de Telefónica casi al frente. El aislamiento dejaba percibir ruidos vagos y lejanos, en contraste con la imagen cercana de la avenida. ¿La vería esta misma noche? Estaba ansioso.

Encendí el televisor.

El Canal Uno transmitía en directo el desarrollo de la toma con la información. Veinte hombres poderosamente armados y al parecer bien entrenados aún permanecían adentro. Había tres muertos, los dos guardias de la entrada y uno de garajes.

La novedad era que los terroristas acababan de entregar un primer comunicado. El taxista tenía razón al decir que eran negros. En fin, africanos. Pero no querían dinero. Decían ser de Boko Haram, el grupo islámico de Nigeria, y pedían el cese inmediato de los bombardeos al Estado Islámico en Irak y Siria. Estaban dispuestos a morir "por los hermanos del califato" y si no había respuesta degollarían a un rehén al cabo de seis horas delante de cámaras y lo subirían a redes sociales. Esa era su temible amenaza: uno cada seis horas, y a la red. ¿Cuánto queda? Ya empezaba a anochecer. Las imágenes mostraban el operativo de la policía con centenares de hombres desplegados en torno al Paseo de la Castellana, tanquetas bloqueando las calles aledañas y helicópteros rondando con reflectores. Entre las sombras debía haber fuerzas de élite y francotiradores al acecho.

Luego pasaron imágenes de un video de seguridad de un edificio vecino donde se veía el preciso momento en que los terroristas entraron a la embajada. Un analista explicó que había una lógica, pues de todas las embajadas anglosajonas la de Irlanda era la menos vigilada. En este punto el programa se interrumpió y la señal de TVE fue al Palacio de la Moncloa, donde se mantenía reunida la célula de crisis.

Un senador del Partido Popular dijo lo siguiente:

—Es una catástrofe sin antecedentes, pero los ciudadanos y las ciudadanas deben estar confiados. Estamos tomando todas las medidas necesarias para enfrentar este ataque y para que en el futuro no vuelvan a repetirse catástrofes sin antecedentes.

Preguntado por los esquemas de seguridad, el jefe de la policía de Madrid dijo al micrófono de una enviada especial:

—Pues qué te voy a contar del operativo, maja, si los terroristas allá adentro también estarán mirando la tele,

¿no te parece? Ni tapándome la boca con la mano, como los del fútbol.

El primer ministro de Irlanda agradeció la acción de la policía española y dijo que las democracias debían permanecer unidas contra el terrorismo. Acabó su alocución con una extraña consigna:

—¡Nosotros ganaremos y ellos no! —dijo.

Desde Washington, el presidente de Estados Unidos aseguró que estaba en contacto directo con la Moncloa para buscar la mejor salida a la crisis y salvaguardar la vida de los rehenes. Ofreció toda la ayuda logística y material que fuera necesaria.

Jordania y Egipto expresaron su solidaridad a España. El rey Abdalá II dijo:

—La lucha contra el Estado Islámico y sus filiales yihadistas en el mundo es la Tercera Guerra Mundial.

Me recosté en la cama a ver pasar las imágenes, que se repetían una y otra vez. La verdad es que en el video de seguridad que mostraba la irrupción en la embajada no todos parecían africanos, aunque por ser en blanco y negro y a cierta distancia era difícil asegurar nada. Luego TVE hizo un análisis de quiénes eran Boko Haram y sus acciones más conocidas del pasado, como el secuestro de 219 niñas en Nigeria. Ahí supe que existen desde 1979 y que su extraño nombre traduce literalmente "Lo pretencioso es pecado". Su líder, Abubakar Shekau, se licenció en Estudios Islámicos en la ciudad de Maidaguri, capital de la provincia de Borno, norte de Nigeria.

De pronto apareció de nuevo la banda roja titilante en la parte inferior de la pantalla:

¡ÚLTIMA HORA! ¡ÚLTIMA HORA!

Desde algún lugar en Irak, el gran califa del Estado Islámico, Abu Bakr al-Baghdadi, saludó a través de un mensaje *online* el atentado de Madrid y llamó a la revuelta global contra el poder de Occidente. Alentó a los "hermanos" de Boko Haram en España y llamó a más acciones no sólo en Europa sino en el mundo entero. Al final de su arenga citó, o mejor, parafraseó una conocida frase del Che Guevara: "Debemos crear no uno sino muchos Vietnams contra Occidente". Los frentes europeos del Estado Islámico —también llamados *células rizomáticas de ataque*— estaban listos para pasar a la acción y eran casi invisibles para la policía. En Londres y París había estructuras muy organizadas; también en Berlín y Madrid, aunque más pequeñas. Boko Haram había llegado a Europa hacía poco, pero ya era fuerte en las *banlieue* negras de París y sobre todo en Bélgica, en el barrio Matongé de Bruselas, convertido en dolor de cabeza para la policía. A su modo violento, participaban en la globalización y la hacían suya.

Por otro lado, el reclutamiento de europeos blancos progresaba. Jóvenes marginales con historias de fracaso y dificultades de adaptación. El yihadismo era una escotilla para su resentimiento y deseo de venganza. Así empezaron a congregar a los perdedores del sistema, algunos de ellos, aunque no todos, conscientes y culpables de la responsabilidad histórica de sus países en la humillación de zonas enormes del globo. Se reconocían en esa lucha no por ser religiosos, sino por la rebelión planetaria contra un poder que, en sus propios países, los había excluido. La guerra ya no era entre católicos y musulmanes, ni siquiera entre europeos blancos y su periferia africana o mediooriental, sino entre perdedores y triunfadores.

Este parecía ser el nuevo paradigma.

Una parte de los que no estaban con la ultraderecha católica optaron por el yihadismo. Y así, poco a poco, el EI se fue ampliando a liceos y centros sociales hasta captar gente con un perfil más equilibrado e incluso formación académica. En Francia se le calculaban 20.000 seguidores, hombres y mujeres, aunque no todos combatientes. La mayoría estaban inscritos en las diferentes Hermandades Musulmanas —igual que en Inglaterra, Bélgica y Holanda— que ya contaban con un porcentaje significativo de electores.

Intenté cerrar los ojos, ¿qué hora era? Cerca de las diez. Conciliar el sueño en medio de semejante caos, y ansioso por la llegada de Juana, parecía labor imposible.

Pensé en dar un paseo, pues tenía muchas cosas por recordar en Madrid, donde pasé una época importante de mi vida. Aquí cursé mi carrera universitaria de Filología Hispánica y rompí mis primeras lanzas en el mundo literario. Por eso de joven recorrí mil veces estas calles del centro, aunque ahora todo era distinto. Las calles que hoy refulgen, a pesar de la crisis, en esos años eran pasadizos oscuros. Por la Gran Vía soplaba un viento helado que hacía doler los huesos en invierno. Lloviznaba con frecuencia y debajo de los aleros había seres demacrados que parecían salidos de los cuadros más oscuros de Goya. Eran los yonquis. Las prostitutas de dientes podridos se paseaban frente al edificio de Telefónica a la espera de algún desesperado y había navajeros y atracadores como en cualquier ciudad del tercer mundo.

En la universidad había pocos latinoamericanos, pero en las plazas y parques era común encontrar argentinos que vendían mascaritas de cuero y algo que ellos llamaban *billuta*, y que según entendí era collares y pulseras. Otros argentinos leían el tarot en el parque de El Retiro. Recuerdo a uno, tal vez el más conocido. Repartía una tarjeta que decía:

"Profesor Julio Canteros. Poeta argentino contemporáneo".

Prácticamente todos los lectores del tarot eran poetas o escritores, lo que en algún momento me hizo albergar serias dudas sobre mi aspiración de convertirme en escritor.

Madrid, Madrid.

Cada esquina de la ciudad me esperaba con algún recuerdo de una época que yo daba por concluida. Ese reflejo humano que nos lleva a recorrer el mismo camino, a desandar los pasos y buscar ciertas calles, ¿estaba dispuesto a eso? Mejor esperar un poco en el hotel. Tal vez Juana estuviera por llegar.

Llamé al servicio de habitaciones y pedí algo de comer. Nada especial, apenas un sánduche de pollo y una Coca-Cola dietética. Y volví a concentrarme en la información del canal de TVE.

¿Qué pasaba con el ultimátum? Los terroristas pedían cosas nuevas. No sólo el cese de los bombardeos, sino que las Naciones Unidas reconocieran las fronteras del Estado Islámico, incluyendo una salida al Mediterráneo al norte del Líbano. También una condena a Israel y que se restituyeran las fronteras de Palestina según los mapas de 1967. Todas cosas muy improbables, que nunca podrían obtener ni España darles. Tal vez eso era lo que buscaban: presionar una intervención de los comandos de élite y morir matando a los rehenes en medio de una gran conflagración. Son yihadistas y no les importa morir en combate.

Habían pasado ya cuatro horas. Si las amenazas iban en serio, dentro de poco tendríamos un primer degollado. La historia de la humanidad es también la historia de sus degollamientos y sacrificios públicos. Al pueblo le gusta ir a los cadalsos. Las multitudes madrugan para asegurarse un buen lugar cerca del verdugo. Aztecas, romanos, persas, revolucionarios e ilustrados. Hoy el yihadismo, a través de las redes sociales, nos recuerda que siempre hemos sido espectadores de la muerte.

Después de comer me quedé dormido sobre la colcha, cansado y expectante, en una incómoda postura.

Al abrir los ojos, ya había amanecido.

El ruido de la Gran Vía llegaba de muy lejos, apagado por el doble vidrio del ventanal. Entraba el sol, era una mañana radiante. Tras recordar dónde estaba y por qué, el mutismo del teléfono empezó a inquietarme seriamente.

Juana, Juana, ¿dónde estás?

Camino de la ducha pensé algo banal: ¿cómo sería quedarse para siempre en un hotel, sin salir nunca a la calle? Es lo que pasa en la película *The Shining*, de Stanley Kubrick. Pero el verdadero tema de ese filme es la maldad de los hoteles con los escritores que no escriben, como le pasa al pobre personaje, que enloquece y quiere matar a su esposa y a su hijito con un hacha (hay peores formas de locura). Pero en el fondo el hotel es inocente. Todo escritor que no escribe es un ser socialmente agresivo, así esté en un confortable harén o en una playa.

Una de las obras del catálogo *Raisonne* de Joseph Beuys es algo así: haber estado en Nueva York sin salir de su cuarto de hotel durante tres días, encerrado con un coyote. La obra se llama *Amo América y América me ama*. Ocurrió en 1974. Hizo este *performance* durante su primera exposición en Estados Unidos. Al llegar a Nueva York se trasladó en una ambulancia a la galería de arte, acostado en una camilla y envuelto en tela de fieltro. Luego regresó al hotel del mismo modo y estuvo tres días encerrado con el coyote, siempre cubierto con el fieltro y llevando un bastón de pastor. Hizo algunos gestos simbólicos y el coyote mordisqueó la manta. Al final, Beuys y el coyote se abrazaron. El día de la partida fue al aeropuerto en su ambulancia y regresó a Europa sin tocar suelo norteamericano. La explicación a tan estrambótico e inútil gesto fue:

—Quería aislarme y no ver nada de Estados Unidos distinto del coyote.

Mi coyote era un teléfono y la ansiada voz que no se decidía a llegar.

Treinta años atrás, cuando malvivía en una buhardilla de París, también esperaba la llamada de una mujer que, por supuesto, nunca llegó. Son las extrañas simetrías de la vida. El de esa época era un cuarto de nueve metros cuadrados sin baño, una *chambrita*, con una ventana de báscula que daba al techo del edificio. Yo tenía veinticuatro años y todo por hacer. Compraba libros a diez francos en los *bouquinistes* de las orillas del Sena y elegía los más gordos para que me duraran, pues sólo podía permitirme comprar uno cada tres días. Tenía demasiado tiempo libre y por eso debía dosificar. Nunca más de cien páginas diarias. Yo leía y miraba el teléfono, odiando su mutismo. Algunas tardes me sentaba con el aparato sobre las piernas y me dormía, pero nunca sonó. Incluso soñé con el timbre y desperté sobresaltado, pero nada. Sólo silencio. A veces, estando lejos de la casa, imaginaba que el teléfono sonaba en mi ausencia, una y otra vez, y casi podía oírlo. Al entrar a mi calle, la rue Dulud, el sonido se amplificaba. Yo echaba a correr con angustia, abría el portón y subía a saltos los seis pisos. Pero al abrir mi puerta, nada.

La llegada de los contestadores automáticos fue, en mi caso, una terapia contra la locura. Compré uno de segunda cuando empecé a oír el teléfono estando en el centro, a kilómetros de mi casa. El corazón me daba un golpe y una voz me decía: ahora está sonando, ahora. Y lo oía. Hablo de esa época lejana en que los seres humanos no teníamos celulares. Pero el contestador lo cambió todo. Ahora prefería salir, estar en la calle y respirar. Cuando volvía a la *chambrita* miraba de reojo el botón del aparato donde aparecía en luz verde el número de llamadas.

Por lo general, había un cero.

Qué extraña simetría. ¿A qué hora pensaba venir Juana?

—¡¡¡Tocotocotocotocccrrrr!!!

El ruido de un helicóptero me devolvió al presente. Corrí a la ventana y me pareció verlo justo encima del hotel. ¿Había alguna novedad? Encendí de nuevo el televisor.

Dios santo, ahí estaba el primer degollado.

Se llamaba Kevin McPhee, de cincuenta y dos años, consejero político de la embajada. En el video se lo veía de rodillas. Su verdugo estaba detrás, con una capucha negra, y al fondo, sobre una tela, se veían escritos en árabe. Le habían puesto ese mismo delantal naranja que usa el Estado Islámico en sus ejecuciones. En ese punto se detenía la grabación, que sin embargo podía verse completa por internet. No iban a pasar en TVE el momento en que le cortaban el cuello, claro, pero se describió como "atroz", con el tradicional *cuchillo desafilado* que prolonga el sufrimiento y da una macabra espectacularidad.

Luego mostraron fotografías de la víctima con su esposa e hijos en Kilkenny, cerca de Dublín. El primer ministro se disponía a recibirlos. En una se veía a un hombre de corbata y vestido tweed. Había otra en un jeep, tal vez en unas vacaciones, y una tercera en una celebración de Navidad. Ahí estaba su intimidad expuesta. Como si la muerte justificara exhibir su vida a los ojos de todos. Fotos que, excepto para su entorno, ya parecían póstumas.

Ahora se negociaba la entrega del cadáver, pues el comando amenazó con lanzarlo a la calle desde la ventana.

—¡¡¡Tocotocorrrr!!!

De nuevo el helicóptero. Me asomé al pequeño balcón y creí ver su sombra detrás de Telefónica, pero inmediatamente me pareció que venía desde atrás. De la calle, allá abajo, emergieron gritos e insultos. Alguien hacía sonar el pito de un carro con insistencia.

—¡¡¡Píííííííp!!!

—¡A ver si te enteras, gilipollas!

Volví al televisor.

Un analista alemán explicaba que con este atentado el grupo Boko Haram hacía oficial su entrada a la guerra islámica contra Occidente. Si muchos jóvenes de países islámicos de África como Níger, Mauritania, Somalia, Chad, Mali, Sudán e incluso Kenia se enrolaban a ritmo de varios miles por mes, es porque lo interpretan como un alzamiento contra los antiguos colonizadores. Otros, siguió diciendo, ven un modo de evacuar su rabia ante ese paraíso que los rechaza en la orilla norte del Mediterráneo. Para el analista, las perspectivas eran bastante oscuras: por un lado, los prófugos en las balsas con su miseria y su ébola; por otro, los yihadistas y la revancha histórica.

Y concluyó diciendo:

—Ambos son engendros creados por la colonización del siglo XX, por la avidez a la hora de expoliar naciones enteras extrayendo sus recursos y dejando a la población en la pobreza, la ignorancia y el desamparo. Esta podría ser la primera gran factura de la historia del siglo xx.

El helicóptero volvió a pasar, aunque esta vez un poco más lejos. Corrí a la ventana y la abrí, pero abajo seguía la pelea, así que regresé a la mesa. Saqué mis cuadernos de notas. Ya me disponía a revisarlos cuando vi en la pantalla al presidente del gobierno.

—Saldremos adelante con la determinación de nuestras fuerzas policiales y comandos de élite, que tienen controlada la situación, y sobre todo con el concurso y la ayuda de todas las naciones libres y democráticas del mundo —dijo, sentado en su despacho—. Porque aquí de lo que se trata es de un nuevo terrorismo transcontinental. Estamos haciendo todo lo que se debe hacer para proteger la vida de los rehenes.

Al acabar la alocución se dio el cambio a los estudios de TVE, donde un comentador político sugirió que para esta hora ya deberían haber llegado a Madrid los cuerpos de élite de Estados Unidos, los comandos SWAT, más los servicios secretos de Irlanda e Inglaterra, ¿el MI6? También el Mossad de Israel y por supuesto agentes de la policía de Nigeria, probablemente de Abuya y Lagos, que son los que mejor conocen a Boko Haram.

Sólo Rusia, que libraba una segunda guerra fría con Occidente, no ofreció sus cuerpos de élite, y de hecho, según señaló otro panelista, de Moscú no había llegado todavía una clara declaración de repudio, ni siquiera ante el degollamiento del funcionario irlandés. Y esto a pesar de que aún enfrentaban brotes insurgentes de las guerrillas chechenas, definidas también como milicias islámicas.

Me cansé de revisar mis mensajes a la espera de noticias de Juana. Como un celoso enamorado analicé su correo y la hora de envío, intentando encontrar alguna clave. ¿Estaría en España? Me convencí de que no, pues decía "Vaya a Madrid" y no "Venga a Madrid". Mejor trabajar en algo, mover el cerebro en alguna dirección.

Así que me senté a la mesa frente a mis cuadernos.

5.

Llevaba un tiempo ya largo tomando notas sobre Rimbaud, leyendo una y otra vez sus poemas y cartas, coleccionando ediciones de sus libros en varios idiomas y, sobre todo, pensando en él, intentando imaginar su voz cuando decía:

Allez tous vous faire foutre!

Eso vociferaba el niño Arthur en la escuelita de Charleville cuando sus compañeros venían a importunarlo a la biblioteca y él estaba leyendo. Luego se lo gritó a la propia Charleville, cuando se fue para París, y finalmente a toda Europa, cuando decidió abandonarla para siempre.

Allez tous vous faire foutre!

Dicen los que supieron de él que de niño tenía una mirada gélida, a pesar de que su aspecto era el de un niño desvalido y frágil. Extraña combinación. Cuando se sentaba en la primera fila del salón el profesor se sentía juzgado, incómodo, y en muy poco tiempo todos se dieron cuenta de que no era una persona como las demás. A los trece años compuso un poema en latín de sesenta hexámetros y se lo mandó de cumpleaños al príncipe imperial, don Napoleón Luis, el cual felicitó a la escuela y ordenó hacer público su agradecimiento.

Frédéric Rimbaud, su padre, fue un militar disciplinado y algo melancólico que ascendió hasta el rango de capitán y pasó la vida en guarniciones de África del Norte. Sobre todo en Argelia, en un pueblo que con dificultad figuraba en los mapas llamado Sebdou, muy cerca de Orán, la ciudad en que transcurre *La peste*, de Albert Camus.

En Sebdou, Francia combatía al sultán de Marruecos y a varias tribus rebeldes lideradas por unos ascetas del islam llamados morabitos (*marabouts*, en francés). Para combatirlos, el padre de Rimbaud aconsejó traer al mago Robert-Houdin, quien retó a los *marabouts* a una sesión de ilusionismo en la que utilizó la sugestión y su famoso truco del "peso variable". Primero pidió a uno de los ascetas levantar una maleta de cartón muy ligera, lo que el hombre hizo con un solo dedo. Luego Robert-Houdin hizo varios ejercicios de sugestión y le pidió volver a levantarla, pero este ya no pudo, ni usando ambas manos y todas sus fuerzas. Esto impresionó tanto a las tribus que las revueltas se calmaron por un tiempo en la región.

El teniente Rimbaud fue una figura clave de la autoridad colonial con el cargo de *chef du bureu arabe* e hizo una más que respetable carrera militar: obtuvo la medalla de Crimea, la de Cerdeña y, un poco antes, en 1854 —el año en que nació su hijo Arthur—, lo nombraron caballero de la Legión de Honor. Esto quiere decir que el joven poeta nació en la casa de un héroe de la patria, ¡un héroe de Francia! Y es frecuente que en ese tipo de lugares no haya espacio para nadie más. Aún peor en el caso de Frédéric, que además de militar era literato. Dos de sus obras se titularon *Elocuencia militar* y *Libro de guerra* y, como si fuera poco, ¡tradujo el Corán al francés!

Frédéric había aprendido árabe en esas lentas tardes de guarnición, lo que quiere decir que no se quedó en su oficina espantando moscas y mirando la hélice del ventilador, como tal vez hizo la mayoría de la oficialidad. Él fue un intelectual y un tipo solitario. Y como buen hombre de armas, severo y muy estricto. Ambas cualidades muy útiles a la hora de acometer laboriosas tareas.

En 1853, Frédéric el Héroe de Francia se casó con una mujer que para los estándares de la época era ya bastante mayor. Se llamaba Marie Catherine Félicité Vitalie Cuif y tenía veintiocho años. Era hija de campesinos ricos de las Ardenas, implacable y mojigata, y sobre todo muy católica. Ese mismo año nació el primer hijo, como era tradición, y llevó el nombre del padre: Jean Nicolas Frédéric. El segundo —el héroe de esta historia— llegó el 20 de octubre de 1854 y fue bautizado con el nombre de Jean Nicolas Arthur.

Tras estos dos años el padre regresó al norte de África, de guarnición en guarnición, y en sus visitas al hogar le fue dejando puntuales embarazos a su mujer, los cuales pusieron en el mundo a otras tres hijas. La primera murió de niña, las dos sobrevivientes fueron bautizadas como Vitalie e Isabelle. Una vez que el teniente Rimbaud dio por terminada su labor procreadora, simplemente desapareció. Los desiertos arábigos se lo fueron tragando. Echaron sobre él una fina capa de arena que difuminó su rostro, excepto en la memoria de su segundo hijo. En ese momento, Arthur tenía seis años. Y cuando al fin Frédéric volvió a Francia, no fue a vivir con ellos. Eran tiempos duros. Cosas tan simples como la compasión, el amor filial o la lealtad a una mujer no tenían cabida en las almas forjadas al acero. Eran atributos excluidos de la vida militar. Esta lejanía y este soñar con el padre ausente tendrán que ver —tal vez, casi seguro— con la particular búsqueda futura del joven poeta.

Y entre medias, ¿qué hacía el niño? A los nueve años, Arthur escribió una composición que comienza con las siguientes palabras:

Le soleil était encore chaud; cependant il n'éclairait presque plus la terre; comme un flambeau placé devant les voûtes gigantesques ne les éclaire plus que par une faible luer, ainsi le soleil, flambeau terrestre...

Su expresión preferida por esos días era *saperlipotte de saperlipopette!*, que quería decir algo así como "vejestorio achacoso y patético". Lo decía de los estudios de latín y griego, que más tarde dominaría. De la historia, la geografía e incluso de la ortografía.

Saperlipotte de saperlipopette!

Leía novelas de aventuras y admiró al rey del género, James Fenimore Cooper. También a un extraño y muy curioso sucedáneo francés de Cooper llamado Gustave Aimard, que viajó por toda América —del sur y del norte—, donde convivió con algunas tribus indígenas, y que luego, de regreso, estuvo en Turquía y el Cáucaso. Aimard, entre otras cosas, fue uno de los pioneros en el arte del plagio, pues hizo copia textual en francés de la novela *Amalia*, del argentino José Mármol, con el título extraño de *La Mas-Horca* (¿La mazorca?). A Arthur le llamó la atención que Aimard fuera un prófugo: siendo niño, huérfano, escapó de su familia adoptiva y se embarcó hacia América del Sur. Prófugos, aventureros, escritores. El joven escritor en ciernes ignora que desde sus primeras lecturas está labrando no sólo su futura obra, sino toda su vida. Pero ¿quién vive a posteriori?

A los doce años, Arthur escribió un texto histórico sobre Babilonia y Egipto. "¡Es un prodigio!", exclamó el director del colegio de Charleville-Méziers. Vitalie suspiró llena de orgullo. Este hijo le traería a la familia aquello que tanto añora la gente de provincia: respetabilidad y ascenso social.

Los dioses de la poesía saben cómo hacer sus cosas, así que en 1870, cuando el joven tenía quince años, llegó a la escuela un nuevo profesor llamado Georges Izambard, que también escribía versos. Supo de la leyenda del genio y sintió curiosidad, pero cuando lo vio por primera vez no le pareció que ese monstruo de erudición del que le habían hablado fuera ese mismo muchacho tímido, de ojos incandescentes. Arthur quedó seducido por Izambard, pues de inmediato lo reconoció como uno de los suyos. Empezaron a verse fuera del liceo para hablar de poesía, literatura y vida.

Es fácil imaginarlos caminando por algún sendero a las afueras de Charleville, puede que siguiendo las aguas del Mosa. Arthur con las manos en los bolsillos, tímido, lanzando de vez en cuando una piedra a la corriente, y a su lado Izambard, hablándole de aventuras literarias del pasado o citando versos. Dos jóvenes por ahí, al desgaire, hablando de literatura y volviendo a inventar el mundo. A juzgar por las cartas que luego escribió, Izambard fue una de las personas que más quiso en el mundo. Esos paseos le permitieron afirmar su identidad de poeta, que es lo más difícil en los inicios: seguir una intuición, creer en algo que no se ve ni es palpable porque aún no tiene forma, y hacerlo con intensidad, del modo en que otros creen e incluso aman a dioses que tampoco han visto nunca.

Izambard tenía una buena biblioteca con libros de eminentes rebeldes, los cuales le irían mostrando hacia dónde dirigir esas llamas que devoraban a Arthur. Le dio François Villon, Rabelais, Montesquieu, Voltaire, Rousseau. Le dio a los poetas parnasianos que en ese momento, en París, sostenían la antorcha de la poesía. También le dio a leer a Victor Hugo, el gran vate, que a pesar de su fama era muy criticado por la sociedad biempensante. De hecho, cuando Vitalie lo encontró leyéndolo le arrancó el libro de las manos. No veía con buenos ojos todo ese entusiasmo de Arthur. En el fondo ella intentó lo que habría hecho cualquier madre responsable: ¡alejarlo de la poesía! Pero fue imposible. Más bien obtuvo el efecto contrario, que fue reforzarlo aún más en la idea de que esa era la vida que ansiaba vivir. Esa y ninguna otra. Una decisión conmovedora y riesgosa, pues le daría acceso a lo más bello pero también a lo más brutal de la experiencia.

El encuentro con Izambard fue el último peldaño de su formación y en 1870 empezó a escribir poemas que ya serían parte de su obra definitiva: *Sensation*, *Le Forgeron*, *Credo in unam*, *Ophélie*, *Le bal des pendus*, etc.

Era tal su convencimiento que se atrevió a mandar un par de trabajos a la revista de los parnasianos en París, el *Parnasse Contemporain*. Las *Obras completas* de Rimbaud en La Pléiade incluyen esa carta, dirigida a Théodore de Banville, director de la revista. Es la segunda, del 24 de mayo de 1870. Lo que escribió ahí no son frases sino llamaradas, tal fue el entusiasmo desbordante del joven por haber tomado la decisión de saltar sin protección a la piscina de los tiburones, allá donde está la poesía más salvaje y feroz. Lo imagino con la respiración agitada. Y luego, al releerlas, alucinado y temeroso de lo que estaba a punto de hacer. ¡Mandar dos de sus poemas a la revista más importante de Francia!

Qué temeridad.

Con la carta, adjuntó copia manuscrita de *Credo in unam* y *Ophélie*.

En la carta dice:

Amo a todos los poetas y a todos los buenos parnasianos, pues todo poeta es en el fondo un parnasiano que persigue la belleza ideal.

Y más adelante agrega:

Dentro de dos años o puede que uno llegaré a París. Anch'io, estimados, seré parnasiano. No sé qué tengo por dentro, algo ansía emerger. Le juro, maestro admirado, que siempre adoraré a las diosas más importantes de la poesía: la Musa y la Libertad.

Y termina con una posdata que es casi una súplica:

No soy conocido, pero ¿qué importa? Los poetas son todos hermanos. Estos versos creen, aman, esperan. Es todo. Estimado maestro: Ayúdeme, soy joven. Tiéndame la mano.

Lo puedo imaginar unas semanas después, merodeando por el quiosco de prensa, vigilando la llegada de las publicaciones de París, hasta que al fin la vio, y luego el modo nervioso en que debió pasar las páginas buscando sus poemas, su nombre… En vano.

Los poemas no fueron publicados.

Es la primera y más dura lección para el que empieza: el NO del editor. Una puerta que se cierra de golpe y detrás desaparece la que, él cree, es su única oportunidad. No es la única, claro, pero él no puede saberlo. El fragor del momento genera perplejidades, frustración, rabia. Arthur se lo cuenta a Izambard y este trata de consolarlo.

—Me rechazan porque soy de provincia —dice Arthur.

Se siente ya poeta de pleno derecho y no ve la hora de llegar a los salones de París a conquistar lo que, él cree, ya le pertenece. Él sólo lo intuye, pero tiene razón: ya son suyos. Los poemas que el *Parnasse Contemporain* se negó a publicar siguen leyéndose hoy, a diferencia de los de Theodore Banville, quien los rechazó. Así es la literatura. A esos primeros poemas les falta la marca amarga del Rimbaud definitivo, pero ya está por encima de la mayoría de sus contemporáneos.

Al terminar el año escolar de 1870, Arthur ganó el concurso anual de la Academia, que tenía el siguiente tema: un discurso en versos latinos que Sancho Panza le hubiera podido dirigir a su asno —¿qué joven estudiante de hoy podría hacer una cosa así?—. El tribunal quedó estupefacto ante el talento del joven, pero una noticia vino a aguarle la fiesta y fue el anuncio de partida de su querido profesor y amigo Izambard. ¿Por qué se iba? Ese mismo mes había comenzado la guerra francoprusiana y su situación era incierta, por eso prefirió estar más cerca de su casa familiar en Douai, cerca de la frontera con Bélgica.

Para Arthur fue un cataclismo. Se sintió abandonado, huérfano de padre por segunda vez. Cuando lo supo, escribió que para él era "sencillamente insoportable" la idea de pasar un solo día en Charleville sin Izambard y amenazó con escapar a París tan pronto recibiera la medalla con el premio. El día de la partida, Arthur lo acompañó a la estación. Era una mañana calurosa. Izambard subió al vagón, pero antes se dieron un angustiante abrazo. Cuando la locomotora comenzó a moverse, Arthur sintió el alma caer a sus pies y ahí se quedó, estático, hasta que el tren no fue más que una pequeña raya en el horizonte. Ahora su amigo ya no estaba. Tal vez pensó que la vida era eso: una sucesión de abandonos y mucha soledad. O se dijo que el afecto nos vuelve frágiles. En todo caso, ahí estuvo parado un rato, hasta que el andén se quedó vacío.

Pocos días después recibió el premio de la Academia con desdén. Vitalie y sus hermanas estaban orgullosas. Su hermano no fue muy efusivo, pero lo felicitó. A Arthur esos honores pomposos le parecieron vacíos, risibles, despreciables. Estaba furioso. ¿Qué es una medalla? Un pedazo de lata. Nada en comparación con lo que había perdido.

El furor patriótico por la guerra contra Alemania continuaba en Charleville, que estaba cerca de uno de los frentes. En la primera carta, Arthur le dice a Izambard: "Mi ciudad natal es la más idiota entre las ciudades de provincia". Dice que todos los tenderos retirados se han puesto el uniforme y ahora marchan al lado de zapateros y vendedores de frutas.

Saperlipotte de saperlipopette!

Su viejo grito de batalla volvió a resonar, pues estaba por dar un primer golpe, certero y amenazador.

El 28 de agosto, menos de dos semanas después, Arthur escapó de la vigilancia de su madre y subió a un tren hacia París. Lo imagino otra vez sentado en un compartimiento, solo, la nariz pegada al vidrio viendo alejarse los prados del Mosa, la mancha de la ciudad de Charleville que va quedando atrás. La distancia es de 234 kilómetros. Un tren rápido de hoy la recorre en dos horas y media, pero en esa época deberían ser unas siete.

¡Dirección París, Gare de l'Est!

Ahí estaba el joven, con la mente a punto de reventar por todo lo que estaba haciendo. Imagino su emoción al ver los primeros techos de la ciudad, las calles repletas de comercio serpenteando alrededor de la vía férrea. Ahí, ya muy cerca. Era la capital de la poesía. París, al fin.

Sin embargo, hubo un problema: como no pudo ejecutar su plan de evasión —que incluía vender antes unas medallas— no tenía un céntimo para pagar el pasaje. Por eso, al bajarse del tren, los controladores lo llevaron a una comisaría de policía, y tras un breve —e infructuoso— interrogatorio lo trasladaron a la cárcel de Mazas, donde pasó una semana, pues no llevaba encima documentos y se había negado a dar su nombre.

¿Qué pensó Vitalie? La pobre madre, en plena guerra, habrá imaginado las peores opciones: que su hijo se había enrolado en el ejército enfrentando quién sabe qué peligros. ¡Tantas cosas pueden pasarle a un adolescente!

Cuando se vio sin salida, Arthur acudió al que consideraba su padre putativo, Georges Izambard, rogándole que fuera a París. El exprofesor mandó el dinero y una carta al fiscal, lo que fue suficiente para liberarlo. Pero en lugar de volver a Charleville, Rimbaud tomó un tren a Douai y se presentó sin anunciarse en casa de Izambard.

Dice el mejor de sus biógrafos, la crítica y catedrática irlandesa Enid Starkie, que el poema *Las buscadoras de piojos* hace referencia a esa estadía en Douai, cuando las tías de Izambard se dedicaron a lavarle su hermoso pelo rubio y en bucles, y sobre todo a extraer del cuero cabelludo los huidizos piojos y las liendres que contrajo en la estadía carcelaria de París.

6.

Los días en el internado de Santa Águeda transcurrían apacibles, en medio de alucinados rezos y gran actividad que podríamos llamar "de bajo vientre". Fue la explosión de las hormonas o el Holocausto final del himen. Éramos jóvenes, descubríamos la libertad y el poder que salía de nuestro cuerpo. Si hubiéramos estado afuera, en cualquier colegio público, habríamos hecho lo mismo, por eso hay tantas embarazadas menores de edad.

Mi grupo de novicias rebeldes acabó por consolidarse y se volvió mi nueva tribu. Pasó el tiempo y cumplí dieciséis, y lo celebramos con una tremenda fiesta, por supuesto a escondidas, al fondo del jardín y en plena noche, fornicando con dos jóvenes profesores de Sociales que habían venido en préstamo de la comunidad de Esculapios. También con un par de policías. Todos bebiendo y metiendo perico a la lata. Bueno, perico yo, que era la más zanahoria, porque Vanessa y Estéfany se soplaron cada una al menos media docena de pipas de basuco de una bolsa enorme que los agentes les trajeron de regalo, no sé a cambio de qué pero me imagino. Por ahí empezó la debacle, porque después de la fiesta sobró y Vanessa empezó a venderles a otras niñas del claustro. Les daba de probar y luego les vendía.

Poco después, un día que estábamos haciendo gimnasia, las monjas entraron con dispositivo y bloque de búsqueda al dormitorio. Abrieron y escularon maletines, cofres, maletas, y en eso le encontraron a Vanessa el talego de papeletas de basuco y el perico, más los condones y el lubricante anal. En otro maletín le encontraron un montón de plata en efectivo y media botella de aguardiente.

Se armó la grande.

Lo primero que hizo la superiora fue llamar a la policía, y como sabían que éramos un grupito de amigas inmediatamente nos separaron, cada una sola en una oficina mientras revisaban con lupa lo de todas. Luego llegaron los perros olfateadores de la policía, y uno de ellos prácticamente se tragó una de las tangas de Vanessa. En lo de Estéfany encontraron seis cajas de píldoras anticonceptivas y en el maletín de Lady unos condones, pero nada grave. En lo mío nada, porque no tenía nada. La cosa no era conmigo.

Los papás de Vanessa, gente muy rica del Valle, propietarios de tierra sembrada de caña y alquilada a ingenios azucareros, vinieron a hacerse cargo, pues la superiora presentó una denuncia. Alguna cabeza tenía que rodar con todo eso y el claustro pensó en hacer un severo correctivo que lo protegiera del escándalo. Después de una larga reunión, el abogado de los padres de Vanessa pidió hablar conmigo en privado, así que me llevaron a otra oficina donde estaba la madre de mi compañera. La pobre mujer tenía la cara desfigurada por la rabia y la frustración, pero cuando entré me saludó muy amable y se quitó las gafas oscuras para hablar. El abogado me explicó la situación. Dijo que la familia de Vanessa estaba dispuesta a darme un enorme premio.

—Mirá, Manuela, si nos ayudás con la niña te vamos a retribuir muy bien, hacia el futuro. Por ahí supimos que tuviste problemas con tu mamá…

Eso se lo debió contar Vanessa, me dije, pero ¿cuál era el trato?, ¿qué querían de mí?

—Que digás que esa droga era tuya y que Vanessa no sabía nada —dijo el abogado—. Que le pediste el favor de que te guardara ese paquete sin decirle qué era.

Me quedé sin aire, ¿cómo podían pedirme eso? La señora vio mi cara de angustia y le hizo una seña al abogado.

—Estarás máximo dos años en un correccional de menores —dijo—. Yo voy a seguir tu caso personalmente para que salgas lo antes posible. La familia Cáceres te pagará universidad en Bogotá o donde vos querás, dentro de Colombia, con manutención de tres salarios mínimos al mes y alojamiento durante toda la carrera. Cuando seas mayor de edad, estarás en la calle y con el futuro abierto como una autopista, ¿qué te parece? Piénsalo bien. En dos días va a haber una primera audiencia conciliatoria a la que vas a asistir con las demás compañeras. Ese sería el momento preciso para que hables. Es tu oportunidad.

Esa noche me dormí pensando en mi vida, en lo difícil que había sido todo por ser hija de un irresponsable y una loca vanidosa. ¿Qué culpa tenía yo de lo que pasaba a mi alrededor? A mamá no la llamaron y llevaba tiempos sin venir a visitarme. Sólo me hablaba al teléfono de vez en cuando. Mi vida era sólo mía.

Y además estaba "eso".

Mi gran tragedia, lo que ya en un rato, cuando acabe de tomar fuerzas, pienso contarle con pelos y señales, doctor.

Ahora tenía una oportunidad para empezar de nuevo, desde cero y con nuevas cartas. El correccional iba a ser un infierno, pero de infiernos andaba ya muy fogueada. Dudé que fuera peor o más salvaje que el que traía por dentro, así que me decidí. El día de la audiencia la camioneta del convento nos recogió a las seis compinches. Como estábamos castigadas, nos habían separado. No habíamos podido hablar y ahí, en la Chevrolet y con la superiora delante, no hubo modo de saber nada. Parqueamos frente al juzgado de menores y, a cada paso, al subir las escaleras, se me iba desinflando el ánimo. ¿Sí seré capaz? Entramos a la sala donde estaba la familia de Vanessa y todo me pareció irreal. Un rato después la trajeron, pálida y temblorosa. Todos creían que era por miedo, pero yo sabía que era la falta de basuco. Los papás también lo sabían. Empezó la audiencia y se leyó la acusación que el internado le hacía. Después el juez de menores dijo que si no había ningún comentario se podía proceder. Fue entonces cuando el abogado me miró, como diciendo: "¡Ahora!".

Entonces me levanté del sillón y alcé la mano, muy decidida, y un ujier me llevó hasta un micrófono instalado en la parte derecha de la sala. La voz me salió recia. Cuando llegué al punto de lo que debía decir hubo una exclamación entre los asistentes, *¡ohhh!* Miré de reojo a la mamá de Vanessa y me devolvió un gesto de afecto. Luego dos funcionarios me llevaron a una oficina y, a solas, el juez me preguntó si confirmaba lo que había dicho en la audiencia.

—Sí —le dije—, yo engañé a Vanessa Cáceres. Esa droga era mía, yo convencí a algunas novicias de que la probaran y luego empecé a venderles para pagarme mi vicio.

Volvimos al estrado y el juez me pidió repetir la confesión. La dije otra vez sin pestañear. Ni siquiera miré a Vanessa por miedo a que algo nos delatara. El juez quiso saber por qué había esperado hasta ese momento y yo le dije, porque no fue hasta ahorita que comprendí las consecuencias tan graves de lo que había hecho y las consecuencias para mi amiga inocente, la señorita Vanessa Cáceres. Y rematé diciendo:

—Aquí el que está resolviendo esto es el Señor, separando a inocentes de culpables, y poniendo la mentira en el horrendo lugar de la mentira.

Mientras hablaba tuve una alucinación: en lugar de un juzgado, el salón se convirtió en una iglesia abandonada. Y me vi de rodillas, implorando perdón. En medio de las tinieblas reconocí la figura del juez, que en mi ensoñación era un sacerdote. Se quedó mirándome en silencio y yo, asustada, retrocedí por el corredor, al principio de rodillas y luego con pasos lentos y torpes, uno a uno, para alejarme de ese terrible silencio que me incriminaba desde el altar, en lo alto de la iglesia, y ya casi estaba por alcanzar el arco del portón cuando el sacerdote o juez habló, o mejor dicho, gritó, y al oírlo me pareció que ese sonido provenía de lo más oscuro del cielo, como si el aire se hubiera llenado de chispas y fuegos y la humanidad entera, indefensa, se preparara a sucumbir. Eso pensé al oír la voz del juez.

—¡Manuela Beltrán! ¿Te arrepientes?

Volví a caer de rodillas, tan extasiada de culpa como el primer hombre al que un tribunal condenó, en nombre de Dios o de algo más grande que Dios, delante de los inocentes.

En este punto, los ojos de todos los que asistían a ese miserable tribunal volvieron a hacerse visibles, en mi ensoñación, y sentí que sus miradas eran cuchillos a punto de rasgarme la carne, porque esa ceremonia ya no era la del perdón ni la de la culpa, sino un sacrificio humano, y entonces vi al juez acercarse con un cuchillo muy fino mientras que los guardias, cediéndose el paso uno a otro, entre venias, me invitaban a recostarme en la mesa con extrema cortesía, casi con amor; luego uno de ellos me abrió el vestido por el centro mientras que el otro acomodaba mi cabeza sobre unos legajos, para que estuviera más cómoda, y desde allí volví a encontrar la mirada de la madre de Vanessa, que parecía susurrarme en el oído, adiós…, adiós…, adiós…, mientras que la superiora se llevaba un dedo a los labios, silencio, no hables ni pienses, silencio y más silencio, y más allá, tras los espaldares de los sillones y la baranda del estrado, las miradas de mis degeneradas amigas, que se cerraban la boca con dos dedos para no reírse, y todos los demás, los asistentes al salón, comenzaron un cántico de aleluyas y rezos, hasta que el juez alzó los brazos y los bajó con fuerza hundiéndome el cuchillo en el pecho, hasta el mango, haciendo un primer tajo limpio y un segundo en forma de cruz, y luego, separando tejidos y músculos, extrajo en su mano el corazón y lo levantó a la vista de todos, y yo lo vi, una masa palpitante y horrenda, llena de pequeños corazones laterales que también se hinchaban, y la sangre chorreó por los antebrazos del juez hasta meterse bajo las mangas de la toga, y entonces preguntó en voz alta:

—¿Cómo es la sangre y cómo el corazón de los culpables?

Marcó un silencio y respondió:

—¡Negra como esta sangre y negro como este corazón!

Alcancé a verlo palpitar y sentí lástima por mí, pero no dolor, todo lo contrario, más bien un extraño alivio pues ahí dentro, en ese músculo que ya parecía morir, estaban guardadas todas las cosas horrendas que había vivido, y ahora por fin estaban separadas de mí, lejos, y supe que era mejor seguir adelante sin un corazón en el pecho.

Desperté en el hospital. Ya era de noche. Al ver que abría los ojos, una enfermera me miró con desprecio y llamó a un guardia. Ya, vengan, le oí decir. Un médico me explicó que estaría ahí hasta recuperarme, pero detenida. Por eso tenía los brazos amarrados a los tubos de la cama. Es extraño estar amarrada a un catre, en una clínica.

—Te desmayaste en la audiencia —dijo el doctor—, pero el golpe en la cabeza no es grave. Te pegaste contra el borde del escalón.

Luego vino una horrible escena, doctor, que si no es porque le tengo aprecio no le contaría, y fue la visita de mamá al hospital. Vino con su novio asqueroso y preguntó qué había pasado. Sin dejarme contestar gritó que no podía creer que le hubiera hecho eso, pero yo la miré y le dije, vea, mamá, mejor váyase, lo que confesé es verdad, salga con su man de aquí y no me vuelva a buscar, yo veré lo que hago con mi vida.

Me habían arrancado el corazón y nadie podía herirme. Le insistí en que se largara y me pegó una cachetada.

—¡Malcriada! La misma sangre mala del papá —dijo.

El tipo se había pasado todo el rato a un lado, sin verme, pero antes de salir miró sobre el hombro y le pude ver los ojos. Se estaba riendo el hijueputa. Tal vez creyó que había ganado la partida quitándose para siempre a esa adolescente pendeja que ya era grande y fuerte y que tantas cosas malas podía decir de él. Tenía razón en reírse, el malparido. Pero yo también me reí, pero de otra cosa, porque en una repentina ensoñación lo vi echado sobre un catre, retorciéndose de dolor y de humillación, gritando de miedo. Odio, humillación y dolor. Fue lo que deseé con toda mi alma para los dos, el par de hijueputas.

El tiempo del reformatorio fue más tranquilo que el del internado. Había drogas, violencia y castigos, supervivencia y amistades entrañables. La vida en todo su esplendor. La ventaja es que todas éramos más o menos iguales y a todas nos habían arrancado el corazón. Por eso, si nos maltratábamos era con un profundo respeto. Entre las muchas cosas que vi, doctor, le cuento una: algunas mujeres de la guardia tenían un negocito muy rentable que consistía en vender el sexo de las niñas. A las más jovencitas les decían que estaban castigadas por indisciplina y que ese era el castigo. Las hacían pasar por la enfermería y allá, en un cuarto insonorizado, se las soltaban a sus clientes por una o dos horas. No sé cuánto cobraban, pero los manes podían hacerles lo que quisieran, siempre que no hubiera golpes. Pero esas niñas volvían de los castigos llenas de morados y con la mirada fija en el suelo. Yo sabía lo que les hacían y pensé, uno de estos días cualquiera de esas nenas se les enloquece allá adentro.

Y fue lo que pasó.

Había una muchachita como de trece años, campesina, que, según supe, le gustaba a un buen cliente. Era como la tercera vez que se la entregaban al mismo man y cuando salió del patio le vi los ojos y me dije, acá va a haber sangre, porque iba con esa mirada relajada y al mismo tiempo nerviosa de los que están por explotar. La niña no tenía armas pero sí dientes, y fue lo que hizo: le arrancó los testículos de un mordisco al cliente, que se desangró en la ambulancia y murió. Con ese escándalo se les acabó el negocio a las guardias. Las cambiaron y por unos meses vivimos tranquilas, hasta que se formó otro bisnes: alquilar a las niñas como sirvientas en los restaurantes alrededor del correccional. Pero esto dejaba plata y yo misma me propuse a uno de esos trabajos. Fui a lavar platos a un sitio de pollo frito llamado El Pollo Madrugador, puede que por influencia de mamá. Me hacía buena platica para mis cosas. Eso sí, nada de vicios ni trago. Un radio, un cepillo del pelo, un espejito. Cosas para mí.

Un día vi a una de las guardias leyendo un libro. Sentada en una banca, sola, al fondo de un corredor, leía y leía, y a mí me pareció que la expresión de su cara e incluso la de su cuerpo era como de alguien que no estaba ahí, en medio de esa pocilga, oliendo la humedad y la mierda. Me sorprendió tanto que le pregunté, guardia, ¿por qué lee?, y la mujer me contestó, porque me ayuda a pasar el tiempo y me saca un poco de aquí. Eso me dio aún más curiosidad y le dije, ¿me lo podés prestar después? A los tres días me lo entregó, con las tapas forradas en papel periódico. Vos te preguntarás, doctor, cómo es que un solo libro puede despertar el amor por las letras, pero yo diré, con respuesta bíblica, "es que el espíritu sopla donde quiere", o donde uno quiere que sople, que es casi lo mismo, y a mí me sopló ese día, porque apenas leí la primera página me quedé encerrada, una cárcel de palabras, un mundo del que ya no me provocó salir nunca y por eso esa noche, cuando apagaron la luz, seguí leyendo a escondidas con sólo la luz amarillenta y lejana de un poste del patio.

Cuando acabé, levanté los ojos y miré el mundo, y juro que ya no lo vi igual. Por eso a fin de mes, cuando vino el abogado de los Cáceres a traerme cosas, le pedí que me mandara libros, novelas. A los cinco días llegó una caja con cinco libros y una nota de la mamá de Vanessa que decía, "Qué bueno que estés leyendo, Manuelita, la niña está bien y te manda saludes". Y esa fue la nueva rutina. Cada quince días llegaba una caja con nuevos libros, así que debí leerme como medio catálogo del Círculo de Lectores, que era lo que tenían, seguro decorando el estudio que nadie usaba.

El tiempo rodó y rodó, como una pelota olvidada por una cuesta, y volvió a detenerse de pronto, entorpecido por algo, y cuando miré el calendario ya sólo faltaba un mes para salir del reformatorio e iba a cumplir la mayoría de edad. Y además, me graduaba de bachiller a distancia, pues en la reclusión nos seguían dando el programa estatal. Era el momento de volver a nacer, y la familia de Vanessa me cumplió.

El abogado vino a recibirme. Me cargó el pequeño maletín por el corredor hasta la salida y al montarnos al carro preguntó, ¿a dónde te llevo? Me quedé muda y él volvió a decir, ¿cuál es la dirección de tu mamá? Le dije que no tenía mamá. Me miró y dijo sí con la cabeza, riéndose, luego me llevó a almorzar a un restaurante. Desde ahí llamó a la madre de Vanessa y parlamentaron un rato. Al final fuimos a un apartamento amoblado. Me alojaría ahí hasta decidir qué quería hacer. Me pareció bien, no tenía nada que perder porque no tenía absolutamente nada. Si hubieran decidido dejarme en la calle tampoco habría podido hacer algo, dependía de ellos, pero también de mí.

El apartahotel tenía dos cuartos y sala, era bonito. La ventana daba a un colegio y a los techos de las casas del barrio Vipasa. Yo no conocía bien Cali y no supe bien dónde estaba, pero me quedé tranquila. Por primera vez iba a dormir sola y me dio impresión, pero también sentí alegría. Al fin nadie podía verme.

El abogado volvió al otro día y desayunamos juntos en una tienda de esquina: café con leche y pandebono, jugo de naranja y huevos revueltos con cebolla y tomate. Él era un tipo agradable. Se llamaba Antonio Castillejo y debía tener cuarenta años. De él emanaba seguridad, pero se le notaban los esfuerzos por parecer más pulcro de lo que era. Con su corbatica bien puesta y su camisa ya vieja pero muy bien planchada. Si le hubieran ofrecido algún superpoder habría elegido ser invisible antes que volar o leer la mente. Es como lo veía yo. Después del desayuno fuimos a una sucursal de Bancolombia y me ayudó a abrir una cuenta de ahorros. Luego transfirió ahí toda la plata que me habían prometido los Cáceres dos años antes, más el once por ciento de interés. Yo a todo dije que sí. Luego fuimos a comprar un celular y a hacer una cuenta. Que ellos la pagaban. Él me vivía diciendo, ¿te parece bien así?, ¿esto te gusta? Yo dije que sí a todo, sin pensar. Es que si no estás de acuerdo con algo me lo decís, ¿bueno? Y yo le dije, sí, abogado, sí, todo está bien. Hablar me daba pereza, debía esperar un poco. Necesitaba tiempo.

A las dos semanas —yo casi ni salí del apartamento— la mamá de Vanessa vino a visitarme. Preguntó si estaba cómoda, si me hacía falta algo. Le dije que todo bien, que no me faltaba nada. Entonces recordó su promesa de pagarme estudios universitarios, y preguntó si tenía alguna idea. Sólo al llegar a ese punto me vino algo a la cabeza y dije, ¿Vanessa qué estudia? La señora se quedó en silencio y torció la cara. Le lloraron los ojos. Dijo que la habían llevado a una clínica especializada, pero que antes de acabar el tratamiento se había fugado con otras dos. La buscaron por tres meses y al fin dieron con ella en Bogotá, en una *olla* horrible. Estaba semiinconsciente. A partir de ahí la internaron en varias clínicas y casas terapéuticas, algunas manejadas por exadictos, pero siempre pasó lo mismo: fugas, angustia, meses perdida por las calles, y vuelta a empezar.

—Por eso la niña no ha podido acabar el bachillerato —me dijo—. Ahora está en Cuba, en un centro médico que dicen que es el mejor. Donde estuvo Maradona. Y le seguimos rezando, ¡qué castigo que ha sido esa niña!

Sólo en ese momento le vi las lágrimas detrás de los lentes oscuros que nunca se quitó, como una vieja diva del cine. Me conmoví. Esa señora y yo no estábamos tan lejos. Yo había perdido a una madre y ella a una hija, y nos habíamos quedado solas. El marido —luego lo supe— prefirió mirar para otro lado, hacia una zona de la vida y del mundo alejada de esa cara triste y de esas gafas que escondían ojos aún más tristes. ¿Y qué encontró el señor Cáceres? Alumnas alegres y jóvenes, por un lado, o divorciadas lánguidas de treinta y pico, por otro, que probablemente lo admiraban o fingían que lo admiraban. Él era un abogado exitoso con su propia oficina, profesor de Historia del Derecho en la Javeriana y miembro de al menos tres clubes, con cincuenta años bien llevados. Tenía amigos en todas las peñas y se manejaba a la perfección con una carta de vinos chilenos o franceses. Era hincha por igual del América de Cali y del Real Madrid, con buen cupo en la tarjeta y mil viajes y citas por delante que lo alejaban de su casa, donde estaban la madre y esa incómoda sombra que era el recuerdo de la hija.

Es lo que hacen siempre los hombres, doctor, y perdone: tomar la vía cómoda. Él nunca la dejó del todo, pero al abandonarla con el problema de Vanessa fue como si le dijera: es culpa suya por haberla malcriado, las madres malcrían a las hijas y cuando estas son madres vuelven y malcrían a las suyas, es la historia de nunca acabar. Para eso sirvieron tantos caprichos y estilistas de uñas a domicilio y las toneladas de muñecas Barbie y los disfraces de princesa; mire pues, ahí tiene a su princesita: la Cenicienta del siglo XXI que necesita calmantes para resistir una hora sin meterse una papeleta de basuco.

De repente me dio un abrazo y dijo:

—Nunca voy a olvidar lo que hiciste por ella, Manuelita. Eres buena y vamos a ayudarte. Tengo una deuda con vos.

Me dieron ganas de decirle que lo había hecho por mí, por limpiarme un poco de la vida y del pasado. Pero no dije nada.

—¿Por qué no elegís una buena carrera y te presentás a una universidad en Bogotá? ¿No te gustaría ir a estudiar allá?

Le dije que me gustaba leer libros.

—Ya lo sé, niña, desocupé la biblioteca contigo. ¿Por qué no vemos a ver si eso se puede estudiar? A lo mejor sí.

Investigué un poco por internet y encontré un programa de Literatura en la Javeriana de Bogotá. Se lo conté a la señora, que a todas estas se llamaba Gloria Isabel y tenía cuarenta y ocho años. En su biografía triste, como decía ella, estaba haber sido tres veces reina de la Feria de Cali y aspirante a Señorita Valle por el municipio de Candelaria, donde sus papás tenían una hacienda.

Al otro día, Gloria Isabel pasó por mí temprano y nos fuimos al aeropuerto para ir a Bogotá. Era la primera vez que montaba en avión y me dio una alegría tan grande que casi grito. Pasamos el día haciendo papeleos de inscripción en la universidad, viendo el ambiente. ¿Te gusta?, me preguntó ella, y yo le dije, sí, es todo muy bonito, no podía creer que eso estuviera pasando.

Tuve que volver para presentar el examen y con la nota del Icfes, que increíblemente salió alta, me dieron el cupo en la Javeriana. Gloria Isabel pegó un grito de júbilo y, cuando se acercó la fecha, nos volvimos a ir juntas para Bogotá. Buscamos un cuarto de alquiler y dimos con uno muy bueno en una casa de Chapinero Alto, al frente del parque de Portugal, al inicio del cerro, esas montañas oscuras que tanto me impresionaron la primera vez. Qué frío sentí, pero qué alegría poder al fin armar una nueva vida. Luego compramos unas buenas mudas de ropa para ir a clase, cuadernos y un morral.

—Así vas a estar bien linda, Manuelita —dijo Gloria Isabel, mirándome con una de las pintas en el probador de un almacén de la carrera trece—, esos muchachos van a caer redondos al suelo contigo.

Un par de días después, ya con todo listo para arrancar clases, Gloria Isabel dijo que se devolvía para Cali. Le agradecí por todo y la acompañé al aeropuerto a tomar su avión.

—Qué orgullo tan grande me das, mi niña —me dijo.

Al despedirnos, me dio un abrazo y le sentí la respiración agitada. Luego me besó en la frente y se fue por el corredor de salidas. No le vi los ojos, pero supe que estaba llorando. Un poco más allá paró y se dio la vuelta. Nos hicimos otro adiós con la mano y al perderla de vista volví a la calle a tomar el Transmilenio. Ahora llovía. Las gotas me escurrían por el pelo hasta las mejillas, pero había algo más. Estaba llorando yo también. Era la primera vez que lloraba, pero no escondí la cara. No es lo mismo llorar en medio de la lluvia en una ciudad en la que nadie te conoce. Me sentí fuerte.

En ese preciso instante timbró el celular y contesté muy rápido, pensando que era Gloria Isabel desde el avión.

Era Castillejo, el abogado de Cali.

—¿Manuela? —dijo—. Sé que estás en Bogotá, pero tengo que darte una noticia muy dura.

Mis músculos se tensaron, como un animal que presiente el peligro o va a ser atacado.

—¿Qué pasó?

—Es tu mamá. La acaban de hospitalizar de urgencia. Lo mejor es que te vayás para el aeropuerto y yo te ubico allá un pasaje.

—Ya estoy en el aeropuerto —le dije—. ¿Qué pasó?

Castillejo guardó silencio unos segundos.

—Le quemaron la cara con ácido.

7.

Esperar es algo que sé hacer muy bien, en cualquier lugar, así que pasé la tarde en el hotel, leyendo y tomando notas. Esto a pesar de que mi ansiedad crecía y crecía. ¿Por qué no sonaba el teléfono?, ¿dónde estaba Juana?

Las explicaciones que se me ocurrían eran estas:

Habían pasado menos de veinticuatro horas desde su llamado y no pensó que yo respondería tan rápido.

Vendría esta noche.

No imaginó que yo estaba tan cerca de Madrid. Tal vez pensó que seguía en la India.

La toma de la embajada de Irlanda colapsó los accesos a la ciudad y está atrapada o retenida en algún lado.

Pero todas caían estrepitosamente al suelo si me hacía la más banal de las preguntas: ¿por qué no llamaba al hotel y preguntaba por mí?, ¿no había visto mi mensaje?

Alrededor del hotel había un revuelo de gente, como si una multitud intentara cruzar al otro lado de la avenida y los del frente, por algún motivo, se lo impidiera. Abrí la ventana y volví a escuchar gritos.

—¡Muévete ya, coño!

—¡Que te den por culo!

—¡¡¡¡¡Tocotocococtóórrrrrr!!!!!

Esta vez vi al helicóptero surgir entre las azoteas y quedarse estático, por unos segundos, sobre la Gran Vía. Un Augusta Bell de laterales abiertos, con soldados en los flancos y ametralladoras Gatling de trípode. España estaba en guerra. Luego, como un ruidoso insecto, volvió a alzar el vuelo.

No podía hacer otra cosa que quedarme ahí, observando el tumulto de la calle, así que me senté al lado de la ventana. Era un buen lugar para contemplar lo que pasaba en la ciudad.

También España era presa de un incesante movimiento humano que tendía a la periferia. Una gran mutación colectiva y un periplo de regreso. Los había visto en el aeropuerto pero también estaban ahí, en las atestadas bocas del metro o a la espera de improbables buses. La Europa del Sur se había dividido entre ricos y pobres, trabajadores y desempleados. Incluso se abría paso otra clasificación: entre personas útiles y marginales.

Como en el mundo protestante, la moral se inclinó a favor de los que pudieron resistir, los respetables, mientras que una silenciosa desaprobación cubrió al desposeído. El viejo vicio hispano de confundir el genio con la figura se propulsó a niveles altos. El culto a lo superficial, heredado del fin de siglo, se entronizó. Gafas oscuras Dolce & Gabbana, 450 euros + IVA, ¡me llevo un par! Calzoncillos Abercrombie, 45 euros + IVA, ¡quiero media docena! ¿Cuál es el último *tablet*? ¡Me lo llevo! ¿Seguro que no es chino? Mira mis pestañas largas, mira mis uñas decoradas, mira los músculos de mi abdomen, aprecia mi vulva depilada con láser rosa, como la espada de Darth Vader; admira mi cuerpo bronceado en pleno invierno, ¿no es hermoso todo esto? La vida es bella, muy bella. Por eso quiero exhibirla, ¡que el mundo me vea y lo sepa! Quiero muchos *likes* en mi página de Facebook.

Tú, en cambio, eres feo, pobre y triste.

En medio de la hecatombe, la minoría afortunada practicó la combinación de todas las formas del lujo y la frivolidad, y entre ellas la risa. ¿Es un momento difícil? Lo mejor es estar riéndose la mayor parte del tiempo. La televisión se llenó de espectáculos cómicos, humoristas, *talk shows*, *stand-up comedies*, imitadores, cuenteros... ¡Surgieron como hormigas! Todo el mundo quería contar un chiste porque era necesario reírse a carcajadas. ¿Qué antídoto contra la realidad puede superar a la risa? ¡Ninguno! Hay que divertirse. El cine y la televisión, la música y la literatura deben ser divertidos. ¿Para qué si no? Bah, olvídate de Kafka. Es un pesado. Mejor una serie gringa, ¡son buenísimas! ¿Ya viste *Breaking Bad*? Pero antes tómame una foto en la playa, otra en el balcón del *bungalow* y otra en el buffet *gluten free* del Marriott. Vamos rápido a subirlas a la red. ¡Queremos contarle al universo que somos felices y estamos en las Seychelles!

Hermosos y felices, sí. Claro que sí.

¿Dicen que somos individualistas y superficiales? Bah, es pura envidia. El mundo es injusto y no por culpa mía, fíjate, ¡si la misma OCDE dijo que en treinta y cuatro de sus países el ingreso del 10 % más rico es diez veces mayor que el de los pobres! ¿Yo qué culpa tengo? Si no fuera tan largo me leería el libro de Thomas Piketty, *El capital en el siglo XXI*, pero claro que lo compré. Según me dijeron explica que el problema es justo ese, la desigualdad, o expresado mejor: cuando en una economía nacional los dividendos del patrimonio superan al flujo de la masa salarial. ¿Puedes entender esto? Yo, más o menos.

¡Ven, otra *selfie*!

Del otro lado, melancólicos, están los que observan esa vida feliz, sin llegar a tocarla. Es el mundo en baja resolución de los que están por fuera de la fiesta, oyendo la música desde la calle. Quisieran ser activos y enérgicos, pero no pueden. Sus calzoncillos de moda están rasgados, sus gafas rayadas, su *smartphone* se bloquea con las nuevas aplicaciones. Ya no es tan rápido y se apaga todo el tiempo. ¡Hay que comprar algo nuevo para sentirse mejor!

No te preocupes, les dice la realidad. El hecho de que estés desempleado y bastante jodido no quiere decir que no puedas ser feliz. Existen supermercados de descuento para personas como tú, golpeadas por las nuevas tendencias de la economía global, hipermercados universales de bajo costo dirigidos a ti, el *neopobre* de Occidente; y además están muy cerca de tu casa, basta cruzar la calle para comprar unas gafas de sol muy parecidas a las buenas que sólo cuestan quince euros y unos calzoncillos a siete, pruébatelos. Verás que ni se nota. No es tan malo. Mira estas tabletas coreanas, son idénticas. Basta acostumbrarse y la verdad es que hay cosas lindísimas. Tú estás jodido, nadie lo niega, pero no olvides que hay zonas enormes del mundo, como Bangladesh o Filipinas, donde, por fortuna, la gente está mucho más jodida que tú y trabaja por una miseria, son casi esclavos y hay menores de edad en las fábricas y no tienen seguridad social ni cesantías. Gracias a ellos podemos ofrecerte algo de buena calidad. ¡Y a precios imbatibles! ¿Quién va a darse cuenta?

El mundo es cruel, aunque no tanto. Y, sobre todo, es enorme y multicolor y variado en su generosa oferta.

Voy a ponerte otro ejemplo.

Muchos de los que aún tienen sueldo fijo, prestaciones sociales, un capital en el banco y carteras de inversión en valores o zonas económicamente seguras aprovechan la desigualdad para irse a Asia y hacer un poco de turismo sexual, que en el fondo es la mejor terapia contra el estrés de la vida contemporánea.

¡Con lo que está en juego y los peligros que acechan!

Allá pueden tener mujeres jóvenes e incluso niños y niñas por una bicoca y beber por las tardes un delicioso mai thai. El atardecer en Phuket es hermoso, imposible de describir con palabras. Lo que no pueda resolverse ahí, en esas playas, seguramente no tiene solución.

Las ejecutivas europeas, aún más estresadas porque a sus obligaciones deben sumar el rudo y desgastante combate de género, prefieren relajarse en el Caribe, donde los negros bien dotados bailan salsa, sonríen y no toman viagra. Lo tienen incorporado. Otras, con bajo presupuesto, van a Túnez en vuelos *low cost*. ¡Hay paquetes realmente interesantes! Los jóvenes magrebíes no son tan altos como los cubanos, pero tienen ímpetu y son más baratos. Permiten descargar un poco de culpa poscolonial y, sobre todo, ¡no te piden que los saques de allí!

El riesgo, claro, es cuando aparece un islamista zumbado con un rifle de asalto en la exclusiva zona del Hyatt Beach de Djerba y, como si nada, rafaguea a dos o tres docenas de turistas blancos en la playa. Gordos y adiposos ingleses que pasan sin transición lógica de su piña colada y su crema para estimular el bronceado a las nubes del paraíso, o tal vez al infierno de otra playa más árida. ¡Ese maldito Estado Islámico está empeñado en jodernos las vacaciones!

Y… ¿los que ya no pueden viajar, los que reman contra la corriente para combatir el peso de la vida diaria? ¿Cómo hacen estas almas para encontrar alivio?, ¿cómo combaten la terrible soledad, la frustración y el malestar vital?

La posmodernidad también ha pensado en ellos. Entre los inmigrantes que sobrevivieron y se quedaron en Europa está por supuesto el gremio del servicio sexual transeúnte, cuya actividad no conoce de crisis y está siempre ahí, al atardecer, en vías de entrada y plazoletas de la ciudad. ¡La necesidad de aliviarse no se rige por el *spread* ni los índices del Euribor o la Bolsa de Milán! La entrepierna se recalienta sin hacer caso de alícuotas; las clases sociales sienten deseos irrefrenables, es la promiscua modernidad y todo el mundo quiere pasar a la acción. El viagra y el cialis son las pastillas más vendidas de la farmacopea universal en un mundo repleto de hombres nerviosos. Estamos mal, pero el mayor pecado es el desaliento. Deja el onanismo para cuando sea más caro o estés realmente jodido.

Por eso las vías de salida de muchas ciudades siguen poblándose, al atardecer y hasta la madrugada, de jovencitas semidesnudas de los antiguos segundo y tercer mundo que, no de forma muy voluntaria, están ahí para hacerles pajas y mamadas a los varones del extinto primero.

Ofreciendo el pasajero alivio de la fornicación.

El hombre atormentado por el estrés invita a subir a la joven y se dirige a un callejón cercano que, a esa hora, ya está cubierto de condones usados y kleenex sucios. Estaciona, apaga el motor y se baja los pantalones hasta las rodillas. Dependiendo de lo que busque reclina el sillón o simplemente se recuesta hacia atrás. Ella inicia el chupamiento e intenta convencerlo de que amplíe el servicio. Lo invita al consumo. Quiere obtener más rédito sobre una transacción ya pactada ofreciendo pequeñas extensiones a bajo costo, como los exhibidores al lado de las cajas en los supermercados. Capitalismo puro.

"¿No te gusta mi cuerpo?", exclama, moviendo la cadera. Luego continúa su trabajo, haciendo que su cabeza suba y baje entre las piernas del cliente. Al fin el hombre se decide y saca otros veinte euros. Ella se le monta encima y la erección no resiste a pesar de haber tomado el cialis hace tres horas. ¡Putas medicinas genéricas! Es tarde. Ahora el hombre tiene un poco de miedo y mira por el retrovisor. La verdad es que ese paraje oscuro sería ideal para un atraco. Se imagina que el socio de la jovencita ya se está acercando, agachado, con algo en la mano, y esa idea hace que su ciálica erección desaparezca por completo. Vigila los retrovisores. Piensa en las preguntas de la policía, en lo que tendría que explicarle a su esposa.

"¿Qué pasa?", pregunta la *ninfetta*, contenta porque sabe que ya se ganó la plata y el hombre no podrá hacer nada. "Vamos", dice él, nervioso. Ella se sube los calzones, alisa su falda y se baja muy cerca de donde el hombre la recogió. Ya en la calle saca del bolso un frasco de jabón líquido antibacterial y se frota la entrepierna. Se lava las manos y la boca. Se traga un Halls de menta, se retoca el maquillaje y vuelve a la carretera, a su emplazamiento que tanto trabajo le ha costado defender.

También los travestis hacen furor en épocas de deflación y auge de cláusulas de riesgo, pues su servicio es más complejo y se dirige a una psique que no sólo está atormentada por los tiempos modernos, sino que se hace preguntas y no logra resolver su ambigüedad. En el gremio las brasileñas mandan la parada, pero también las colombianas y dominicanas. Algunas se quitaron los dientes frontales para hacer un tipo especial de mamada conocida como "mordisco de tigrillo" o "mordisco de bebé", uno de los productos más costosos de su catálogo. Todas llevan en sus carteras pastillas de viagra, pues la mayoría de los clientes lo que buscan es un pene engastado en cuerpo de mujer que los sodomice. De nuevo el extinto tercer mundo incrustándose en el extinto primero, aunque no a la fuerza y en este caso con mucha vaselina. Formas innovadoras y no convencionales del viejo diálogo Norte-Sur.

Volví a encender la televisión en el canal de noticias.

Ahora la toma había entrado a una fase distinta. Se percibía una estabilización de fuerzas. El secretario general de la OTAN había llegado a Madrid y en ese momento se reunía a puerta cerrada con la célula de crisis de la Moncloa.

¿Qué estaba pasando allá afuera?

Tras el primer degollamiento el comando decidió detener las ejecuciones por veinticuatro horas, dándoles tiempo a los negociadores de preparar su propuesta. Al fin y al cabo, Boko Haram también debía saber que Irlanda y España no eran fuertes ni decisivas —no inclinaban la balanza— en las coaliciones internacionales, y por eso no les era fácil lograr que se detuviera o al menos atenuara un plan táctico de bombardeos a la infraestructura militar y a las casas "seguras" de los líderes del Estado Islámico, que era lo que en ese momento más daño le hacía al proyecto de Al-Baghdadi.

Imaginé a Juana desesperada, intentando llegar a Madrid desde algún aeropuerto español de provincia o desde alguna ciudad del sur de Francia. Los vuelos estarían colapsados, lo mismo que los transportes férreos. Había controles policiales por todas partes. ¿Por qué me citó en Madrid si no vive aquí?

Hacía rato que había anochecido y pensé, de nuevo, en salir a la calle. Dar una vuelta, tal vez ir hasta la plaza de Santa Ana. Hacía rato no oía el helicóptero y abrí la ventana. El ruido de la Gran Vía entró como una tromba. Los pitos, el estrépito de la gente vociferando en sus teléfonos, los frenazos.

Miré hacia la calle Clavel y vi a un drogadicto orinando detrás de un contenedor de basura.

—Follar no follaré, ¡¡pero cómo meo!! —gritó.

8.

Yo, Tertuliano, y mi República Universal

Me acerco al micrófono, lo saco de la base y me lo pego a la boca. Miro hacia arriba y tomo aire con fuerza por las fosas nasales. Desde ahí, las luces del salón son como estrellas de un firmamento modesto y privado. Entonces trazo un arco con la mano y grito:

"¡¿Ustedes están conmigo o contra mí?!".

El estruendo de la respuesta hace temblar los muros y el tablado. Es como un embate de viento que me golpea la cara.

"¡¡¡Contigo!!!" —gritan allá abajo.

Es así como suelo comenzar mis mítines, y luego, cuando esa primera ovación disminuye, fijo los ojos en algún espectador y me dirijo a él. Regulo la respiración y empiezo mi arenga:

"¡Porque ya llegó el momento de tomar posición, de arriesgarse por la vida inteligente y sagrada en la Tierra, de no ser blando!

¡No se puede ser blando en el mundo de hoy!".

Y el público repite conmigo: "¡No se puede, no se puede!".

En este punto la gente grita, hay chiflidos, bufidos y yo sé que ya los tengo en la mano. Ahora puedo llevarlos donde quiera.

Y les digo: "Hay que mirar al cielo, a lo más alejado y profundo del cielo, detrás de las nubes, detrás de las silenciosas tormentas y los huecos negros, detrás de los anillos del último y más solitario de los planetas, y repetir esta sencilla plegaria humana:

'No seré blando, Maestros y Abuelos de la Tierra, no voy a dejar que su propiedad se convierta en mazmorra inmunda. No voy a permitir que se vuelva muladar de gusanos que comen carne muerta. No voy a dejar que su reino sea una casa de putas contagiadas y enfermas, ni de drogadictos amnésicos.

No voy a permitir que sus enemigos pululen en las cañerías y sigan destruyendo nuestro único refugio.

Lucharé para que los buenos, los hijos de los antiguos abuelos del mundo, no tengamos que escondernos en nuestra propia casa. El planeta es nuestro, con todos sus ríos y cascadas de agua pura y prados verdes, con su aire y sus colinas, con sus árboles que son sus dedos suaves; nuestras son las tierras limpias y fértiles, las aguas transparentes y los mares, los océanos repletos de peces y plancton y corales que ese oscuro enemigo, sea quien sea, quiere destruir y ensuciar; a ellos no les importa convertir el mar en cementerio líquido, en depósito de cadáveres, pero yo pelearé porque quiero que siga siendo el origen de la vida y el agua nuestra segunda sangre.

Porque quiero el aire limpio que va a los pulmones y nos da aliento, ese aire que irriga lo que está vivo para permitirle seguir. No dejaremos que los enemigos destruyan nuestra ciudadela.

Ya perdimos Europa, aún nos queda América.

América del Sur y del Norte. También del Centro y el Caribe.

América, América.

La verdadera y única ciudad de los Maestros antiguos.

Nuestra República Universal.

Tenemos armas y fe en la verdad. Estamos dispuestos a morir. Qué honor y qué alegría caer protegiendo esta República.

Somos un grupo que se defiende de los virus que infestan la Tierra. No somos políticos, pero tenemos una política. El mundo sufre un grave problema inmunológico y nosotros somos sus anticuerpos.

Hay que atacar al espíritu infeccioso. Hacerle frente a esta nueva oleada de violencia psíquica y neuronal. Protegeremos este reino en nombre de nuestros viejos Maestros"'.

Esto es lo que vengo diciendo en mis charlas, y fijate que al principio éramos… ¿qué serían?, ¿diez, quince personas? Y hoy, ¡no te lo vas a creer! Vienen miles a escucharme, y claro, ¿cómo no van a venir? Yo soy el que soy, como el de la Biblia, pero con algo más. Soy alguien que nadie espera que exista.

Acá me tenés, cónsul. Soy argentino, ya te diste cuenta. Y otra cosa que muy pocos saben, un gran secreto que yo te voy a contar porque me caés bien y sos amigo de Juana. Cerrá un momento los ojos para escuchar lo que voy a decir. Dale, cerrá, ¿estás listo? Va:

Yo soy hijo del papa.

No, loco, no te riás, lo digo en serio.

Vos no sabés las cosas que yo sé, y no tenés por qué saberlas. Me llamo Carlitos, soy de Córdoba, República Argentina, aunque tantos años en España me hayan sacado este acento raro y algo sucio que tengo. La parte izquierda de mi cerebro, la que se ocupa del lenguaje, no ha sido muy golpeada, aunque he recibido electroshocks y mi espina dorsal fue arrollada varias veces por un camión violento llamado "pasión por el rugby". He recibido golpizas, tengo cicatrices. Son mis heridas de guerra y por eso me afeito el cráneo. El paso del tiempo es algo violento. Abracé a algunas personas antes de salir de este mundo y a otras yo mismo las senté en el cohete en dirección al más allá. He estado en centros de reclusión psiquiátrica y no niego haber tenido problemas. Fui propenso al alcohol y sobreviví con pura fuerza de voluntad. Hoy mis adicciones son cosas de chicos: al dentífrico de fresa, a la comida basura, al dulce de leche. Una tarde me comí catorce paquetes de galletitas Oreo y dos litros de yogur con sabor a kiwi, y aquí estoy. Soy robusto pero no hipertenso. Ojalá todas las peleas del mundo fueran tan fáciles.

Eso te gustó, ¿no es cierto?

Que no sea porteño, quiero decir. Por fuera de Argentina es mejor no ser porteño, en todos lados creen que sos un tarado arrogante y puede que en algunos casos sea cierto, pero no siempre. Lo de ser hijo del papa, en cambio, es una de las pocas certezas de mi vida y te lo puedo demostrar, aunque tampoco necesito hacerlo. Simplemente es así.

Más curioso aún si te digo que no soy católico. Yo sólo creo en los huesos que se pueden extraer de la Tierra y en los frutos de esos huesos. Son mis hermanos mayores, mis abuelos, mis maestros. A esto podría llamarlo *Teoría de los orígenes*.

Te voy a contar cómo fue.

Mucho antes, cuando era provincial de la Compañía de Jesús en Santa Fe y Buenos Aires, Bergoglio tuvo que hacer un viaje a Córdoba por un asunto un poco retorcido y secreto. ¡Esperá! Fue sólo un fin de semana, un insignificante fin de semana, pero creo que en esos tres días él vivió el momento más profundo de su vida antes de ser elegido papa.

Ya te lo explico todo, vamos con calma.

¿Te acordás de la toma de La Calera por los Montoneros? ¡Qué te vas a acordar vos, si eso es historia argentina! Fue la primera acción montonera con la que, por decirlo así, se presentaron en sociedad. *Bonjour tout le monde!* Pum, pum, pum. Los cagaron a balazos y hubo errores, pero al final la cosa salió bien. Entonces al año siguiente, en 1974, hicieron un secuestro grande: dos peces gordos de la industria de los cereales, los hermanos Born. Los agarró un comando como de cuarenta tipos, bien armados y con disfraces, cuando iban por una carretera. Chicos, ¿nos vamos de paseo por el bosque? ¡Fue una cosa de locos! Lo increíble es que les volvió a salir bien, porque a los seis meses soltaron al primero y a los nueve al otro, claro, después de un modesto pago de sesenta millones de dólares.

¡Sesenta lucas verdes! Una cosa muy grossa.

Ese secuestro fue el origen de mi vida, de mi modesta vida. Lo digo en serio. ¡Esperá!

Mi madre, que es una vieja soñadora y loca y por supuesto irresponsable, era por esos años militante de izquierda en Córdoba, hija de obrero siderúrgico y líder sindical, de origen alemán para más señas, en fin, te imaginás la película. Así fue como acabó metida en un grupo de apoyo urbano a los Montoneros. Recibió formación militar, ¿eh? No fue una cosa pequeña. Cuando llegó el secuestro de los Born, todo el mundo se tiró de los pelos y a la gente que andaba en militancia le tocó pisar suavecito, porque había informantes en todas partes y la policía tenía mil ojos, no te olvidés que por ahí estaba López Rega y la Triple A. Cada día de secuestro de los Born era una victoria para los guerrilleros, ¡al que agarraran lo hacían mierda!

En medio de eso se hizo la negociación con la empresa, la Bunge & Born, y por supuesto hubo momentos tensos, de extrema dificultad. Es normal, ¿no? Los muchachos por nada se ponían nerviosos y desaparecían, todos desconfiaban.

En medio de ese lío monumental, con un clima de terror bárbaro, los de la Bunge & Born le pidieron a Bergoglio viajar clandestinamente a Córdoba y tener un encuentro con alguien de la organización montonera. Llevar un mensaje de apaciguamiento, en suma. ¡Eran tiempos de guerra y a la Compañía de Jesús y a su provincial los respetaba todo el mundo!

Bergoglio habló con Bunge en su oficina de Mar del Plata y al final aceptó el encargo. Creyó que podía ayudar a liberar a esas dos personas, ¡y claro que ayudó! A los pocos días viajó a Córdoba de civil, mimetizado entre la gente. Nada de sotanas ni alzacuellos, y se alojó en un hotel del centro, el Contemporáneo. Ahí debía esperar las instrucciones, pero al llegar a la recepción se sorprendió de no encontrar nada. No había ningún mensaje para él. Entonces decidió esperar, quedarse sin salir de la habitación, pues ¿a dónde iba a ir? ¿Qué ganaría con eso? El tiempo fue pasando y el pobre hombre seguía ahí, sin entender. ¿Por qué nadie lo llamaba? Había llegado al hotel al mediodía y ya eran más de las siete de la noche, y yo creo que Bergoglio debió tener un momento de duda, debió pensar "me largo", pero al final no se fue, ahí se quedó, llamando cada tanto a la recepción para saber si había algún mensaje o cualquier novedad. Ignoro si se registró con su verdadero nombre, pero yo creo que no. Si iba en misión secreta no sería tan boludo, ¡qué sé yo! El hotel Contemporáneo desapareció a fines de los ochenta y vaya usted a saber qué fue de sus cuadernos de registro. Habrán desaparecido. ¡Esto pasó hace muchas décadas!

Te sigo la historia.

Bergoglio espió la calle por la ventana, imaginó que escuchaba pasos en el corredor, cerca de su puerta, pero nada. Sólo silencio. Quiso irse, salir de ahí, pero algo lo retuvo y esperó un poco más. Sintió que no podía alejarse de ese hotel hasta que no pasara algo, hasta que alguien se manifestara, y así transcurrieron la noche y la mañana del otro día. Tampoco se atrevió a llamar a los de la Bunge & Born, pues creyó que el teléfono podía estar intervenido. Cuando uno está en misión secreta todo es posible.

Después del almuerzo, que al igual que la cena de la noche anterior había ordenado al cuarto —nada especial, apenas un sándwich de pollo y una Coca-Cola normal, recordá que en esos años aún no existían las bebidas dietéticas—, a eso de las tres de la tarde, oyó por fin que alguien golpeaba a su puerta, y luego una voz:

—¿Servicio de lavandería?

Bergoglio se levantó del sofá y fue a ver por la mirilla de la puerta. Afuera había una mucama, pero él le dijo sin abrir que no había pedido ningún servicio. La mujer se persignó y señaló la puerta, entonces él abrió y ella entró muy rápido. Esa mucama… Vos ya te lo estás imaginando, ¡era mi vieja! Se saludaron con timidez e intercambiaron en voz baja algunas palabras: él le dio el mensaje que debía transmitir a la organización y ella dio el suyo para los de Bunge & Born. Ya estaba hecho. La misión se había cumplido.

Mi vieja, antes de salir del cuarto, miró a Bergoglio a los ojos y le pidió permiso para hacer una pregunta, y él dijo que sí, que claro, y entonces ella quiso saber si era verdad todo eso de la vida eterna, si era cierto que después de la muerte uno se transfería a una segunda dimensión y seguía siendo uno mismo, y si eso era cierto, quería saber de dónde lo habían sacado, cómo habían podido saberlo sin estar muertos. Se lo preguntó con absoluta sencillez y cierta urgencia en el modo de mirar. Claro que mi vieja era atea y comunista, imaginate, pero nunca había tenido tan cerca a una autoridad religiosa y por eso se atrevió, se ve que era algo que la venía rondando desde antes, pero según contó mi vieja, Bergoglio no le contestó de forma directa, diciendo sí o no, sino que empezó una historia que después ella me transmitió a mí y que, claro, he usado mucho en mis mítines.

Es la historia de una caravana de encapuchados que va por el centro de una ciudad en ruinas, en silencio y en fila, todos siguiendo a un líder por la calzada que sube hacia lo alto de la montaña, allá muy arriba, donde se alcanza a ver una cruz, y es como si en esa cima estuvieran el último templo y la última cruz del mundo, y por eso ese grupo de hombres se dirigía hacia allá, en medio de edificios desplomados y casas derruidas, autobuses incinerados y cadáveres descompuestos, cruzando el aire fétido, eludiendo cuerpos de hombres y animales ya rígidos sobre el asfalto.

Era extraño, en medio de ese estrambótico apocalipsis, ver a una columna de encapuchados caminando en silencio, pero ahí estaban, firmes, no serían más de veinte y a medida que subían por la calzada su andar se hacía más lento, quién sabe desde dónde vendrían estos pobres diablos, abandonados de todo dios y de toda palabra creadora, pero que seguían creyendo contra toda esperanza en ese símbolo de allá arriba, esa cruz aún en pie, tal vez el último templo sin destruir que quedaba sobre la faz del mundo. Cuando la caravana se internó por una especie de trinchera uno de los caminantes cayó al suelo, cayó simplemente, sin más, haciendo el ruido que hace un bulto al golpear contra una superficie sólida, plop, nada más, pero ninguno de los caminantes se detuvo, las vidas acaban y los demás siguen, es lo que parecían decir con su silencio, y así, poco a poco, encararon la última cuesta a través de una escalinata, una subida muy dura, pero los encapuchados procuraron no rebajar el ritmo, un, dos, un, dos, pues había algo militar en su compás, o como si en esa marcha estuviera el equilibrio de algo más frágil y precario que ellos mismos, algo que los superaba en el tiempo y en la memoria, y así siguieron, un, dos, un, dos. Poco después volvió a sonar el mismo ruido de alguien que desfallece y cae, plop, y luego plop, plop, dos cuerpos más, uno de ellos rodó escalones abajo y quedó de cabeza en la cuneta de un jardín donde ya había otros cadáveres y el esqueleto de un caballo, así quedó, en una extraña postura, y los demás, como pasó con el primero, siguieron adelante, es posible que ni se hayan dado vuelta para saber quién fue, quién se quedó por el camino, nada de eso, sólo avanzar y avanzar. El hombre que los guiaba tenía en la mano derecha un largo báculo, no como los báculos enjoyados de los papas, como el que mi padre debe tener hoy, sino un báculo muy sencillo de madera sin pulir, casi una rama de árbol, así lo parecía de lejos, en fin, ese hombre marcaba el ritmo y seguía adelante sin darse vuelta, pues así, viéndolo de espaldas, se podía reconocer que era ciego, por su andar y por el modo de empuñar el bastón, esto a todos les parecía obvio, ese hombre era ciego, pero conocía el camino mejor que los demás, había pasado la vida subiendo al templo, debió recorrerlo todos los días para sentarse en sus gradas, tal vez para pedir limosna o recibir un plato de comida, lo seguro es que ese hombre era ciego y guiaba a los demás hacia lo alto, y tal vez en el hecho de que fuera ciego estaba la explicación de su ritmo frenético, es sabido que a los ciegos pocas cosas los distraen: ni las imágenes de cadáveres ni el asfalto manchado de sangre o la actitud suplicante o sorprendida de los cuerpos inertes, y por eso seguía, paso tras paso, un, dos, un, dos, hasta que hubo otro plop y luego uno más, y cuando se dieron cuenta ya iban por la mitad de la cuesta pero sólo quedaban media docena de caminantes que, de pronto, aumentaron el ritmo, hicieron más veloz el paso, como si los caídos fueran el lastre de un globo que ahora recibía un súbito impulso, ya estaban cerca, ya casi, ya podía verse la mitad del edificio del templo, un muro calado de un blanco resplandeciente que empezaba a volverse gris por la hora de la tarde, y encima la hermosa cruz, el signo que todos llevaban en el corazón, presumiblemente, y hacia el cual, de forma natural, tendían, porque la ciudad destruida y en llamas que fue quedando abajo era para ellos la intemperie del mundo, un lugar frío y sin ley, y al final llegaron a la cima y se precipitaron hacia el edificio, y entonces ocurre algo extraño y es que la historia tiene dos finales posibles, es un poco raro, le dice Bergoglio a mi vieja, raro pero es así, hay dos finales y vos tenés que elegir uno, y se los dijo…

En el primero, el grupo está ya a muy pocos metros del portón, en medio de las sombras, cuando de la noche emerge un furioso estrépito y el aire se llena de balas trazadoras que esplenden en la penumbra y los van derribando uno a uno, entre ahogados gritos; las balas provienen de una densa oscuridad, no se sabe quién las dispara, pero alcanzan a todos, incluido el ciego que, aún herido, se sostiene de su báculo y logra dar una serie de pasos en círculo, cual peonza, hasta que estalla una segunda ráfaga y el aire vuelve a llenarse de humo; dos proyectiles lo impactan en la cabeza y florean la pared con fragmentos de su cráneo. De lo más oscuro de la noche proviene la destrucción y ese valeroso grupo, tal vez los últimos hombres sobre la tierra en creer o llevar una palabra, no logran su objetivo: caen derribados a pocos metros del templo.

Ese es el primer final, le dijo Bergoglio a mi vieja, y ella, haciendo cara de angustia y con cierta melancolía, preguntó, ¿y el segundo?, ¿es igual de triste?, y entonces Bergoglio le dijo, eso lo sabrás tú, cuál de los dos es más triste, yo cuento con decírtelos, el segundo es este:

El grupo llega a la cima y se acerca a la puerta del templo, cae la noche, llegan las primeras sombras; uno de los caminantes se da vuelta y piensa en el largo camino y en los numerosos plops de los cuerpos de sus compañeros y entonces el ciego les dice, entren ustedes, yo sólo puedo llegar hasta acá, ya los he guiado; se sienta en la escalinata, y aunque sea ilógico y no corresponda a la realidad extrae un plato de plástico y lo pone delante para recibir las limosnas, un gesto tan vacío de sentido como inútil, pues ¿quién podría darle algo en una ciudad muerta, en un mundo abandonado y solo? Pero ahí se sentó, igual que todos los días, y los demás, bajándose la capucha de la túnica, fueron entrando a una enorme nave en la que no había nada distinto al mero vacío, una bóveda en la que resonaron los pasos de esos hombres cansados y hambrientos; el eco les devolvía el ruido de su respiración, el pálpito de su pecho, y al hacerlo parecía más intensa su frágil condición de hombres solos, de seres perdidos o abandonados en un mundo de tinieblas, y de pronto uno de ellos, tal vez el más joven o el más fuerte, se adelantó y fue al ábside, donde debería estar el altar, pero al llegar ahí, entre las sombras de la noche, comprobó que no había nada, absolutamente nada, sólo un extraño espejo empotrado en una piedra, no había altar ni la imagen de un dios, sólo su propia imagen reflejada en ese espejo, y así fueron pasando uno a uno por ese extraño sagrario que no era otra cosa que un aterrador espacio desnudo que los hizo pensar en sí mismos, claro, pero también en un abismo y en toda la soledad que ha sentido el hombre, desde el primero que se irguió y caminó sobre dos pies; un altar donde lo único que podían adorar y ante lo cual hacer una venia era su propia imagen, porque de algún modo su soledad y su terrible esfuerzo los convertía en pobres dioses, los dioses de sí mismos, y en ese momento Bergoglio dijo, este es el fin del segundo final, y cuando acabó de hablar notó que mi vieja, que en esa época era una mujer joven, estaba llorando, tenía la cara bañada en lágrimas a pesar de ser una militante curtida, y entonces le dijo a Bergoglio, ¿y eso qué quiere decir, según usted?, ¿por qué hay en esa historia tanta soledad y tanta tristeza?, y él le dijo, no lo sé, me preguntaste si creía en la vida ultraterrena y yo te cuento esto, yo mismo no lo comprendo bien pero es así como debe contarse, y ambos se sintieron muy solos y se abrazaron, pues de tanto hablar y hablar pasó el tiempo y cayó la tarde, no se dieron cuenta y quedaron envueltos en sombras ellos también, en ese solitario cuarto de hotel en el que de pronto había caído el peso de la noche, y bueno, el abrazo que se dieron fue muchas cosas: dos desconocidos que se acompañan y alientan en medio del secreto, el inicio de una respuesta a la historia de los encapuchados que suben al templo, claro, o tal vez a la historia de todos los hombres, o del hombre concreto cuando se encuentra solo y desnudo, sin cantos o ritos, sin metáforas o palabras protectoras, y entonces mi vieja quiso quedarse así, abrazada a ese sacerdote para siempre, evitando remover los demonios de la noche.

Al otro día se despidieron.

Nunca más volvieron a verse y es posible que él no haya sabido siquiera su nombre, y cuando a los pocos meses ella salió embarazada, en lugar de inquietarse, como hacían las demás militantes, se sintió muy feliz, la cara le brilló como una luna, porque eso tan nuevo e insólito que ahora le crecía por dentro había sido engendrado la misma noche en que Bergoglio le contó esa extraña historia, allá en Córdoba, en el desaparecido hotel Contemporáneo, un relato que nunca llegó a entender realmente pero que la acompañó todo la vida, y por eso cuando a Bergoglio lo nombraron papa ella me dijo, siempre supe que tu padre no era de este mundo, y ya lo ves, tenía razón, y bueno, esa es la historia, a los nueve meses aterricé en el planeta, fui criado con modestia y mucho afecto hasta que, en la adolescencia, también yo empecé a sentir extrañas comunicaciones, voces que llegaban de lejos, como de otros mundos, como si hubieran viajado por espacios largos y extenuantes, desde una lejanía en la que tal vez el pasado o la memoria de la Tierra aún nos observa y quiere alertarnos.

Yo vengo de ahí, cónsul. Por eso le hablo a mi gente desde autopistas solitarias y oscuras que ya nadie recorre. Las palabras viajan y deben ser transmitidas, y esas palabras hablan de rescate, de protección, de cuidado. El planeta está enfermo.

Ya se ha perdido mucho en el mundo.

Mi padre y yo luchamos por algo similar, pero desde trincheras diferentes. Él no puede hacer lo mismo que yo porque defiende a un dios que a mí no me habla como dios, sino como hombre. La diferencia entre mi viejo y yo, cónsul, es que en la historia de los encapuchados él elige el segundo final y yo el primero. Lo mío son las balas y lo de él los espejos. Te voy a contar lo que haré cuando esté listo y pueda entrar en acción, es muy sencillo: procurar los medios y la formación teórica y práctica para que nazca un combatiente dentro de cada persona buena. Esto parece banal y sencillo, pero es endiabladamente difícil. Hay un proverbio judío que repito con frecuencia: "Cuando uno sabe qué es lo correcto, lo difícil es no hacerlo". Esa frase nos propone una imagen optimista del hombre, lo sé, tal vez demasiado optimista, como si su propia naturaleza tendiera hacia la bondad, lo que no siempre es verdadero, pero en fin, prefiero una utopía improbable pero posible a una realidad desoladora. ¿Soy un romántico? Puede ser. Odiar el mal es una experiencia romántica porque implica estar solo frente al universo. Y en esa soledad no hay dioses ni teorías, sólo memoria, sólo la pulsión de la vida y el pálpito del presente. Cuando uno pone la mano sobre la tierra con suavidad y la deja un rato siente vibrar, porque ahí adentro se están gestando muchas cosas. Está la verdad, la única de la que disponemos realmente. La vida y el pasado y la propia memoria del mundo que se estratifica se convierte en líquidos o en arenilla. Como tocarle la frente a un niño para saber si tiene fiebre, así toco yo la tierra. En unos veinte mil años habrá una nueva glaciación y todo esto que vemos se va a ir al carajo, ¿eso lo sabía, cónsul? Lo que estamos viviendo ahora es un periodo térmico en el que las temperaturas están entre cero y cien grados, un poco más y un poco menos, pero digo esas cifras porque son las que permiten que exista la vida humana, al menos en los términos en que nosotros concebimos la vida. Pero muy pronto todo lo que conocemos va a estar cubierto por una capa de varios kilómetros de hielo, y los sonidos del mundo serán los sonidos del hielo, las fantasmagorías internas del hielo, porque las montañas y los mares serán apisonados y empujados hacia abajo por ese peso descomunal, y al contraerse, las capas tectónicas se van a desplazar, y cuando al fin todo vuelva a derretirse, ¿a qué se parecerá el mundo? No podemos saberlo. Ni siquiera sabemos si habrá otra vez vida humana. La evolución tendrá que empezar de cero.

Por eso debemos proteger lo que nos queda, es lo que repito en mis charlas. La batalla está perdida de antemano, pero hay que salir al campo y darla igual, porque la vida del hombre es más corta que la vida del planeta. En el interior de cada uno el bien debe triunfar sobre el mal, así después las balas trazadoras acaben con todos y no haya nada que hacer. Morir y desaparecer sin dejar huella es el destino de todo lo que está vivo, pero debemos seguir subiendo por la calzada, tercamente, hacia la cima, allá donde está el templo. A veces ser bueno consiste sólo en poder olvidarse de la muerte. Seguro que sabés lo que es el libre albedrío, ¿no es cierto? La posibilidad humana de elegir entre el bien y el mal, que es lo que permite que el mal exista. Si es verdad que el hombre tiende a la bondad, ¿por qué se desvía hacia el mal? Ah, porque la maldad también es humana y proviene de eso que yo llamo "el deseo de apagar el radar". Es quien no escucha la voz que le dice: no vayás para allá, no salgás esta noche, no hagás eso. La gente que ignora la naturaleza del bien apaga el radar, y lo apaga porque quiere, para chocarse contra las rocas. No hay que sentir lástima. La libertad consiste en poder elegir el mal, aun sabiendo las consecuencias, ¿me entendés? El mundo está lleno de hijos de puta, con perdón, que eligieron en plena conciencia ser hijos de puta. ¿Qué te voy a decir de los humanoides musulmanes o de los amarillos tragadores de arroz? Ellos no eligieron nacer donde nacieron, pero cuando le metés un puñal a una viejita por la garganta o le pegás un riflazo a un hombre que está caído en el suelo, cuando hacés estallar una bomba donde hay gente inocente, ¿no sos un grandísimo hijo de puta? Si no te das cuenta es peor, porque quiere decir que además de hijo de puta sos un tarado, ¿no? Algunos incluso lo celebran, se llenan de júbilo y alaban a dioses ya caducos. Todos los dioses son caducos.

Los amarillos parecen más tranquilos, los *japs*, por ejemplo, pero andá a verlos cuando la cosa se revuelve y sube la marea... Sable, cuchillo, daga, ¡matan con lo que sea! Los demás países de Asia los odian por las cosas que hicieron en el pasado. Las islas siempre quieren edificar imperios, ¿no? Y los chinos ni te digo. ¿Vos viste que allá por cualquier cosa la policía te encana y luego pasás al tiro en la nuca así de rápido? Y encima son comunistas, que lo parió... Por eso, loco, cada uno en su casita y todos tan contentos. Lo digo en serio. Porque bien mirado, el mundo no es tan grande como parece. Si nos metemos a joderles la casa a los demás, esto va a explotar antes de tiempo y de forma más violenta de lo que está previsto.

Por eso hay que combatir y llegó la hora.

Lo repito: ya perdimos Europa, aún nos queda América, y no te equivoqués, cuando digo América hablo de América entera, no sólo de Estados Unidos, que nos afanó el nombre y pretende que nos quedemos con los brazos cruzados. América es el reino de nuestros abuelos y vamos a limpiarlo de escorias y demás plagas. Hablo, por desgracia, de seres humanos. Los violentos, los conspiradores, los drogados y los amnésicos de la religión, sobre todo si son fanáticos musulmanes o judíos, pero también cristianos. ¡Fuera de nuestra república!

No digo que haya que matarlos, no, eso de Hitler hoy se vería mal; basta con que empaquen sus cosas y se vayan; los unos a sus catedrales de odio, los otros a rezar en cuclillas a sus desiertos o a sus sinagogas ensangrentadas. Me da igual. Y los amarillos que salgan de nuestro aire, se laven las manos por última vez y vuelvan a sus arrozales transgénicos y a sus selvas de esmog y a sus ríos contaminados. Que nos dejen nuestra América limpia para vivir en paz y disfrutar lo que queda del mundo, con agua pura y campos verdes y mares azules. Ya estoy armando la red de combatientes. Es una nueva cruzada, llamala como querás. Yo lo hago porque es necesario. El principio de esto, te lo digo a vos, no es ni siquiera político o religioso.

Es un asunto bacteriológico.

9.

Desde que la coalición internacional liderada por Estados
Unidos a través de la OTAN dio de baja a Fadhil Ahmad al-
Hayali, segundo en la *nomenklatura* del Estado Islámico, la
estrategia de los bombardeos a lugares señalados creció con
notables resultados, y así los aviones de guerra, con su enorme poder de fuego, hicieron saltar por los aires fábricas y
depósitos de armamento, carreteras estratégicas, puentes, lo
mismo que "casas seguras" y oficinas de grandes jefes —a
veces con inquilino, colaboradores y familia—, lo que tenía
a los islámicos de Mosul con los nervios de punta, cambiando de refugio a diario, pues tantos y tan detallados aciertos
en lugares aparentemente secretos sólo podían indicar que
alguien, desde el interior, los estaba traicionando, una idea
que pone a cualquier estructura al límite de los nervios.

La respuesta fue una seguidilla de atentados islámicos
en varias ciudades europeas. Un ataque con fusil a una
gasolinera en una autopista de Alemania, con saldo de dos
muertos. Un carro bomba en un *parking* de Amberes y tres
explosiones más en Holanda. Según informes, las labores
de inteligencia de la policía francesa habían logrado detener diecinueve ataques en sólo tres meses. Los trágicos hechos del club Bataclán, en París, significaron una declaración
de guerra a Occidente y, de paso, convirtieron al Estado
Islámico en el mejor aliado de la ultraderecha europea. Pero
este de Madrid, por tratarse de una sede diplomática, pro-
metía ser el más ambicioso. Es lo que decían los analistas

que en los programas de debate de TVE puntualizaban, subrayaban y contradecían lo expuesto antes por otros, sucediéndose a ritmo vertiginoso desde muchas partes de Europa y del mundo. Como si un ejército de estudiosos y graduados de Harvard y Oxford, especializados en la guerra, hubiera estado esperando esta crisis, que para la gran mayoría era más que previsible.

Apagué el televisor e intenté leer, pero fue imposible. La espera se volvía insoportable. Entonces escuché dos golpes en la puerta y mi corazón tuvo un sobresalto. ¿Será ella? Me acerqué despacio y espié por la mirilla. Vi a una mucama junto a un carro repleto de bolsas de ropa. Tenía un gancho en la mano.

—¿Sí? —dije.

—Servicio de lavandería, señor, su camisa está lista.

Abrí la puerta, ¿qué camisa? La mujer revisó su ficha y dijo, ay, disculpe. Es en la 721.

De nuevo anochecía, el ruido de la ciudad había aumentado.

Las ciudades, al igual que las selvas, resuenan cuando cae la noche. Es el momento en que los animales salen de sus cuevas y están al acecho. Se busca la comida y el apareamiento, y eso, colectivamente, produce un gran estrépito. Así estaba Madrid cuando decidí salir del hotel, más irrigada y ruidosa. La gente andaba de aquí para allá vociferando por sus teléfonos, ultimando citas, anunciando visitas. Vi pasar a mi lado esa algarabía sin sentirme partícipe, pero al final cierta nostalgia de mi vida española acabó por imponerse. Pensé en ir a la Cervecería Alemana, en la plaza de Santa Ana.

Cuando me dirigí hacia allá, pasó lo que mucho me temía: cada esquina, desde la carrera de San Jerónimo hasta Sol, y luego la calle Espoz y Mina, que hace treinta años era tenebrosa, fue trayendo un desfile de imágenes, de recuerdos lejanos. En la plaza del Ángel vi el Café Central y sentí una punzada en el estómago. Vivía en Delhi cuando leí la noticia de la muerte de Antonio Vega, el cantante del grupo Nacha Pop que tantas veces oí en este Café Central, aunque no propiamente en el bar, sino desde el balcón del edificio de enfrente, donde pasé una temporada. Un tablero de pizarra puesto en el suelo lo anunciaba: "Hoy Nacha Pop", escrito en tiza blanca.

Luego llegué a la plaza de Santa Ana por la esquina del hotel Reina Victoria, al que jamás entré y cuyas ventanas tenía por costumbre mirar, hacía ya tres décadas, cuando acompañaba a mis amigos argentinos a vender mascaritas de cuero en esta misma plaza. En esos años la venta ambulante no estaba prohibida. Miraba las ventanas del Reina Victoria e imaginaba escenas de mujeres sofisticadas y seductoras, de largas piernas, frente al espejo, lavándose o saliendo de la ducha, envueltas en toallas mullidas y siempre blancas para vestirse muy despacio y salir luego a cenar a algún lugar especial de Madrid.

A pesar de la crisis y la toma de rehenes encontré ríos de gente en todas las calles, una poderosa algarabía. ¿No decían los analistas que la gente estaba nerviosa? Los españoles son exagerados y, en el fondo, Madrid es un gigantesco bar. Es muchas otras cosas, claro: una gigantesca librería o un enorme ring de boxeo. También un *call center*. Todo el mundo llevaba el celular en la oreja, gritando y gritando cosas.

—¡Pues vaya jeta la tuya, maja!

—¿Dónde estáis? ¡¡No os veo!!

—… no, espera, tío, pero es que ahora viene y me dice que le tengo que contar a Lucía, ¿y yo qué coño le tengo que contar a Lucía?, y va y me suelta….

Hablar a gritos por el sacrosanto aparato parecía ser el gran pasatiempo nacional, tal vez para mantener a raya el tedioso silencio, a toda costa; como si callar pusiera en peligro la propia existencia y fuera un modo de rendirse o claudicar; como si imponerles mi cháchara y mis necias palabras a los demás, a la fuerza, fuera un nuevo derecho humano. ¿Es el silencio algo *démodée*, caduco, derogado?

De pronto, de lo alto, surgió un poderoso foco de luz que hizo un giro rápido sobre la plaza. Era de nuevo el helicóptero. ¡Ese problema aún estaba allí! Pero la gente, a mi alrededor, parecía enfrascada en otros dilemas, en el exigente esfuerzo por pasarlo bien y olvidar lo superfluo.

Tuve suerte de encontrar libre una de las pocas mesas exteriores de la Cervecería Alemana, y desde ahí seguí concentrado en el hotel Reina Victoria, con sus luces violeta. Pedí una cerveza y unos chipirones, una ración de calamares y un pincho de tortilla. Luego otra cerveza, y otra más. La comida de Madrid es deliciosa y el cuerpo hace un extraño acomodo para darle más cabida, qué sabores. El adolescente que vivió allá hace tres décadas pidió a través de mí un chupito de whisky y otra cerveza. El mesero, sudoroso, repitió el pedido:

—Caña, un chupito de JB y otra de calamares.

España, España.

—¡Y una de croquetas!

Este último grito parecía venir de muy atrás, de las épocas del Café Comercial en la glorieta de Bilbao. Aunque mi bar de juventud fue La Blanca Doble, en la calle Santísima Trinidad, barrio de Chamberí. Frente a ese bar, en el número 9 de la calle, viví cinco años, todo el tiempo que duró mi carrera universitaria. Compartí un apartamento con el joven poeta —hoy fallecido por propia mano— Miguel Ángel Velasco.

Llegó el chupito de JB, la caña. Y con ellos más recuerdos. Algunos alegres, aunque tristes de recordar. Otros sólo muy tristes, con esa extraña pesadumbre que es una mezcla de nostalgia e imposibilidad de encontrar un camino de regreso. Al pensar en mi vecino y, por esos años, también hermano, el poeta Miguel Ángel Velasco, mi mente dio otro salto: ahora estaba en Barcelona, en el mes de septiembre de 2011.

Más que recordar, vi lo que pasó ese día como en una moviola:

Doy un paseo por los anaqueles de la librería Central, me detengo, leo el lomo de un libro y abro otro, miro el orden alfabético. Estoy buscando dos cosas: la *Poesía completa* de José María Panero, y *Zen y el arte del mantenimiento de la motocicleta*, de Robert Pirsig. En esas estoy, sobrevolando títulos, cuando algo en la mesa de novedades me llama la atención: *La muerte una vez más*, de Miguel Ángel Velasco. Lo abro y miro la foto de la solapa, su rostro siempre tan teatral. Luego la información biográfica, pero al leerla siento vértigo y la librería comienza a dar vueltas a mi alrededor. El texto comienza diciendo:

"La prematura muerte (el 1 de octubre de 2010) de Miguel Ángel Velasco, a los 47 años, conmovió tanto al mundo de la poesía…".

—Otra cerveza con chupito de JB —pido al mesero.

—¿Algo más de comer?

—No, sólo la bebida.

—Ya mismo.

Me emocioné hasta las lágrimas, de nuevo, y di un salto a otra fecha: ahora es el 18 de septiembre de 1985, cuando aterricé por primera vez en Madrid. Tenía diecinueve años. Anhelaba sobre cualquier otra cosa en el mundo escribir novelas, y lo único que, según pensé, me mantendría cerca de ellas era estudiar una carrera como Filología Hispánica. Buscando un sitio para vivir encontré un aviso en el periódico *Segunda Mano* que decía: "Se alquila habitación doble en piso compartido". Era en el número 9 de la calle Santísima Trinidad y para allá me fui. Un lugar amoblado, con dos habitaciones contiguas y un balcón a la calle, en el cuarto piso. No tenía teléfono. Estaba muy bien de precio y la ubicación era perfecta, así que decidí tomarlo. La propietaria, una anciana de La Rioja llamada Visitación Isazi, me dio la bienvenida y dijo: "El otro joven que vive acá es un poeta de Palma de Mallorca, os llevaréis bien".

Esa misma noche lo conocí.

Entró como una tromba, tocó a mi puerta, se presentó y quiso saber si había oído sonar su teléfono (él sí tenía). Le dije que sí, que varias veces. Yo, oriundo de la muy provinciana Bogotá ("un joven limpio de corazón, recién llegado de provincias"), jamás había visto a alguien como él: pelo largo en bucles, botas de equitación, camisa de corsario rosada abierta en el pecho, collares, anillos, pulseras. Entró a su parte de la casa (también dos habitaciones contiguas, más grandes y cómodas que las mías, con una decoración que parecía de film de Alex de la Iglesia) y al rato, por una puerta condenada entre nuestros respectivos salones, lo oí decir al teléfono:

—¡Pues lo celebraré!

Luego llamó a varias personas, eufórico:

—¡Gané el Ciudad de Melilla! ¡Un millón de pesetas!

Más tarde empezaron a llegar amigos y de nuevo tocó a mi puerta:

—Ven a celebrar con nosotros —dijo—, me acaban de dar un premio.

No me atreví a preguntarle de qué, pero lo supuse.

A partir de ese día, Miguel fue mi gran compañero. Me hizo leer poesía española. Conocí a su entorno, sobre todo a Agustín García Calvo y a la poeta Isabel Escudero (aún recuerdo un verso suyo: "Muerte, ven a llevarte el pensamiento de la muerte"). Leí a Rilke, su adoración, y a Borges, al que recitaba como nadie. Con él confirmé mi gusto por Rimbaud, Baudelaire, Heine, los sonetos de Shakespeare.

Miguel no leía novelas, sin embargo le presté *Cien años de soledad* y la leyó en una noche. Al día siguiente dijo:

—Es un poema ininterrumpido.

A veces me despertaba en la madrugada para leerme un verso que acababa de escribir, o leíamos en voz alta cuentos de Poe con candelabros encendidos, bebiendo el vodka con licor de coco que el novio de su abuela le regalaba. Cuando leí *La decisión de Sofía*, de Styron, me pareció familiar esa relación entre el joven sureño recién llegado a Brooklyn y el adorable loco llamado Nathan.

Miguel, al igual que yo, vivía lejos de su familia, así que pasábamos las fiestas de Navidad y Año Nuevo juntos, en bares, bebiendo y recitando. Él, por sus modos aristocráticos y su larga cabellera, tenía un éxito increíble con las mujeres. Concebimos mil proyectos alocados, como el de aprender latín para que nos respetaran en los bares. Bebimos, leímos, visitamos burdeles, escuchamos música clásica en su tocadiscos portátil, vibramos con los goles del Real Madrid de Butragueño (él), y con los del Atlético de Madrid de Baltazar (yo), agotamos la ciudad de noche, toda entera, miles de veces.

Le leí mis primeros cuentos, sobreponiéndome a la timidez, y para mi sorpresa los aprobó. Y en esos años fui el primero en leer cada cosa que escribía. Nunca he vuelto a conocer a nadie tan convencido y seguro de su genio.

A veces me decía:

—Escucha esto, tú que tienes buen gusto lo vas a apreciar —y me leía su último poema.

De esos años fue una modesta publicación suya, *Pericoloso sporgersi*, pero leí con entusiasmo sus primeros libros, sobre todo *Las berlinas del sueño*, con el que obtuvo el Premio Adonais a los dieciocho años. Tenía veintitrés y la muerte era su gran tema, su amante, su obsesión.

Compartimos el viejo apartamento por cinco años, hasta que los sobrinos de Visichu nos echaron a patadas para remodelarlo y obtener un mejor rédito. Luego yo me fui a París y nos perdimos, como se perdía uno de la gente en esa época, anterior al correo electrónico y las redes sociales.

Nos encontramos un par de veces al azar, aquí y allá, pero nunca con la misma intensidad de esa alocada juventud. Era normal. Murió cuando yo vivía en India y no me enteré. Luego el poeta Luis García Montero me confirmó su suicidio.

—Se quitó de en medio —dijo Luis.

—Oiga, por favor, otro chupito de JB.

—¿Y una caña, caballero?

—No, gracias. Sólo el chupito.

A pesar de todo, me dije, Miguel logró su anhelo: dejar una obra y fundirse con la muerte, como en ese poema de Emerson que él adoraba y tantas veces repetimos juntos:

When me they fly, I am the wings
I am the doubter and the doubt,
And I the hymn the Brahmin sings.

De repente pasó un grupo de jóvenes bastante alterados. Uno de ellos dijo:

—Que sí, joder, ¡que degollaron a otro!

—No me jodas, ¿en serio?, ¿otro?

—Que sí, tío, míralo…

Se alejaron hacia el Teatro Español. Uno de ellos les mostraba algo en su *smartphone* a los demás, pero luego se rieron.

Allá en el paseo de la Castellana la toma seguía su curso, pero el JB hacía su efecto y se empeñaba en llevarme hacia otros lugares, lejos en el tiempo, como un submarino que cierra las escotillas y va internándose en aguas oscuras. Pero la inmersión se detuvo, abruptamente, pues en una mesa contigua a la mía una mujer le gritó a su acompañante:

—Cabrón, ¿cómo podés decirme eso?

Ahí estaba la realidad imponiéndose de nuevo: los gritos, la falta de pudor de la masa comunicante. Pensé que lo mejor sería irme de ahí, volver al hotel y no salir hasta que Juana apareciera.

El tipo era mayor que ella, tal vez unos cuarenta y cinco, aunque bien conservado y atlético. Yo lo veía de espaldas. Tenía una de esas chaquetas de tweed que dan un vago aire intelectual, pero su narcisismo salía a flote a través de un pañuelo anudado al cuello. Tal vez fuera un poco mayor, cincuenta y pico. Al verlos pensé que eran dos colegas de trabajo, pero ahora comprendía que eran amantes.

—¡Después de todas las putas mentiras que me has dicho!

A ella podía verla de frente. Echaba fuego por unos bonitos ojos negros y supuse que en cualquier momento se pondría a llorar. Podría jurar que era colombiana. Tensaba los músculos hacia delante y le seguía diciendo cosas en voz baja, como dándose cuenta, repentinamente, de que no estaba en la sala de su casa, pero luego volvió a la carga:

—¡Cerdo asqueroso!

El tipo era norteamericano, de cuello rojo y pelo rubio ya un poco canoso. Sostenía en el brazo derecho un vaso de algo amarillo que supuse debía ser whisky. Miraba con nerviosismo hacia los lados, temeroso de la reacción de otros clientes pero sin perder la compostura. Desde atrás noté sus esfuerzos por permanecer tranquilo y calculé que no podría hacerlo por mucho tiempo.

—¡Pensé que eras un hombre bueno y no un puto cerdo!

Los imaginé un rato después, haciendo el amor salvajemente en algún hotel o el asiento trasero de su carro. Hay parejas para las que la disputa es el único camino válido hacia cierto tipo de sexo, satisfactorio y brutal. Más tarde él volvería al lado de su esposa y ella dormiría sola y esperanzada.

—Ni siquiera te da vergüenza…

Ella empezaba a flaquear con su rabia. Supuse que la primera noche, cuando la sedujo en alguna fiesta empresarial y la penetró de pie, en alguna oficina vacía o baño del tercer piso con vista al *parking*, le habría dicho que era separado, pero luego, días después, debió explicar que seguía viviendo con su esposa por los hijos. En lugar de apagarse, ella tomó aire y volvió a la carga.

—¡Cerdo maricón!

El tipo se rascaba algo detrás de la oreja y le pidió moderar el tono. Su recarga de tranquilidad parecía estar al límite. Hablaba muy bien español y pensé que sería una alumna, claro. Las mujeres jóvenes suelen confundir el amor con la admiración. Sí. Era una muchacha enamorada de su profesor. Cada segundo pensé que se echaría a llorar. De pronto buscó algo en su cartera, con nerviosismo; sacó un estuche de gafas, un paquete de pañuelos kleenex. Al fin lo encontró: una cajita de la que extrajo un broche que, al menos desde donde yo estaba, se veía bastante reluciente y costoso. Tal vez de oro con alguna joya engastada.

—Te devuelvo esta mierda, ¡no la quiero!

El broche rebotó y cayó al suelo. Él se agacho y volvió a ponerlo sobre la mesa, aún sin decir nada.

—¡Puto cerdo asqueroso! ¡Dáselo a tu mujer!

La aguja de la calma ya estaba en números rojos. Entonces dejó el whisky encima del posavasos, estiró y contrajo los dedos de la mano derecha varias veces, como probándolos, y acto seguido le asestó a la joven una cachetada. Ella no alcanzó a eludirlo y el impacto la empujó contra el espaldar y la ventana.

—¡Cerdo hijueputa! ¡Cobarde!

Al reponerse agarró un vaso, lo que quedaba de un trago que podía ser cubalibre, y se lo arrojó a la cara. El tipo cogió una servilleta, se secó la frente y las mejillas; incluso aprovechó para limpiarse detrás de las orejas. Como un rayo volvió a golpearla, pero esta vez con el puño cerrado. La agarró del cuello, la atrajo por encima de la mesa y le asestó otro puñetazo.

—¡Para que aprendas a comportarte!

La voz del hombre era vigorosa y tenía muy alterada la respiración. Cuando la muchacha se sobrepuso e hizo amago de hablar, el puño del hombre volvió a impactar en su mandíbula. Dos, tres veces, hasta hacerla sangrar.

—No quiero que abras más esa puta boca, ¿quieres devolverte a la selva?

Le dio un quinto puñetazo en la ceja y la mujer comenzó a llorar.

Nadie, excepto yo, parecía estar siguiendo la pelea. Ahora el cuello del tipo estaba más rojo que antes. No había terminado. Se aflojó completamente la corbata, la aferró del vestido y volvió a pegarle sobre el ojo izquierdo, que ya empezaba a inflamarse.

Dejé el chupito en la mesa y me paré al lado. El tipo me miró sorprendido.

—Ya basta —le dije.

La miró y soltó una risita.

—Oh, ¿y quién es este galán que sale a proteger a la doncella? ¿Querrás acaso follártela? Es bastante sencillo, por cierto.

—¡Cerdo hijueputa! —gritó ella.

Dejó de mirarme y le mandó otro puño a la cara. Juraría que le rompió algún diente o la nariz.

Le puse una mano en el brazo y le dije:

—Oiga, al menos péguele a uno de su talla.

Se paró como un rayo y, al verlo de pie, comprendí que se lo iba a tomar en serio.

Me tiró una patada a la entrepierna y al contraerme de dolor me asestó un puño en la mandíbula que me hizo caer hacia atrás. Estando en el suelo vino a darme más patadas. Traté de protegerme. Al fin me pude levantar, pero al dar vuelta me cayó una lluvia de puñetazos. ¿Cuántos brazos tenía? Mi nariz empezó a sangrar. No peleaba desde la adolescencia. ¿Por qué nadie venía a separarnos? ¡Estábamos en el andén de la calle! En lugar de eso, la gente observaba. Tal vez hubiera una norma no escrita de evitar meterse en asuntos ajenos.

Lancé un puñetazo, le di al aire y sentí un estirón en la clavícula. Luego recibí otro par de golpes que me abrieron la ceja izquierda. También noté que algo no andaba bien entre mis costillas y pensé, bueno, ya está, es hora de acabar esto, pero cuando quise alejarme el tipo me agarró del cuello y golpeó mi cabeza contra un aparador de madera del que los meseros sacaban cubiertos y servilletas.

Luego vinieron más golpes en la cara.

Mi nariz hizo un ruido seco, pero no tuve tiempo de analizarlo porque llegaron otros a mis cejas. La boca se me llenó de sangre. Tenía los pómulos magullados. El ojo izquierdo prácticamente cerrado y el derecho muy mal. El párpado estaba roto.

Pensé que acababa ahí, pero el tipo no había terminado. Lejos de eso. Como un tigre se abalanzó sobre mí intentando ahogarme con todas sus fuerzas para rematar la faena. Traté de repelerlo pero era fuerte y estaba fuera de sí. Comenzó a faltarme el aire, pues la sangre se devolvía por los tabiques rotos. Desesperado estiré los brazos. Un gesto reflejo, supongo, provocado por la asfixia, hasta que toqué y agarré algo sólido: era un gran cenicero de vidrio. Lo levanté y, con las últimas fuerzas, golpeé hacia atrás un poco a ciegas. Una vez, dos veces. De pronto la presión en mi cuello cesó de inmediato y el hombre rodó hacia un lado, inerte. Al caer al suelo pude verlo: tenía una enorme rajadura en la frente y los ojos en blanco. Oí gritos. Una sirena.

Me levanté como pude, chorreando sangre, y caminé a tientas hacia mi mesa. Antes de llegar una sombra se movió a mi lado. Era la muchacha que estaba con él. No alcancé a ver que levantaba un taburete y lo dirigía con todas sus fuerzas contra mi cabeza.

10.

Llegué a Cali una hora más tarde. Gloria Isabel, tan querida, aterrizó mucho antes pero se quedó esperándome con su chofer, pues le alcancé a avisar lo que había pasado, y así del aeropuerto de Palmaseca nos fuimos juntas hasta el hospital de Imbanaco. La ciudad me esperaba con cierta expresión lúgubre y amenazante, como si la glorieta de Cencar, la fábrica de cerveza Poker, el río Cali o la calle quinta me culparan de lo que había pasado o reprocharan mi abandono. Hacía calor, más bien un intenso bochorno. Había llovido toda la mañana.

Lo que sentí en ese momento, doctor, fue como si mi madre irrumpiera de forma agresiva en mi vida para hacerme daño. Como si el ácido me lo hubieran tirado a mí en la cara. Al llegar Gloria Isabel me acompañó hasta la sala de espera de pacientes graves y ahí se quedó, y yo entré hasta Cuidados Intensivos con una enfermera. Al verla desde la puerta me temblaron las piernas. Tenía la cara vendada, con huecos en la nariz, los ojos y la boca. Agarré su mano y la acaricié. Ella casi no podía hablar, pero me acerqué a la boca y ella apenas susurró: al fin llegó, mija, al fin, mire lo que me hizo ese sinvergüenza, fue él, mija, no se le olvide que fue él...

El agresor había sido Freddy, su novio. Luego supe toda la historia. Cuando metía demasiado basuco o bebía aguardiente, un trago asqueroso con el que la gente se emborracha en Colombia, él volvía a la casa y empezaba a molestarla. Le daban las típicas paranoias del borracho y drogadicto celoso. Mi mamá ni sabía de lo que hablaba y claro, el man se encendía todavía más, y así hasta el día de la tragedia. Parece que esa noche hubo un partido de fútbol de Colombia y el equipo perdió, y entonces Freddy, que se pegaba de esas vainas como el ternero de la ubre, volvió muy borracho y muy frustrado y le armó la cantaleta de siempre, sólo que esta vez mamá lo mandó callar y le dijo que se largara. Por supuesto el tipo la agarró a puños, le tiró lámparas y platos. Le dio con lo que pudo pero afortunadamente los vecinos vinieron a la puerta, que él había dejado abierta, y ella pudo salirse de la casa y escapar.

Estuvo una semana escondida donde una amiga del trabajo hasta que vieron a Freddy rondando en moto por la cuadra y haciéndole preguntas a la gente. Entonces esa misma noche, casi de madrugada, se voló para la casa de otra amiga, y después a donde una tercera. Esa última la convenció de ir a la policía a poner un denuncio, y yo creo que ese fue el gran error, porque los policías allá son lo más peligroso que hay. Una noche estaban ya lavando la loza con la amiga cuando golpearon a la puerta. Al abrir entraron dos hombres con armas, empujaron a la amiga sobre el sofá y le dijeron, quédese quieta, mami, que la cosa no es con usté, y fueron por mamá, que había corrido a encerrarse al cuarto pero con una puerta que no tenía ni chapa. Ahí la agarraron entre los dos y luego entró Freddy, borracho, trabado, con los ojos rojos de haber bebido quién sabe ya cuántos días seguidos, y entonces le dijo a los tipos, sosténganla bocarriba, que se quede quietecita, y cuando estaba así sacó el frasco de ácido y se lo regó en la cara, la cabeza y el pecho, y asustados por los gritos salieron corriendo.

La policía lo estaba buscando desde esa noche, pero Freddy ya debía haberse ido a Ecuador o a Venezuela, que es donde van a esconderse todos los traquetos, hijueputas y asesinos de ese país. Mamá lloró contándome todo esto con un hilo de voz, y luego me dijo, mija, si se lo llega a encontrar mátelo por todo el daño que nos hizo, pero entonces yo le dije, mamá, a usted ese tipo la quemó por fuera, pero a mí fue por dentro y usted sabe a qué me refiero, así le dije, doctor, y aquí sí ya viene la parte más dolorosa de mi vida, no me queda más remedio que contarle, pero se lo voy a contar como se lo contaría a una amiga si la tuviera o a un enamorado si lo tuviera, o incluso a ella misma, a mi mamá, si estuviera viva y fuera mi amiga.

Esto fue lo que pasó.

Unos dos meses después de que Freddy llegara a vivir con nosotras a la casa, mamá llamó a decir que volvía tarde y me dijo que le calentara la comida. Yo le obedecí, pero el tipo se pasó la comida bebiendo aguardiente y cuando acabó fue hasta la puerta y le echó llave, y se me acercó y me dijo, vamos a tener una fiestica privada vos y yo, así me dijo, y ahí mismo me agarró a la fuerza y me bajó los calzones, los cucos de niña, doctor, porque yo tenía los doce años apenas cumplidos, y me dijo que no gritara, que íbamos a hacer algo que era muy normal entre personas que viven juntas, y que si gritaba le iba a tocar apretarme muy duro la garganta, que ya me tenía agarrada con la mano. A duras penas me entraba aire a los pulmones porque con el miedo estaba jadeando, porque yo ya sabía qué era lo que el tipo quería, sí, pero no podía creer que pudiera quererlo de mí, que todavía era una niña. Yo creí ingenuamente que Dios no iba a permitir que pasara eso tan feo, que me iba a defender, pero Dios no hizo nada, le valió huevo y me dejó sola para que el tipo abusara de mí del modo más humillante: primero me metió un dedo asqueroso, haciéndome doler, y escarbó durante un rato, adelante y atrás, mientras bebía sorbos de aguardiente con la otra mano; luego, cuando se aburrió de eso que a mí me dolía tanto, me arrancó la falda del uniforme y me tiró a la cama, y después, ay Dios, se sacó su verga inmunda y me la acercó a la cara, me obligó a tocársela primero, con la mano, y luego a chupársela, imagínese, yo no paraba de llorar pero eso al tipo no le importaba, y recuerdo que pensé, esto es la maldad pura, no puede haber nada que esté más allá o sea peor que esto, ay, imagínese lo ingenua, yo creyendo que eso era lo más inmundo, pero me tuve que preparar para seguir entrando a la maldad porque el tipo dijo, tenemos todo el tiempo del mundo, mi amor, tu mami no va a llegar hasta muy tarde porque se fue de rumba con unas compañeras del trabajo y nos dejó solos, pero acá nosotros vamos a pasar más rico que ella, ¿sí o no?, eso me dijo mientras seguía dándole sorbos a esa botella de aguardiente y de pronto me agarró la boca con fuerza y dijo, abrí la jetica, reina, tomate un sorbo de esto que es tan rico, y me obligó a tragar de ese mejunje vomitivo, y dijo como hablando solo, ¿sí te gusta este traguito?, es que uno se pone contento y las fiestas salen mejor, y así el tipo me fue metiendo cada vez más de lleno en su maldad, y yo traté de soportarlo, sabía que si gritaba muy fuerte los vecinos vendrían, podía oírlos, pero Freddy había echado llave a la puerta y tendría tiempo de hacerme algo peor, con más dolor, y yo le tenía miedo al dolor porque era una niña todavía, y es que además el tipo me dijo que le había pedido permiso a mi mamá para hacer lo que estaba haciendo conmigo y ella, según él, le había dicho que claro, la nena ya está grande y es bueno que vaya aprendiendo la vida, eso me dijo el hijueputa y yo le creí, o mejor dicho, no me acuerdo si le creí o si se me paralizó el cerebro y esas frases nada más entraron a mi cabeza, confundida, y por eso me sentí culpable aunque sin entender bien por qué, en todo eso había algo más grande que mi pobre cabecita no lograba discernir, una cosa muy… ¿cómo podría explicarle? Un hombre no podrá entender nunca una violación por mucho que conozca todos los detalles, la descripción minuciosa. No podrá nunca entender.

Me da terror acordarme y por eso el miedo a dormir. Muchas veces soñé la violación y todo era cada vez más confuso. A veces, mientras me violaban, veía a mamá sentada al lado de la cama, tejiendo con dos agujas; otras veces oía radio y seguía la música, tarareando, mientras ponía a hervir algo en la estufa. Y lo peor fue que el tipo no me violó una sino seis veces, y yo no pude decir nada porque amenazó con matarme a mí y matarla a ella. Yo no abrí la boca, pero al menos una de las veces, seguro, mi mamá se dio cuenta y no hizo nada. En lugar de proteger a su hija se quedó callada y fue cómplice, ¿se imagina lo que yo siento, doctor? Ni Dios ni mamá me protegieron, así que yo me dije, seré entonces un monstruo, habrá dentro de mí algo horrendo y por eso me castigan. Las dos personas que más quería en el mundo, mi mamá y Dios, no hicieron nada para protegerme, me dejaron sola mientras yo imploraba.

Quedé rasgada de por vida, con el cuerpo sucio y quebrado. Por eso cuando vi a mamá en el hospital me dieron ganas de decirle, esto es un castigo para usted, le pasó por su culpa, por dejar que a su hija le hicieran algo tan feo. Yo era sólo una niña, nadie me respetó ni me cuidó.

Le juro que yo a ese man lo voy a matar algún día, doctor, pero no porque mamá me lo haya pedido, sino porque es lo único que puede limpiarme un poco. Claro que esa tarde en el hospital me quedé callada y le dije a mamá que no intentara hablar más, porque tenía los labios quemados y parte de la lengua, y apenas podía moverla dentro de la boca llena de llagas. El ácido le había penetrado en los pómulos y había disuelto el hueso y las mucosas. Respiraba por un tubo, la pobre, ¡cómo sufría! Pero yo ya no tenía corazón para más dolores, así que dije, o mejor dicho, pensé, ojalá se muera ahora mismo, que algún coágulo le tranque el corazón y se vaya de este mundo en el que hizo tan poco, del que se va sin dejar nada bueno, que se muera ya y pare de sufrir porque es un sufrimiento completamente estéril y sin finalidad alguna, y le juro doctor que hasta me dieron ganas de arrancarle el cable del aire, pero no lo hice, y pensé que ahora que estaba a punto de morir yo debería perdonarla, pero pensé, no puedo, no voy a perdonarla por cómplice, porque cuando yo estuve en el infierno ella ni se volteó para mirarme...

Bajé a la sala de espera y Gloria Isabel se levantó para recibirme. ¿Cómo está? ¿Es grave? Le dije que sí moviendo la cabeza y me eché a llorar en su hombro.

—Pobrecita mi niña —dijo, apretándome contra su pecho, y lloré tantas lágrimas que ni sabía que tenía por dentro, un llanto viejo que necesitaba salir y que estaba ahí tal vez desde esa infancia robada y perdida.

Luego vinieron tres agentes del DAS a hacerme preguntas. Ahí supe que a la amiga que la tenía escondida, una tal Claudia Ramos, le rompieron un brazo, dos costillas y por lo menos media dentadura. A esa pobre no la violaron completo, pero uno de los tipos sí le metió un dedo mientras los otros quemaban a mamá, y la amenazaron con matarla por sapa si decía algo.

En esas estaba, firmando una declaración, cuando el médico jefe del piso llegó muy nervioso y me dijo, ¿usted es Manuela Beltrán? Sí, le contesté agarrada de la mano de Gloria Isabel y en presencia del abogado Castillejo, que acababa de llegar.

—Su mamá se nos acaba de morir —dijo—, tuvo un paro respiratorio y no pudimos hacer nada. Reciba mis condolencias.

Pensé que al fin ese dios cruel me había escuchado.

Gloria Isabel y el abogado también me abrazaron, condolencias, Manuelita, pero yo no sentí tristeza sino algo nuevo. Me sentí libre. Las heridas de ella no iban a hacerle daño a nadie más y ahora sólo quedaban las mías, las que me hizo y las que dejó que me hicieran. Ahora todo era distinto, sólo yo y mi cruel memoria, obstinada, a veces tirana, y me dije, Freddy es el único testigo que queda de todo ese dolor, pero será por poco porque un día lo voy a buscar para matarlo, y lo haré del modo más cruel que pueda concebir, él merece irse al infierno dando aullidos de dolor, soltando los esfínteres del miedo y zurrándose. Así lo quiero y así lo voy a tener algún día, lo juro por ese dios que ahora sí me cumple, un dios torcido y cínico, frío y rencoroso, que es el que necesito y en el que sí creo.

Yo creo que fue ese mismo dios salvaje el que, después del entierro de mamá, puso en mi mano un lápiz y un cuaderno y me sopló al oído: "Invéntate otro mundo para vos, que este de acá no es bueno". Y yo le entendí y esa misma noche, alojada en la casa de Gloria Isabel, escribí el primer poema del libro *Asuntos pendientes*. Aunque sería mejor decir: vomité o escupí y casi defequé mi primer poema, porque lo escribí con odio.

Después de ese episodio volví a mi nueva vida sintiéndome ligera. Como si alguna conflagración del aire me hubiera dado el don de la invisibilidad. Sí, así me sentía y eso era lo que quería ser: la mujer invisible.

En Bogotá me fui haciendo a una rutina muy sana y muy chévere. Iba a la universidad a clase y al salir me quedaba leyendo en la biblioteca hasta la hora del cierre. Luego volvía a mi cuartico. Tenía derecho a cocinar y la dueña de casa, doña Tránsito, era muy bacana. Me daba sal, una cucharada de aceite, a veces hasta un huevo. Le caí bien a la viejita. Por las noches sentía frío y me ponía doble media, doble camiseta y oía llover. ¡Cómo llueve en esa ciudad oscura! Me daba miedo salir a la calle por la noche. La oscuridad con frío y lluvia era algo que no conocía y me hacía sentir en peligro. Como si hubiera algo malsano por ahí. Por eso me quedaba siempre en mi cuarto, y lo fui haciendo mío. Tenía su tapete, sus cortinas pesadas. Dos camitas viejas que, al verlas, me preguntaba yo cuánta gente había dormido en ellas. Traqueaban. La gente de clima frío es callada, no hay ruidos. No ponen música y cierran las puertas. Tampoco usan la calle, o mejor dicho, la usan sólo para ir de un lado a otro, nunca para estarse en ella ni oír música ni hacerse visita. Al menos así era en ese barrio. Por ahí cerca había una tienda y a veces me aventuraba por la noche hasta allá a comprar algo, casi siempre un chocolate, porque el dulce da calor. Daban miedo esas calles tan solas. Asustaban. A las diez de la noche no se veía un alma y de las casas no salía ruido, como si todos estuvieran muertos. Son raros los bogotanos, pero también amables, a su manera. Yo leía y leía. El primer poema que escribí en

Bogotá habla de una ciudad habitada por fantasmas en la que siempre llueve y donde el sol es como un bombillo, que ilumina pero no calienta.

Un día me fui en bus hasta los barrios elegantes del norte y me pareció increíble que esa gente viviera así en un país como el nuestro, donde la mayoría de la gente era tan pobre y sufría tanto la violencia. Los centros comerciales llenos de luces, la gente vestida con suéter y abrigo. O gabardinas. Todos tenían paraguas y pensé que debía comprarme uno. Me hacían falta el bullicio de Cali, el clima, la gente en pantalón corto y chanclas. Eso no se ve en Bogotá. Al menos en la Bogotá en la que yo viví, porque después supe que Bogotá era como un vestido de arlequín, una colcha de retazos del país, y en el sur, ese tenebroso sur donde pasaban las cosas más trágicas y vivía la gente pobre, había barrios de negros chocoanos y de desplazados de los Llanos, y allá sí había ruido y música, pero si uno iba podían pasarle cosas malas.

La señora Tránsito siempre me dijo, vea, niña, usted no es de acá y le voy a decir algo, de la Javeriana hacia el sur sólo puede ir de día, tempranito, porque si la coge la tarde por allá la atracan, le roban el celular, la emburundangan y se la llevan a una casa de prostitución o le venden los órganos, no se deje coger el día lejos ni de vainas, y yo le hacía caso, aterrorizada, sólo de la universidad a la biblioteca y vuelta a la casa. Otro día me dijo que si salía de noche la misma policía me iba a atracar, que violaban en las patrullas y le sacaban a uno las córneas para vendérselas a los extranjeros. Algo debió pasarle a la viejita porque la ciudad sí era peligrosa pero tampoco tanto.

En la universidad fui conociendo gente. ¡Eran unos niños! Para no gastar plata en la cafetería me llevaba un sánduche y un termo con jugo, y me iba bien lejos, prado arriba de la universidad, pues no quería que nadie me viera. La Javeriana es una universidad cara y la gente, casi toda, rica. Había unas nenas muy bellas que se mantenían en pasarela, levantándoles la temperatura a los tipos, ¿me entendés? Poco a poco me fui enterando de los chismes de algunas reinitas, sobre todo de las de Comunicación Social. A una costeña que andaba siempre de pantalón pegado o minifalda extrema le decían la Puntilla. Sólo la sacaban para clavarla. A mí no me parecía tan loba. Mostrar el cuerpo es normal en tierra caliente, y pensé: estos cachacos ven un ombligo pelado y ya creen que uno es puta.

Pasó el tiempo y al final del semestre se invitó a los alumnos a presentar poemas a la revista del departamento. Yo mandé tres de los nueve que había escrito en Bogotá, y para mi sorpresa los eligieron todos. A una compañera que vivía leyéndoles sus cosas a los compañeros y que les decía a los profesores que era poeta, no le eligieron ninguno y entró en crisis. Se llamaba Mónica. Sus poemas eran sentimentales, pero magnificando cosas que en el fondo eran bobadas. Es el problema de la gente que no ha sufrido, doctor, que no conoce la vida sino por los bordes. Lo que a ella le parecía un drama de proporciones universales no era más que una pataleta de niña rica: que me dejó mi novio, que quiero dárselo a uno pero no me ama, que me enamoré del novio de mi amiga. Uy, qué tragedias tan tenaces. Así eran los poemas de la mayoría de mis compañeras. Lo más trágico que les había pasado en sus pobres y jóvenes vidas era haber perdido el celular o descubrir que su noviecito se comía a otras nenas. Si esos fueran los problemas del mundo no existiría la poesía, y además, ¿quién dijo que la poesía era el confesionario de sus pobres dramas infantiles?

No le conté a nadie que me habían aceptado los poemas, y cuando salió la revista hubo cierto revuelo. Una de las poetisas sentimentales vino a felicitarme; dijo que los poemas eran lindos y tristes. Le agradecí. Otra me preguntó si de verdad eran míos. Tan querida. El director del departamento, un costeño muy simpático llamado Cristo Rafael Figueroa, me felicitó delante de todos y eso me hizo muy feliz. Un bacán ese Cristo.

Fue el primer día feliz de mi vida.

Poco después recibí una comunicación sorprendente. La revista de la Universidad de Antioquia me pedía autorización para publicar mis poemas y quería saber si tenía más. Mandé otros tres y los publicaron en el siguiente número, y a raíz de eso empecé a recibir correos de lectores. ¡Qué sorpresa! Jamás pensé que mis poesías pudieran gustarle a gente que no me conocía o hubiera vivido cosas parecidas; me sorprendió el solo hecho de que las entendieran. Qué raro, me dije.

La poesía fue algo que construí poco a poco, sola. Si no fuera algo cursi diría incluso que la sufrí, y por eso escribí siempre en silencio, sin hacer de eso una celebración de mi persona o de mi vida. Pero ahora ya me habían visto. Lo malo de publicar es que uno ya sale para siempre a la luz del mundo, y no hay vuelta atrás.

Todo esto me dio un cierto renombre y muy pronto los del salón me invitaron a una lectura en la casa de uno de ellos, un joven llamado Saúl Pérez que siempre se vestía de negro y que, en clase, mostraba predilección por la literatura de terror.

Vivía en el barrio de Santa Ana Alta, que era muy elegante, y por eso mismo casi no logro llegar hasta allá en bus. Cuando al fin timbré me recibieron con afecto, aunque señalando que llegaba tarde y que habrían podido ir a recogerme. Estaban en un salón que daba al jardín. Sobre la mesa había cervezas, una botella de whisky y una de aguardiente Néctar. Por ser el anfitrión, Saúl fue el primero en leer. Un cuento que no estaba mal escrito, en mi opinión, pero que era un completo disparate: después de un terremoto, Bogotá se hundía por una falla en la base pétrea de la cordillera y los únicos humanos que pudieron sobrevivir eran unos extraños habitantes de las alcantarillas que debían luchar con ratas gigantes, engordadas por la ingestión de cuerpos muertos.

Cuando Saúl acabó hubo un aplauso fuerte y la novia, una chica que también se vestía de negro, saltó sobre él y lo besó en la boca, delante de todos, moviéndose como si estuvieran desnudos y en una cama. Luego leyó Daniela, que era la mayor. Esta vez fue una poesía erótica de la que sólo recordé un verso: "Descubre lo frutal de mis senos". Hubo más aplausos y brindis. Después leyó Verónica, que era la romántica del grupo. Lo suyo fue un largo poema sobre la muerte de una abuela que ella quería mucho y por supuesto los dos últimos versos los dijo en lágrimas y con la voz cortada. Leyó otros nueve poemas. El último narraba la muerte de un extraño personaje que subía muros y caminaba por los techos en las madrugadas. Tardé en darme cuenta de que hablaba de su gato. Entonces Saúl me dijo, Manuela, ¿lees? Pasé adelante y empecé con mi primer poema, luego el segundo. Leí cinco y al terminar Saúl me dijo, por favor, repite el de la noche en el orfanato. Lo volví a leer y él dijo, solemne, con un vaso de whisky en la mano:

—Es el mejor poema que hemos oído esta noche.

Su novia miró con inquietud y yo alcancé a verla, aunque sólo fue una milésima de segundo. Luego me dio un fuerte abrazo, sonriendo, y me felicitó. Me pareció extraño. Me sentí obligada a decir algo sobre lo de ellos, pero nada llegó a mi mente, así que les agradecí. Verónica me pasó un vaso de aguardiente, pero al sentir el olor tuve náuseas. No, gracias, dije. Saúl sacó una bolsita de perico y organizó unas rayas encima de un plato de vidrio. Cuando me lo pasaron volví a decir que no, pues ya había vivido todo eso a los catorce años. Se rieron y Cayetano, otro compañero, dijo que a lo mejor yo era una monja poeta, como sor Juana o santa Teresa, así que me pusieron sor Manuela. Otro, creo que Lucas, dijo que a lo mejor yo era como la monja de Monza, por una película italiana que tiene una famosa escena de sexo, concretamente una mamada. Con eso tuvieron para reírse, beber mucho alcohol y meterse todo el perico que podían aguantar sus tersas y rectas narices. Ese fue mi segundo apodo después de Mosquita Muerta. El tema era el mismo.

Pero a pesar de que eran pelaos ricos me trataron muy bien, para qué. Habrían podido hacerme preguntas fastidiosas sobre quién era yo y de dónde venía, cosas incómodas, pero no lo hicieron. Se limitaron a reconocerme por la poesía, lo que me pareció agradable. Era diferente a ellos, pero me admiraban, sobre todo Saúl. Eso sí, decían que era la caleña más rara que habían conocido porque no bailaba, y yo sólo me reía y les decía, sí bailo pero cuando estoy sola, nada más.

Un día me escribió una poeta muy reconocida en Bogotá a la que llamaré acá Araceli Cielo, un pseudónimo. Dijo que había leído mis poemas y quería conocerme. Pero me dio susto y no contesté, pues me dije, ¿de dónde sacó mi correo?, ¿quién se lo dio? Podía ser una chanza de los compañeros de salón a su enigmática Monja de Monza, así que no respondí nada. Agarré el *mail* y lo borré. Una semana más tarde recibí otro en el que preguntaba si había recibido el anterior, pero también lo borré sin responder.

Cuál no sería mi sorpresa al ver que una tarde el propio Cristo, el decano bacán de la facultad, entró a buscarme al salón y me entregó un paquete. ¿Qué era?

—Araceli Cielo, la poeta, vino a mi oficina y te dejó esto —dijo Cristo—. Me pidió que te lo entregara en la mano.

Luego me habló a la oreja y dijo, ¿tú sabes lo que esto significa para ti? ¡Te felicito!

Dos compañeras se dieron cuenta y abrieron los ojos como huevos duros. Pero yo agarré el paquete, lo metí en mi mochila y me fui corriendo a la séptima a coger buseta e irme a la casa. Se me fue la respiración al abrirlo y encontrar los dos últimos libros de ella dedicados a mi nombre, y una larga carta. "A Manuela, una joven y talentosa poeta, con la admiración de…". Había leído mis poemas y quería saber más de mí. Me daba su celular y pedía que la llamara. Lo dudé, me sentí mal ante una señora tan reconocida y elegante de Bogotá. Guardé el número en el teléfono y varias veces lo tuve en la pantalla, lista para marcar, pero al final me arrepentí. No lograba encontrar fuerzas.

Al siguiente martes recibí llamada de Gloria Isabel, desde Cali, para felicitarme por el cumpleaños, y le dije, ay, gracias. ¡Se me había olvidado! Tan alejada de mi vida estaba por esos días. Para celebrarlo fui a la tienda del barrio y compré tres latas de cerveza. Me las tomé en el cuarto pensando en lo solitaria y feliz que era mi vida, y como a las nueve de la noche saqué el celular y le marqué a Araceli. Cada timbrazo me desgarró el estómago, pero no contestó, así que le dejé un mensaje.

—Soy yo, la de los poemas.

Tres minutos después entró llamada y era ella.

—Hola —le dije, muy tranquila, aunque por dentro me estaba muriendo.

—Menos mal que te decidiste a llamar, ya iba a ir a buscarte al salón de clase —dijo.

—Hoy es mi cumpleaños, me tomé tres cervezas. Tenía un poco de nervios. Disculpe.

—Felicitaciones. ¿Puedo invitarte a un café mañana?

Nos vimos al día siguiente en un Juan Valdez que está cerca de la universidad. Me pareció una señora muy juvenil, de bluejeans y camiseta, mochila wayú de colores vivos. Me siguió hablando de mis poemas, dijo que había oído una voz nueva, que decía cosas importantes y las decía bien. También quiso saber qué me habían parecido sus libros. Yo no sé mentir, entonces le dije que tenían buen ritmo pero que había cosas que no entendía. También que eran poemas fríos y que debía acostumbrarme a ellos. Había leído poco y tenía todo por aprender.

Araceli, en lugar de ofenderse, dijo que pensaba lo mismo y que la verdad no entendía por qué tenía tanto éxito. Le dije que a la gente de Bogotá le gustaba el frío, tal vez por eso, y además no quería decir que fueran malos. Eran buenos, pero fríos. Sólo eso.

Seguimos hablando y me invitó a almorzar por ahí cerca en un sitio muy rico, Andante, frente a la universidad. Yo tenía clase a las tres y como no parábamos de hablar decidimos continuar al día siguiente. Y así empezamos a vernos todos los días. Araceli era casada y tenía una hija de quince años de un primer marido. El de ahora era un publicista importante y, según entendí, de mucha plata. Siempre nos encontrábamos en Andante, así que se volvió una rutina. Le mostré mis nuevos poemas y me dio consejos. Dijo que me ayudaría a armar un libro. Yo no estaba segura de que era eso lo que quería, pero la dejé hacer. Me gustó que nunca preguntó nada, ni quién era ni de dónde venía. Sólo hablábamos de poesía. Y me dio libros. Me hizo leer a un montón de poetas.

Gracias a eso entendí mejor la poesía de ella. Una poesía que se formaba de lecturas previas, no de vivencias. Lo único que yo tuve, en cambio, fueron las letras de las canciones, y ya se sabe, querido doctor, que la música le hace a uno tragar cualquier texto, por cursi o pendejo que sea. Esa era mi poca o más bien nula formación y por eso Araceli me caía tan bien. Era generosa no sólo en lo material —siempre pagaba ella—, sino generosa de palabras, libros y consejos. Se interesaba en mí sin esperar nada a cambio.

Durante bastante tiempo sólo supo que yo era de Cali y vivía en un cuarto arrendado en Chapinero, nada más, pero eso parecía bastarle, como si comprendiera que en algún momento yo misma empezaría a contarle cosas de mi vida, a mi ritmo, naturalmente, pues me sentía intimidada. Por mucho que usara mochila y jeans rotos, Araceli era una señora rica del norte de Bogotá, famosa y respetada, y yo una chichipata inmigrante, pobre y joven, huyendo de un pasado áspero que quería esconder.

A los dos meses me invitó a su estudio y ahí sí que me dio más vergüenza, pues vivía en una casa enorme de Santa Ana, como mi compañero Saúl. Pero su casa era más bonita y elegante, con una especie de torre de castillo con su estudio, un espacio circular enchapado en madera y forrado de libros, con un ventanal por el que se accedía a una terraza desde donde se veían todo Bogotá y los cerros.

Incluso la casa de Gloria Isabel, que era bien fina, parecía un rancho al lado de esta.

El marido y la hija estaban fuera. Él en Cartagena, en un apartamento que tenían allá, y la jovencita visitando a su papá.

—Podemos estar tranquilas —dijo Araceli—, nadie nos va a interrumpir, y así charlamos de mil cosas.

Le seguí mostrando mis escritos. Ella leía con intensidad y de pronto decía, ¿no te parece que esta palabra es muy grande?, o ¿no crees que este verso está demasiado largo? Podía concentrarse durante horas. Comimos ahí mismo, en el estudio, y después me ofreció un trago. Dije que sí. Me confesó que era superwhiskera pero que yo podía elegir otra cosa, y abrió el bar, enorme, lleno de botellas y cristalería, entonces le dije, el whisky está bien, no lo he probado nunca pero seguro me va a gustar, así que sirvió dos vasos repletos de hielo y seguimos la charla hasta muy tarde, bebiendo más y más, hasta que de pronto, hacia la medianoche, me dijo, ¿te puedo confesar algo? Fue a un cajón y trajo una cajita de madera. La abrió y… ¿qué veo? Una bolsita de perica y un equipo completo para meter, cánula de plata y espejo, todo muy profesional. Me preguntó si la había probado y le dije que sí, entonces armó varias rayas y me ofreció; no supe qué hacer y al final acepté, estaba contenta, me sentía bien con ella. Araceli se metió una en cada fosa y seguimos bebiendo y charlando hasta que vi el reloj y dije, ¡miércoles!, son las tres de la mañana, pero ella dijo, ¿y qué afán tienes? Quédate a dormir, esta casa es enorme. Acepté y seguimos charlando y leyendo poesía.

Al otro día la cabeza me daba vueltas y cuando llegué a mi cuartico me tuve que volver a acostar, casi hasta el otro día. Por la tarde, Araceli me mandó varios mensajes. "Gracias, gracias". Pensé que debía preguntarle por qué era tan especial conmigo. ¡Qué dolor de cabeza! Pero me sentí feliz. Alguien me apreciaba por mis versos.

La siguiente vez en su casa empezamos a beber whisky más temprano y me habló de una poetisa argentina, Alejandra Pizarnik. Leímos en voz alta algunos poemas y me contó de su vida, que se había suicidado joven, que era depresiva y tomaba pastillas. Entonces, ya con unos tragos en la cabeza, le pregunté a Araceli, ¿vos creés que la poesía es el refugio de la gente más triste del mundo? Araceli se me quedó mirando y, sin decir nada, me dio un beso en la boca. Sentí sus labios contra los míos y de forma muy natural los abrí y la exploré despacio con mi lengua. Luego nos besamos con una violencia y un frenesí brutal, como si lo hubiéramos esperado mucho tiempo, y cuando me di cuenta ya Araceli subía su mano por mis muslos. Alcancé a pensar que estaba sin depilar, pero me acarició de ese modo que sólo pueden hacerlo las mujeres, que saben dónde está cada cosa y cuál es el orden correcto. Mientras me tocaba la besé en el cuello y la espalda y las tetas, un poco caídas pero hermosas. Luego ella misma puso mi mano en su cintura y la metió debajo del jean.

Así pasamos un rato hasta que ella se quitó la ropa y me llevó a un cuarto. Nos tiramos a la cama y ahí empezó el sexo fuerte, a chupadas y mordiscos. Me gustó. Araceli tenía un cuerpo como más sueltico aunque lindo, se le notaba el gimnasio. Fue raro después de toda esa excitación que no hubiera un pene por ahí, lo confieso, pero ambas nos vinimos delicioso y luego, desnudas, seguimos bebiendo y metiendo perico en la cama hasta que nos dormimos abrazadas.

Con esto, obviamente, empezó una etapa nueva.

11.

El mismo día en que el joven Arthur fue llevado a la cárcel de Mazas, el 1° de septiembre de 1870, los ejércitos franceses de Napoleón III cayeron en el campo de batalla de Sedan, derrotados por las fuerzas del rey Guillermo I de Prusia y su general Helmut von Moltke, con el modesto concurso, además, de un soldado y enfermero de veintiséis años nacido en Röcken llamado Friedrich Wilhelm Nietzsche. Fue así como Napoleón III entregó su espada y se rindió para ahorrar vidas de soldados, y el 2 de septiembre aceptó la capitulación.

Pero esa Francia derrotada no era la única, y así, aprovechando la efervescencia y el desmadre, los republicanos proclamaron la Tercera República y promulgaron un decreto que destituía a Napoleón III. Y para defenderla surgió el Comité de Defensa Nacional. Si el Imperio francés perdió la guerra, había otra Francia que podía surgir y levantar la antorcha.

Ante esto, el rey Guillermo I envió tropas a cercar París, no se fuera a aguar su triunfo militar por un puñado de republicanos románticos. Las peleas entre el frágil David y el poderoso Goliat tienen el problema recurrente de que suele ganarlas David, pero en este caso la previsión germana y su implacable superioridad lograron sobreponerse a la tradición bíblica, y a pesar de que el ministro de Defensa republicano, León Gambetta, pudo romper el cerco de París y organizar guerrillas para atacar a los prusianos en su retaguardia, al final todo fue inútil. Sólo sirvió para inflamar por un tiempo los corazones.

Georges Izambard, el padre putativo de Rimbaud, fue uno de esos corazones que partió a la lucha. E incluso el propio Rimbaud, que a pesar de ser menor de edad (¡aún tenía quince años!) se presentó a la Guardia Nacional y participó en los entrenamientos con escobas de palo, pues no había armas disponibles. ¿Quién era este joven dispuesto a dar la vida por la misma Francia que muy poco después odiaría, de la que se iría amargamente, escupiendo sobre su suelo antes de partir? No olvidemos que en la historia del joven el ejército de Francia es el espacio del padre ausente que aún vive en su memoria. Arthur añora la mirada del héroe y quiere ser reconocido por él, tal vez ganarse unas palabras de afecto. ¿Qué habría sido del arte y la literatura sin padres ausentes? Lo que les sirve a las letras pocas veces le sirve a la vida. Pero el joven Rimbaud no lo sabe. Es algo que, simplemente, está dentro de él.

Al inicio del cerco de París, Arthur volvió a Charleville llevado por Izambard. Al verlos llegar, Vitalie zurró a su hijo y lo mandó a encerrarse a su cuarto, y por supuesto insultó al profesor. Para ella, Izambard era el culpable de todos los males. Sabe que el demonio de la poesía está dentro de su hijo y quiere sacárselo a golpes. Pero todo fue inútil, pues dos semanas después Rimbaud volvió a desaparecer. Ahora se dirigía al norte. Izambard, cual perro de presa, le siguió los pasos desde Charleroi hasta Bruselas y pueblos intermedios. El poeta prófugo viajaba a pie, como los hombres de la prehistoria. Él mismo era su propia carroza y caballo, y vivía… ¿de qué vivía? Según dijo después en una carta, "de los deliciosos olores de las cocinas". En cada parada que hacía Izambard le daban informes de su alumno, aunque no llegó a encontrarlo, ni siquiera en Bruselas, así que regresó a Douai, y al llegar a su casa, ¡oh sorpresa!, Arthur le abrió la puerta.

Izambard lo odió, pero ante su sonrisa maléfica todos caían rendidos. El mundo se enamora de ciertos serafines o diablillos. Los poemas que fue escribiendo en ese vagabundeo muestran la impetuosa libertad que sintió al estar solo en el camino, durmiendo en cualquier cuneta, quizá buscando protección de la lluvia o del frío o del viento —ya es octubre— en algún granero abandonado.

Mi albergue era la Osa Mayor
—Mis estrellas del cielo emitían dulces susurros
Y yo las escuchaba sentado al borde del camino.

Dos semanas de ensoñación, soledad y viaje. Es difícil imaginar a un joven de dieciséis años deambulando por un país en guerra. Dice su biógrafa Starkie que en el camino encontró a un soldado muerto, origen de uno de los poemas que trajo al regreso, *Le Dormeur du val*.

Un soldado joven, la boca abierta, desnuda su cabeza,
La nuca hundida entre hojas frescas de berro,
Duerme estirado sobre la hierba, bajo el cielo,
Pálido en su lecho verde donde llora la luz.

Imposible no evocar otro poema muy posterior, escrito por alguien de otro mundo. La escena es casi la misma: un soldado muerto sobre un campo, tal vez una cuneta. El poeta observa el cuerpo inerte y le habla. Le ruega que regrese a la vida. Es César Vallejo, que debió leer a Rimbaud. Hay cierta música que resuena detrás de sus poemas.

Así comienza su visión del soldado muerto:

Al fin de la batalla, y muerto el combatiente,
vino hacia él un hombre y le dijo:
«No mueras, te amo tanto!».
Pero el cadáver ¡ay! siguió muriendo.

Creo que Rimbaud habría aprobado estos versos.

Volvamos a su historia, pues el joven Arthur ya está de vuelta en su casa. Vitalie puede respirar un poco y dejar de angustiarse. ¡Su pequeño genio es el que más problemas le da!

Lejos de su ídolo Izambard (que estaba en el frente), Arthur retomó su vieja amistad de infancia con Ernest Delahaye, con quien se dedicó a hacer paseos por el campo y los bosques aledaños a Charleville y Méziers. Debía de ser muy raro deambular entre bellos paisajes bucólicos mientras Francia se dirigía con seguridad al abismo. La belleza y el horror en los mismos campos roturados. Dos muchachos caminando por ahí, hablando sin parar o leyendo todo lo que podía llegar desde una París sitiada.

Según contará después Delahaye, en una de esas tardes Rimbaud le habló con admiración del poeta Paul Verlaine, de quien leyeron en voz alta poemas de dos libros que aún podían conseguirse, *Poemas saturnales* y *Fiestas galantes*. Los versos de Verlaine le mostraron a Arthur nuevas posibilidades, el juego y la picardía de las formas. Comprendió que la poesía podía ser más flexible e intuyó que su deseo era ser un dinamitero, el destructor de los rígidos moldes en que se hacía tradicionalmente la poesía. Y no sólo esos. También los de la vida, que parecían aún más rígidos e inamovibles.

¡Hay que derribarlo todo para que el mundo reverdezca, tal vez con el nuevo germen de la poesía! Los poetas son dioses altivos y furibundos que pretenden recrear el universo y enaltecer el alma humana. En una carta a Izambard, Rimbaud habla de las "destrucciones necesarias" y explica que en la nueva nación libre (tal vez en su nueva República) habrán desaparecido la opulencia y el orgullo.

El primer acto heroico de Rimbaud, desafiando la muerte, fue por su amigo Delahaye, cuando los prusianos destruyeron a bombazos e incendiaron Méziers, en diciembre de 1870. Vitalie encerró en la casa a sus hijos, pero Arthur se escapó por una ventana y fue a Méziers a buscarlo. Imagino a Rimbaud corriendo por una calle solitaria y repleta de escombros que sube a la colina, entre edificios de bóvedas humeantes y muros arrasados por la cañonería. Hay un extraño olor, como de vegetales húmedos y descompuestos. ¿Hacia dónde va ese joven, solo y en medio de tanta desolación? ¿No podría venir otra ráfaga desde algún oscuro rincón y acabar con todo lo viviente? No sabemos si el joven tuvo estas ensoñaciones, pero siguió adelante.

Los prusianos se habían tomado la ciudad. Ver por ahí a un joven francés podría indisponerlos, tal vez algún soldado aún nervioso soltara un disparo o decidiera apresarlo. Pero nada de eso pasó. El aspecto aniñado de Arthur, el mismo que hacía que el ejército francés lo rechazara por ser menor —ya había cumplido los dieciséis—, ahora lo protegía.

Delahaye y su familia se habían refugiado en una casa en el campo y hasta allá llegó Rimbaud. ¿Cuál era su empeño? El joven tenía urgencia de darle a leer a su amigo dos libros recién llegados a sus manos: *Historias extraordinarias* de Edgar Allan Poe, traducidas por Baudelaire, y *Le petit Chose* de Alphonse Daudet.

El cerco de París duró 135 días, hasta que la escasez de alimentos fue insoportable, y a fines de enero de 1871 se firmaron el armisticio y la rendición, aunque en medio del caos. La Guardia Nacional no quiso retirarse pero la ciudad se llenó de asaltantes que venían a saquear, so pretexto de defenderla, ¡qué banquete suculento fue París! En el resto de Francia la vida podría recomenzar con cierta normalidad, sin embargo Arthur se negó a volver a la escuela. Por ningún motivo. Vitalie intentó obligarlo, pero él se mantuvo en su posición: el país estaba en peligro y él debía pasar a la acción, enrolarse en la Guardia Nacional y servir en la defensa. El 25 de febrero regresó a París, pero fue una estadía sórdida. Pasó dos semanas alimentándose de las basuras y pidiendo limosna, durmiendo bajo los puentes en pleno invierno. El frío de febrero es el peor, pero este joven tenía una extraña fuerza para soportar la adversidad cuando él mismo se la buscaba. Esto en el fondo es normal. Cuando el dolor depende de uno, se aguanta más. Arthur debió convivir con ratas y cucarachas, separar extraños líquidos putrefactos de los restos de comida que se llevaba a la boca. Se estaba preparando para resistir. En *Una temporada en el infierno* habla del pan mojado de la lluvia que debió disputarles a las palomas.

El 3 de marzo los alemanes entraron por fin a París con su ejército, dieron una vuelta y volvieron a irse. Luego los parisinos encendieron fuegos en las calles por donde pasaron para purificarlas, pero al final no sucedió nada de lo que se temía. Al instalarse la Comuna, Francia quedó con dos gobiernos: el de París y el de Versalles. Es confuso si Rimbaud estuvo o no en este periodo. Delahaye dice que sí y que luchó con la Comuna hasta que las tropas de Versalles irrumpieron en la capital. La biógrafa Starkie opina que no, basándose en la fecha de algunas cartas. Lo cierto es que el conocimiento vertiginoso de la vida, el modo en que dejaba atrás cada etapa y la avalancha de experiencias que incorporó a su poesía en esos pocos meses fueron realmente notables. Atendiendo a su corazón rebelde sería lógico pensar que luchó con la Comuna, pero al mismo tiempo ya empezaba a ser un extraño Atila que iba dejando a su paso campos arrasados. Es curioso que los biógrafos no logren ponerse de acuerdo en esto, pues por esos días ocurrió algo que le marcó la vida con fuego, y puede incluso que su alma, el momento en que la realidad decidió alzarlo por los aires y, súbitamente, dejarlo caer con estrépito. Allí lo atrapó la altamar de la vida con toda su crueldad, lo golpeó salvajemente, y al hacerlo, al dejarlo herido y humillado, despertó por completo al poeta que ya había en él.

¿Qué fue lo que pasó?

Unos soldados borrachos lo violaron en los baños del cuartel militar de la rue Babylone, en París. ¿Fue en abril o en junio de 1871? Poco importa. Es un recinto de muros oscuros, y el joven, en su rebeldía, se había disfrazado de hombre mayor para que lo recibieran. Su pasión política era fuerte y tal vez sincera, y por ser un cuartel daba amparo y comida a los alojados. El joven había viajado a París sin un peso, como era su costumbre, y el cuartel era una buena solución, ya que su deseo ardiente era enrolarse en la Guardia. Muchos de los soldados que estaban ahí venían de los combates de trincheras contra los alemanes y habían visto los cadáveres de sus compañeros podrirse a su lado o debajo de sus botas. Eran hombres curtidos.

El olor de la muerte en esos campos horada la memoria. Diez mil cuerpos entre el barro y, sobre ellos, otros veinte o treinta mil siguen peleando, aún vivos. Los cuerpos se deforman. La sangre se acumula en las partes bajas y de pronto algo revienta. Un chorro hediondo salpica sobre el barro. Los pájaros revolotean y extraen ojos, los gusanos salen a flote. Es lo que ve el soldado en la batalla: los huesos desnudos del amigo, las amputaciones, los cráneos perforados. Una mirada torva conserva en la retina lo que ha visto, y nadie que haya contemplado el horror puede volver a ser el mismo. Todo el que sobrevive a una guerra, aun ileso, es un herido de guerra. Es alguien que no sólo miró a los ojos a la muerte sino que se acostó con ella y la besó en la boca; que la tuvo entre los brazos y le cantó varias nanas.

Esos hombres manchados hasta el alma dormían en los catres del cuartel militar de la rue Babylone. Supongo que al cerrar los ojos les volverían a la memoria las escenas de espanto, así que lo mejor era hincharse de vino o aguardiente hasta quedar zumbados y turulatos. Mucho alcohol en esos estómagos que, por milagro, permanecían aún cosidos al cuerpo. Y de pronto una especie de alucinación, ¿qué es eso que refulge en medio de los catres? Un jovencito angelical, de pelo rubio y bucles que se desparraman sobre sus hombros. Tiene ojos azules y una suave mirada de inocencia que, a la vista de esos otros ojos, contaminados de horror y maldad, representa la vida en ciernes. Ese adolescente parece una joven ninfa. Los soldados lo ven entrar y ocupar un jergón al fondo. Al día siguiente está recibiendo un mendrugo de pan, un café y una cucharada de manteca. Ya hay ojos que lo siguen, que lo espían y, poco a poco, lo desean. Por un lado, los cuerpos ebrios de guerra; por el otro, ese ángel asexuado. A la tercera noche ya han estado hablando y por el mucho vino comienzan a atisbar, a seguirlo con la mirada. Entonces se deciden, aunque aún beberán un poco más. Luego ocurre algo y es que el joven de los bucles se les acerca, quiere beber con ellos. Le dan unos sorbos. Pasa el tiempo y llega la hora de dormir, así que van al dormitorio. Pero el joven poeta quiere fumarse una última pipa y se dirige al baño. Muchos pares de ojos están al acecho, cual fieras.

Il est là bas! Allons-y…!

Arthur los ve venir con sus risas alcohólicas y les ofrece su pipa. Los hombres se miran entre sí, perplejos, hasta que uno de ellos, el más bajito, se acerca al joven con la mano tendida y se la dobla. Lo agarra también del cuello y lo obliga a ponerse de rodillas. Arthur forcejea pero el tipo, desdentado y de ojos perdidos, le da un golpe en la cara con la mano abierta, igual al que le daría a su mujer. Eso les da risa. Un hilo de sangre brota de su nariz y salta hacia atrás, pero otros dos lo agarran de las piernas, lo alzan y le bajan los pantalones. Hay un murmullo al ver ese trasero rosado, aunque está un poco sucio. Esto les da risa. Lo limpian con un cuenco de agua y él siente que le hurgan. Alguno mete el dedo en su ano y dice, ¡está seco! Llueven escupitajos. Arthur, muerto de asco, empieza a temblar pero no de miedo sino de rabia. Otro dedo se encarga de introducirle esa baba asquerosa. Los soldados se pasan una garrafa de vino amargo, tal vez ya cortado. Él siente que algo se rasga y ve unas gotas de sangre rodar por sus piernas.

Il est vierge, bravo!

Le echan un poco de vino en las nalgas y él siente el ardor, pero en toda esta humillación no les ha regalado un solo lamento o quejido. Los insulta, más bien, pero una mano de acero le aprieta el cogote y le corta la respiración. Ya un primer soldado le metió su verga y está a punto de terminar; luego viene un segundo, blandiendo algo enorme que se curva hacia la izquierda. *Quel petit sabre!*, le dicen, riendo a carcajadas. De nuevo lo llenan de babas avinagradas y el hombre replica: *Petit sabre? C'est une bayonette! Vous allez voir.*

Al metérsela de un golpe seco el soldado grita, *Jocelyn, c'est moi!*, o algo así, y el joven siente cómo la sangre sigue manando de su ano rasgado y cómo le siguen propinando escupitajos y chorros de vino, y pasa otro y otro más, son muchos, alguno quiere repetir y se pelean, oye un puñetazo y alguien cae al suelo, entonces el que ya había pasado se vuelve al dormitorio murmurando insultos, está muy borracho, igual que los demás, y les grita al salir, *J'en ai marre de partouzer des gonzesses avec vous, je vous enmerde!*

Así se llega al último, el que lo tiene sujeto por el cuello, cree él, pues de repente lo suelta, pero el joven ya no puede moverse. Un pequeño arroyo de sangre y vino arrastra nauseabundos grumos blancos hacia el sifón. Al terminar lo golpean y, cuando cae al suelo, le dicen, nos vemos mañana, putita, *petite pute*, y así lo dejan.

Arthur se arrastra hasta encontrar los pantalones. Intenta pararse y cae, dos y tres veces. Al fin se sostiene de una alberca y, con gran esfuerzo, logra recuperar el equilibrio. Camina hacia la puerta de salida. En el lugar del espejo hay apenas un vidrio quebrado, un fragmento que lo refleja por un segundo y Arthur alcanza a ver en sus ojos un extraño brillo. Reconoce algo desbordante, tal vez lo más intenso que ha sentido nunca: el odio.

Por ahora se repliega, aunque quiere matar.

Sale del baño con esfuerzo y camina hasta la puerta del dormitorio. Un guardia fuma pensativo y al verlo le hace un gesto, como queriendo decir, ¿qué hay? Nada, le dice Arthur con la mano. Espera el amanecer agazapado junto al patio y cuando llegan las primeras luces el joven ya está saliendo del cuartel por la rue Babylone, hacia Saint Denis. Al mediodía lleva caminados cuatro kilómetros en dirección norte. Regresa a Charleville, a su odiada casa materna. No tiene otro refugio y el mundo está rebosante de maldad. Su joven cuerpo se irá reponiendo a medida que avanza, y ya nada será igual.

Antes jugaba con palabras cuyo significado la vida apenas había tenido tiempo de revelarle, pero ahora se volvían reales: había sido golpeado, humillado. Desde ese dolor escuchó un extraño ritmo, un alocado tam tam que desconocía. Al anochecer, aún adolorido y muy hambriento, sacó de su mochila cuaderno y lápiz y empezó a escribir, sus ojos refulgiendo con esa nueva luz que había visto en el espejo roto, y volcó de un tirón una frase, un verso:

Mon triste coeur bave a la poupe
Mon coeur couvert de caporal.
Ils y lancent des jets de soupe.

La vida y sus extraños dioses lo habían visto, habían seguido sus ritos de infancia y sus peligrosos juegos. Y habían decidido golpearlo. Al tercer día a pie comprendió que ya no era un niño, ni siquiera un adolescente. Era el momento de la destrucción y la verdad. Si la vida había decidido golpearlo, él sabía cómo devolver el golpe. El joven ángel debía agazaparse para ceder espacio al lucifer que habían hecho crecer en él.

Llegó a Charleville y su madre lo acogió sin el menor gesto de cariño, más bien con reproches y preguntas. ¿Pensó que había engendrado a un demonio? Lo único que hizo, aparte de darle comida y ayudarlo a lavarse, fue preguntarle por París.

—¿Es verdad que está a punto de caer?

El joven la miró con desprecio y dijo:

—No, no. Es una ciudad maldita, pero es mi ciudad.

Luego escribió a Izambard una larga carta e incluyó el poema sobre la violación. Todo era nuevo en esos versos, empezando por la extraña música, pero Izambard no lo comprendió. Creyó que Arthur estaba burlándose de él y a modo de respuesta parodió el poema, haciéndole ver que esos juegos estaban al alcance de cualquiera.

"¿De cualquiera?", se preguntó Arthur, herido otra vez hasta la médula, al leer la respuesta de Izambard. La única persona que podría valorar esa melodía inquietante que la barbarie humana había depositado en él… ¡no era capaz de apreciarla! Y no sólo eso: se burlaba. La respuesta de Arthur fue el silencio.

El poeta salvaje estaba clavando sus garras en el suelo de Francia con toda la crueldad e intolerancia de la juventud. Listo para escupir, vomitar y eyacular sus versos de destrucción.

A partir de ese momento dejó de bañarse y cortarse el pelo, y se lo veía por las calles de Charleville pidiendo limosna. La gente murmuraba, ¿no es el joven genio del liceo? *C'est lui, c'est lui*! ¡Es el mismo que ahora enloqueció! Y la madre, la orgullosa madre del año anterior, era apenas una sombra que salía lo menos posible, cansada de oír historias de su hijo.

Vitalie se arrodilló ante él y le suplicó que regresara al liceo, pero Arthur se mantuvo firme. No tenía nada que aprender en ese lugar mediocre. Lo cambió por la biblioteca, donde acudía cada mañana a leer y tomar notas. ¡Al menos eso! Pero en las tardes se sentaba en las terrazas de los cafés a beber y fumar pipa, debatiendo con quien tuviera delante cualquier tema. Odiaba la idea de Dios, odiaba a la Iglesia y a los curas. ¿Cómo podía alguien creer ante la maldad y la barbarie del mundo? Si hubiera un dios, aunque fuera un pequeño dios, sabría proteger a los frágiles.

Otras veces Rimbaud adoptaba la voz de ese dios cruel e imprecaba a la muerte, retándola, y se reía a carcajadas del sufrimiento de los otros. Estaba herido en lo más profundo y en su corazón atormentado (*Coeur supplicié*) ya no había espacio para nadie. Tal vez ni siquiera para él mismo.

12.

"Aquí Tertuliano, con la voz de la razón y del futuro, saliendo al éter desde las cavernas de la hiperconciencia para traerte a vos las palabras de los antiguos maestros y sabios, emitiendo desde oscuras y olvidadas autopistas". ¿Te gusta esto? Así saludo en el programa de radio, ¡y no sabés la audiencia que tiene! Tenemos poca guita y por eso, si preguntás por ahí, te van a decir que es una cosa *underground* y que está clasificada en la categoría de "radios de garaje", pero qué va, si hasta tenemos anunciantes que están encantados.

Por cierto, ¿ya me preguntaste por qué me puse Tertuliano? Mirá, ese nombre me gustó desde que lo leí la primera vez. Sé que es un padre de la Iglesia y ese tema, como ya te dije, no es el mío. Pero leí unas frases de él que luego copié y que uso con frecuencia en mis discursos. Refiriéndose al hecho de que el hombre hubiera asesinado a Jesús, Tertuliano dice lo siguiente: "El hijo de Dios fue crucificado, no es vergonzoso porque es vergonzoso. Y el hijo de Dios murió, es todavía más creíble porque es increíble. Y después de muerto resucitó, es cierto porque es imposible". Estas palabras, cónsul, están entre lo más profundo que un ser humano haya dicho en toda la historia de la vida humana sobre este planeta. Yo les saqué el aspecto católico y dejé sólo la parte, si querés, política. "Es cierto porque es imposible" es una imagen como para fundar un mundo, ¿no?

Es lo que estoy haciendo.

Tengo miles de seguidores, andá a ver mi página de Facebook, lo mismo en Twitter. He ido haciendo lo que ellos llaman una *comunidad*, a la que doy un sentido más amplio.

Como te decía, al principio nadie me daba pelota. Ahora a mis charlas vienen miles de personas; latinoamericanos, sobre todo: mucho ecuatoriano y peruano, los bolivianos son un poco más duros pero vienen; paraguayos, argentinos y chilenos, de Puerto Rico y República Dominicana. También colombianos como vos, y mexicanos, ¡hasta venezolanos!

Y algo más que no sé si ya dije: desde el principio yo entendí que esto había que hacerlo con los primos del Norte, si no no funcionaba; allá la gran mayoría, sean blancos o negros, respetan su territorio. ¿Me entendés cuando te digo que esta lucha no es racista? ¡Hay que mirar el presente con los ojos del presente! Las enfermedades de ahora no se pueden tratar con la medicina obsoleta del siglo XX, y menos todavía con las de otras épocas. Hay que empezar comprendiendo qué es lo que pasa, a veces basta abrir los ojos y mirar al frente de tu nariz cada día, desde que te levantás, ¡abrí los ojos! Mirá acá en España; yo entiendo que en la sangre española están todas las sangres, incluyendo la árabe y la judía, y yo con eso no tengo ningún problema; pero ya viste lo que hicieron los de Boko Haram en Madrid o el califato islámico en Francia, ¡cagarnos a bombazos!

Los europeos, con sus leyes de izquierda y su sentimiento de culpa histórico, ya se entregaron y están perdidos, y no sé si leás, pero Europa está a milímetros de que en un país como Francia, por ejemplo, suba al poder un gobierno islámico. Ahí te quiero ver cuando eso pase:

adiós *l'amour à la française*, adiós el sexo libre y la píldora y el viagra rosado, todas esas adquisiciones lentas y dolorosas de la civilización que nos han llevado a ser cada vez más complejos y más libres. ¿Vos creés que yo no he leído a Nietzsche? Claro que sé que la religión ha recibido ataques inteligentes. Si la religión no fuera un edificio sólido, hoy presidido por mi padre, no habría soportado esas críticas demoledoras de las almas más lúcidas de la historia. Nietzsche dice que la única utilidad de la religión es que le ayuda al hombre a resolver los problemas que ella misma le crea, ¿y vos te creés que es sencillo responder a eso? O cuando León Chestov, que era católico, dice que el hombre está obligado a dormir mientras la divinidad agoniza, ¿te creés que es fácil de digerir así no más? Son grandes cuestionamientos que la humanidad creyente decidió pasar por alto, porque las filosofías se mueven y avanzan y no siempre la Iglesia produce ideas capaces de responder, de levantar diques contra ataques tan poderosos.

Disculpá si vuelvo a hablar de mí.

Yo no pretendo ni creo que tenga sentido darles una respuesta a todas esas críticas, aunque hay un hecho incontrovertible, demostrado por la ciencia y por Stephen Hawking: la explicación científica de la creación del universo hace innecesaria y obsoleta la idea de Dios. Qué fuerte, ¿no? Por eso no soy creyente, pero respeto la construcción teórica y filosófica que hay detrás de la idea de Dios, y es este trabajo el que yo rescato y en el que creo, porque en el fondo es humano. Acá nadie es hijo de ningún dios. Todos somos igual de boludos o de sabios porque somos personas concretas. También la vida y la existencia del amor en el mundo o experiencias profundas como la generosidad o el bien pueden ponerse en duda, y eso no quiere decir que no existan. A veces la razón es tan endemoniada que te oscurece la propia vida, y entonces empezás a dudar de lo que tocan tus dedos y hasta de lo que mordés con tus dientes. ¡Si hay toda una filosofía que dice que el mundo desaparece con uno! Es una idea muy bella, claro, pero completamente inverosímil.

El problema del ser humano, y esto vos lo sabés por haber leído y escrito, es que puede ponerse en duda incluso a sí mismo. Si Platón dice que la realidad es un reflejo, ¿cómo podés responder a eso? ¡Y estamos hablando de los inicios, de la aurora del pensamiento! Incluso la Iglesia: si seguís su doctrina resulta que fue el mismo Dios quien dio al hombre las herramientas para dudar de él. Eso es genial, ¿no? Me gustaría discutirlo un día con mi viejo. En cierto sentido es de lo más democrático. Mi pelea no es a ese nivel, porque ahí perdimos. Si la masa ignorante leyera más a Nietzsche que a la Biblia estaríamos en otra dimensión. Pero sospecho que incluso ahí, en ese mundo frío y algo psicótico, existiría la idea de Dios, porque es una intuición tan compleja que sólo puede ser humana. Nace del desconocimiento que tenemos de la muerte, y eso en el fondo es puro olvido. Ya sabemos lo que es la muerte, pero lo hemos olvidado. Antes de nacer estábamos muertos.

Esto no te lo puedo razonar, simplemente lo sé.

Lo sé porque lo sé.

Así es el pensamiento en la religión y en la fe, y vos creés o no creés. Y basta. Consiste en hacer historias que expliquen los asuntos humanos. ¿Has oído hablar de los kanas? Son una tribu indígena peruana que vive en el valle del Vilcanota, cerca del Titicaca. En uno de sus relatos antiguos se cuenta que el hombre que es ambicioso y quiere enriquecerse sin trabajar puede ir a la casa del demonio, aunque antes debe pasar una serie de pruebas: desnudarse y entrar a una alberca de agua verde y a otra de agua roja, encender luces en las cuatro esquinas de la habitación, abrir una olla de barro donde hay una serpiente, besarla en la boca, darse un golpe en la nariz y ofrecerle beber la propia sangre. Al salir del cuarto debe agarrar unas velas encendidas, meterse una en cada fosa nasal, otra en el ano y la última en la boca. Con eso le saldrán alas y un viento lo llevará volando a la casa del demonio. Al llegar, debe arrodillarse ante la divinidad, que está acostada bocabajo. Y acá empieza lo increíble, porque si de verdad quiere ser rico el ambicioso debe besarle el ano, pero al hacerlo el demonio dejará salir un tenebroso pedo, un gas hediondo de hedor insoportable. El ambicioso deberá inhalarlo e incluso hacer gestos de placer. Si lo logra, el demonio cagará por ese mismo ano una enorme cantidad de oro y plata, pero si no lo puede soportar tendrá que ir como esclavo al infierno el resto de su vida, o de su muerte. ¿Lo entendés, cónsul? ¡Es la versión indígena del Fausto!

Pero yo no estoy jugando a eso. Estoy un poco más adelante o puede que atrás. Mi lucha es en el mundo concreto, no en el espacio inmaterial y contradictorio de las ideas. Lo mío es la fuerza y la defensa. Soy un soldado. Mi deber es convencer a los demás de que su vida, que con el tiempo va a perderse como todas las vidas, puede tener sentido. Salir de la biología y entrar a la cultura, ¿no es cierto? Ahí surge la idea cíclica del mundo, ¿conocés al poeta Rimbaud? Es lo que él llamó las "destrucciones necesarias" para crear mundos nuevos.

Ahí trabajo yo.

Fijate que mi viejo, siendo papa, debe enfrentar los problemas del hombre de hoy con las armas obsoletas de la vieja Iglesia. Es como defenderse de la espada del jedi o los drones de asalto tirando flechas. Robin Hood contra Darth Vader, ¿me entendés? Ese es el valor de mi viejo y por eso a él no le asusta salir al mundo y pararse en la calle, por fuera de las alfombras del Vaticano, para hablar de los derechos de las mujeres y de los homosexuales y los divorciados, y a luchar por el planeta que debemos conservar limpio y proteger. Él está obsesionado con la limpieza porque sabe que es algo que va a depositarse al espíritu. Ya lo habrás visto en Semana Santa lavándoles los pies a drogadictos musulmanes y a prostitutas. Yo creo que se pasa un poco, pero en fin. El viejo está luchando contra un monstruo que tiene dos mil años de historia y debe asimilar cambios. En el fondo lo entiendo. La Iglesia ha cometido crímenes y por eso la critico, pero hay que reconocer que gracias a ella la enorme masa de católicos puede vivir y ejercer algún tipo de espiritualidad, y eso no es poca cosa, ¿eh? Es una necesidad muy fuerte, como alimentarse o procrear.

Vos, cónsul, tenés a cambio la cultura, pero ¿cuánta gente es como vos?, ¿cuántos viven y ejercen su educación, en el caso de que la tengan? Son pocos. Una minoría selecta, y te lo digo desde ahora: lo mío, en principio, no está dirigido a los privilegiados, aunque tampoco los excluye. Usando el lenguaje del *marketing*, diría que ese no es mi *target* central. La masa es mi materia prima más urgente, no los que pueden acceder por canonjías o ventajas a otras regiones del espíritu. Vos decís que hoy el mundo está huérfano de dioses y que el hombre está abandonado a sí mismo, pero yo te digo otra cosa: los que me siguen no están solos. Los ciudadanos de mi República cuentan con la palabra de los hermanos mayores de la Tierra y del agua que yo les transmito, porque tengo oídos para todo lo que resuena desde muy atrás.

Siempre supe quién fui y cuál era mi camino. Crecí en el misterio de la vida, pero crecí solo; no te creás que por ser hijo único fui un privilegiado. Nada de eso. Tuve siempre lo mínimo. Mi vieja es muy orgullosa y se habría dejado morir antes de pedirle nada a Bergoglio, que en esos años seguía siendo provincial. Siempre lo respetó e incluso lo amó, a su manera lejana. Él no sabe de mi existencia, eso te lo puedo asegurar. Pero tal vez pronto sepa de mí. El viejo Bergoglio va a saber y dirá, estoy orgulloso de él, es mi hijo y lucha a mi lado, como deben hacer los hijos, sólo que el suyo es un combate que yo no puedo dar con la cara descubierta.

Cuando pienso en esto me conmuevo, ya se me pasa. Estoy hablando de mi vida, esperá y te cuento mejor cómo fue todo. A mí me crio mi vieja sola, algo que, creo yo, le salvó la vida, pues el deseo de cuidarme la sacó de la militancia. ¡No había nacido y ya le había salvado la vida a una persona! Pero mi madre, ¡qué luchadora! No era pobre sino de clase media. Hija de inmigrante alemán, se llamaba Susana Melinger.

Mi nombre real es Carlitos Melinger. El hijo de Susana.

Nací fuerte, puede que por la herencia piamontesa de mi padre, andá a saber. Mi madre me llenaba la mamadera con calcio y leche de soja. Por eso nunca me fracturé un hueso y Dios sabe que he recibido golpes. Una vez, a los dieciocho años, me atropelló una moto. No me pasó nada. Me levanté del suelo y fui a asistir al motociclista, que se rompió tres costillas, ¿te imaginás eso? La moto quedó hecha mierda.

Mi vieja vio el potencial y desde niño me metió al rugby. En Argentina eso de jugar al rugby es cosa de ricos, da mucho prestigio. Yo entré porque mi vieja era respetada entre los alemanes y el abuelo tenía una buena hacienda y sembrados de soja y cereales. Estudié medicina para comprender al hombre concreto y sus dolores físicos. Leí filosofía, historia.

Mis abuelos tenían guita, no mucha.

Una vez, después de un partido, un gigantón de apellido Casciari me insultó. Lo dejé pasar y el tipo dale que dale, como si estuviera pidiendo una piña. No le di bola por un rato, pero el gordo andaba con coraje porque en la partida lo había frenado unas veinte veces. Le dije que no me jodiera, que los golpes que uno se daba en el campo eran otra cosa, que se fuera tranquilo a su casa. Pero el gigantón siguió jodiendo y me mencionó a mi vieja. Yo sentí como si un rayo me bajara por la columna y se me alojara en las pelotas. Lo agarré del hombro y le dije, ¿podés repetir eso? El tipo sonrió y me escupió en la cara.

Pobre, lo de menos fue el piñazo que le metí en la nariz. Salió volando hacia atrás y se golpeó contra los *lockers*, y dos le cayeron encima. Nadie dijo nada porque todos lo vieron provocándome, y lo que aprendí ese día es que tenía brazo rápido. El tipo ni lo vio venir al puño y cuando le metí el golpe sentí que varios dientes se descuajaban de las encías. Los escupió cuando lo ayudé a levantarse y le dije, dejá de joder a mi vieja, porque con el siguiente piñazo te pongo la nariz para adentro, ¿te gustaría? Ya estaba amoratado el gordo cuando se fue, cojeando, a echarse agua fría. Me pidió disculpas y yo le dije, vení, gigantón, démonos un abrazo, te perdono y perdoname vos también. Vos mismo te golpeaste solito por boludo, me sacaste el puño del bolsillo. Fuiste vos solo.

Ese día me gané el respeto o el miedo de todos. Y eso me ayudó. Al volver a la casa me recosté en la cama y estuve moviendo mi brazo. La verdad que era rápido. ¿Y si me metía de boxeador? Lo pensé, y luego me dije que a lo mejor había recibido esa fuerza para otra cosa. Y no me equivoqué.

No te voy a aburrir con detalles. Seré breve. Crecí en Córdoba, un tiempo en la casa, con mi vieja, y otro en la hacienda del abuelo. Aprendí a querer esa tierra como mía. No soy como tantos argentinos que quieren sacar un pasaporte europeo e irse, no ser más latinoamericanos. Los entiendo, aunque creo que se equivocan. El futuro del planeta está acá, en América. Europa es el pasado. Vale la pena venir a Europa para entender y verlo con los propios ojos, nada más. Yo mismo lo hice: a los diecinueve años me fui a Alemania a seguir mis estudios de medicina, ¡yo era un pendejo! Allá supe por primera vez de los movimientos que buscaban la limpieza del territorio. Conocí el ambiente de los *skinheads* de Berlín. Era gente con una inmensa rabia, pero en muchos casos no sabían ni siquiera por qué. Habían sido humillados, provenían de familias obreras, creían que su conflicto tenía que ver con la humillación de Alemania después de la guerra. Razón no les faltaba. Sentían nostalgia de una grandeza que no vivieron y culpaban a la política neoliberal y a la democracia que, según ellos, daba el poder a la masa ignorante. El tema de los judíos nunca lo compartí. ¿No fue Jesucristo un judío también? Fue un tipo bárbaro, aunque no hijo de Dios. Lo que pasó en Alemania, vos lo sabés, fue un problema económico. Los judíos tenían la guita cuando el país andaba hecho mierda y la gente no tenía ni qué comer. Los burgueses eran unos hijos de puta, sí, ¡pero no porque fueran judíos! Eran así por ser ricos y egoístas. Los ricos son así en todos los países.

Esos *skin* tenían buenas intenciones y pésima cultura. No entendían ni las cosas que eran importantes para ellos, y eso me llamó la atención. Me puse a leer historia. Devoré libros sobre las guerras del siglo XX y del XIX. Las estudié todas hacia atrás, creo, hasta llegar a la de Troya. Y las entendí. No hay que hacer una lectura moral. Todas parten de lo mismo: el dinero, el territorio o la religión. Llamalo política, llamalo independencia, llamalo guerra santa. Da lo mismo, ponele el nombre que más te guste. Siempre es por una de esas razones. ¿Conocés alguna que no sea por eso?

Me di cuenta que esos tipos eran unos nostálgicos, y lo que odiaban era su propia situación. Su vida. En el fondo se odiaban a sí mismos. Siempre es más cómodo salir a darle piñazos a un judío que mirarse al espejo y aceptar que uno no vale una mierda, ¿no? Son unos pobres diablos. Se equivocan porque no tienen un proyecto que pueda ser viable o tenga alguna posibilidad de victoria. Son puras tripas, pura emotividad. Les gusta agarrarse a trompadas y eso les da alguna importancia. Andan tan perdidos que asimilan su lucha con el fútbol, mirá si andan perdidos.

Estuve un tiempo con ellos en el barrio de Lichtenberg, en los bares cerca de la estación del S-Bahn, tomando cerveza, viendo sus chaquetas negras, sus tatuajes y esas cosas, y de todos modos aprendí mucho. Cosas que me sirvieron después. Nunca me metí en sus guerras. Sólo una vez fui a amedrentar a un grupo de árabes que vendía droga. Por ahí repartí un par de piñazos y no niego que lo disfruté, pero no me quedé hasta el final. Me sirvió para entender cómo funcionaba el mecanismo del odio y hasta qué punto era importante en la vida y en la militancia.

Me largué definitivamente de Lichtenberg una vez que agarraron a un par de vietnamitas y los cagaron a trompadas sin que hubiera motivo. Quedaron tirados en la calle, sangrando y con los huesos rotos. Uno de los *viets* perdió un ojo. Fue un escándalo. Su equipo de fútbol había perdido por tres goles y tenían ganas de descargar rabia. Es verdad que no hice nada por defender a los asiáticos, eso tampoco, pero me largué para siempre. Comprendí que nunca llegarían a nada gastando sus fuerzas así.

Di con otros grupos mejor estructurados y más interesantes, aunque pequeños. El primero fue Sociedad Vieja Escuela, de Berlín, que atacaba mezquitas, refugios para árabes y gente dura de la comunidad salafista. Ahí había más método. Sabían lo que querían y empezaron con objetivos modestos. Yo ya había entendido algo y es que el mundo no podía seguir por el mismo camino. Entendeme, no soy un nazi. El hecho de que apruebe ciertas cosas no me convierte ni en asesino ni en defensor del genocidio. No, las palabras tienen que significar algo. Yo estuve con los *skin*, sí. Conocí a gente que era violenta porque sus ideas eran muy pobres. Pero lo que hizo de ellos gente ruda no fue la ideología: eran y son así porque son personas, porque sienten y les duele el mundo de una forma que a nadie más le duele, y hay ciertos dolores, loco, que sólo se pueden aliviar a golpes, algo que la realidad de hoy te prohíbe. Porque la historia y las ideas y los colectivos humanos lo enredaron todo.

Es así.

Tenemos pulsiones animales que buscan alivio.

La gente que anda por las calles, ¿qué te creés que son? No todo el mundo es un burgués reconocido y respetado. No, loco, la vida, para la mayoría de la gente, es una pelea infernal. ¡Esto es la selva africana! Mientras unos viven con aire acondicionado otros tienen los pies hundidos en la mierda, pero es justo ahí, en esos lugares sórdidos, donde se define el porvenir del mundo. Y si no, decime vos, ¿quién va a sobrevivir a la guerra atómica?, ¿el burguesito al que le amarran los zapatos o el escoria que asesina ratas con los dientes? Es fácil, loco. Yo también he leído la Biblia y sé que el paraíso ya lo perdimos; por eso los que estamos acá abajo seguimos luchando. El que se siente muy cómodo está jodido, porque los que vienen de Arabia y de África y del Indostán se los van a tragar, ¿me entendés? ¡Nos la van a meter a todos por el orto y sin cremita!

Ellos tienen la fuerza del hambre y la humillación y el dolor. ¿Qué hacés vos contra eso?, ¿te enfrentás?, ¿y cómo? ¿Traes a un profesor de la Sorbona para que les explique?, ¿alguien lo va a oír? A pesar de todo debemos comprender que el sentimiento de culpa histórico no sirve, loco. No podés decir que ellos tienen derecho a cagarse en Europa porque Europa se tomó sus países y los colonizó. No, loco, así no va la cosa. Si decís eso tenés que aceptar que la única moral es el resentimiento y que los latinoamericanos tenemos derecho a destruir España y cagarnos en ella cuando nos dé la gana, y los gringos en Inglaterra, ¿y lo hacen? ¡Claro que no! Son sus aliados. Mirá los judíos. Si la lógica de la historia fuera el resentimiento, Israel estaría tirándole misiles a Alemania, ¡no a los palestinos! La vida de los países es como la vida de los hombres. No voy a agarrar a piñas a mi madre con el pretexto de que me pegó cuando era chico. Hay épocas que se deben clausurar, que se quedan guardadas en una cajita. Vos tenés el recuerdo de lo que pasó, pero seguís para adelante, ¿no? Por eso te digo algo: esto no puede seguir así. El mundo no puede ni debe seguir con esta mezcla violenta. Unos acá y otros allá. Así es la naturaleza, que debe ser nuestro ejemplo. ¿O vos has visto que una gallina, por buscar comida, se va a vivir a la copa de un árbol o al fondo del río? ¡No! La naturaleza debe ser nuestro ejemplo.

Fue por esos días, en Berlín, cuando me pasó por primera vez. Primero sentí que el cielo se oscurecía en pleno día y que la gente gesticulaba en silencio. Extraño eclipse. No fui capaz de salir a la calle y me quedé acostado, apagué la luz. Pasé tres días casi sin comer. Sólo agua, Coca-Cola, chips, cerveza. Lo que quedaba en la heladera.

No sé ni cómo describirlo.

Como si un interruptor se hubiera activado, de pronto, pero sin que yo supiera para qué servía, ¡y mucho menos que estuviera allí ese puto interruptor! Imaginate una bandada de cuervos aleteando en cámara lenta, tapan por completo la luz del sol y se dirigen hacia vos. Cuando me levantaba en calzoncillos a mear o a beber un pocillo de agua sentía las piernas pesadas, dolor en los huesos, vértigo. Estaba hecho mierda, ¡y no sabía por qué! Al lunes siguiente me animé a bajar a la farmacia. La señorita que atendía, al verme, soltó lo que tenía en la mano y le dio a un botón de emergencias. Creyó que era un drogadicto en pleno síndrome.

Le dije, tranquila, no se asuste, vengo a pedir ayuda. Me siento así y asá. Sacó unos analgésicos, los puso sobre el mostrador y recomendó que fuera al médico. Le pregunté si sabía dónde había uno y dijo, sí, salís por esta a la derecha y luego la otra a la derecha, y allá fui y llegué, me senté en una sala de espera; cuando ya casi me tocaba el turno, recordé que no tenía ningún documento y tampoco tenía guita.

Fui incapaz de moverme.

Cuando fue mi turno me levanté de la silla, pero las piernas fallaron y resbalé. Una enfermera me sostuvo y entré a la consulta. Cuando el doctor me preguntó quién era y qué me pasaba casi ni pude hablar. No sabía nada, eso era lo que me pasaba. Sudaba frío. El mismo médico llamó una ambulancia y me llevaron a un hospital, donde pasé un par de días. Cuando me sacaron de la zona de internos pasé delante de un espejo y me vi la cara. Lo que vi fue mi propio cadáver mirándome. Después de tres días dictaminaron que tenía una depresión severa. Debía quedarme en reposo y tomar Tofranil. Los médicos, al ver el cuadro, se cagaron en los pantalones. Me di cuenta de algo elemental, loco, y es que la vida no tiene el más mínimo sentido, y eso, en lugar de ser liberador, me produjo una angustia y un miedo que me paralizó; incluso me hizo ver alucinaciones. Vos, por parar ese sufrimiento, te tirás de un octavo piso, ¿eh? Lo pensé varias veces, pero el miedo me protegió. ¿Sabés que es una de las mejores armas de defensa que tenemos? El miedo te hace agarrarte de las raíces, tumbarte en el suelo o agachar la cabeza cuando viene la bala. Sin miedo estaríamos muertos. El médico prefirió mantenerme a punta de Tofranil y me dijo, querido amigo, vos tenés un trastorno biológico y eso es algo que, lamento decir, no te va a abandonar nunca. Me pidió antecedentes familiares y me quedé callado. Si le decía que mi padre era el provincial de la Compañía de Jesús en Argentina me metía al manicomio.

Dije que sí a todo y di las gracias.

Auf Wiedersehen!

Con la droga psiquiátrica el mundo se convirtió en algo que pasaba allá a lo lejos, del otro lado de un vidrio muy sucio y opaco. Me dieron a elegir entre una terapia electroconvulsiva y tomar antidepresivos. La terapia parecía algo demasiado mecánico para ser útil. ¿Tengo cara de Peugeot yo? Las pastillas estarían bien. A los quince días dejé de ver pájaros, justo cuando me quitaron la alimentación intravenosa. Mi relación con los fármacos no hacía más que empezar, y yo miré hacia arriba y dije, che, ¿qué es esto? Pensé en mis maestros y en el reino de las voces y me pregunté, ¿no será parte de la enfermedad? En ese caso, nada tendría sentido. ¿Qué podría yo comprender a través de esta enfermedad? Empecé a pensar, en el hospital psiquiátrico, hasta que llegué a varias conclusiones:

Alguien quiso mostrarme el dolor, para que entendiera la verdad del mundo.

O quiso que mi cerebro saliera de toda lógica porque la tarea que me dio escapa a la razón humana, y comprender podría ser un peso o un obstáculo.

O quiso señalar que mi vida no era del todo mía, sino de algo más profundo y permanente que yo, que piensa comunicarse a través de las alucinaciones de la enfermedad.

Esto era muy posible, me dije, porque la enfermedad te saca de la corriente previsible del mundo. Vos estás sentado en la orilla, detenido, y ves pasar a los demás. Como si fueran en una canoa, ¿me entendés? El flujo de la vida no se mezcla con tu propio tiempo, donde están el martirio y el pasado del hombre y la alucinación. Imaginá que pudieras recordar todos tus dolores y se reavivaran. La angustia del nacimiento, por ejemplo, pasar por el estrecho canal del parto y salir al mundo. Si alguien recordara eso no podría ser como los demás.

La humanidad tampoco recuerda cuando andaba en pelotas por los campos, perseguida por dinosaurios de dientes afilados y pezuñas gigantes; esa época salvaje quedó atrás, perdida en la memoria, porque si la recordáramos estaríamos paralizados aún en posición fetal, sin salir de la caverna. El olvido es tan necesario como la esperanza, loco; sólo el que olvida puede creer en algo y seguir adelante.

Salí del hospital demacrado, con una bolsa de pastillas y el convencimiento de que a partir de ahí mi vida iba a ser la de un desconocido. Me fui a mi casa, me senté frente al televisor y observé lo que pasaba en el mundo:

Vi olas gigantes, empujadas por los volcanes del fondo del mar, devorando a cientos de miles de personas.

Vi explosiones nucleares y el aire ardiendo por la combustión de neutrones radiactivos, y a científicos inmolándose para salvar a los demás de una catástrofe que podría llegar a ser mil veces peor.

Vi a un joven piloto quemado vivo en una jaula y a varios degollados en ceremonias macabras al lado del mar o en el desierto.

Vi cuerpos cercenados y decapitados, cadáveres de hombres y mujeres jóvenes colgando de puentes, autos abandonados repletos de cabezas y restos mutilados.

Vi millares de manos cortadas a machete y un campo de tierra enrojecida por la sangre. Al lado pasaba un ejército de hombres mancos que lloraban y le pedían extrañas cosas a su dios.

Vi mujeres con el rostro desfigurado por el ácido que carcome la piel y las mucosas. Era un coro de calaveras vivas aullando de dolor.

Todo eso vi en la tele y de repente pensé, ¿habré olvidado tomar la pastilla? No, lo que pasaba en el mundo era mucho peor que mis sombrías alucinaciones, así que comencé a entender de qué iba esto. La enfermedad me obligaba a ser lúcido.

Fue ahí cuando comencé a esbozar, por primera vez, mi idea de una República Universal.

Latinoamérica no era la pesadilla sino la esperanza. No era lo obsoleto, sino el porvenir. Ahora debía usar mi fuerza y mis ideas e incluso mi enfermedad para que no cayera en las mismas manos que hicieron de Europa un cementerio de la memoria, una necrópolis poblada de espectros.

Aún en Alemania seguí mi recorrido por los partidos de la virtud y la nación, y vi que eran opuestos a aquellos otros que protegían el agua y el aire y los ríos. ¿A vos te parece? ¿Cómo pretendés salvar a una raza humana si le ensuciás el aire y le envenenás el agua? Esa fue mi primera sorpresa. En Europa, los partidos verdes son de izquierda, ¿no es una contradicción del carajo? Quieren campos limpios, tierra fértil, aire puro, ¿y para qué? Para poblarlos con mutantes, humanoides sin cultura, espectros sin identidad.

La naturaleza y la cultura no pueden estar en contradicción, loco, ¿qué me venís a decir? Está bien que al principio todos fuimos inmigrantes porque hace treinta mil años el hombre salió de África, pero ha pasado un poquito de tiempo, ¿no te parece? Cada grupo humano tiene los huesos de sus muertos enterrados en algún lugar específico del mundo, lo que quiere decir que sos de ahí y no de más allá, y eso, me parece a mí, se decidió hace ya mucho, ¿para qué cambiarlo?

13.

Abrí los ojos en un mundo borroso e irreconocible. Todo era muy blanco, como invadido por una dolorosa luz. En esa extraña atmósfera, los sonidos parecían desplazarse rápido y ser más agudos. ¿Dónde estaba? Sentí molestia en varios lugares, sobre todo en la cara. La piel estirada e hinchada. Un cable, pegado a mi cuello y a mi mejilla con cinta adhesiva, entraba a mi boca y quemaba en la garganta. Al ser consciente me vinieron agrieras y debí contenerlas con un esfuerzo que me provocó más dolor en el estómago. Noté un punzante catéter clavado en la muñeca derecha, unido a otro cable que subía por el antebrazo, también adherido con cinta. Pero era en mi cabeza donde las cosas iban realmente mal, como si tuviera un lingote de hielo en el centro del cerebro. Tenía la cara llena de vendajes. El dolor viajaba a través de rápidos impulsos entre las células hasta un límite insoportable.

Al fin la realidad se hizo visible. Reconocí un hospital. Las enfermeras y el personal médico pasaban a mi lado ignorándome. Había agentes de policía, y mucho ruido: timbres de teléfono, voces, conversaciones, alarmas y pasos sobre el mármol. Empezaba a reconocer todo eso cuando alguien notó que había abierto un ojo (el otro estaba cubierto por una venda) y dijo, hey, vengan, ¡Rocky se está despertando!

Vinieron tres agentes con uniformes de enfermería y empezaron a hacerme preguntas de rutina. Nombre y apellidos, ¿cómo se siente?, ¿sabe por qué está aquí?

—Me dieron una paliza y esto es un hospital, ¿no es eso?

Un agente de raza negra sonrió:

—Es un modo de ver las cosas, ¿no recuerda nada más?

El que ese agente fuera negro y hablara español con marcado acento de España eran dos cosas que mi cerebro maltrecho intentaba conciliar.

—Un tipo me estaba estrangulando y, para defenderme, lo golpeé con algo —le dije—. La cabeza me va a explotar.

El agente dijo:

—Tranquilo, trate de relajarse, respire profundo. No sé si deba contarle esto, pero la persona con la que se peleó está en este momento en coma, contusión cerebral aguda y embolia, consecuencia de un golpe muy fuerte. Este es un hospital de seguridad del sistema penitenciario de Madrid. Por supuesto, tiene derecho a un abogado.

Mi cabeza parecía un enorme corazón palpitante. Intenté comprender lo que me pasaba.

—¿Estoy detenido? ¿Está en coma? Salí en defensa de una mujer con la que discutía y el tipo empezó a golpearme. Hay un montón de testigos.

El agente puso la mano delante.

—Me alegra oír eso, pues será clave para usted. Me refiero a los testigos. Tendrá suerte. De cualquier modo esta reclusión equivale a una prisión preventiva. Lo de liarse a hostias en la calle no es bueno, ni siquiera por una buena causa. Y créame, amigo. Intervenir en una pelea de pareja no es para nada una buena causa.

Me llevó a un cuarto que, según explicó, era a la vez mi celda. Sin televisión, con paredes frías y algo sucias. Alguien había escrito y dibujado cosas obscenas en lápiz, también extraños números. Esos muros sin el menor adorno hicieron que la idea de la reclusión fuera perceptible, y luego, al pasarme a la cama, el agente me puso unas esposas en el brazo y el tobillo unidas a las varillas de la cama. Igual no habría podido ni soñar con pararme solo, pero esto nadie me lo preguntó. Un rato después vino un abogado de oficio, vio la ficha clínica, tomó un par de notas y se fue sin preguntarme nada.

Pensé en mi situación, en las probables consecuencias. ¿Era lo mío un intento de homicidio? Teóricamente, sí. De repente me pareció que la realidad se había escapado por una rendija. Mi vida, Madrid, Juana y mis increíbles dudas sobre ella eran ahora cosas muy lejanas, casi irreales. Pensar me provocaba un gran dolor, así que intenté reducirlo todo a frases breves.

La verdad es que enfrentaba gravísimos cargos.

Recordé a Manuel Manrique, el hermano de Juana, recluido en la cárcel Bangkwang de Bangkok. ¡Qué extraña simetría! Luego dormí un rato, supongo que sedado por alguna de las innumerables sustancias que entraban a mi cuerpo a través del suero. Tenía contusión facial grave, más fractura de nariz, ceja derecha y pómulo derecho; además, tres dedos rotos y dos costillas fracturadas. El informe médico mencionaba hematomas en el cuello. Un equipo técnico volvió a sacarme las huellas digitales y se abrió una ficha con mis datos que fue enviada, según dijeron, al Comando Central, a la espera de confirmar antecedentes penales. Dos inspectores y un abogado me tomaron una larga declaración que a duras penas pude firmar. La agencia de Justicia Penal daría su parecer y podría admitir el pago de una fianza, aunque era muy probable que por ser extranjero decidieran mantener la detención preventiva, para impedirme salir de España.

El tiempo dependería de las lesiones finales de la persona a la que golpeé.

Pero ¿fui yo realmente quien golpeó? No hice nada distinto a proteger a una mujer del peligro y defenderme de una agresión que iba a ser mortal. ¡Ahí están las marcas en mi cuello! Si el hombre fallecía el abogado de la contraparte podría argumentar algo llamado *homicidio preterintencional*, donde la muerte no es la finalidad de la intención, sino una consecuencia fortuita.

—Ahora bien —siguió diciendo el abogado—, lo difícil es convencer al juez de que usted levantó un pesado cenicero de cristal y lo estrelló en la cabeza de ese hombre sin intención de matarlo; ¿se puede golpear a alguien con un cenicero así, sin tener intención de matar? Bueno, está la legítima defensa. Los testigos confirman que cuando golpeó usted estaba en el suelo y de espaldas; podríamos llamarlo "golpe a ciegas", con la única intención de liberarse de una agresión mayor. Otra ventaja: no existe entre ese hombre y usted algún nexo previo, lo que descarta la intencionalidad. Lo mejor acá es poner una contrademanda por agresión agravada y buscar, si es que el hombre se despierta, lo que llamamos una *reconversión*: ambos se denuncian y al final la justicia los condena por "riña en espacio público", imponiéndoles una multa. Sería lo mejor. Pero el tío ese tiene que despertarse, porque si la palma ya lo sabe: la cosa se complica.

Repasé al cálculo mis menguados ahorros y el gasto que podría suponer este proceso, ¿y qué pasaba si ese hombre moría? Mi suerte pendía de un hilo. Me inquietó también pensar en el hotel, allá estaban mis pertenencias, mis cuadernos de notas, ¿qué iba a pasar con eso? Sin contar con que la cuenta seguiría corriendo día a día. Se lo pregunté al agente.

—No se preocupe. En su bolsillo estaba la tarjeta del hotel y ya fueron a retirar sus cosas. Eso fue lo que oí. ¡Al menos acá no le cobraremos nada!

El enfermero-agente era un hombre simpático. Por su color de piel supuse que venía de Guinea Ecuatorial. Un súbdito de Teodoro Obiang.

—¿Guineano? —le pregunté.

—Sí, de Malabo. No estamos autorizados a dar nuestro nombre a los detenidos, pero me llamo Pedro Ndongo Ndeme.

¡Guinea Ecuatorial! Recordé a mi amigo el escritor César Mba, autor de *Malabo Blues*. Lo conocí en Puerto Rico y acabé formando una curiosa tríada con él y el escritor español José Carlos Somoza. Recuerdo que al despedirme le dije: "Consigue un trabajo en el gobierno, pero debes prometerme no dar un golpe de Estado". César, muy rápido e imaginativo, contestó: "Regresa a Colombia, pero aléjate del narcotráfico".

Luego volví a pensar en Juana. Cuando llame, alguien del hotel podrá explicarle lo que pasó.

Tal vez ya haya llamado.

Un latigazo de memoria me devolvió la escena del bar: el momento en que alcé el cenicero. Recordé el tacto del vidrio, sus ondulaciones y filos. Una increíble casualidad lo habrá hecho encajar en la curva de la frente.

Al día siguiente nada había cambiado, los tiempos de la reclusión son lentos y se alimentan de diminutas partículas.

Ahora Pedro Ndongo empujaba mi camilla por los corredores. Acababan de hacerme un TAC craneal.

—Pedro, ¿cómo sigue hoy el tipo al que golpeé?

—Sigue estable, o sea igual —dijo Pedro.

—¿Quién es?

De nuevo, la enorme sonrisa.

—No estoy autorizado a dar ese tipo de información, amigo, ni siquiera a alguien como usted, que me cae bien. ¿No se lo dijo su abogado? En la demanda que interpusieron debe estar el nombre. Se llama Francisco Reading, es norteamericano.

—¿Y qué hace en la vida ese buen hombre?

—Tiene 53 años, es casado y padre de dos hijos. Da clases de Literatura en la Universidad Complutense. Es de Nueva York.

—¿De Literatura?

Pensé que se trataba de una broma.

—¿Y la joven que estaba con él?

—Es colombiana, como usted. Tal vez ella no sabía eso cuando lo golpeó. Usted no tiene cara de ser de ningún lugar específico.

—¿Le parece?

—Bueno, ¡podría jurar que no es de Malabo!

Mi cara se estiró por la risa, pero volvió el dolor. Seguimos avanzando por un largo pasillo.

—Y esa joven, ¿qué hacía con el señor Reading? ¿Es su novia o algo así?

—Bueno, eso es difícil de saber leyendo la declaración. Tiene un carnet de estudiante de la misma facultad donde él enseña. Tal vez sea su profesor, es común que el profesor salga con una alumna, ¿no es verdad?

—Una última pregunta, aunque no sé si puedas contestarme. Esa colombiana, ¿cómo se llama?

—Ja, eso sí es imposible, amigo. Está en la denuncia. Se llama Manuela Beltrán.

—¿Manuela Beltrán? —repetí.

Llegamos a mi cuarto-celda. Antes de salir le dije a Pedro:

—Espera, otra cosa. ¿Ha venido a ver a Reading?

—El primer día estuvo aquí unas horas, pero se fue cuando llegó la esposa. La señora Reading es norteamericana.

—Si Manuela Beltrán vuelve y la ves, ¿puedes decirle que me gustaría hablarle?

—Claro que sí, aunque no estoy autorizado.

Pedro ya iba a salir, pero volvió a revisar el suero: el correcto goteo y la entrada de los calmantes.

—Tiene suerte de estar muy golpeado, créame.

—No me he mirado aún a un espejo.

—Evítelo por ahora. Cuando lo vi la primera vez me cubrí los ojos. Le soy sincero: ese nivel de magulladuras es más común en la morgue. Su cara era de color verde y chorreaba pus por las orejas.

—Gracias, agente Ndongo. Es usted muy amable.

—No puedo involucrarme o tener ningún tipo de relación con los detenidos por fuera de lo estrictamente médico. Lo hago sólo en casos extremos.

—¿Tan grave es el mío?

—La calle está llena de psicópatas y drogadictos, carne bautizada pero en muy mal estado. A veces ya podrida. Pero usted es una persona de bien, eso se nota a leguas. Las ciudades son malas y le hacen emboscadas a la gente. El mundo en general es un lugar cada vez más inhóspito. Le digo una cosa: cuando logre salir de esto, váyase de inmediato y no vuelva. Olvídese de lo que le pasó aquí.

—¿Y qué ha pasado en la embajada de Irlanda? ¿Siguen adentro o ya intervinieron?

—Eso no se va a acabar tan rápido. Después del primer degollamiento cambiaron el discurso: ahora quieren mostrar su lado bueno y conmover al mundo. Anoche dejaron salir a una paciente cardíaca. Esto a cambio de que la mujer leyera un comunicado a la prensa en el que invitaban a todas las personas decentes de Europa a comprender su lucha y no permitir que se les siguiera tachando de terroristas, sino de combatientes. ¡Nos han jodido! Pero aquí entre usted y yo, el texto estaba muy bien redactado. Hablaba de la dignidad de África, de la historia y el colonialismo. Dicen que África sólo importa cuando hay golpes de Estado, guerras, epidemias o hambrunas, y que al hacer esto lo que esperan es obtener un poco de atención sin tener que aguardar a la siguiente tragedia.

—¿Y la religión? ¿Y el Estado Islámico?

—Para ellos la religión es un modo de buscar la pureza del mundo, y le confieso, fue muy extraño ese discurso. Por un momento creí que pensaban alejarse de los preceptos de la guerra santa.

Pedro fue hasta la ventana y levantó la persiana. Un chorro de luz invadió la habitación.

—¿Usted cree en algún dios? —preguntó—. ¿No? Igual haga un esfuerzo y rece para que ese profesor Reading no se muera, porque todo será más largo y complicado. La verdad es que no se lo deseo a ninguno de los dos. Tuvieron la mala suerte de encontrarse en un pésimo momento. Así es la vida: un pequeño descuido del destino y ¡zas!, uno puede caer. Aristóteles lo llamó la *hybris* o desmesura que propicia la caída del héroe. ¿Ya pensó en los millones de posibilidades de que eso no ocurriera? Mejor no lo haga, se mortificará y no servirá de nada. Ya sucedió y los hechos que ocurren no pueden ser cancelados, así uno sea inocente y víctima. Extraña cosa la vida, ¿no le parece?

Lo miré con aprecio en medio de mis vendajes.

—¿Tiene formación filosófica, Pedro?

—No, qué va —se rio otra vez con su ancha boca—, soy sólo un *amateur*. No estoy dotado para el pensamiento abstracto y sólo puedo manejar conceptos básicos. Una pequeña desatención de los dioses que me crearon. Por lo demás, me lo dieron todo.

Cerró las persianas, pues anochecía, y quedamos flotando en la luz fría de las lámparas de bajo consumo. Por el ojo bueno pude ver las paredes desnudas, un tubo con una cortina de plástico que estaba recogida al no haber nadie en las otras camas.

Antes de que Pedro se fuera, le dije:

—Quisiera pedirle un último favor. Es un cuaderno de tapas color tabaco, lo tenía conmigo cuando ocurrió este incidente. Son escritos y apuntes. En la tapa dice "Rimbaud".

—Ah, qué gran poeta —exclamó Pedro, y luego recitó en muy buen francés:

"*Ô les enormes avenues du pays saint, les terrasses du temple! Qu'a-t-on fait du brahmane qui m'expliqua les Proverbes?*".

—Es uno de mis poetas preferidos, ¿reconoce ese pasaje?

—Sí —le dije—, está en las *Iluminaciones*. Es el fragmento primero de *Vidas*.

—¡Exacto! Caramba, cada vez me cae usted mejor. La persona que trabaja en el registro de útiles y objetos es buena amiga. Hablaré con ella a ver qué podemos hacer.

14.

A los pocos días, Araceli vino con su carro —una elegante camioneta 4×4—, sacamos mis cosas y me llevó a un apartamento suyo en la calle 67, cerca de la séptima. Al llegar me presentó al portero, le dijo que yo era una sobrina de Cali que había venido a estudiar a Bogotá y me iba a quedar ahí por tiempo indefinido. Esta fue mi casa de soltera, me dijo, acá están las llaves. Es toda tuya. Luego me dio un beso y se fue hacia la puerta. ¿No subes conmigo?, pregunté. Ve a descubrirlo sola, así te vas a sentir más libre. Te dejé unas cositas para que no tengas necesidad de nada. Dale, yo creo que te va a gustar.

Subí al cuarto piso y abrí la puerta. Me quedé deslumbrada. Era un sitio muy bello, pequeño pero acogedor, con unos muebles increíbles, piso alfombrado, adornos. En el cuarto había una cama que parecía de película. Me sentí extraña, como una sirvienta que juega por un rato a que todo eso es suyo pero luego sigue con la escoba y el cepillo. Al pensarlo me empecé a reír. La sirvienta que se cree señora, me dije, y fui bailando y riéndome de un cuarto al otro, dejándome caer en los cojines y en la cama y en los sillones. Me reí y me reí hasta que vi mi cara reflejada en uno de los espejos del baño, y entonces me dio fue vergüenza, porque sirvientas eran mi abuela y mi mamá y en el fondo yo también. Siempre seríamos sirvientas al entrar a casas así. Pero después me dije: esto me lo gané escribiendo y pichando, o sea que está bien ganado.

Otras consiguen muchísimo más con lo mismo, y sin escribir. Me la voy a gozar mientras pueda.

Ya ve, doctor, estaba en pleno cambio.

Fui a la nevera y la encontré llena. Carnes, verduras, huevos, bebidas. Abrí cajones y entendí que tenía de todo. En el bar había licores, el baño estaba completo, las toallas me parecieron una delicia, así que me quité mi pobre ropa de estudiante y me metí al agua. Lo primero era un buen baño y ya entre vapores imaginé lo linda que sería la vida si uno tuviera esto de un modo normal, porque un gusanito en el cerebro no paraba de morder y escarbar diciendo, despierta, Cenicienta de barrio pobre, abre los ojos, reinita del hospicio, ¿y vos creés que todo esto es gratis?, ¿qué es lo que Araceli te va a pedir a cambio de estos lujos?

Preferí no pensar y me dormí, y cuando desperté ya era de noche, así que salí al cuarto y busqué mi piyama. En la mesa de noche había dos libros, uno de la Pizarnik y otro de un poeta francés, Arthur Rimbaud: *Una temporada en el infierno*. Los dejé ahí y seguí mirando cajones. Al abrir la mesa de noche volví a pegar un grito. ¡Plata en efectivo! Un montón de billetes de cincuenta mil pesos, que es el más alto de Colombia, doctor, pero que son como quince euros nada más, imagínese cómo seremos de chichipatos allá, en fin, pero era un montón de plata. Volví a cerrarlo sin tocar nada y me quedé dormida. Qué extraño todo, y qué generosa ella. Acordándome de mis compañeras de correccional, una voz me dijo al oído: te ganaste la lotería, esta cucha rica se encoñó contigo.

Al otro día Araceli vino por la tarde, pedimos un domicilio y tiramos hasta medianoche. Seguía igual de afectuosa, hablando de poetas y tratando de enseñarme lo que sabía. Leyó un poema dedicado a mí que, la verdad, no me gustó, pero obviamente no se lo dije. Su marido estaba en la finca. Ella gozaba de absoluta libertad porque él le respetaba sus ritmos. Sabía que, como buena poeta, tenía fases, igual que la Luna, así dijo. Yo nunca diría algo tan cursi, doctor, sólo la miré a los ojos, y ella naturalmente empezó a contarme que la relación con su marido era buena, tiraban dos y hasta tres veces por semana, ella era insaciable y quería probarlo todo, como hacen los artistas; me hizo reír diciendo que era la presidenta y fundadora de un grupo de esposas veteranas y rebeldes autodenominadas las MDSM, o Mamadas de Dárselo Siempre al Mismo, y dijo también, aunque yo no le creí, que era la primera vez con una mujer, que antes había fantaseado con la idea aunque nunca lo había hecho, que esos deseos no encajaban con ninguna de sus amigas, mucho menos con las que ya eran lesbianas declaradas, pero que cuando me vio y leyó mi poesía, cuando empezó a frecuentarme empezó a tener sueños húmedos y a tocarse pensando en mí, y me confesó que cuando hacía sexo con el marido se imaginaba que ella era el marido y yo ella, y así sentía que lo que él le hacía me lo estaba haciendo ella a mí, algo bien raro, doctor, que usted entenderá mejor, y en fin, ese mismo día, antes de que se fuera, le leí el borrador de dos poemas que estaba haciendo. Cuando terminé de leer y alcé los ojos vi que estaba en lágrimas.

Le pregunté qué pasaba y dijo que le emocionaba ver que para mí fuera tan fácil, eso que yo consideraba un borrador estaba ya muy por encima de lo que ella podía hacer, y yo le dije que no, los poemas de ella eran buenos, no digas eso, quién sabe por qué estás triste, y nos bajamos otra media de whisky y nos metimos unos pericos, y más, porque esta vez sacó unas pepas del bolso y me dijo, mira, probemos esto, se llama éxtasis, ¿media y media? Nos tragamos esa pasta y yo quedé a mil, con ganas de subirme por las paredes, y claro, caímos a la cama y pichamos como conejas, nos dimos látigo, qué polvazo tan bacano; Araceli gritó tanto al venirse que los vecinos golpearon la pared con un palo de escoba, y eso que el edificio era de muro grueso. Antes de salir, Araceli preguntó por qué no había cogido la plata que dejó en la mesa de noche. Luego sacó otro fajito y lo puso ahí, debajo del libro de Pizarnik.

No supe qué responder, así que no dije nada.

Comprendí que mi vida iba a ser la de una novia mantenida. Cero nervios, cero problemas. Mi amante secreta me pagaba la vida y me regalaba caprichos que en realidad eran los de ella, porque yo caprichos nunca tuve. Por esos días experimenté un cambio, doctor, y es que por primera vez pensé en la belleza. ¿Soy bonita? ¿Soy hembra? ¿Estoy buena? Hasta que conocí a Araceli la belleza la tenían las demás, nunca yo. En el convento estuve con varios tipos, pero ninguno habló jamás de belleza. Nos comían porque teníamos por dónde y ya, no porque fuéramos bonitas. Gordas o flacas, culichupadas o robustas, bizcas, tetonas o planas, de pelo quieto o monas, éramos mujeres y les servíamos. El único valor era ser virgen, pero eso duraba poco.

Con Araceli descubrí otra dimensión porque me vivía diciendo qué piernas tan lindas, qué culito tan redondo, qué tetas paradas, qué barriguita tan divina, y tan lisa; a ella, por haber tenido un hijo, la piel se le arrugaba en la barriga y tenía estrías en la cola y los muslos. A mí me parecía normal, pero a ella la mortificaba. Pasaba horas en el gimnasio tratando de quitárselas, pero ahí seguían. Yo le decía que esas estrías eran señales de una vida y que no había que pensar en borrarlas, pero Araceli protestaba, no, mi niña, cuando tengas mi edad vas a entender, yo nunca me he hecho querer por el físico, no es con los demás sino conmigo misma, tengo una imagen de mí que se deteriora, tiene que ver con el paso del tiempo, cierta angustia ante el desgaste, no es vanidad sino miedo a la derrota, no soy una cuchibarbie, pero si dejo que el cuerpo se destruya es como si me entregara al enemigo, ¿me entiendes? Yo le decía que sí, pero en realidad no podía entenderla. La juventud no entiende la edad adulta y menos cuando empieza el despeñadero de los años, pasados los cuarenta y llegando a los cincuenta, que es la edad en que estaba Araceli, y por eso, según ella, lo que amaba en mí era lo inalcanzable, poseer lo que nunca tendría en su propio cuerpo, aunque el origen de su atracción, siempre lo dijo, estaba en algo intangible que tenía que ver con mis silencios y la poesía y con algo extraño que, según ella, emanaba de mí, una especie de belleza triste.

Mi relación con Araceli se consolidó. Venía a verme unas tres o cuatro veces por semana. Pero si tenía compromisos con el marido y la hija, a quienes nunca vi en persona, entonces se ausentaba; a mí esos recesos me gustaban, pues a pesar de quererla me seguía haciendo falta eso que había conocido con los hombres y no sé cómo nombrar, pero que tiene que ver con el calor de la penetración y la eyaculación. Añoré sentirlo pero lo añoré en silencio. Nunca lo busqué, y no porque Araceli fuera celosa. Ella siempre me decía, invita amigos a la casa, haz fiestas, vive tu juventud. Para mí, la mejor manera de vivirla era sintiéndome protegida entre cuatro paredes, y por eso mismo prefería no invitar a nadie y mucho menos hacer fiestas. Las pocas a las que fui, de compañeras de clase, me hicieron comprender que el verdadero motivo era hacer que la anfitriona se sintiera reina por una noche, algo superficial y tonto, de jovencitos que nunca vivieron cosas profundas y creían que la vida era una carcajada infinita; sentí vergüenza ajena ante el ego desatado de esas pobres niñas, y por eso nunca volví.

Más bien me dediqué a conocer la ciudad, a pasear por todos sus barrios, los del norte y los del centro, los del oeste y los del sur. Comprendí que esa lluviecita y ese frío eran cuestión de épocas, pues luego llegaba un sol de montaña sabroso que no daba tanto calor, picaba en la piel y uno siempre tenía la sensación de estar fresco; salía el sol y la ciudad brillaba de un modo especial, y entonces yo me subía al Transmilenio y echaba para un lado y para otro, mirando a la gente vivir, tratando de ponerme en sintonía con ellos, almorzando en sitios populares, espiando. Me divertía la obsesión por los celulares: los niños los llevaban en sus uniformes de colegio, las empleadas de almacenes del sur, sentadas en taburetes, o las del norte, detrás de elegantes mostradores, se la pasaban dándole frenéticamente al chat. También los empleados de las oficinas públicas, a los que veía desde la calle, y sólo los meseros de restaurante o los choferes de bus, que tienen las manos ocupadas, parecían estar por fuera de esa obsesión, pero el resto, incluidos mis compañeros, estaban siempre ahí, cabizbajos, moviendo los pulgares con frenesí, la mitad de la humanidad escribiéndole a la otra mitad, y luego esperando respuesta. Di muchos paseos y así fui conociendo a la gente de cada barrio, desde Usme y Bosa hasta El Amparo, tan peligroso, y luego El Rincón o Suba. Recuerdo un grafiti en la pared de un colegio que decía: "Tu camiseta dice *I Love New York,* pero tu cara dice *Vivo en Suba*".

En Cali yo era una niña y una adolescente perdida que no podía ver nada del mundo. Por eso fue en Bogotá donde me di cuenta de lo que es un país. En los semáforos había desplazados de Urabá, del Cauca y del Llano. Uno veía paisas y caleños, santandereanos y costeños. Indígenas, isleños, pastusos, amazonenses. La multitud era un retrato de la realidad, con sus injusticias y crímenes, claro, pero también con su alegría y colores. Y en el centro de la ciudad, eso tan simbólico que es el poder. ¡La capital del país! Por eso me gustaba ir a la plaza de Bolívar. Allá veía a gente con pancartas exigiéndole cosas al gobierno o protestando por algo, pero también estaban los habitantes del centro, los indigentes y los desechables (así les dicen, imagínese, doctor), gente muy viva rebuscándose, y también turistas y vendedores ambulantes, y cacos y raponeros, esos a los que la señora Tránsito les tenía tanto miedo, aunque debo decir que nunca me robaron ni vi de cerca que robaran a nadie, lo que tampoco quiere decir nada, pues todo el mundo sabe que Bogotá es una ciudad peligrosa; por ahí cerca, en la carrera octava, vi librerías de segunda y ventas callejeras de libros, y por eso me aficioné a esa zona del centro. Entonces decidí usar la plata que me dejaba Araceli y la mayoría la gasté en eso, en libros de segunda.

Así llegó diciembre y Gloria Isabel me escribió para preguntarme si quería ir a Cali a pasar las Navidades con ellos. Dijo que Vanessa se había estabilizado y la iban a dejar salir de la clínica por unos días, así que le dije que sí, el tiempo pasa volando, ¡ya tantos meses sin ir a mi ciudad! Se lo conté a Araceli y eso le dio pie, por primera vez, para preguntarme si era mi familia, pero le dije que no, yo no tengo familia, mis papás murieron, esta señora es una amiga que me ayuda, y claro, al oírme decir eso se imaginó algo y sentí que su gesto se hacía duro, ¿una amiga?, ¿qué tipo de amiga? Para que no concibiera ideas, le conté: es la mamá de una compañera de estudios que se metió en la droga de un modo muy áspero; yo les ayudé y por eso me invitan, porque mi compañera va a salir de la clínica en las fechas de Navidad. Y acabé diciendo: ella me paga la universidad.

A Araceli le cambió la cara y dijo, ah, bueno, ya entiendo, es alguien que te ayudó, perdona, estoy nerviosa y confundo todo, ven acá, mi niña linda, y nos tiramos al catre empelotas y nos pasamos la tarde haciendo sexo salvaje, porque a esas alturas había dejado de tenerle miedo a Araceli y ahora la quería, estaba incluso un poquito enamorada, aunque suene bobo.

Antes de irme a Cali, Araceli dijo que me quería dar un regalo de Navidad. Vino a la casa, abrimos botella de vino, brindamos y le entregué dos libros que le había comprado, dos ediciones muy bonitas de poesía colombiana, Aurelio Arturo y una antología del nadaísmo que me agradeció a besos. Pero la noté nerviosa y quise saber qué pasaba. Lloró un poco y al fin dijo, es una estupidez, imagínate que sospecho que mi marido tiene una novia. Me quedé mirándola y, con total inocencia, le dije, bueno, tú también tienes una. Araceli soltó una carcajada y dijo, ¡pues sí!

Abrimos otra botella de vino blanco, sacó unas pastillas y nos las metimos. Pasamos la tarde juntas. Al final pregunté por qué creía que el marido la engañaba y dijo que lo había notado raro y entonces le miró el celular mientras dormía. Había unos mensajes raros, de alguien sin nombre, apenas una sigla, RM. También llamadas, y vio que hablaban continuamente, incluso cuando se iba de viaje.

Pero durante el fin de semana pasado que él estuvo en una convención en Lima, no hubo llamadas a RM y le pareció raro; entonces entró a su cuenta bancaria y vio que había pagado dos pasajes y una estadía en un hotel, él mismo, y entendió que no había ninguna convención, entonces le dije, ¿estás segura de que no es alguien del trabajo?, y ella dijo, no, espera, hay más, en la cuenta bancaria vi una serie de pagos a restaurantes, así que le dije, lo raro es que se vaya de viaje con una novia a Lima, ¿no creés? Por lo general los tipos se van a Cancún o a Panamá, y ella dijo, lo sé, pero acá había pagos en bares, y luego, aterrada de lo que hacía, fue a un celular público y marcó el número misterioso, varias veces, pero no le contestaron. El buzón de mensajes estaba personalizado y era una voz de mujer joven que decía, hola, soy Rafaela, déjame un mensaje, bye, una voz de muchacha, aunque no estaba segura al cien por cien y había ido más allá: arriesgándose logró entrar a su correo electrónico y allí vio que uno de los pasajes era para una tal Rafaela Montero, así que la buscó por Facebook y la vio, una mamacita joven, divina la hijueputa, así dijo Araceli, estudiante de Periodismo de la Javeriana, ¿te imaginás?, y yo pensé, a lo mejor la conozco.

Le pregunté qué sentía y dijo, me siento insegura y, ¿sabes?, no es lo mismo, yo no lo engaño con un hombre, nosotras estamos en un terreno que de todos modos no es de él ni puede serlo. Yo no dije nada pero pensé que era igual, dos alumnas de la Javeriana, una para cada uno. Al final Araceli se vistió, un poco triste, pero antes de salir dijo, ay, qué bruta, casi se me olvida darte tu regalo, ten, y sacó una cajita muy bien empacada. Cuando la abrí vi que era un celular, un BlackBerry muy lindo de color blanco, de última generación, así podremos estar comunicadas porque te voy a extrañar mucho, dijo, y me besó en la boca con una fiereza y un desespero que me pareció extraño. Yo le dije que también la iba a extrañar y que ya mismo me ponía a aprender a usar el celular para poder mandarnos mensajes todo el tiempo.

Al otro día viajé a Cali, y al llegar al aeropuerto me volvió esa sensación de fragilidad, de estar en peligro. Era la ciudad de mi infancia, claro, pero también de mis dolores. En ese viento tibio y sabroso flotaban recuerdos atroces, y a pesar de que Gloria Isabel y Vanessa me recibieron con abrazos no pude evitar los nervios y un hueco en el estómago. En la ruta a la casa reconocí edificios, avenidas, calles. Un cierto olor a humedad o a clorofila. Ahí estaban los sampanes, esos árboles que parecían los verdaderos guardianes de la ciudad. Y en medio de la calle y del tráfico las motos haciendo zigzag, y al verlas no pude evitar pensar en Freddy y decirme, ¿no será uno de estos? Me empezó a subir la angustia. A mi lado, Vanessa parecía un zombi. Sonreía todo el tiempo con una inquietante risita que no correspondía a nada gracioso. Estaba atiborrada de calmantes. Al llegar a la casa e instalarme en el cuarto de huéspedes, Gloria Isabel me explicó que Vanessa estaba muy sedada, pues sólo así podía volver a la casa. Era la recomendación de los médicos.

—Verte acá me da una increíble alegría, Manuelita —dijo Gloria Isabel—, es como si fueras la mitad recuperada de mi hija.

Traté de preguntarle cosas a Vanessa, saber cómo estaba, pero siempre me dijo lo mismo, muy bien, bacano, gracias, ¿y vos? Le pregunté por la clínica, si tenía amigas. Y respondió, sí, muchas, es muy bacano, ¿por qué no venís un día a visitarme? Le dije que claro, que iría, y de pronto me preguntó, ¿y vos por qué estás aquí? Le dije que Gloria Isabel me había invitado a pasar Navidad, y ella dijo, ah, claro, es que se me había olvidado, tan bacano, ¿y cómo estás? Por la noche, antes de apagar la luz, le mandé un par de mensajes a Araceli. Ella seguía muy mal: había encontrado un regalo escondido en el garaje; lo abrió con cuidado, era una cadena de oro muy linda. Ahí estaba el recibo de la compra, tres millones y pico de pesos que el marido debió guardar. Luego Araceli dejó todo como estaba, pero ahora tenía la angustia de que ese regalo no fuera para ella ni para su hija, sino para la amante, y por eso veía venir la Navidad cual mula que camina al abismo.

Traté de tranquilizarla. Será tuyo, no lo pienses más, le dije, piensa en otras cosas, en otras épocas de tu vida con él, por ejemplo. Es una relación larga y no se va a dañar por algo así. Araceli respondió diciendo: ay, mi niña, cuánto me duele que estés tan lejos, daría la vida por tenerte acá en mis brazos.

Las fiestas fueron muy animadas, aunque yo casi ni me atreví a salir de la casa. Cada vez que veía pasar a un man en moto decía, ahí va, es Freddy, y sudaba frío de la angustia, ¿qué pasa si me reconoce? Entendí que mientras ese man estuviera vivo no podría volver a Cali. Me robó también mi ciudad, y pensé: si algún día lo veo y puedo, lo mato. Es un juramento.

Como Vanessa estaba así todo fue muy sano, con jugos de frutas y bebidas dulces. Nada de trago. Gloria Isabel me dijo que si quería una copita de vino fuera a la cocina y le pidiera a la empleada; había dado instrucciones de tener los licores escondidos y de servirlos sólo a ciertas personas y en tazas, como si fuera un café o un té.

Preferí no tomar nada, por solidaridad y porque con tragos en la cabeza me iba a dar más duro la paranoia, así que mejor sólo juguitos. Le conté a Gloria Isabel que en la universidad me estaba yendo bien y le traje copia de las notas, para que viera que estaba usando bien su plata. Le dije que estaba escribiendo poemas y que me habían publicado algunos en revistas. Quiso leerlos y se los mostré. Se le aguaron los ojos y dijo, ¡tan lindos!

La pobre no tenía ni idea de poesía, pero era buena gente.

Arrancó el nuevo año y la verdad no veía la hora de volver a Bogotá, donde no me sentía en peligro. Hicimos dos paseos, uno al río Pance y otro a una finca cerca del lago Calima, y por fin llegó el día del regreso. Vanessa volvió a su clínica y Gloria Isabel me llevó al aeropuerto. Nos despedimos llorando. Me dijo: ve con Dios, hermosa. A vos la vida te está dando otra oportunidad y lo que más me alegra es que la estás aprovechando y mereciendo. No cambies. Le di un abrazo y me subí al avión, otra vez en lágrimas.

En Bogotá me esperaba el otro drama.

Araceli estaba por los suelos porque, como era de esperarse, la famosa cadena de oro no fue para ninguna de las dos, así que estaba histérica. Vino a verme el día que llegué y al abrir la puerta le noté que ya estaba muy pasada de tragos y perico. Casi me devora en la cama mientras se metía un pase tras otro, con un desespero que me asustó, hasta que le dije, calmate, Araceli, estás llevando las cosas muy lejos, pero ella lloró y lloró, desesperada.

—Esto me está dando durísimo, linda —me dijo—, y tienes que ayudarme. Necesito que te hagas amiga de esa mocosa hijueputa, que me cuentes quién carajos es y cuál es el rollo que tiene con mi esposo.

Le juré que la ayudaría. Me mostró un montón de fotos y vi que, efectivamente, estaba en la Javeriana. Según Araceli, se debieron conocer en un curso que su marido dio sobre publicidad alternativa, y a partir de ahí arrancó la cosa. Era severa hembra, para qué. Al menos lo que se veía en las fotos. De las que ponen fotos en bikini en su Facebook, ¿se la imagina, doctor? Empecé a buscarla por la universidad y en menos de dos días ya la tenía ubicada. Pero Araceli me bombardeaba con su ansiedad. ¿Ya diste con ella? ¿Ya la encontraste? Tuve que decirle que en clase no le podía contestar, y le rogué paciencia. Estaba en la jugada.

No iba a ser fácil acercármele a la tal Rafaela.

La nena era tremenda gomela y yo nada que ver, pero en fin, había hecho una promesa. Varias veces la tuve al lado, en la fila de la cafetería, por ejemplo, pero era difícil porque nunca estaba sola y, según me pareció, jamás estudiaba. En una semana entera no la vi entrar a la biblioteca ni una sola vez. Andaba de aquí para allá con su grupito, todos supergomelos, y no hacían más que mostrarse cosas en los celulares, oír música y desfilar por las terrazas de la universidad. ¡Sólo cuando se aburrían iban a clase! Pensé que Araceli no tenía nada que temer ante una boba de semejante calibre; el marido estaría encoñado, y a la primera de cambio, apenas la chica matara la goma de andar con un tipo mayor al que admiraba, lo iba a dejar, eso se veía a la legua.

Pero esto a Araceli no le iba a dar ningún alivio, era lógico, pues para ella la traición era mucho más profunda. Estaba con él desde joven, cuando no sólo era mucho más bonita que Rafaela sino mil veces más interesante. La inseguridad de los años y el choque con la juventud convertían todo eso en una clamorosa deslealtad. En el fondo, era un problema de autoestima y belleza.

Y aquí haré una breve pausa para hacer un comentario sobre mí: gracias a Araceli y a sus constantes regalos me había quitado esa imagen de aseadora de cafetería del sur con la que llegué, y que era, por cierto, la que se ajustaba a mi verdadera condición. Por ser bajita me regaló un montón de vestidos de su hija prácticamente nuevos, pues la nena vivía cambiando de *look* y, como todas las adolescentes ricas, creía que su personalidad y la ropa que usaba eran la misma cosa. Así armé un buen ropero de prendas usaditas pero finas que son las que mejor lo visten a uno. Mi cuerpo no era feo. Soy caleña. Tengo buenas piernas y cadera amplia, una cola que aguanta, buena cintura y, por delante, teticas respingonas estilo mostrador de maní; mi color de piel, cobre, gustaba mucho; aunque no estuviera jugando a eso, me daba cuenta de que a muchos tipos se les dilataba la pupila, sólo que yo no repartía juego y por eso nadie se acercaba. Pero ya no era la chichipata emigrante a la que se le notaban la caja de cartón y la bolsa de colores de plaza. Mucho menos cuando sacaba mi BlackBerry y me hacía la concentrada en chats que, en realidad, eran fotos que yo le hacía a poemas que me gustaban y que volvía a leer cada vez que sentía ganas o necesidad.

La cosa fue como muy natural. Un día la propia Rafaelita me dirigió la palabra en la cafetería. ¿Tú eres la autora de los poemas de la revista del semestre pasado? Le dije que sí. Pensé que se había dado cuenta de mis seguimientos, pero no, todo lo contrario. Entonces le dije, ¿le gusta la poesía?, y ella, que por un milagro estaba sola, me dijo, sí, es mi verdadera pasión, así que aproveché para decirle, pues si quiere nos reunimos un día y me lee alguno, yo estudio Literatura, y ella frunció el ceño y dijo, ¿en serio?, es lo que yo quería estudiar, pero mis papás insistieron en que no era necesario, que uno podía aprenderla por su cuenta, y yo le dije, puede que tengan razón, ¿lee literatura?, y ella, sí, claro, ahora estoy con un libro de Susanna Tamaro, ¿la conoces? Le dije que había visto el nombre pero no la había leído, y ella repuso, ah, no, tienes que leer eso, si quieres te lo presto cuando lo acabe, es tipo Ángela Becerra pero italiana y más profunda.

Mientras charlábamos me di cuenta de algo terrible, y es que tenía en el cuello tremenda cadena de oro reluciente, y me dije, esa es, si Araceli se llega a enterar se muere. Entonces Rafaelita dijo que se tenía que ir a clase. Al despedirse me pidió el celular, ¿te puedo llamar?, ¿nos vemos otro día?

Le dije que sí.

Por la tarde, cuando Araceli vino a la casa le dije que era difícil acercársele, pues vivía rodeada de gente, y le aseguré que seguiría intentándolo. No quise contarle que ya le había hablado, no sé por qué, o mejor dicho, preferí hacerme una idea más clara de quién era verdaderamente, porque, la verdad, de esa primera charla mi impresión no fue mala. Sentí algo de vanidad, no lo niego: que una mujer así me hablara fue todo un halago. Decidí esperar.

Luego Araceli dijo que su marido se volvía a ir el fin de semana siguiente para una convención en Acapulco, y que ella se había quedado estupefacta, ¿Acapulco?, ¿ese lugar donde va la gente loba a pasar vacaciones y está lleno de narcos y prepagos? El marido le dijo, sí, un horror, pero nos reúne una empresa mexicana y no puedo faltar, ¿quieres venir? Araceli se lo pensó pero tal vez eso haría que las alarmas de él sonaran y además habría sido una flagrante contradicción. Llevaba años diciendo que no quería ser la esposa del gran publicista, la reina consorte en esos congresos donde los endiosaban; era la vida de él y ella prefería no meterse, así que le dijo, no, gracias, si me dijeras la Riviera Maya o el DF de pronto, pero a ese sitio no voy ni porque me paguen, gracias, y el marido le dijo, tienes razón, yo tampoco iría, ya ves, incluso yo tengo que hacer concesiones, y Araceli pensó: seguro va a llevarse a su putica, es el perfecto plan de zorro cincuentón, y me dijo, ayúdame a saber si es verdad, porque yo, con estas cosas, voy haciendo un dosier y te juro que le armo un escándalo, le pongo una demanda de divorcio y lo hago escupir sangre.

Rafaela llamó al otro día y propuso que nos viéramos en Il Pomeriggio, una cafetería del Centro Andino, uno de los sitios elegantes del norte. Ahí me mostró algunos poemas. Los leí con atención y eran malísimos, lo que era predecible; tanto que debí hacer esfuerzos para no reírme, pero como ya había aprendido algunos trucos le comenté que tenían buen ritmo, que hablaban de cosas bonitas y hacían ver el mundo con un lente optimista. Eso le encantó a Rafaela, lo del lente optimista, y me dijo, tú en cambio eres como más dolorosa, ¿no? Le dije que sí. Al despedirnos dijo algo que me dejó de piedra.

—No nos vamos a poder ver hasta la semana entrante. Me voy mañana a México y vuelvo el martes. Cuando esté acá te llamo.

Otra vez sentí la misma contradicción. ¿Debía contárselo a Araceli o mantenerla engañada? Caminé por la once hasta la avenida Chile, luego subí a la séptima y agarré para el sur. Rafaela era una poeta *amateur* y tonta, pero eso no quería decir que fuera mala persona. También merecía vivir y esperar algo de la vida. ¿Qué culpa tenía de ser rica y bonita? Seguro que de joven Araceli habría hecho lo mismo si se hubiera enamorado de un hombre casado. Cuando Rafaela se aburriera lo dejaría y Araceli podría calmarse. Lo mejor era no decir nada y mantenerla con pañitos de agua tibia.

También me pregunté si sentía celos de los celos de Araceli, pero la sola idea, al ponerla en palabras, me dio risa. Me carcajeé en la avenida, en medio de los buses y los alimentadores de Transmilenio, y la gente debió pensar que era una loca o estaba drogada. Le tenía cariño a Araceli y me acostaba con ella, pero la verdad es que no sentía amor. Lo que sentí al principio no fue más que agradecimiento. De hecho, no sentía amor por nadie. Ni sabía lo que era eso.

Entendí que estaba justificando a Rafaela, y era cierto. Esa tipa, con su vida superficial y sus bobadas, me caía bien. Al fin y al cabo, era igual que yo. Se acostaba con alguien mayor por admiración, esperando recibir algún tipo de ayuda; esa tradición tan colombiana (¿o será así en todas partes, doctor?) de que la mujer que se lo da a un man debe recibir algo a cambio. Aunque ella fuera rica y yo pobre hacíamos lo mismo: darlo y cobrar por ello. Yo de Araceli y ella del marido.

No le conté a Araceli de mi reunión con Rafaela. Le dije que la estaba siguiendo y que me parecía una persona frívola y tonta. Era lo que Araceli quería oír. Desde que esto había empezado se había olvidado de la poesía, pero yo no. Seguí escribiendo y de vez en cuando le leía cosas, aunque ella no hacía caso. Ya no tenía cabeza.

Cuando el marido se fue a Acapulco, Araceli vino a mi casa y dijo, nos vamos, y yo, ¿a dónde? A cualquier parte. Empaca un maletín. Le hice caso porque la vi realmente mal, y al bajar a su carro vi que estaba preparada. Había una maleta en el baúl. Dejamos el carro en el parqueadero del aeropuerto y fuimos a mirar el tablón de salidas internacionales: Ámsterdam, París, Buenos Aires, Lima,

Panamá City. Yo no dije nada. De pronto exclamó: ¡Nos vamos a Buenos Aires!

—Araceli —le dije—, no tengo pasaporte.

Me miró de un modo extraño y pensé: así debe mirar a su empleada del servicio.

—Ah, claro —dijo—. Vamos a la salida nacional.

Miramos los horarios y, de pendeja, se me ocurrió decirle: hay un vuelo a Cartagena dentro de una hora.

Araceli volvió a mirarme muy raro.

—¿Cómo se te ocurre? Allá me conoce todo el mundo.

Al final viajamos a San Andrés, al hotel Decamerón.

Al llegar compró dos botellas de whisky y le encargó a un taxista que le consiguiera perico y pastillas. Cuando empezó a beber se calmó un poco y por la noche, metidas en el jacuzzi, volvió a ser la de siempre. Tiramos hasta que se durmió de la borrachera. Pensé que esto estaba muy mal y que al volver a Bogotá debía empezar a tomar distancia, pero ¿cómo? Vivía en su casa y dependía de ella. Decidí esperar.

A la semana siguiente Rafaela llamó a contar que había comprado un montón de libros y me había traído un regalo. Un anillo de plata muy lindo. Se lo agradecí pero tuve que esconderlo. Si Araceli lo veía iba a tener problemas, pues seguía con sus preguntas: ¿la había visto en la universidad en esos días?, ¿estaba bronceada? Le dije que no estaba segura, pero algo me delató porque dijo, ¿seguro que la ves? Le expliqué que me ponía nerviosa ante Rafaela, que era mala para espiar y no me gustaba ese papel. Araceli me dio un abrazo y dijo: sé que este no es tu problema, mi niña linda, a ti esto no te duele.

Entonces se me ocurrió darle un consejo, el más bobo de todos.

—¿Y por qué no te vas con él de viaje para algún lado? A lo mejor así pueden hablar. Esto te está haciendo mucho daño, te está alejando de la poesía.

Ella se quedó en silencio y dijo:

—Puede ser, niña linda, puede ser. Déjame pensarlo.

Pensé que debía halagarla un poco, era eso lo que le faltaba.

—No podés dejar que una cosa así te destruya la vida, no olvidés que tienes un montón de lectores que te admiran y están esperando tu siguiente libro.

—¿De verdad crees eso?

—Pero claro, en mi clase hay muchos que te siguen, estudiantes que andan con tus libros en la mochila. Vos tenés que pensar en eso y proteger lo importante.

Me dijo que tenía razón, tal vez era lo mejor. Buscar un poco de calma, pero no por fuera de él sino con él. Luego agregó:

—¿Me perdonarías si me pierdo un poco? No te va a faltar nada.

—No tenés que darme nada —le dije—, ya fuiste muy generosa y yo no tengo con qué pagar.

—Pero es que no tienes que pagar nada, mi niña. Tú me traes la vida que yo ya no tengo.

Se fue confiada y, al otro día, me agradeció la charla. Había hablado con el marido. Le dijo que lo sentía ausente, que necesitaba pasar con él unos días lejos de Bogotá para volver a sentirse segura. El marido, según ella, le dio mil abrazos y le dijo que sí, que él sentía lo mismo, y la invitó a Europa aprovechando un viaje de trabajo a Londres. Como si fuera poco, le propuso que se quedaran otros dos meses recorriendo ciudades que hacía rato no visitaban, y le dijo que hiciera un poemario sobre las capitales más lindas de Europa.

El día antes de irse vino a mi casa por la mañana. Hicimos el amor apasionadamente. Estaba radiante. Luego me llevó a su banco y pidió una tarjeta débito nueva. Me dio una clave y dijo, niña hermosa, de acá puedes sacar lo que necesites. Puse una platica ahí para que no tengas necesidades. Me negué, le dije que no era necesario, pero ella insistió.

—Por favor, acéptala, tú me sacaste del pozo. No podría soportar la idea de estar lejos de ti si no es, al menos, dejándote protegida.

Guardé la tarjeta en mi billetera y nos despedimos. Luego me dejó sobre la séptima, frente a la universidad. Antes de bajar del carro volvió a recomendarme que estuviéramos conectadas por la mensajería del teléfono, que me iría contando con fotos y chismes todo lo que pasara. Estaba feliz. Al menos pude darle algo, pensé. Una buena idea.

Cuando Araceli se fue, volvió la calma a mi vida y me dediqué a leer y a escribir. Fui a cine, alquilé películas y las vi en el computador. Había un mundo repleto de obras que debía conocer, ponerme al día. Otra vez estaba sola, algo grandioso. Nada podía herirme. Mi tiempo era sólo mío.

Un día sonó el celular. Era Rafaela. Me dijo que quería hablar conmigo urgente, parecía muy alterada. Sin saber ni lo que hacía le dije que viniera a mi casa y a la media hora llegó casi llorando, le ofrecí un café y no lo quiso, ¿no tienes algo más fuerte? Nos servimos un whisky. Le pregunté por sus poemas y dijo que había estado escribiendo, pero que ahora estaba rota por dentro. Quiso leer algunos y la escuché, pero muy pronto dejó su tableta y dijo, no puedo, estoy vuelta mierda.

Me imaginé lo peor.

Y en efecto fue lo peor.

Empezó diciendo que sus amigos de la universidad y sus primas y sus hermanas la matarían si supieran lo que estaba por contarme. La miré fingiendo sorpresa.

—Tú eres la única persona que no me conoce —dijo—, de hecho no sabes nada de mí y lo chévere contigo es que nunca haces preguntas. Por eso esto sólo puedo contártelo a ti, ¡y es que estoy que me reviento!

Habría dado la vida por no tener que escuchar lo que, supuse, estaba por escuchar, pero ya estaba ahí, sin escapatoria.

—¡Me metí con un tipo casado y lo peor es que estoy putamente enamorada! —dijo Rafaela—. A lo mal. Llevamos seis meses. No te puedo decir quién es porque es muy famoso, mejor dicho: el re-re-putas. Al principio pensé que iba a ser un pasatiempo, pues yo tenía mi novio, pero la cosa se fue haciendo cada vez más profunda, me dejé ir, bajé las defensas, ¿me explico? Le terminé a mi novio. Comencé a salir a escondidas y a contar mentiras para verlo. ¡A todos! A mis papás, a mis hermanas, a mis primas, a mis amigas. Es una vaina re-re-loca que fue avanzando y ya no lo puedo parar, marica, ¡porque no quiero pararlo! Viajamos juntos, me hizo mil regalos, hicimos planes. Sé que por edad podría ser mi papá, pero no-es-mi papá, y tampoco será el primer caso. ¿Me entiendes?

Moví la cabeza asintiendo, era una pregunta retórica. Rafaela siguió hablando como si estuviera sola.

—Y ahora estoy tragadísima, hijueputa. En la inmunda. Y el tipo, ¿sabes lo que acaba de hacer? ¡¡¡Se fue dos meses a Europa con la esposa!!! ¿Te imaginas eso? ¡Qué malparido! Es una cincuentona inmunda, ¿ah? Y yo aquí como una hueva.

De pronto agarró su tableta y me dijo, mira, quiero leerte un poema que encontré el otro día y que expresa lo que estoy sintiendo, es de un poeta francés que se llama Paul Verlaine, ¿lo conoces?

Le dije que no y ella empezó a leer:

Llueve en mi corazón
Como llueve sobre la ciudad;
¿qué es esta languidez
que penetra mi corazón?

¡Oh, rumor dulce de la lluvia
En la tierra y los tejados!
Para un corazón que se aburre
¡oh, el canto de la lluvia!

Llora sin motivo
En este corazón que se desanima.
¿No hay traición?...

¡Es la peor pena
no saber por qué
sin amor y sin odio
tiene mi corazón tanta pena!

—Seguro que una mujer acababa de dejarlo —dijo Rafaela—, aunque es tan sensible que parece escrito por una mujer.

—Sí, es muy lindo —le dije—. ¿Dónde lo encontraste?

—En una antología de poesías de amor que tiene mi mamá —dijo, y los ojos volvieron a aguársele.

Le serví otro vaso de whisky, y sin pensar que me seguía metiendo cada vez más en el mismo problema que quería evitar, le dije, espera que las cosas pasen, vos no sabés a qué se fue, a lo mejor lo que quiere es separarse de ella y pensó decírselo durante un viaje, como una especie de luna de miel al revés.

No acabé de decirlo cuando mi celular vibró. Estaba sobre la mesa y vi de reojo que era un mensaje de Araceli, así que agarré el teléfono y leí:

"Tu consejo ha sido sabio, mi niña. Estamos pasando felices en Londres y ya estoy muy tranquila. Ojalá te tuviera al lado para besarte. Te quiero".

Rafaela hizo una pausa, pero yo me puse colorada de la vergüenza. ¿Qué locura era esta?

—Lo que tenés que hacer es tomarte este tiempo y salir, divertirte, aprovechar —le dije—. Cuando él vuelva, las cosas van a ser diferentes.

Me dijo que sí, que era eso lo que quería hacer, pero había un problema y es que no sentía ganas de salir con nadie. De pronto se tomó el trago de un golpe y dijo:

—Hijueputa, tengo una idea brillante, ¿por qué no salimos esta noche las dos? ¿Te gusta bailar?

Pensé que esa podría ser una solución: que Rafaela encontrara a alguien antes de que Araceli y el marido volvieran, así que le dije, bueno, desde que llegué a Bogotá no he salido mucho, ¿vos conocés algún sitio bacano?

De repente Rafaela parecía eufórica.

—¿Bacano? Bogotá está llena de sitios del putas. Vámonos.

Me pareció raro que tuviera tal cambio en el ánimo, pero me dije, así son las tragedias de estas mujeres. Araceli era idéntica. Salimos y empezó una larga noche. Primero me llevó a El Goce Pagano. Al oír la salsita clásica, la misma que le gustaba a mi mamá, sentí algo en las piernas;

como que se agitaban solas. Bailamos un rato y ella estuvo muy querida. Se movía bien y noté que le gustaba. Varios tipos la sacaron y de una mesa le ofrecieron unos tragos. A mí me invitó a la pista un costeño muy divertido. Bailé rico y me tomé unos rones. Pero Rafaela se cansó rápido de ese ambiente —yo me habría quedado ahí— y propuso ir a otro más moderno y elegante, de música en inglés, y ahí bailó sola en la pista y saludó a un montón de gente. La mitad del bar eran amigos suyos. Al cabo de un rato se olvidó de mí, lo que era comprensible. Yo me sentí como mosco en leche. Mi actitud no fue la más amigable y nadie se animó a ponerme conversación. Tampoco creo que tuviera mucho de qué hablar con ellos ni estaba para eso. Cuando vi de lejos que Rafaela se sentaba a una mesa y se servía de una botella, decidí salir y coger un taxi. Eran las dos de la mañana. En el fondo, me dije, yo estaba ahí para informarle a Araceli, no para hacer amistades. Al llegar a la casa me alegré. Fue rico salir pero la lección estaba aprendida: ciertos mundos son de difícil mezcla con otros. Hay que saberlo y ya.

15.

El año de 1871, el de la rendición francesa en Versalles, le supuso a Francia perder los territorios fronterizos de Alsacia y Lorena, más la obligación de pagarle al Imperio prusiano una indemnización de guerra de cinco mil millones de francos. El que perdía pagaba, ya desde esa época. Además, París vivió el fracaso de la Comuna, y para el joven Arthur supuso la experiencia brutal de la violación en ese oscuro cuartel de la rue Babylone.

Para Rimbaud supuso el fin de muchas cosas: de su poesía mimética y celebratoria; de su adolescencia, con la ilusión de la pureza y la coherencia típicas de la edad, que busca a toda costa escapar al dolor de la contradicción; y de algo que podríamos llamar "nervioso apaciguamiento" con la realidad, a la cual, a partir de ahora, fustigaría y retaría con el propósito de destruir. La violación —ya se dijo acá— fue la garra que lo levantó por los aires y lo dejó caer en altamar, allá donde nadan los monstruos más peligrosos, donde al mal no sólo hay que verlo de frente, sino además sostenerle la mirada. Fue lo que hizo Rimbaud a partir de entonces: contemplar la maldad, retarla y provocarla. Como las serpientes que se levantan antes de atacar, así empezó a vivir el joven poeta, creyendo que se jugaba la vida en cada lance.

Empezó también su odio por la Iglesia. La frase "Dios es el mal", de Proudhon, resonó en su cerebro con fuerza y empezó a escribirla en las bancas de los parques. "Merde à Dieu!". Mierda a ese dios que lo había dejado solo, que no lo protegió cuando fue herido. ¿Qué más hacía el joven genio, aparte de pasearse sucio y con el pelo enmarañado por la pequeña ciudad de provincia, escandalizando a todo el mundo?

Leía y leía, obsesivamente, para nutrir su fuerza y a la vez su desencanto; intentó trabajar de periodista y se inició en la bohemia como gran bebedor y fumador. El sexo, que irrumpió en él con violencia, pasó a formar parte de su repertorio. ¿Es verdad, como creen algunos, que fue a prostíbulos y se acostó con mujeres? Es probable. Todos los jóvenes lo hacen. Sin duda tuvo amoríos con mujeres que, probablemente, no lo comprendieron. Esto no se sabe. Conocemos lo que él escribió, donde hay un tremendo rechazo, casi un sentimiento de asco por la mujer. ¿Qué diría Freud de esto? ¿Rechazaba a la madre y buscaba e idealizaba al padre ausente?

Su deseo de rebelión se disparó en todas las direcciones: contra Dios y la burguesía, contra las formas sociales, la educación, la familia, la política y el Estado; involucró lo sexual y por supuesto la poesía, a la cual estuvo a punto de transformar para siempre.

El año de 1871 fue uno de los más prolíficos.

Según Delahaye, Rimbaud pasaba mucho tiempo en la biblioteca leyendo filosofía e incluso textos satánicos; también a Baudelaire, cuya influencia sería fundamental. Por esos días comenzó a imaginar una teoría poética que iría refinando con el tiempo y que explicaría en sus cartas. La *teoría del vidente*. Para Arthur, el poeta debía reconocer y anticipar los signos del porvenir para transmitirlos al lector. La poesía es manifestación de una espiritualidad y debe trazar un camino, no importa hacia dónde. Los modelos anteriores, poéticos o espirituales, deben desaparecer. Hay en ello una necesidad de absoluto, un llamado místico que dé a la realidad cierto resplandor simbólico, pues Rimbaud ansiaba creer en algo. Su única fe era la poesía, así que esta debía expandirse y dar todas las respuestas. Ya había visto cómo le permitía una curiosa alquimia: transformar los dolores y la podredumbre de la vida en el metal más fino.

Ay, joven Arthur, las cosas se complican.

Quien tiene malestares y preocupaciones poéticas sólo puede resolverlas con más poesía, pero esta, a su vez, aviva la lucidez y hace más fiera la comprensión del mundo. Pero no todo debe ser comprendido, joven Arthur. Como sugirió san Agustín: en ocasiones, el hombre está obligado a dormir mientras la divinidad agoniza. "La curiosidad humana, superados ciertos límites, se vuelve inoportuna", dijo alguien.

¡Hay que saber detenerse a tiempo!

Rimbaud no podía ignorar las llamas que se alzaban a su alrededor. La poesía iba detrás, galopando. Enfermo de libros y lecturas, extrajo de la cábala la idea de que todo era símbolo de algo y que el hombre, pequeño, no era más que una cuerda para que las divinidades tocaran su música. Comprender esto lo volvió altivo y dijo que desde la antigua lírica griega, la poesía de Occidente no era más que un divertimento rimado sin la menor importancia. Había muerto con la llegada del cristianismo.

"La rima, la rima, la búsqueda insustancial de la palabra bella, ¡buuuh!", decía, "es sólo un arte imitatorio y banal practicado por innumerables generaciones de imbéciles". Pero es que Rimbaud vivió a una velocidad mayor que sus contemporáneos. Fue una antena que atraía los más temibles rayos, cada vez de carga mayor.

Y así, en Charleville, se hizo amigo de un extraño personaje llamado Charles Bretagne. En su ascenso, el joven se parecía a esos cohetes que van desprendiendo la parte propulsora que ya no les sirve, condición para encender nuevos motores. Izambard, su mejor amigo del año anterior, estaba liquidado. En una carta le recriminó "marchar por el carril correcto" y escribir una poesía intimista "horriblemente insípida".

Tras finiquitar a Izambard, el joven Arthur pudo lanzarse de lleno a su nueva gran influencia humana, fundamental para su definitiva llegada a París.

Pero es que Rimbaud ya era otro.

Je est un autre.

De Charles Bretagne le interesó el compañero de vinos y aguardientes. La bohemia en un sentido más profundo. No fue exactamente un maestro, sino un amigo. Bretagne se reía de las ocurrencias del poeta, y además alababa sus versos. Bebían juntos en el café Dutherme de Charleville y con el vino y la cerveza Arthur fue descubriendo que su timidez se desvanecía y que las palabras y ocurrencias más estrambóticas llegaban sin tropiezos a su boca. Todo el mundo se las celebraba, se sentía el rey del mundo. Llegó a creer que a través del alcohol y las drogas podía liberarse, estableciendo un contacto más cercano con el espíritu.

Se han buscado equivalencias entre la teoría de Rimbaud y el budismo, y algunos se preguntan cómo habría podido conocer la filosofía oriental cuando sólo sabía francés, latín y algo de griego. Para Starkie, que es quien aporta las mejores pruebas, ya había traducciones al francés del *Rig Veda*, el *Ramayana* y el *Baghavad Gita*, pero el conocimiento que Rimbaud tuvo de ese mundo pudo darse a través de otros autores franceses. Los parnasianos y los románticos estuvieron muy influenciados por el pensamiento oriental, las ideas herméticas y el ocultismo. Y por supuesto Baudelaire, que él mismo nombró "rey de los poetas". Baudelaire incorporó a su poesía las teorías ocultistas de Swedenborg, de Joseph de Maistre o Höené-Wronski. Es muy posible que Rimbaud las absorbiera desde Baudelaire, pues él pretendía empezar justo allí donde Baudelaire se había detenido.

Para Baudelaire, todo lo que existe en el mundo es la secreta metáfora de algo: el mundo es un bosque de símbolos y el poeta es quien puede leer en él, desentrañar el corazón de las cosas y hacerlo comprensible a través de su arte. El poeta es un *descifrador*.

Cuando Rimbaud leyó esto sintió que se miraba en un espejo. Su entusiasmo se puede leer en dos famosas cartas, la del 13 de mayo de 1871 a Izambard y la del 15 de mayo a Paul Demeny, en las cuales esboza su teoría poética:

> *Como inspeccionar lo invisible y oír lo inaudito no es lo mismo que recuperar el espíritu de las cosas muertas, Baudelaire es el primer vidente, rey de los poetas, un auténtico Dios.*

También encontró en Baudelaire algo muy importante y que ya rondaba su propia experiencia: la confirmación de que, a través del alcohol y las drogas, podía acceder a estados oníricos en los que "el hombre se comunica con el mundo tenebroso que lo rodea", elevando su percepción y capacidad de conocimiento. Lo imagino leyendo *Les Paradis artificiels*, de Baudelaire, exaltado, tomando notas, atravesado por extraordinarias fuerzas poéticas y comprendiendo en profundidad algo que él mismo se disponía a continuar. En *Les Paradis artificiels* estaba todo:

"Hay que estar ebrio, ebrio de virtud, de poesía... Pero ebrio". La única diferencia es que para Baudelaire estos paraísos artificiales sólo mostraban al hombre lo que ya tenía por dentro, es decir, no eran un camino hacia otras revelaciones. También advirtió que esas visiones, al despertar, ya no parecían tan bellas.

Rimbaud deseaba ir mucho más allá. Estaba dispuesto a renunciar a sí mismo y a sacrificarlo todo por llegar a ese perdido corazón del mundo. Ir al cielo o al infierno, si fuera necesario, como en el universo del ocultismo y la magia que, según Starkie, él conoció leyendo a Eliphas Lévi, y que decía: "Trabajar significa sufrir", "Todo dolor soportado es un progreso" y "Quienes sufren viven más".

Así lo escribió Rimbaud:

Inefable tortura en la que necesita de toda la fe, de toda su fuerza sobrehumana, en la que se convierte, entre todos, en el gran enfermo, el gran criminal, el gran maldito, ¡y en el supremo Sabio!

Otro autor importante en su búsqueda fue Schopenhauer, quien escribió: "El arte, al igual que la filosofía —con la que tiene mucho en común y está íntimamente ligado—, sólo existe en la contemplación desinteresada de las cosas. La facultad de presentarlas de esa manera es la esencia del genio". Esto le confirmaba que la humanidad no estaba aún completamente despierta y que el poeta debía ser no sólo el *descifrador* de Baudelaire, sino alguien que permitiera una definitiva liberación espiritual. Rimbaud escribió su teoría poética en muy pocas semanas, entre marzo y mayo de 1871, mientras andaba por Charleville vestido de mendigo, con el pelo enredado y sucio. Fue el resultado de su obstinación por no volver al liceo, cuando la pobre Vitalie, desconsolada, rogó a Dios que salvara a su hijo y lo hiciera volver.

Pero Rimbaud quemaba las etapas de la vida con rapidez y se movía constantemente, como una mariposa en el campo. Pronto se iría a conquistar París, en septiembre de 1871, aunque antes tuvo tiempo de escribir uno de los poemas más grandes de la poesía francesa: *Le Bateau ivre*.

No había cumplido aún los diecisiete años.

Charleville estaba agotado, pero ¿estaba dispuesto a volver a París como un mendigo?, ¿a vivir de la limosna y a comer desperdicios sacados de las basuras? Dispuesto sí, eso ya lo sabemos, aunque nada perdía con intentar hacer las cosas de otro modo. Por eso mandó algunas cartas en las que pedía ayuda, incluida una a Paul Demeny, el amigo de Izambard, quien no se mostró muy entusiasta con el proyecto del joven.

—¿Por qué no le escribes a Paul Verlaine? —le dijo un día su amigo Charles Bretagne, con toda naturalidad, como si fuera lo más normal del mundo escribirle una carta al célebre poeta.

Rimbaud se quedó de piedra. Bretagne sacó hoja y papel y, ahí mismo, sobre la mesa, escribió a Verlaine pidiéndole ayudar al joven.

—¡Nunca me dijiste que era tu amigo! —le dijo a Bretagne.

Arthur consideraba a Verlaine el sucesor de Baudelaire, el nuevo *vidente*, así que no podía creer lo que estaba sucediendo. Luego, con la ayuda de Delahaye, copió en limpio y en buena caligrafía algunos de sus poemas. Metió todo en un sobre y se quedó a la espera. Había lanzado una botella al mar, pero el mensaje llegó a puerto y fue leído.

Verlaine estaba de vacaciones. Era el mes de agosto. A su regreso a París encontró la carta con los poemas y se interesó por ellos. Antes de responder consultó con otros amigos poetas, les hizo leer los textos de Rimbaud y todos se sorprendieron de la gran originalidad. Ahí había algo, una nueva voz, se dijeron.

Un día de septiembre el cartero de Charleville le entregó al joven un sobre con sellos de París. Su corazón golpeó en el pecho. Lo abrió en la calle y se sentó a leer la nota en el escalón de una casa.

"Venga, estimado, alma grande. Desde acá lo llamamos y lo esperamos", decía Verlaine.

Adjunto enviaba el dinero para el pasaje de tren y le ofrecía recibirlo en su propia casa.

Rimbaud corrió como un loco por las calles de Charleville hasta llegar al estudio de Bretagne, para decirle: "¡Lee esto!". Luego, feliz como el niño que aún era, volvió a cruzar el pueblo en sentido contrario hasta llegar a Méziers y mostrarle la carta a Delahaye.

Fue bajo el impulso de este gran entusiasmo que escribió *Le Bateau ivre* (*El barco ebrio*). Dice Rimbaud: "Desde entonces me he bañado en el Poema del Mar". ¿Y quién está en ese barco ebrio? Los marinos han muerto y el poeta está solo, intentando dirigirlo. Las albas son desoladoras. Las lunas son atroces y el sol es amargo. El poeta está a punto de dar un gran salto y anuncia, como el *vidente* que es, sus futuros movimientos. Europa ya es, desde este poema, un charco de aguas negras en el que un niño triste deposita un barco de juguete, "frágil como una mariposa de mayo".

Terminado el poema, decidió que era el momento de irse.

Vitalie, resignada, dejó que se marchara. Al menos esta vez Arthur tuvo la bondad de anunciarle su viaje. Al subir al tren, ¿cuáles fueron sus pensamientos? La poesía revolucionó su vida y lo obligó a descifrar el mundo. Ahora esa misma poesía lo sacaba de su odiado pueblo, el que él, en varias cartas, comparó con el infierno o una colonia penitenciaria. Es la historia secreta del joven artista que se va de su casa para siempre y, al hacerlo, comprende que las redes de su arte son lo único que tiene. ¿Serán lo suficientemente sólidas para resistir una caída? El vértigo que produce la vida cuando irrumpe con absoluta libertad y a raudales en el breve tiempo de la juventud. Como un tren enloquecido que embiste la noche y se clava en lo profundo de una montaña para salir, poco después, del otro lado. El tiempo de la adolescencia toca a su fin. La incoherencia de la vida adulta y ese misterioso "otro" del que nada sabe y para el cual somos extraños.

Sentado en el tren, Arthur piensa que su viaje hacia la soledad o hacia la poesía debe llevarlo aún más lejos, tal vez a esas lejanas guarniciones por las que deambula la sombra del padre. El eros de la lejanía y su vertiginoso tam tam, que llama a ciertos jóvenes a irse. Irse muy lejos y para siempre. ¿Por qué? ¿A dónde? Tal vez allá, en ese territorio al que ansía llegar, está la verdadera creación. La obra de arte a la que aspira.

Pero el viaje que parte de la juventud es para siempre y ya sin retorno. El adulto que vuelve al cabo de los años es un desconocido. Ya no tiene el deseo de pureza del joven que se fue y por eso es también un traidor: como el guardián entre el centeno que abandonó su puesto de vigía y dejó a los demás solos. La poesía y la novela han revoloteado en torno a esta idea hasta el cansancio. Es la historia interminable del arte y por eso vuelve a ocurrir una y otra vez. Está ocurriendo ahora, en cualquiera de los amaneceres del mundo: un joven artista que viaja al fondo de la noche, a tientas, hacia la soledad suprema de la escritura. No hay camino de regreso, pero él aún no lo sabe. El destino de su escritura es su propio destino y él creerá, inútilmente, que la poesía acabará por salvarlo.

Que Dios se apiade de su alma.

París lo esperaba con cierta expectación creada por Verlaine, pero el joven Arthur sorprendió a todo el mundo, y la verdad no muy bien. Lejos de eso. De hecho, la gran mayoría pasó de la sorpresa a la indignación y algo se rompió desde el primer momento. El caso es que el joven, al bajarse del tren, no vio a nadie esperándolo. Extraño, pues Verlaine y el poeta Charles Cros sí habían ido a recibirlo a la Gare de l'Est. Debieron equivocarse de andén o llegar un poco tarde. Pero Rimbaud, acostumbrado a viajar a pie, salió a la calle y se fue caminando hasta la rue Nicolet, en Montmartre, a la dirección donde había enviado su carta. Era la residencia Verlaine, aunque en realidad le pertenecía a sus suegros, una casa muy burguesa con jardín que los franceses llaman "hotel privado".

La esposa de Verlaine, Mathilde Mauté de Fleurville, de la alta sociedad parisina, estaba orgullosa de su matrimonio con Verlaine, uno de los poetas más famosos de Francia, y esto a pesar de su tendencia al alcohol y al lado oscuro de la vida. Mathilde creía con firmeza en las propiedades curativas del amor y la verdad es que hasta ese momento Verlaine había logrado dejar de lado la bohemia y convertirse en un poeta obediente y dócil. Esperaban, además, su primer hijo.

El día de la llegada de Rimbaud, Mathilde ardía de curiosidad por conocer al genio descrito por su marido, y no sólo ella. También su madre, que tocaba el piano y era una reconocida profesora de música. ¡Uno de sus alumnos fue nada menos que Claude Debussy!

Por eso organizaron una cena de bienvenida al poeta con algunos parientes y amigos cercanos. Y en esas estaban, revisando cubiertos y vajillas, cuando el mayordomo anunció que un sujeto muy extraño había llamado a la puerta y preguntaba por el señor Verlaine. Las mujeres se miraron con sorpresa: ¿qué pasó?, ¿no debía Paul llegar con él? Por supuesto, ordenaron a los criados hacerlo seguir y el primer golpe de vista fue algo inquietante: más que un hombre era casi un niño, un joven provinciano sucio, de pelo largo y un atuendo que no sólo estaba lejos de estar a la moda o de haberlo estado alguna vez, sino que además le quedaba pequeño, cosido y vuelto a coser. Vieron también que no traía equipaje, apenas un bolso terciado al hombro. ¿Este es el genio de Paul?, pensó Mathilde. Lo saludaron con educación, pero Rimbaud sintió el bochorno en la mirada de las dos mujeres; sus maneras falsas empezaron a indisponerlo.

Cuando Verlaine y Clos llegaron él estaba en un sofá, respondiendo con monosílabos y mirando hacia el suelo. También ellos se sorprendieron de su aspecto. ¡Era un niño! En sus escritos, Verlaine lo describió como un joven extraordinariamente guapo aún en fase de crecimiento, y cuya voz estaba apenas cambiando.

La cena fue un verdadero horror. La buena educación francesa considera correcto hacerle muchas preguntas al invitado, como un modo de expresar interés. Pero Rimbaud, provinciano, detestó esa costumbre. Los odió y les respondió con monosílabos. Al final, cuenta Starkie, encendió su pipa y llenó el salón de un humo asqueroso, lo que horrorizó aún más a las damas, que si bien podían convivir con algunas de las normales contradicciones y excentricidades de un artista, tenían sus mínimos sociales, y la verdad no reconocieron en el joven el menor rasgo de genio.

Así pues, la cena de bienvenida fue un fiasco, acabó bastante rápido y dejó sembrados en el aire los peores presagios. Pero ni aun en sus peores pesadillas la pobre Mathilde habría imaginado el tipo de diablo que se había metido a su casa. A los pocos días los vecinos comenzaron a hacer molestas preguntas sobre el huésped, inquietos por su aspecto. El 30 de octubre nació Georges, el hijo de Verlaine y Mathilde, lo que distendió un poco el ambiente, aunque pasadas sólo unas horas Paul volvió a las andadas y salió a beber a los bares y cafés de París, por supuesto con Rimbaud. Al volver, muy borrachos ambos, Verlaine se acostó al lado de su esposa y el bebé oliendo a alcohol y a tabaco, diciendo frases inconexas. A la mañana siguiente el suegro decidió echar al intruso, culpándolo de inducir a su yerno al vicio. Pero no fue así. Muy al contrario: era Verlaine quien parecía empujar a Arthur a los bares, a ese alcohol de los poetas que es la absenta o ajenjo, y puede también que a algunas drogas como el hachís.

Cuando el suegro se dirigió a la habitación de huéspedes con la intención de echar a patadas al poeta de provincias, resultó que Arthur ya se había ido. ¿A dónde? Durante un par de semanas, Paul no logró dar con su paradero. Nadie sabía nada: no se presentó en los bares que frecuentaban ni fue a pedirle ayuda a ninguno de sus conocidos. Verlaine casi enloquece buscándolo, hasta que lo encontró por casualidad, en la calle. Apenas lo reconoció.

¡Un verdadero mendigo!

Para Rimbaud, sobrevivir en París pidiendo limosna o con pequeños trabajos era algo natural. Entonces Verlaine lo llevó donde el editor de la revista de los parnasianos, Theodore de Banville, quien le consiguió un ático en la rue de Buci —supongo que sería una *chambre de bonne*—, cerca del Odeón y del boulevard Saint Germain. Logró también que un grupo de poetas diera una cuota diaria para la manutención del joven genio. Pero Arthur, como el dios Shiva, tenía el don de la destrucción, así que a los pocos días no se le ocurrió mejor idea que salir desnudo y sobándose los huevos al balcón, lo que horrorizó a los vecinos, y por supuesto lo echaron a la calle. Tras dar tumbos por varios estudios de artistas, Verlaine le alquiló un cuarto en la calle Campagne-Première, cerca del boulevard Montparnasse.

Toda esta solidaridad del gremio poético y artístico, sobra decirlo, era ejercida más bien hacia Verlaine, pues la verdad es que la poesía de Rimbaud, en ese momento, estaba en las antípodas de lo que se consideraba bueno, que eran los temas clásicos, la rima y la exaltación de la belleza. Para entender lo lejos que estaba Rimbaud del gusto de los salones parisinos basta ver que, entre los parnasianos, los grandes poetas del momento eran Leconte de Lisle y José María de Heredia. Pero la voz urbana, buscando mundos alternativos y señalando las miserias o virtudes del yo, era algo aún desconocido en la poesía francesa de 1871.

Cabe recordar que el abandono de los temas románticos, en la novela, se dio un poco antes. Fue tal vez Balzac, hacia 1832, el primero en escribir sobre lo que ocurría en las ciudades usando personajes de la calle, ujieres y vendedores y jueces en lugar de seres legendarios, contando en sus historias cuánto costaba poner una demanda en un juzgado o cuál era la producción agrícola de la Vandée. Victor Hugo, que fue tan célebre, creó su fama con historias de corte romántico, como *Notre-Dame de Paris*, que transcurre en el siglo XII, y luego, influenciado por Balzac —a quien vio crecer y vigiló y finalmente incorporó—, hizo su gran obra, *Les misérables*.

Este cambio, que ya habían hecho los pintores *impresionistas*, con Monet y Cézanne y luego con Van Gogh y Degas, estaba apenas naciendo en la poesía, pero al llegar a ella se radicalizó todavía más. Sobre todo con Rimbaud e Isidore Ducasse, el otro gran poeta adolescente que no tuvo tiempo para crecer y desencantarse, pues murió a los veinticuatro años, en 1870.

¡Por poco se cruza con el joven Arthur en París!

Cuando Rimbaud escribía sus primeros poemas, Ducasse, que se hacía llamar Conde de Lautréamont, había publicado gran parte de su obra. El primero de los *Cantos de Maldoror* es de 1868, pero no tuvo ninguna repercusión y es imposible que Arthur lo haya leído. En 1869 se hizo una edición de la obra completa que no salió a la venta por un problema con el editor. Luego estalló la guerra francoprusiana y en 1870 Ducasse murió. Arthur no pudo haber conocido su obra y lo curioso es que la *teoría del vidente* tenía mucho que ver con el credo estético del conde de Maldoror.

Así pues, Verlaine fue uno de los pocos que admiraron a Rimbaud en el momento de su llegada, y tal vez por eso en los cenáculos poéticos se decía que el diablillo de Charleville lo había embrujado. Esto poco preocupó a Rimbaud, claro, cuyo comportamiento fue cada vez más ofensivo y de rechazo hacia los poetas parisinos. Ya no le importaba ser reconocido por ellos. El propio Banville, Clos, incluso Lepelletier, que era amigo de Verlaine. Se burló incluso de Albert Mérat, a quien había admirado antes de venir a París. El famoso *Soneto al hueco del culo*, escrito a cuatro manos con Verlaine, es una parodia de los versos de Mérat.

Cuando el pintor Fantin-Latour quiso hacer un cuadro con los poetas más importantes del momento, Verlaine impuso que se invitara a Rimbaud, pero en consecuencia Albert Mérat se retiró diciendo que no quería ser retratado para la posteridad junto a semejante bribón (se refería, obvio, a nuestro joven poeta). En su lugar se puso un jarrón con un ramo de flores. El cuadro, *Un coin de table*, está expuesto en el Museo de Orsay, en París. Los dos únicos reconocibles aún hoy son Verlaine y Rimbaud.

Pero hubo más, antes de que se decidiera la definitiva expulsión de Rimbaud del mundo literario. El problema empezó en una cena en el Café du Théatre du Bobino, cuando el joven Arthur, borracho, tuvo la ocurrencia de agregar la palabra *mierda* al final de cada verso que el poeta Jean Aicard leía en voz alta, ante toda la *crème* de la poesía de París. Ahí estaban Heredia, Banville, Coppée, Clos.

—Merde —dijo Rimbaud al final de cada verso.

—Merde, merde.

Los comensales no hicieron caso creyendo que se cansaría, pero el joven siguió:

—Merde, merde…

La paciencia del fotógrafo Carjat llegó al límite y, enfurecido, le dio dos posibilidades: "¡O te callas o te parto la boca!". Entonces el turbulento Arthur sacó el bastón-espada de Verlaine, lo blandió por los aires y, desde su lado de la mesa, se fue lanza en ristre contra el fotógrafo, quien pudo retirarse por un pelo y evitar la estocada. Con este episodio quedó sellada la expulsión de Rimbaud del cenáculo poético de París, y de algún modo también la de Verlaine, que a pesar de los escándalos lo seguía protegiendo, pues ya eran amantes. Todas esas noches de juerga las acababan juntos en el cuarto de la rue Campagne-Première.

Meses después de la violación y sin haber estado nunca con una mujer, fue Verlaine, cuya bisexualidad era conocida, quien le mostró el camino del placer sexual.

Hay en los sucesos de esos días un dato curioso: de Rimbaud existen pocas imágenes, pero tal vez la más conocida es una foto en la que está dentro de un óvalo, mirando de lado con expresión entre seductora y fría, con traje y una corbata delgada. ¡Y es precisamente del fotógrafo Carjat! El mismo al que estuvo a punto de herir en la cena del Café du Théatre.

La vida de Verlaine, sobra decirlo, quedó destruida. Su esposa Mathilde, con un hijo recién nacido, no tuvo la fuerza suficiente para sacarlo a patadas de su casa, pero ni siquiera fue necesario. Verlaine tenía su mente lejos de ella y de algún modo ya se había ido, fascinado por el talento y la fuerza irracional que emanaban del pequeño diablo de Charleville.

El *establishment* poético no le perdonó a Verlaine su adicción al poeta genio, y por eso en 1872 fue excluido de la antología anual en la que *Le Parnasien Contemporain* hacía el inventario de los espíritus más selectos del año. Sus propios amigos, Banville y Coppée, tacharon su nombre con el argumento de que su modo de vida era licencioso y sus versos de factura "asquerosa e inmoral". ¿Qué pensaría de esto la abnegada Mathilde, dándole pecho a su pequeño hijo Georges Verlaine? ¿Qué pensarían los suegros Mauté de Fleurville?

Para Rimbaud, fue el momento de poner a prueba su *teoría del vidente* a punta de borracheras diarias de ajenjo, en pos de lo que él denominó "el largo y razonado desarreglo de todos los sentidos", requisito para aspirar a la poesía más profunda, un sacrificio para convertirse en *vidente* y señalar el camino al espíritu humano. Es cuando se convierte en lo que él llamó *supplicié du vice*, un "mártir del vicio". Ver en los excesos un camino espiritual y de redención fue lo que, según algunos estudiosos, mantuvo en él una expresión angelical.

16.

Los chicos alemanes con los que me relacionaba en Berlín me respetaban por ser argentino, país por el que sentían enorme gratitud. ¿Y sabés por qué? Según ellos, Hitler no murió en el búnker de la Cancillería, como dice la historia oficial, sino que escapó en un submarino por el Báltico, dio vuelta a medio mundo y llegó a Argentina. Están convencidos de que desembarcó allá con Eva Braun, en la Patagonia, y fue a vivir a un lago cerca de Bariloche, en una de las casas de seguridad que el Tercer Reich había construido en lugares secretos previendo una catástrofe. Se cambió el nombre a Adolf Schütelmayor y murió de 71 años. Hay un documental que no sé si conocés, cónsul. Ahí muestran la lujosa mansión a la que sólo se podía llegar por el lago, con torretas de vigilancia y enormes salones al estilo imperial de Speer. ¿Vos sabías eso? Luego se fue a Paraguay, cuando murió Perón en Argentina, y allá se hizo llamar Kurt Bruno Kirchner. Viajó por toda América Latina, hasta estuvo en Colombia.

Pero vuelvo a Berlín, donde dejé la historia de antes.

Te decía que ser argentino me daba popularidad entre los círculos políticos. Yo era todavía joven, neófito, así que debí ponerme al día con lo básico, y a pesar de estar en Alemania me interesé por grupos norteamericanos. Lo primero fue una especie de gran convención universal llamada Nación Aria, pero de ahí pasé a algo mucho más interesante llamado La Orden, una especie de sociedad secreta fundada en Estados Unidos en 1983 por dos tipos increíbles, David Lane y Robert Jay Mathews.

Lane fue un tipo fantástico, un genio. Escribió una maravilla que se llama los *88 preceptos*. ¿Vos sabías que el doble 8 quiere decir *Heil Hitler*? La *H* es la octava letra del alfabeto, ¿entendés? Era un tipo loco. Hijo de alcohólico y drogadicto, fue enviado a un hospicio que lo entregó en adopción a un pastor luterano. Por eso creció en medio de una rabia y un resentimiento bárbaros, pero como era un chico inteligente quiso hacer algo con ese odio y acabó fundando La Orden. Los tipos tenían huevos y en poco tiempo se convirtió en una organización estructurada, con buenas finanzas. Levantaron más de cuatro millones de dólares a punta de robos y asaltos, organizaron campamentos de entrenamiento militar, en fin. ¡No estaban jugando con pistolas de agua! Tenían un plan defensivo y, bueno, al final la cagaron. Pasa siempre. Lane murió en el 2007 estando en prisión, en Indiana, de un ataque de epilepsia. Debía salir en el 2035. De él son famosas las catorce palabras: "Debemos asegurar la existencia de nuestro pueblo y un futuro para los niños blancos".

Había otra cosa muy loca, che, y muy bella. Se llamaba el wotanismo, una idea que venía de Jung, lo conocés a Jung, ¿no? Un ensayo titulado *Wotan* sobre el dios escandinavo Odín, el dios ario, y claro, a Lane eso le pareció bien porque el wotanismo era una visión ancestral del mundo parecida al arquetipo de pureza étnica del nacionalsocialismo, y además tenía semejanzas con su idea de la condición natural y salvaje del hombre.

Llegó incluso a crear algo llamado el Templo de Wotan, con su *Libro sagrado de las tribus arias*. Están locos con el tema de las razas, insisto, pero tienen una mística que a mí me parece bella; de todo eso, como ya dije, lo que me importaba eran los métodos. Lo último que hizo Lane antes de morir, mirá qué tipo, fue una especie de novela breve llamada KD *Rebel,* que transcurre en un refugio de montaña donde vive una colonia de wotanistas que van a las ciudades a convencer a las muchachas rubias y de piel blanca para que vengan a la colonia, y una vez allí las obligan a servir de "procreadoras polígamas", para mantener la fábrica de la raza aria en permanente producción.

Bueno, yo seguí formándome en Berlín, tomando nota de lo que veía, aprendiendo mucho de los grupos que veía por las calles. A mí me parecían bienintencionados pero muy superficiales. Esto se veía, por ejemplo, en su dependencia de algo tan frívolo y sin fundamento como el rollo ese del fútbol, y dejame que te hable un poco de esto. No tengo nada contra el juego en sí, que es divertido, pero ¿cómo podés sostener un ideal político que depende de si un grupo de pelotudos logran meter la pelota en la cancha contraria? ¿A vos te parece que eso demuestra algo? Y más cuando en los equipos hay negros, rusos, latinoamericanos, hasta árabes, ¿dónde queda su elogio de la raza?

Mirá que siendo argentino me gusta el fútbol, y claro. Lo sigo al Leo Messi y a Di María y sobre todo a Tévez, que es un chico de barriada y se le ve la cicatriz de la pobreza. Ahí sí me gusta. Ese pibe, Tévez, es una joya. Viene del Fuerte Apache, uno de los suburbios más jodidos de Buenos Aires. A los seis meses la madre lo abandonó y a los cinco años le asesinaron al padre de veintitrés balazos. ¿Te podés imaginar eso? Cuando era un bebé regó agua hirviendo y se quemó la cara y el cuello, de ahí le vienen esas horrendas cicatrices. Son la huella de su vida y a mí me parecen hermosas. Ese pibe es como un dios.

Mirá, otra vez me salí del tema.

Te decía que esos chicos alemanes canalizaban mal su rabia, hacían con ella cosas superficiales, y entonces la violencia se volvía un mero estallido de odio. ¡Así no llegás a ningún lado! Es bueno sentir rabia, pero la tenés que usar para algo inteligente. ¿Vos cómo creés que se formaron las naciones? A punta de rabia y de odio, claro, pero dirigido hacia un proyecto. Todas las guerras humanas están basadas en eso. Del odio y de la rabia nacen los héroes. Son los que lograron llevar a un colectivo a la victoria. Vos no podés pelear contra alguien a quien querés. Respetar sí. Uno respeta a su enemigo y le rinde honores, pero si lo tiene al frente le mete un tiro en el pecho. Es la ley humana de la historia. ¿Vos cómo creés que se hicieron las revoluciones? Para inventarse la guillotina hay que tener una rabia del carajo, ¿no? También los bolcheviques en Moscú y los ingleses bombardeando Dresde y los cruzados en Tierra Santa y los turcos en Galípoli y los japoneses en la Manchuria y los chinos en la revuelta de los bóxers y los españoles en América y los aztecas cagando con cuchillos de pedernal a los toltecas y chichimecas. El odio está por todo lado y si no las guerras no funcionan. ¿Cómo le vas a decir a alguien que salga a matar a gente que no conoce, que no ha visto en su vida y no le ha hecho nada, si no le has inculcado el odio? La gente verdaderamente peligrosa es la que mata sin sentir odio. ¡Eso sí es lo más inhumano que existe!

Pero sigo con mi historia, che.

Ya ni sé por dónde iba.

Un día, en Kreuzberg, en un mitin del *Nationaldemokratische Partei Deutschlands*, escuchando una charla de Udo Voigt sobre la necesidad de revisar los acuerdos de Nüremberg, volví a sentir cosas extrañas. La tarima en la que Udo hablaba empezó a moverse, como sujeta a un poderoso ritmo marino; olas, olas, todo se movía a un ritmo frenético. El muro frontal del escenario empezó a desparramarse sobre la tarima en gotas ácidas, sobre los panelistas, que no parecían inmutarse y continuaron oyendo la importante charla. Me agarré con las dos manos de la silla, temiendo caer al suelo, y lo que vi a continuación fue todavía más aterrador: el aire del cielo se volvía color lavanda y hacía remolinos que bailoteaban en torno a las palabras de Udo. Ahí me empecé a ahogar. No fui consciente de caer al suelo y la siguiente imagen fue un corredor con luces de neón que se suceden en el techo, como en esa secuencia de *Carlito's Way*.

Al llegar al hospital tuve un ataque de pánico.

Vi llamaradas entrando por las ventanas y quise ponerme a salvo en una unidad quirúrgica. Por supuesto que me lo impidieron, pero se necesitaron seis hombres fuertes. Hubo algunos destrozos que, por fortuna, el seguro cubrió en cuanto se supo que era un paciente psiquiátrico. Me cablearon. Mi cuerpo comenzó a recibir cascadas de suero, clorpromazina y otros neurolépticos; me hundí en algo parecido al corazón de un coliflor, pero de gelatina: un mundo semisólido en donde todo lo que tocaba se me quedaba pegado a la mano y tenía sabor dulce.

Luego vi un cuchillo o tal vez una pieza del instrumental quirúrgico, andá a saber qué era eso, y sentí unos deseos terribles de pasarlo sobre mi abdomen. No de clavarlo, sino de rajar la piel de lado a lado. Me abalancé sobre el cuchillo. Quería expulsar la marea de veneno que llevaba por dentro. Los del hospital pensaron que iba a cagar a puñaladas a los demás enfermos o a los enfermeros, algo que ni se me había pasado por la mente. Me acostaron a la fuerza, con amarras de cuero en los brazos sujetándome a la cama. Comenzó a salirme comezón en la nariz, en las mejillas. Grité pidiendo que me rascaran detrás de las orejas, el cuero cabelludo, pero nadie quería acercarse. Sentí un salpullido del carajo, ¡un infierno! No sé qué carajo me pusieron en el suero, pero caí muerto.

El problema es que no podés abrir el cuerpo y entrar a reparar nada. ¡Todo está en su sitio! Y a la vez no: tenés goteando las bujías. Es la cosa más jodida que hay, creeme.

Dormí, según supe, tres días seguidos.

Al despertar pensé que estaba en el centro psiquiátrico de Hadamar, a las afueras de Coblenza, en un hospital de enfermedades mentales del Tercer Reich.

Sentí que estaba loco y que iba por el mundo cubierto con una sábana, deteniendo los rayos y luchando contra los incendios que dejaban los bombardeos.

Volví a despertar y noté que me habían trasladado.

Ahora estaba en el reclusorio psiquiátrico de Beelitz-Heilstätten, en una habitación de vidrios rotos y techos desfondados. La lluvia entraba por un hoyo del tejado. El muro empezaba a cubrirse con una hiedra pertinaz. La pintura caía al suelo en extraños copos que parecían de harina sucia. El baldosín estaba cubierto por una pátina de musgo en la que uno podía resbalar, así que, pensé, habría que moverse muy despacio.

Mis alucinaciones tenían que ver con hospitales abandonados.

Sobre todo psiquiátricos, que iban a ser los míos para toda la vida. También soñé en el manicomio de Cane Hill, con sus tenebrosas tinas para bañar a la fuerza a los locos, hoy llenas de agua podrida, liquen y batracios. O con las cenizas del manicomio Hellingly, que en la noche era hogar de heroinómanos y otras escorias que encendían fuegos para calentarse hasta que alguien, sin duda, debió dormirse con un cigarrillo encendido.

Alguna vez copié una frase del escritor J. G. Ballard: "Soy feliz escribiendo de piscinas vacías y hoteles abandonados". Bueno, si yo fuera escritor, como vos, mi tema serían los hospitales devastados. ¿Qué tal algo que se llame *Teoría de los hospitales devastados*? No suena mal.

Mi enfermedad no tenía cura y estaba lejos de mi madre, a la que tampoco tenía ganas de contar nada. ¿Para qué? ¿Hacerla sufrir y sentir culpa? A los tres meses estaba de vuelta en casa. Pesaba trece kilos menos, lo que no me vino mal, pues en esos ambientes todo se hace con cerveza y *würstel* y cuando te das cuenta andás hecho un chancho. Ya empezaba por esos días una incómoda adicción a la comida chatarra que me llevaba a comer salchichas industriales y hamburguesas cada vez que estaba nervioso, y a bajarlas con litros de refrescos dulces, yogures de sabor de frutas y esas cosas.

Bebía tres y cuatro botellones al día.

Esa época coincidió con un episodio un poco loco, demasiado loco incluso, y es que, como si no tuviera yo problemas, desarrollé una incómoda y afortunadamente pasajera adicción al sexo que me llevó a la experiencia más jodida y violenta de mi vida. Disculpá que te cuente esto tan personal, que no tiene que ver con el origen de mi proyecto, pero es importante si querés hacerte una idea de quién soy.

Mi vida sexual en Argentina fue muy poco interesante. No llegué a casi nada con ninguna de las pibas que me gustaban, y sólo una vez, a los dieciocho, logré cogerme a una chica del barrio. Nada muy memorable. Luego tuve una novia un poco tontarrona, prima de un compañero de rugby. Una tipa tranquila que venía a mirar los entrenamientos y a la que invité a comer helados, y así me hice novio, no muy convencido, para tener resuelto el tema del sexo.

Al llegar a Alemania eso se disparó. Las mujeres me parecían valquirias, poderosas pero inalcanzables. Mi físico no era malo, tenía fuerza y era alto, pero no tenía nada de guita y esto es fundamental si querés sacar a pasear a un minón de esos, ¿no? Me alcanzaba apenas para estudiar y asistir a las reuniones de los grupos neonazis, y fue ahí, paradójicamente, donde tuve una especie de gran revelación o despertar sexual.

Entre las adeptas de Lichtenberg había una joven muy bella, rubia y de buen cuerpo. Tenía una increíble propensión al desmadre y un día, con un par de birras, me decidí a hablarle en un bar ruidoso y muy casposo. Ella ya me conocía, me había visto en los mítines. Me contó algo de su vida. Se llamaba Saskia y era hija de inmigrantes rusos, había nacido después de la caída del muro pero sus padres seguían siendo obreros. Un día a su papá se le deslizó de las manos una carretilla repleta de ladrillos que fueron a caer por el hueco de la escalera. ¡El problema es que estaba en el undécimo piso! Con tan mala suerte que algunos trabajadores quedaron seriamente golpeados: uno murió, otro quedó en coma y un tercero tuvo una herida grave en la cabeza. El padre, por supuesto, fue cobijado por la ley de accidentes, pero hubo un problemilla y es que en el examen médico encontraron que estaba borracho. ¿Borracho en el trabajo a las nueve de la mañana? Lo acusaron de negligencia agravada y homicidio. Perdió el empleo y quedó reducido a las ayudas del Estado. La madre laburaba en un supermercado de descuentos y su hermano era heroinómano. Un ambiente familiar bastante poco estimulante para el estudio, como podés ver. De hecho, ella también había probado la heroína a los quince años pero sin engancharse.

Esa misma noche cogimos.

Tenía esvásticas tatuadas en las nalgas y la cara de Stalin debajo del ombligo. Qué minón. A cada lado de la concha tenía una *S* en forma de runa, haciendo la ss nazi, y colgandejos y piercings en los pezones y las fosas nasales. ¡Parecía un puesto de latonería ambulante! Cogimos de lo lindo y se me volvió una obsesión. Todo el día quería coger y cuando estaba con ella, incluso antes de acabar ya sentía otra vez ganas. Una adicción alucinante. Saskia se dio cuenta y como era un poco loca y yo argentino se bancó la cosa. Está bien, decía, vamos a coger, y cogíamos en el baño del bar, en las escaleras del S-Bahn, en los vagones del metro… ¡Cogíamos en todos lados! Yo empecé a enamorarme, mirá vos, aunque sabiendo que era imposible, ¿cómo iba a llevarle a mi vieja una mina así? Pero a la siguiente vez que la veía venir a Saskia y cogíamos se me olvidaba todo.

Yo estaba lejos de ser el hombre de su vida. Rápidamente vio que no tenía guita y que tampoco me interesaba escalar en el partido, así que un día me dijo, bueno, querido, a partir de hoy se acaba esto, gracias, se cierra el parque de diversiones, sos un caballero, así me dijo y yo la despedí con un beso frío y triste y me fui a mi casa, primero a beberme una cerveza y luego una botella de whisky barato que había comprado. Así me entró, por sustitución, un cierto alcoholismo temporal, mientras sudaba la falta de Saskia, o para ser más sincero y exacto, el ansia de coger con Saskia. Pensé en olvidarla cogiendo con otras y salí a buscar, pero no supo a lo mismo; y cada vez que veía una esvástica, imaginate, se me levantaba la poronga.

Un día cometí un error fatal.

Esperá me sirvo un poco más de ginebra, porque lo que te voy a contar no es fácil. El único modo de asimilarlo es hablando de *eso* que me ocurrió, aunque vas a ver que no tiene nada de natural.

Está muuuuuuy lejos de ser algo natural.

Una noche había estado bebiendo en casa solo, y vos sabés, lo peor que a uno puede pasarle en esos casos, adolorido por el amor, es tener fotos. Agarré mi cámara y comencé a ir hacia atrás y ahí la vi a Saskia, con sus nalgas blancas y patas arriba, con la concha abierta, sosteniéndose las tetas, en fin, me enloquecí, mitad metafórico y mitad real, porque salí disparado de mi casa a buscarla; me fui a Lichtenberg, a un bar llamado Odessa, un sitio muy punk y muy nazi, pero no la encontré. Me dijeron que estaba en una fiesta del otro lado del S-Bahn. Salí con la dirección en la mano, paré un taxi y llegué al lugar. Era en el segundo piso de un viejo galpón industrial abandonado.

Encontré una reja abierta por un lateral y entré. Luego subí por una escalera de incendios y llegué al antro, y no te imaginás lo que era eso: ahí estaban fumando crack e inyectándose jaco en un sofá desfondado, oyendo música a un volumen imposible, aturdidos, saltando en medio de botellas de vodka y schnapps vacías, una cosa asquerosa.

No vi a Saskia por ningún lado, y empecé a buscarla.

Desde el corredor externo pasé por una ventana al interior de la construcción, en las antiguas oficinas, y vi a tres hombres recostados sobre una alfombra con los pantalones abajo y jeringas en los antebrazos; un jovencito le chupaba la mandurria a uno que parecía ser el líder, un tipo de unos cuarenta años; el tercero, otro pendejo como de veinte, se la metía a ese mismo por el trasero, una imagen terrorífica para el que no es del oficio, ¿no?

Seguí de largo y vi que en esos despachos semidestruidos pasaba de todo. ¡Era Sodoma y Gomorra!

En otro lugar aún más oscuro vi unas figuras danzantes, muy ebrias o muy drogadas, y a una mujer como de cincuenta años en tanga y con la cabeza rapada, metiéndole a otra, por la raja, el pico de una botella de vino. Y mientras tanto, una especie de fauno raquítico, con tatuajes de la cabeza a los pies y raquítico le daba poronga por el trasero.

La música llegaba a toda esa zona con fuerza y nadie me oyó caminar por el corredor, a pesar de la cantidad de vidrios rotos y herrumbre desperdigados por el suelo. Se me arrugó el corazón al imaginar que Saskia podía estar en una de esas oficinas cogiendo con alguien, y pasaba de una a otra mirando con miedo.

Pero vos sabés, el que busca encuentra.

La vi y casi caigo al piso. La tenían atada sobre una mesa, bocarriba, con una venda en los ojos. Una especie de orangután albino, con el cuello más ancho que la cabeza, le daba mandurria por delante mientras que otro le hacía caer cera derretida de un velón sobre el ombligo.

Saskia gritaba.

Fue demasiado para mí, me enloquecí.

Entré y le di un piñazo al de la mandurria, que cayó a un lado y se golpeó la cabeza contra un escritorio. Al otro, al del velón, le di una patada en los huevos y cayó al suelo ahogado. Le tiré a la cara la cera hirviente y el tipo se retorció de dolor. Saskia tardó en reconocerme, pero en lugar de alegrarse comenzó a gritar como una histérica: que me fuera de ahí y los dejara tranquilos.

—¡Son mis amigos! —dijo.

No parecían muy amistosos, pensé, pero al ver lo que les había hecho me agarró a cachetadas. Salió al corredor en bolas y al segundo volvió con tres tipos que parecían roperos. Uno tenía un pañuelo amarrado a la cabeza, cual pirata del Caribe. Los otros dos debían ser mineros o ferroviarios. Al verlos saqué a relucir mi discreto alemán y les dije: está bien, chicos, esto es un gran malentendido, me voy, *Auf Wiedersehen!*, pero los tíos se pusieron delante y por mucho que intenté derribarlos a piñazos lo único que logré fue dislocarme el omoplato y que me reventaran la nariz.

—¿Viniste buscando animación? —dijo uno de los chimpancés.

Me amarraron contra un potro de gimnasia. Un flaco desdentado, con el aliento agrio del crack y a cebollas en vinagre, se me acercó a la oreja y dijo.

—Si era eso lo que buscabas, princesa, este es el lugar; ¡prepárate para una noche inolvidable!

Lo que siguió fue asqueroso, cónsul. Me bajaron los pantalones y me pusieron medio frasco de crema entre las nalgas. Luego fueron pasando todos, hasta los que había visto pincharse en la primera oficina. Me encularon por turnos, con perdón. ¿Cuántos serían? Más de una docena. Un coro de ancianas punks, cadavéricas y toxicómanas, se reían y daban gritos. Luego abrían papelinas de droga para metérselas por la nariz o fumárselas en pipas.

Me rompieron el orto, cónsul.

Saskia se convirtió en diablo, una especie de Satanás hembra que tomó la batuta del siniestro rito y los animó a seguir: ¡a ver, otro! Invitó a los que no habían venido a pasar, y volvía a ponerme crema.

¡Vengan por este hermoso culo argentino!

¡Hoy es gratis!

Todos se reían con estridencia, dejando ver encías podridas por la heroína y muelas negras. Yo pensé: si no me matan ahora, moriré de sida mañana por la tarde. Esos hijos de puta parecían bolsas de microbios.

No les regalé ni una súplica, ni llanto. Nada. Sólo un silencio rencoroso. Cada vez que alguno salía limpiándose la poronga con un kleenex yo decía para mis adentros: rezá para que me muera, hijo de puta, porque si salgo vivo la venganza va a ser atroz.

Mis maestros me estaban poniendo a prueba, mostrándome la violencia del mundo. Todo lo que debía combatir. Entonces una idea comenzó a resonar en mi mente: no te olvidés de ellos, fijate bien quiénes son. Porque habrá revancha.

Y así, mientras los tipos seguían riéndose, los fui espiando con el rabillo del ojo. Procuré encontrar algo en cada uno que pudiera recordar: un tatuaje, un reloj pulsera, una cadenilla, algún anillo. La mayoría eran rusos o de la antigua Alemania del Este que hablaban ruso. Cuando se aburrieron me obligaron a tragar una pastilla que me dejó frito, viendo visiones y sin poder pararme. Me cargaron entre dos hasta la parte trasera de una Opel destartalada y me condujeron a un parador de la autopista. Ahí me dejaron, tendido en una cuneta.

Qué error tan grande haberme dejado vivo, qué error.

Salí del hospital dos semanas después y no puse ningún denuncio. Ya había entendido clarito el mensaje: sé violento con los violentos y afectuoso con los afectuosos. En este caso, mis maestros pedían una venganza ejemplar y ya tenía, en una libreta, el perfil de siete de los agresores. Me señalaron un foco preciso de podredumbre para que yo lo cauterizara. Era tan sólo un problema de higiene. Decidí convertirme en vengador nocturno, el agente inmunológico que debe atacar y destruir aquello que se comporta de manera destructiva en el interior del sistema. Ese había sido el mensaje. Lo clasifiqué en mi cerebro como "parte de una exigente formación a favor del cambio".

Ya estaba decidido a irme de Alemania. Devolví la habitación que tenía alquilada, regalé enseres y me despedí de los pocos amigos que tenía. Anuncié que volvía a Argentina, mandé mis cosas a Madrid y me quedé en Berlín unos días más. Tomé un cuarto en una pensión modesta de Charlottensburg con la idea de pasar inadvertido entre turistas mochileros. Traté de mimetizarme entre la gente. Era muy probable que me vigilaran.

Por las noches empezó mi búsqueda. Tenía la imagen de los siete tipos, así que comencé a recorrer la zona de Lichtenberg. Había cambiado al máximo mi aspecto, claro está. Usé ropa negra, capuchas. Me dejé la barba y bajé de peso. No fue muy difícil dar con ellos. Bastó vigilar al hermano de Saskia para llegar a los demás. Tracé una serie de círculos sobre el mapa del barrio y estudié el modo de atacarlos. ¡Los tipos ni sabían lo que les venía! Lo primero que hice fue entrar a uno de los bares y robarle la cartera a uno, en un descuido. Cosa de niños.

El documento de identidad decía Rudolf Oleg Handke, nacido en Innsbruck, 21 de octubre de 1981. Tenía un billete de cinco euros y uno de diez. Otro de 1.000 dinares que parecía de colección, del Banco de Serbia. Una papelina de una sustancia color marrón que, supuse, debía ser heroína. Un carnet viejo de la Asociación de Amigos del Tirol de Aachen. Un carnet estudiantil de la Ludwig Maximilians Universität de Munich, inscrito en Ciencias de la Educación. Papeles viejos con teléfonos, de los que tomé nota.

Cuando acabé la fase de estudio de los objetivos, cosa que me tomó cerca de un mes, pasé a la segunda fase: el ataque.

Elegí un jueves, así que me dispuse física y mentalmente para cumplir mi tarea. Me levanté temprano, hice ejercicio. Salí a la calle a comer frutas y al mediodía un almuerzo balanceado. A media tarde alquilé un furgón en un negocio de turcos semiclandestino, usando la identificación que había robado, y empecé a cargar e instalar el material quirúrgico que necesitaba para mi tarea. Nadie hizo preguntas, ni siquiera se fijaron en la foto. Hacia las seis de la tarde dormí una siesta y me preparé para la noche. A eso de las once me puse en marcha y estacioné el furgón al lado de una antigua escuela, en la zona norte de Lichtenberg. Dos de ellos pasaban por ahí con frecuencia, aunque nunca juntos.

Aquí debo detener la historia un momento, cónsul, porque a lo mejor lo que sigue le va a parecer que no es propio de mí. Una historia al estilo de Rambo o de… ¿cómo se llamaba el otro? Schwarzenegger. Pensará eso, pero recuerde que yo vengo de un mundo duro y que siempre supe vérmelas con los villanos.

En fin, sigo.

Cuando vi venir al primero, sentí que la sangre me hervía dentro de las venas. Recordé una frase oída en un film: "Es el silencio que precede a la catástrofe". Pero sólo yo lo escuchaba, no mis víctimas. Cuando el tipo pasó al lado de la furgoneta bajé muy rápido y en cuatro movimientos lo subí semiinconsciente a la parte trasera, que no tenía ventanas. Le amarré los brazos con alambre y le metí un taco de periódico en la boca, hasta la garganta. Abrió los ojos con angustia al ver que el suelo de la furgoneta estaba forrado en plástico, y lo comprendo, debió darle muy malos presagios. Luego le puse un trapo mojado con éter cubriéndole la cara, *Gute Nacht...* Se durmió como un pibe.

Tardé cuarenta y nueve segundos.

Poco después llegó el otro y me bajé. Algo debió olerse el hijoputa porque titubeó, pero lo agarré del brazo y se lo doblé por la espalda hasta que algo hizo *crac*. Con la otra mano le metí un taco de periódico en la garganta. Es increíble lo útil que puede ser el *Frankfurter Allgemeine Zeitung*. Igual lo subí al furgón y le puse amarradijo y mordaza. Y un buen sopapo de éter.

Con ellos a bordo cambié de lugar y me dije, ¿voy por más? Está fácil la cosa. El plan inicial era agarrar a dos, máximo a tres del grupo de siete candidatos. Tenía ganas de seguir y miré hacia arriba, a la noche alemana, pero no percibí ninguna respuesta. Creerse fuerte es malo cuando uno va a ejecutar una misión porque la adrenalina es una droga, ¿vos sabías eso?

Me sentí canchero y fui a otro de los lugares con círculo en el mapa. Uno de ellos vivía en el tercer piso de un multifamiliar desconchado y hecho mierda, pero la entrada era por el otro lado, por una avenida. Yo sabía que él siempre se metía por el callejón de atrás. Ahí estaba yo con el furgón.

Mi objetivo era un serbio, el mismo que le estaba dando asado de poronga a Saskia cuando llegué esa noche al galpón. A ese me lo iba a gozar un poco más que a los otros, y pensé, con la dispensa de Odín que fue el maestro que esa noche me templó los músculos: por ahí le hago un tratamiento especial.

Sentí un ruido y miré por el retrovisor. Ya venía el cabrón, pero no solo. Lo acompañaba otro que no tenía en la lista, así que traté de reconocerlo, pero la luz era baja. ¿Qué hacer? Me daba mucha lata que todo se jodiera, así que me dije, ¿y si los agarro a los dos? El serbio era grandote pero el otro no. Calculé que podía.

Bajé del furgón con un mapa en la mano. Me hice el boludo y les pedí ayuda con una dirección del barrio. Los tipos voltearon a mirar, desprevenidos y algo molestos por mi intrusión, y cuando les mandé el primer piñazo prácticamente ni lo vieron. El serbio cayó contra el muro con algo roto. Al flaco lo agarré del cuello y justo cuando tiraba de su cabeza contra un poste vi que tenía un reloj pulsera con una llama en el minutero. Y lo reconocí. ¡Era uno de ellos! Entonces le dije en voz alta: no te esperaba, cariño, pero bienvenido a la fiesta, *willkommen*.

Los subí muy rápido y salí de ahí con precaución, no fuera la policía a detenerme para una requisa o cosa por el estilo. Me sentí satisfecho: era un verdadero profesional. En menos de una hora tenía listas y maniatadas cuatro bolsas de microbios. Me dieron risa mis ideas mientras agarraba la S-Bahn. Ya tenía marcado un punto, a cuarenta y seis kilómetros, donde podría parar a trabajarlos sin que nadie me molestara. ¿A ver? Me di vuelta y los vi ahí, unos sobre otros, como bultos de harina.

Ahora, mientras manejaba en plena noche quise buscar un poco de inspiración. ¿Debía hacerles un *retiro completo* o apenas un golpe tan decisivo como para transformarlos, por la vía del dolor, en agentes del cambio? Analicé la situación desde varios puntos de vista y llegué a la conclusión de que convenía más lo segundo: el golpe contundente. Algo me dijo que permitirles regresar a su comunidad de hijoputas bacterianos, pero marcados por el castigo, era un gesto pedagógico que juzgué interesante.

Me incliné por esa opción, que era la más esforzada y exigente en términos físicos. En el fondo era lo que quería hacer y para lo que me había preparado, y además contaba con el material quirúrgico necesario.

La verdad es que me moría por operar

Al llegar al estacionamiento número 49-E, conexo a la salida de la *Autobahn*, tomé un camino muy estrecho en medio de los árboles que llevaba a un bosque, especie de *Schwarzwald*, como dicen allá. No había absolutamente nada en al menos un kilómetro a la redonda, así que podía trabajar tranquilo.

Decidí llamar a esta sesión *Teoría de los cuerpos mutilados*.

Me puse una bata, guantes de látex, tapabocas, y me preparé invocando a mis maestros. Volví a aplicarles anestésicos fuertes por vía intravenosa y me dediqué a la dura faena ligando arterias y venas, aserrando huesos, cortando con suavidad músculos y nervios, haciendo nudos que permitieran luego armar los muñones. Lo hice lo mejor que pude, aunque en el momento, cansado como estaba, tampoco podría asegurar resultados. Al final les puse bolsas de suero con antibióticos y algo de morfina, los bajé de la furgoneta y los dispuse sobre el plástico, cubiertos por una gruesa manta de asbesto. Lavé la furgoneta por dentro. Puse los miembros amputados en una bolsa de deshechos médicos y me alejé del lugar, de regreso a Berlín.

Antes de salir llamé al Servicio de Socorro desde el celular de uno de ellos y di las coordenadas. Luego me alejé, dejando sus celulares encendidos.

Estaba agotado.

Avancé unos cuarenta kilómetros por rutas pequeñas para evitar las cámaras de seguridad. Mi plan incluía pasar por un lago artificial que era un criadero de peces, pues pensé que sería un buen destino para la bolsa de miembros amputados, donde, por cierto, había varias cosas: cuatro piernas derechas, cuatro brazos completos y dieciséis dedos. También un pene y una bolsa testicular, ¿adivinás de quién? Cuando vi la noticia en la prensa, que fue calificada de "carnicería perpetrada con macabra asepsia", me sentí orgulloso de mis conocimientos quirúrgicos, pues todos, incluso el serbio al que le corté la poronga, lograron salvarse. El hecho tuvo una cierta trascendencia, pero no tanta como pensé. La policía privilegió la hipótesis del ajuste de cuentas entre grupos neonazis, lo que no era del todo infundado, y pensó que no valía la pena alarmar demasiado a la población, que por esos días estaba de vacaciones.

17.

Es extraño despertar en un hospital y verse esposado a una cama. ¿A dónde podría ir en este estado? Siento mucho dolor y temo incluso dormir, pues el cuerpo se relaja y hace movimientos que remueven las heridas. Al menos no hay nadie más en el cuarto, aunque no sé por cuánto tiempo. Son casi las tres de la mañana, la hora más tenebrosa en hospitales, iglesias y centros penitenciarios. La hora del dolor y del diablo, dicen, por ser la cifra traspuesta de la muerte de Cristo. Su equivalente nocturno.

Las tres de la mañana.

Es también la hora de la memoria, así que me puse a recordar otras experiencias carcelarias, todas insignificantes al lado de esta. En la primera tenía apenas dieciséis años y fue en un pueblo de Colombia llamado Pacho, cerca de Bogotá, donde había ido con los amigos del barrio a una casa campestre. Éramos jóvenes y queríamos tragarnos el mundo, claro, y eso nos llevó a frecuentar todos los cafetines y antros del pueblo. Teníamos además la pasión del billar y así fue como una noche, en uno de esos bares, la policía entró y nos puso contra la pared, pidiendo la cédula que yo aún no tenía por ser menor de edad. Y ahí me llevaron detenido. Curioso principio legal este: para proteger al menor se le prohíbe la entrada a los billares, pero si lo sorprenden se lo llevan a un calabozo con atracadores y hampones de toda calaña.

Allá fui a parar, a un cuarto caluroso y sin ventilación. Éramos quince y no había lugar para sentarse. Un tipo que llevaba varios días preso dormía en el suelo sobre una estera. A las cinco de la mañana un grupo anunció que tenía un plan de fuga y me preguntaron si estaría dispuesto. Les di largas. Poco antes del amanecer vino un guardia y nos iluminó con su linterna.

—A ver, mi coterráneo, puede salir…

Nadie se movió, pues no sabíamos de dónde era. Hasta que volvió a decir:

—El joven de Bogotá, ya puede salir…

Me tomaron los datos. Un escribiente rellenó una ficha en una vieja máquina de escribir. Mi hermano y otro de los amigos estaban ahí, con el sargento, haciéndome señas.

La segunda vez fue en Madrid.

Estando en la Universidad Complutense, milité por un tiempo en un grupo llamado KAI, Kolectivo Alternativo de Izquierdas. En 1986 hubo una huelga contra el estatuto de reforma universitaria promovido por el rector Gustavo Villapalos, y alguien en las altas esferas de mi grupo decidió que debíamos tomarnos la sede del Consejo de Universidades, que estaba en el mismo campus. Y para allá nos fuimos. Yo entré con el primer grupo de choque. Bloqueamos los ascensores y puertas del edificio y logramos llegar hasta las oficinas de los pisos más altos. Construimos barricadas y tomamos como rehén al director. La policía prefirió no usar la fuerza, pero cercó el edificio e impidió que se nos diera comida. Su estrategia fue hacernos un cerco y agotarnos, pero los estudiantes huelguistas formaron un mitin permanente frente al edificio y cada tanto nos tiraban bolsas con sánduches, frutas y botellas de agua.

Al cuarto día mis dolores de úlcera se hicieron insoportables, pues había dejado las pastillas en la casa, y se decidió que yo saldría junto con una compañera y leeríamos un comunicado. Al cruzar la barricada del primer piso una legión de brazos uniformados me alzó por los aires. La policía, sin embargo, nos permitió leer el comunicado ante algunos micrófonos de prensa y radio, luego nos montaron a un furgón y de ahí a la comisaría. Por el camino recordé que era becario del Estado español a través del ICI (Instituto de Cooperación Iberoamericana), pero era la España de Felipe González, así que simplemente me tomaron los datos y me enviaron de vuelta a mi casa, donde pude llenarme el estómago de pastillas antiácidas y dar sorbos de Mylanta.

Mi tercera detención fue en 1994, en Sarajevo, durante la guerra de Bosnia.

Había ido como corresponsal del periódico *El Tiempo*, de Bogotá, y una noche debí quedarme en el edificio de la antigua televisión bosnia un poco más tarde de lo habitual. Desde ahí transmitíamos cuando las líneas del hotel no funcionaban. Al salir no encontré un transporte que me llevara hasta el Holiday Inn, que era el hotel de los periodistas, así que me aventuré a ir a pie, algo bastante demencial dada la situación de la ciudad, sobre todo porque había un estricto toque de queda a partir de las diez de la noche. Y así, mientras transitaba entre sombras cerca de la avenida Marsala Tita —a la que se rebautizó como Sniper's Alley—, una patrulla de la policía bosnia me detuvo. Fui a parar a un cuartel en el centro de la ciudad y los soldados, tan jóvenes como yo, me sentaron en una celda, detrás de una reja, pero sin cerrar la puerta. Esa noche les expliqué a los tres guardias que era colombiano y amigo de su causa, les dije que habría podido cubrir la guerra desde Pale, del lado serbio, pero que había decidido estar en Sarajevo, con ellos.

—Prefiero trabajar donde caen las bombas —les dije—, no donde las disparan.

Me invitaron a una cerveza sarajevana, creo recordar que se llamaba Sarajevo Pivo, y luego a una serie infinita de tragos de *slivocica*, un aguardiente de uva y hierbas que debía tener como sesenta grados de alcohol, algo muy oportuno para esa noche de invierno. Lo más peligroso ocurrió a las seis de la mañana, cuando me liberaron e insistieron en llevarme en su jeep hasta el hotel. Un auto deambulando por las calles heladas, repletas de hielo y nieve de Sarajevo, era un excelente blanco para los francotiradores serbios, los *chetniks*, recién levantados y con ganas de echar algunos tiros antes del desayuno. Por fortuna, no ocurrió.

Pero vuelvo a mi incómodo, desesperanzado presente.

Otra vez dormí un par de horas. Afuera —en ese lejano y ya nostálgico afuera— ya había amanecido. Poco después llegó Pedro Ndongo a revisar los cables del suero y el nivel de goteo. Una de las bolsas estaba vacía y la reemplazó. Al revisar el catéter en mi muñeca y ver que me movía, dijo:

—Buenos días, mi estimado intelectual. Le tengo una sorpresa.

—No me diga, ¿se despertó el señor Reading?

—No, eso todavía no —dijo Pedro—. Ayer pasé por la oficina de registro y pedí sus pertenencias. Ahí estaba el cuaderno de apuntes del que me habló y como es lógico no me permitieron sacarlo, pues está registrado. Entonces surgió la gran capacidad argumentativa de Pedro

Ndongo Ndeme y le dije a la mujer: le ruego el favor de que me lo preste un momento para hacerle una copia. Luego el original se queda acá y yo le llevo a ese desgraciado el facsímil y lo hago muy feliz, ¿qué le parece? La mujer sonrió y dijo que me dejaba hacerlo pero que debía ocuparme yo mismo.

Sacó un sobre de la chaqueta y ahí estaba, en hojas sueltas, todo lo que había escrito.

Lo puso al lado de la cama y agregó:

—Además lo leí.

Hizo un silencio teatral.

—¿Y…? —exclamé.

—Me hizo sentir nostalgia de mis épocas de estudiante, primero en la Universidad Nacional de Guinea y luego en la Complutense. Estudiaba Medicina, aunque me pasaba las tardes leyendo poesía.

—¿Usted es de la Complutense? —le dije—. Yo también.

—¿En serio? ¿De qué año?

—Me gradué de Filología en el noventa.

—Ah, no —dijo—, yo llegué un poco después. Empecé cursos en 1996.

Antes de salir, Pedro me dijo, señalando las hojas fotocopiadas:

—Es bueno, termínelo.

—Imposible —le dije—, no tengo con qué escribir.

—Ah, en eso no puedo ayudarlo. Un bolígrafo es un arma cortopunzante, pero le sugiero algo: memorice. Piense y memorice, será un excelente ejercicio. Previene el Alzhéimer. Muchos lo han hecho y han salido cosas buenas: Cervantes, Voltaire, Solzhenitsyn. Todos memorizaron. Evóquelos y no se sentirá solo.

Pedro se acercó un poco y bajó la voz.

—Hay otra novedad y es que le llegó compañía. No sé cuándo lo traigan porque está en sala de operaciones, vi en la planilla y viene para acá.

Pasé el día leyendo mis apuntes sobre Rimbaud. Intenté memorizar algunos nuevos párrafos y correcciones.

Durante la noche, efectivamente, trajeron a otro detenido, así que pusieron la cortina que separa la habitación en dos espacios. No alcancé a verlo. Los sedantes y la droga de mis heridas eran fuertes y por eso apenas registré su llegada.

Esta mañana lo vi. Es un sacerdote. Tiene un brazo roto y un ojo muy inflamado. También una herida profunda en la espalda. Estaba rezando y no quise molestarlo, apenas le hice una venia. Luego vino Pedro Ndongo a llevarme a una curación y un nuevo examen de sangre, así que no lo volví a ver hasta la tarde.

Mientras íbamos a una de las terapias, Pedro me dijo:

—Veo que le funciona bien el cuerpo, amigo, y esto a pesar de la edad: sus melanocitos responden, las células de Langerhans y de Merkel… La curación avanza. Ya no siento horror al mirarlo.

—¿Es también dermatólogo, Pedro?

—Soy sólo un intelectual de los tejidos y las glándulas.

Pregunté qué sabía de mi compañero de celda.

—No puedo darle mucha información, amigo, pero hay una sorpresa: es compatriota suyo, un sacerdote, ¿es usted creyente?

—No. Ya le dije que no.

—Debería considerarlo, no todo el mundo tiene la posibilidad de convivir con un ministro de la Iglesia.

Me vinieron las imágenes de la mañana.

—¿Y por qué está tan golpeado?

—Oí que estuvieron a punto de lincharlo. Un grupo de manifestantes de su país. La policía lo detuvo y lo salvaron, pero está arrestado porque tiene antecedentes, una orden de captura de Interpol. Un prelado. ¡Y no es por pedofilia! Su país es muy raro, amigo.

—¿Sabe de qué lo acusan?

—Participación en grupo criminal armado.

—Paramilitarismo —le dije.

—Los mismos que acá le parten los huesos a negros y árabes, ¿no?

—Más o menos, aunque acá es racial y allá es político.

Pedro se acarició las mejillas.

—Lo racial es siempre político, amigo, si no recuerde a Martin Luther King. O a Malcolm X, que dijo: "Sé obediente, sé pacífico y respeta la ley, pero si alguien te agrede envíalo al cementerio". Es más o menos lo que usted hizo con ese pobre profesor de Literatura, ¿no?

Me volví a inquietar.

—¿Se sabe algo de su estado?

—No, sigue igual. Está en el tercer piso, en la zona de internos asistidos en coma.

Era extraño: los dos acusados y víctimas. Ambos privados de la libertad.

—Sería bastante estúpido que acabemos los dos en la cárcel.

—Más estúpido que hubieran acabado muertos, que es como suelen acabar esas peleas, ¿no? Tranquilo, usted le lleva cierta ventaja. Él todavía no puede cantar victoria. Las cárceles del mundo están repletas de gente que, en el fondo, no quería hacerlo. La casualidad y la mala suerte son el límite del libre albedrío. Excluyo a ese otro porcentaje de cabrones que en cambio sí se lo trabajaron a conciencia. Para ellos es al revés: la cárcel es un modo de aplazar su muerte natural, con media docena de balas entre pecho y espalda, cuando un 93 % de sus líquidos internos se rieguen en el asfalto y fluyan alegres hacia una alcantarilla, donde podrán mezclarse con la mierda de la ciudad.

Volví a pensar en mi compañero de celda.

—¿Lo pusieron conmigo por ser colombiano?

Pedro dio un manotazo en uno de los laterales de la camilla.

—Qué preguntas hace, amigo. ¿Cómo puedo saberlo? Puede que algún geniecillo haya dicho: hey, miren qué casualidad, este par de hijos de puta son del mismo país, ¿eh? Pongámoslos en el mismo cuarto a ver qué pasa. Perdona, estoy imitando, no soy yo quien habla así.

—Lo sé, Pedro. Conozco tu estilo.

Llegamos a la celda y el sacerdote estaba sentado al lado de la cama. Leía la Biblia. La verdad es que tenía la cara muy hinchada. El párpado derecho era una masa violeta y no se sabía muy bien si una cosa negra y sanguinolenta, en el centro, era el ojo.

Al mirarme contrajo los músculos de la cara, como diciendo, uf, qué paliza le dieron a este.

—Me dijeron que era colombiano.

El sacerdote levantó la vista, sorprendido.

—Sí, ¿y qué más le dijeron?

—Que lo trajeron acá porque iban a lincharlo.

—Perdone que no me levante, ¿y le contaron por qué querían lincharme?

—Sí.

Me mostró el suspensor y el brazo enyesado.

—Ya ve hasta dónde llega la mano del diablo. ¿Y a usted qué le pasó?

—Tuve una pelea en un bar, la otra persona quedó malherida. No fue mi culpa.

Su ojo izquierdo se movía de arriba abajo, escrutándome.

—¿De Bogotá? —dijo.

—Sí, pero hace años vivo fuera de Colombia.

—Casi mejor, aunque le confieso algo, yo no podría. Mi país es lo más bello que hay en este mundo y si el Señor me puso allá fue por algo.

Intenté no contradecirlo.

—¿Conoce otros países?

—Pocos, aparte de esta mierda de acá, y perdone. Pero yo no necesito conocer más, ¿para qué? Si vivo en el mejor. Fui a Estados Unidos y vea: en manos de judíos y con un negro de presidente que es amigo de los musulmanes.

En ese momento llegó su enfermero a llevárselo. Debían tomarle una declaración.

Al salir me dijo:

—Padre Ferdinand Palacios, muy a su mandar.

Poco después vino Pedro para el paseo en el patio. Al parecer la curación de mis heridas requería un poco de sol y viento.

—¿Qué tal su compañero?

—Es amable, pero extraño.

—Le recomiendo que no lo juzgue. Si va a tener que compartir el cuarto con él lo mejor es que le busque el lado bueno. Todo el mundo tiene un lado bueno.

—Lo de él parece muy grave —le dije.

—Está herido, por eso está aquí. Si conceden la extradición se irá a cumplir la condena en Colombia.

—Preferiría estar en otra celda, o solo.

—Eso es un privilegio, pero no se alarme. En este hotel hay buena vigilancia. No le pasará nada. Su proceso sigue el conducto normal y mientras ese profesor respire no habrá cambios. Dígale al cura que rece por él, eso sí podría ayudarlo.

18.

Durante toda la semana, Araceli no paró de mandarme mensajes. En uno decía: "Experimentar este amor con él me devuelve la seguridad que ya no tenía, y ahora soy más fuerte. Creo que incluso podría comprender la relación con esa mocosa. Sólo necesitaba una confirmación sobre mí. Gracias, linda".

Otro día estaba en clase de Literatura Medieval, donde se hablaba de *El conde Lucanor*, recuerdo, cuando recibí otro de sus mensajes: "Mi niña, acabo de echarme tres soberbios polvos en el jacuzzi, ¡esto ni de novia! Perdona que te lo cuente. Sé que me entiendes. Te quiero".

La relación con esas dos mujeres, doctor, me llevó a pensar en mí. Ambas eran frívolas y un poco tontas, pero vivían con una intensidad que yo no conocía. Me sentí fuera del mundo y llegué a pensar que lo de ellas era lo normal. Claro que la poesía me ayudó a formular las preguntas correctas, pero me advirtió que no tenía respuesta. La vida había sido cruel sin motivo y eso expresaba una maldad que, en el fondo, sólo podía estar en las personas. El azar de la maldad que flota en el aire y de pronto se fija en uno. No es nada personal, soy un granito de arena, pero ¿cómo se podría ejercer algún tipo de fe cuando Dios ya no está y nada lo reemplaza? Esas eran las preguntas. Yo escribía y escribía, a ver si al hacerlo encontraba alguna respuesta. Si al fondo del camino no hay nada, ¿qué es lo que ilumina el corazón del hombre?

Pasé noches y noches así.

¿Cuáles fueron mis sacrificios?, ¿qué rituales? Lloré sin motivo frente a la ventana, mirando la lluvia. Buscando el efecto apaciguador de la lluvia. Me insulté frente al espejo. Me desnudé y me di golpes. Una noche el portero tocó a la puerta para decirme que los vecinos habían oído gritos, un extraño llanto. Le dije que todo estaba bien. Surgió una extraña Manuela, un ser mutante y con escamas capaz de subsistir sin aire limpio; un animal que se alimenta de desechos y puede perpetuarse en un mundo de fieras salvajes. De ser así, me dije en uno de los poemas, el verdadero monstruo era yo, y entonces, ¿a qué salvación podía aspirar? La propia vida me la estaba dando con sus continuas pruebas y brutales mensajes. La tenía delante de la nariz, sobre la página: era la misma poesía. Entonces recapitulé (en un tercer poema): el impulso despiadado que me arrancó de la vida era el mismo que hoy alimentaba mi única salvación posible. La humillación, el desdén, la vileza, la vergüenza y la deshonra. La ruindad y la burla. Todo lo conocí porque todo lo viví. Mis ojos eran como las ventanas de un solitario cohete espacial a punto de explotar en el espacio. Desde ahí podía mirar al mundo y, tal vez, sentirme protegida. Más cerca de algo que podría parecerse a Dios, pero que no era Dios. Podría incluso fingir una sonrisa, una mueca que a todos, allá afuera, les pareciera una sonrisa.

Pasaron días y noches, no sé cuántas. Me mantuve vigilante, entregada a la escritura. Vagué desnuda y sucia por la casa. Comí de una gran olla de arroz que preparé y de la que fui sacando bocados con la mano. Tomé agua pegando la boca a las llaves del lavaplatos, chupándola de ahí. Defequé y oriné. Dormí en la alfombra y en el rincón de la sala. Me masturbé con un pepino y luego lo tragué a mordiscos. Miré la lluvia por la ventana durante horas, los techos mojados de la ciudad y al fondo la gente, esa masa ruidosa en donde se escondía el demonio de la perversidad. Sentí frío y traté de imaginar cómo habría sido cada una de las mañanas de este frío páramo. Espié el vuelo de las moscas contra el vidrio antes de aplastarlas. Me volví cruel con los pequeños seres que habitaban mi mundo. Fui la gran depredadora.

Recuperé mi fuerza animal.

Escribí y escribí hasta que algo me dijo: se acabó, ya está listo.

Has terminado. Era una extraña voz.

Quedé exhausta y me fui a dormir.

Al día siguiente, que era sábado, justo a las siete de la mañana, mi celular sonó histéricamente hasta hacerme saltar. ¿Quién podía llamar a esa hora?

La realidad, insípida, se había acordado de mí.

Carajo, me dije al ver su nombre en la pantalla, es Rafaela. Sentí kilómetros de distancia. ¿Qué le habrá pasado ahora a esta pendeja? Tenía el teléfono en la mano y cuando me decidí a contestar ya había entrado a buzón, así que volví a cerrar los ojos. Mi almohada seguía tibia. De nuevo sonó el celular y pensé, ¿le contesto? Las llamadas a hora tan temprana las hace el demonio. Le bajé el volumen a cero, pero ahí mismo volvió a vibrar.

No, dije, no y no. La llamaré más tarde, después de un buen desayuno, cuando buenamente me despierte.

Fue peor, porque a los veinte minutos era el citófono el que sonaba, una y otra vez. No me quedó más remedio que descolgar. El portero dijo: La busca una señorita Rafaela. Mierda, pensé, se jodió todo. Que siga, dije. ¿Con qué rollo vendrá?

Al abrir la puerta la encontré en lágrimas, ¿le había pasado algo la noche anterior? La hice seguir al sofá y le dije, respirá profundo, calmate un poco, ya pongo a hacer un café y conversamos, ¿OK?

No estaba ni trasnochada ni pasada de drogas, muy al contrario. Traía olor de jabón y ducha reciente. Colé los cafés y agarré unas galletas. Fui con eso a la sala y la encontré todavía llorando.

—¡Estoy embarazada de ese hijueputa! —me soltó, de sopetón.

Mierda, dije para mis adentros.

—¿Estás segura? —le dije.

—Tengo ya un retraso largo y anoche, cuando miré el calendario, me dije mierda, ¿tanto? Veinte días. Me acullé y fui esta mañana a comprar uno de esos test que venden en las droguerías. Me hice tres distintos y mira: los tres positivos.

Me mostró los bastoncitos plásticos con la marca roja; no se entendía mucho pero debía de ser así.

—¿Y qué pensás hacer? —le dije—. ¿No hay clínicas para eso acá en Bogotá?

—¿¡Abortar!?

Lo dijo con total desprecio, como si la frase completa fuera: "Eso es lo que hacen las guarichas y las pobres, las que lo dan borrachas o empepadas, no una nena rica y linda como yo".

Entonces corregí el tiro y le dije:

—Bueno, la interrupción del embarazo.

Se puso otra vez a llorar, sacó el celular y lo encendió, nerviosa, irritada, como esperando algo.

—Lo peor es que el malparido no ha mandado ni un puto mensajito desde que se fue a Europa, ¡ni que la anciana hijueputa esa se lo hubiera confiscado! ¿Te parece posible?

Dije que a lo mejor estaba en algún lugar sin red. O tal vez lo perdió y tuvo que comprarse uno nuevo y no sabe su número.

—¡Ay, no! ¿No va a haber wifi en Londres ni en París? Ni que se hubiera ido a la puta selva de África. Y si se le perdió podía escribir un *mail*, ¿no?, casual, o un maldito Messenger, ¡para eso no necesita tener mi número!

Ya no tenía más argumentos, así que le dije:

—¿Y por qué no le escribes y le cuentas?

Eso la volvió a irritar. Sentí que me había buscado porque quería gritar cerca de alguien.

—¿¿¡Yo!?? ¡¡Si fue él el que se fue y me dejó acá tirada!! No le escribo ni aunque me esté pudriendo, malparido.

Miré el reloj: eran apenas las ocho de la mañana. No era buena idea ofrecerle un trago.

—Deberías irte al gimnasio y dejar de pensar en eso —le dije.

Tampoco fue una buena idea.

—Noooo, pues, ¡como si fuera tan fácil dejar de pensar! Estoy embarazada de un catrehijueputa que se desapareció, ¿cómo se te ocurre que me puedo ir a un gimnasio?

Se me acababan las ideas.

—¿Querés tomarte un trago de algo?

—¡Estoy embarazada! —gritó enfurecida—. No puedo beber alcohol.

Luego lo pensó mejor y dijo, bueno, qué hijueputa, ¿tienes ron con Coca-Cola? Pero me acompañas.

Serví dos cubalibres y nos los tomamos despacio. Le sentó bien, porque al rato le pasó la gritadera.

—Esto no se lo puedo contar a mi mamá —dijo—, y menos a mis hermanas. Me guardas el secreto, ¿no?

Mi celular vibró y me quedé paralizada.

—Contesta —dijo—, no importa.

Miré la pantalla: era otro mensaje de Araceli. Una foto desde el ascensor de la torre Eiffel. La nota decía: "Me da miedo ser tan feliz, y te extraño, mi niña linda. TQM". No se veía al marido. Cerré la mensajería y lo apagué.

—¿Y quién te escribe a esta hora? —preguntó—. ¿Tu novio?

—No —le dije—, una amiga caleña. Nada importante.

Nos servimos el segundo cubalibre y quiso oír música. Se quitó los zapatos y se extendió en el sofá.

—Es bonita esta casa, ¿la arriendas o es de tu familia? —dijo.

—La arriendo, me la dan muy barata. Es de una pariente de mamá.

—Nunca me has contado nada de tu familia ni de tu vida —me dijo—, ¿tus papás viven en Cali?, ¿tienes hermanos?

—No me gusta hablar de eso —le dije—. Perdoname, hablemos de otra cosa.

—Uyy, bueno. Perdón pues.

Se tomó un sorbo largo del vaso y se quedó mirando el techo.

—Muy de buenas porque está divino y superbién ubicado —dijo—. No hay rollo, si no quieres hablar de tu familia lo entiendo, yo también odio que me pregunten ciertas cosas.

Hizo un silencio, luego volvió a mirar hacia el techo.

—¿Tú qué crees que esté haciendo él a esta hora?

—Pues depende —le dije—, ¿vos sabés dónde está?

—Creo que todavía en Londres, me dijo que el congreso duraba hasta fin de mes.

—Estará en alguna reunión, aburrido, leyendo documentos o tomando notas. A lo mejor está pensando en ti, o en una tienda comprándote algo.

—No creo —dijo—, con la bruja culichupada no tendrá tiempo para nada, a no ser que se le escape con alguna disculpa. Pero no lo va a dejar ni un segundo. Si ella no fuera también famosa podría contarte quién es. De hecho, cuando lo sepas vas a decir... ¡¿What?! Ojalá pudiera contártelo, créeme.

—Lo entiendo, no te preocupés. Mejor que no me contés nada.

Sacó otra vez el celular y volvió a mirarlo, esta vez con cierta ternura. Afuera lloviznaba, el viento hacía que las ramas de los árboles chocaran entre sí. Era una mañana fría y apacible. En algún lugar no muy lejano cantó un pájaro.

—¿De verdad crees que debería contarle? —dijo—. ¿Y por qué no? Al fin y al cabo, él es el papá. En algún momento se lo tendré que contar.

—Eso lo decidís vos —le dije.

—Sí, pero tú me diste la idea. Si estuvieras embarazada y enamorada, ¿qué harías? Quiero decir, obvio, si te pasara lo mismo que a mí.

Me quedé pensando. Esa idea era tan incompatible con mi vida que casi no entraba en mi cerebro, ni siquiera como hipótesis.

—Yo tomaría la decisión de tenerlo o no sola, antes de contarle nada, porque si el hombre es casado lo más seguro es que quiera que lo perdás. Más si ya tiene hijos y está en otro cuento.

Rafaela saltó y quedó sentada en el sofá. Se quedó mirándome.

—¿Y tú cómo sabes que tiene hijos?

—No —le dije, manteniendo la calma—, es una suposición. Los hombres casados tienen hijos.

—Ah, OK.

Tragué saliva. Debía tener más cuidado para no meter la pata. Afortunadamente ella estaba tan absorbida en su cuento que al segundo lo olvidó.

—¿Crees que debo decidir sola? —dijo, acariciando la pantalla de su celular—. Bueno, eso depende, porque si él también está enamorado, como me ha dicho tantas veces, se tendrá que poner feliz. Habría sido lindo recibir la noticia juntos.

—Eso sólo lo podés saber vos —le dije.

Se quedó mirando el techo, se tomó otro sorbo de cubalibre y dijo:

—Él fue el que me buscó y desde el principio se portó superespecial, todo un *gentleman*. Las cosas entre nosotros pasaron muy rápido, casual, yo fui la primera sorprendida al ver que pasaban las semanas y él me seguía llamando, hasta que empezó a llevarme a sus viajes. Fuimos a Lima, a México, a Panamá. Me fascina viajar con él.

Se detuvo un momento, tomó un sorbo del vaso y continuó.

—Yo tenía un novio desde hacía seis años, pero en esa época estaba muy confundida y le había pedido un *stop*, un tiempo para pensar; por eso estaba libre cuando lo conocí. Cuando mi novio volvió y me dijo, Rafi, mi amor, ¿cuánto tiempo vas a pensar? No supe qué hacer porque ya estaba volando por el otro, así que le dije: mira, chiquis, no quiero seguir, eres una persona superlinda y te adoro, pero no, ¿me entiendes? Él me suplicó, lloró. Pidió que le dijera si había otro, y claro, eso no se dice nunca y menos en un caso como el mío, o sea que le repetí, no, chiquis, no entiendes, estoy en un superproceso de cambio, no estoy cerrada para el futuro, Jimmy, así se llamaba, cero nervios, relax por ahora, ¿sí? Tengo que vivir esto sola. Prefiero que no estés porque no quiero que sufras, te quiero demasiado para eso, y te respeto demasiado, ¿me entiendes? No entendió ni mierda, obvio, pero me lo quité de encima después de tres cajas de kleenex. Cuando salió de mi casa lo olvidé a los dos minutos, ¿y sabes qué fue lo más difícil? ¡Cambiar el puto preferido ilimitado de la línea del celular!

Nos reímos. Ya le estaba pasando el estrés.

—Mirá, mi consejo, si te interesa él, es que no lo tengás —le dije—. No le metás eso en medio a la relación, que por lo que veo no es como de formar hogar sino de novios jóvenes, de viajar y divertirse. Él con vos quiere volver a la juventud y eso está bien. Llevalo así, con calma, y si la cosa se mantiene ya vos sabrás. ¿Cuántas mujeres se quedan solas y con hijos porque el man se les asusta? Sos joven y eso es un peso muy duro para el resto de la vida.

La llovizna se volvió aguacero, sonaron unos truenos violentos. El cielo, a las once de la mañana, se oscureció. Rafaela tuvo un gesto de orgullo, pero no dijo nada. Volvió a agarrar el teléfono, nerviosamente.

—Yo creo que tú no has entendido bien cómo es mi relación con él —dijo—. Salimos y pasamos rico, como todas las parejas. Pero que sea mayor y casado no cambia nada, porque yo no ando con él por pasar el rato. Dejé a mi novio de toda la vida y tengo una idea de futuro.

Se levantó y fue a servirse más hielo. Luego un chorro enorme de ron y un poco de Coca-Cola. La cosa se estaba complicando.

—Te voy a decir lo que quiero hacer —dijo—. Le voy a mandar ya un mensaje contándole. ¡Te apuesto a que me contesta antes de media hora! Para que veas que nuestra relación no es un pasatiempo.

Abrió su mensajería y comenzó a dar golpecitos sobre la pantalla con gran rapidez. Me pareció que así se demostraba algo a sí misma. Araceli y el marido estaban en París y por un momento imaginé la bomba que estaba por caerles. Afortunadamente, Araceli dejó de preguntar por Rafaela.

Rafaela dio un último golpe con el pulgar y dijo, listo, ya se fue esta vaina. Me lo mostró. El mensaje decía: "Tengo que hablar contigo urgente. Me hice la prueba y estoy embarazada".

Luego dijo:

—¿Sincronizamos relojes? Son las once y cuarenta. Te aseguro que antes del mediodía me contesta. Y no vuelvo a mirar el celular.

—Bueno —le dije—, pero hablemos de otra cosa porque si no te vas a volver loca.

Pasamos el tiempo bebiendo y mirando un boletín de noticias. No podía dejar de pensar en Araceli y rogué por que el tipo no recibiera el mensaje. Este extraño drama del que yo era la única en conocer los hilos, pero que no era mío, acabó por imponerse.

Mi otra vida, la real, estaba en un cuaderno verde, sobre la mesa. De vez en cuando lo miraba. Ahí estaba mi poesía y eso era lo único importante, lo que me protegía de toda esta necedad.

Cuando dieron las doce, Rafaela dijo:

—Le voy a dar otros diez minutos a este huevón antes de mirar.

La sentí insegura. Se levantó y, un poco mareada, fue a servirse otro trago. Yo fui a la cocina y traje un plato con maní y papas fritas. Por fin se decidió y agarró el celular, pero al encenderlo se puso pálida. No había mensajes, y algo peor: según dijo, le aparecía que él ya había leído el suyo. Se recostó llorando en el sofá.

—¡Mucho hijueputa! ¿Leerlo y no contestar?

Traté de calmarla diciéndole que a lo mejor estaba en una reunión, que podía haber mil circunstancias.

—Si de verdad me ama ya tendría que haber llamado.

—Mirá en las llamadas, como le quitaste el volumen...

Me crucificó con los ojos.

Le propuse ir a almorzar a algún sitio, pues no tenía nada en la casa. Bajamos a la calle y caminamos hasta una hamburguesería, pero ella dijo, no, ni por el putas, vamos a un sitio elegante e invito yo. Fuimos en taxi hasta un restaurante francés. Nos dieron una mesa en el segundo piso y ella pidió la carta de vinos. Para Rafaela era inconcebible lo que estaba pasando; cada vez que miraba el celular los ojos se le llenaban de lágrimas.

Pedimos cosas muy sabrosas y, para mí, demasiado caras. Ella parecía necesitarlo. De pronto su celular sonó. Hizo un gesto de sorpresa, alegre y esperanzado, pero al mirar la pantalla volvió a ensombrecerse. Era su mamá. Contestó y le dijo rápido: Mamá, perdóname, se me olvidó decirte que no voy a ir a almorzar, ¿bueno? *Bye*.

Al acabar el almuerzo estábamos ya muy borrachas, y decidimos pagar la cuenta por mitades. Como no tenía efectivo saqué la tarjeta de Araceli. Rafaela sacó otra de Bancolombia y me confesó que se la había dado él por si necesitaba algo.

¡Las dos mozas emborrachándose por cuenta de ellos!

Rafaela quería seguir la juerga en algún bar, pero le dije que no. Argumenté que tenía que ir a la biblioteca a consultar unos documentos para un trabajo, así que llamó a otra amiga y se fue, muy nerviosa y estresada, con la idea de seguirla hasta la noche. Estaba completamente ebria. Le hice prometer que llamaría si él contestaba o había cualquier otra novedad.

Volví a la casa, me acosté y no salí de la cama prácticamente hasta el lunes, para ir a clase. Rafaela no volvió a llamar y pasaron los días. Sentí un disgusto profundo con todo lo que había pasado, pero no veía una salida. ¿Por qué mi mundo es tan pequeño?, me pregunté, y justo en ese instante la pantalla del televisor mostró un planisferio, y una voz dijo: "El mundo está en tus manos, atrévete a disfrutarlo".

Comencé a fantasear con la idea de irme del país. No tenía nada que perder y comprendí que siempre estaría sola. La única persona que había mirado en mi corazón era Araceli, pero viendo lo de Rafaela y el rollo con el marido, una intuición me decía que esto iba a acabar pronto. Algo estaba a punto de romperse.

Renuncié a ser feliz a cambio de un poco de tranquilidad. Pasé horas mirando en pantalla el mapa del mundo, repitiendo nombres de ciudades lejanas, observando fronteras y países. ¿En qué lugar podré estar a salvo? Al aceptar que no buscaba ser feliz ni recuperar la inocencia, un gran peso cayó de mis espaldas.

El día antes del regreso de Araceli recibí una llamada de Rafaela. Me decía que al fin el tipo le había contestado, ¡diez días después!

—¿Y qué te dice?

—El muy malparido quiere que lo espere, y que él se ocupa de todo. Pero al final me apuñala. ¿Sabes qué me pregunta el muy hijueputa? ¡Si estoy segura de que es de él! ¡¿Y qué putas soy yo entonces?!, ¡¿una prepago?!

Rafaela ya no lloraba, ahora estaba ofendida. Sus ojos vomitaban odio. Le pregunté qué pensaba hacer.

—Llega mañana y se la voy a hacer pagar, malparido. Qué tal esa vaina, ¿ah? No, pues, como si yo me estuviera comiendo a una docena de tipos.

—¿Le contaste que habías dejado a tu novio?

—¡Pues claro, lo sabe perfectamente!

Tomó aire y me dijo, temblando de rabia.

—Tú tenías razón, he debido decidir qué quería hacer con el embarazo antes de decirle nada, pero ¿cómo me podía imaginar que fuera tan malparido? Si lo vieras cuando me lo pide, se pone en cuatro patas y levanta la cola, como un perrito. ¡Perro hijueputa! Ya estoy haciendo averiguaciones para interrumpir el embarazo. Cuando eso llegue, ¿me acompañas?

Le dije que sí, que me avisara si había cambios.

Araceli llegó al otro día pero no pudimos vernos hasta el fin de semana. Dijo que el marido y ella andaban como dos adolescentes, por eso no había venido antes.

—Hoy pude porque él tuvo que irse a una finca en el Sisga a una reunión con uno de los jefes de un proyecto.

Me dio mil abrazos, me estrujó como si fuera un peluche.

—¡Mi hermosa niña! Qué felicidad verte estando yo tan feliz —me dijo—, ¿cómo te fue en todo este tiempo?

Le conté de mis lecturas y de la escritura frenética de un libro de versos.

—Yo también escribí, linda —me dijo—; mira, siéntate ahí que quiero leerte algunos poemas nuevos.

Leyó una serie de odas y versos alegres que, para ser sincera, me provocaron vómito. Oyéndola concluí algo sencillo: si uno es realmente feliz conviene alejarse de la poesía o ser muy cauto con ella. Luego se interesó por lo que yo había hecho, así que fui por mi cuaderno verde y se lo mostré. Ya nos habíamos servido un par de whiskys de malta que trajo de Inglaterra, y además, doctor, olvidé contarle que también me regaló un suéter, un vestido de tierra caliente y varios calzones medio transparentados, muy eróticos y elegantes.

Araceli empezó a leer mi cuaderno, al principio por encima y luego muy concentrada. Cada tanto alzaba los ojos y me miraba como diciendo, muy bien, y volvía a leer.

—Esto es una maravilla —me dijo—, ¿tienes un proyecto en mente?

Le dije que no, era sólo el resultado de unos días difíciles, con una escritura a mano muy salvaje; el cuaderno formaba parte de algo que podía ser más grande, pero aún no tenía claro qué podía ser. Pensaba dejarlo madurar un tiempo, le dije, ni siquiera los había pasado a limpio al computador.

Me abrazó y me besó con gran ternura. Quiso que me pusiera la ropa que me trajo, sobre todo los calzones eróticos, y nos fuimos a la cama. Tiramos sabroso pero la sentí rara. Su cuerpo ya no respondía de la misma manera.

Me levanté al baño y vi que tenía un mensaje de Rafaela que decía: "Estoy con él en el Sisga, en una finca divina. Lo estoy haciendo morder el polvo, por malparido y por hijueputa. Estamos hablando mucho de nuestro embarazo. Ya te contaré". En otro mensaje mandó una foto donde se los veía desnudos, en un sofá de mimbre. Debajo de la imagen escribió: "Esta la tomé a escondidas, contra un espejo, mientras me comía, ¿sí ves que me ama de verdad? Ya me lo ha dicho en todos los tonos".

Escondí el teléfono. Me dio miedo que en un descuido Araceli quisiera espiarlo, como hacía con el de su marido.

Aunque la vi muy tranquila. Ni siquiera me preguntó por Rafaela.

Bebimos, tiramos un poco más y hasta nos metimos un par de pepas. Como a las nueve de la noche se vistió y dijo que tenía que irse. La acompañé a la puerta. Antes de salir, me dijo que le prestara el cuaderno de poemas.

—Quiero leerlo otra vez con cuidado, mi linda, estas cosas tan hermosas que escribiste —dijo—. Tal vez pueda ayudarte a encontrar una estructura. Tengo algunas ideas, creo que ya va siendo tiempo de que otros te conozcan.

Se lo entregué y le di un beso.

—Llevátelo y me dices.

Llegaron los exámenes finales y acabé el semestre con buenas notas, doctor, y entonces ocurrió algo que me hizo volver a considerar la idea que tenía de la vida y del destino.

Una tarde el director del departamento me llamó a su oficina a decirme que tenía la posibilidad de recomendar a alguien a una beca en España para estudiar Literatura y Lingüística. Había pensado en mí y quería saber si me interesaba.

—Bueno —dijo Cristo Rafael—, pongo tu nombre en la candidatura y crucemos los dedos.

Salí de la oficina volando por los aires.

Me sentí tan feliz que quise compartirlo con alguien y le mandé un mensaje a Araceli, pero no contestó, así que me fui caminando por la séptima, sola, entre el tráfico y la gente. De pronto sentí que miraba todo eso por última vez, y Bogotá, esa aldea inhóspita que ya empezaba a querer, se transformó en algo distinto. Una ciudad de reclusos.

Miré el teléfono y no había mensaje de Araceli. Me dije que ya estaba peor que Rafaela, obsesionada con los mensajitos, y pensé en llamarla. Me contestó de inmediato.

—Hola —dijo Rafaela—, ¿todo bien?

—Te tengo que contar algo, ¿dónde estás? —le dije.

Al rato apareció en un taxi. Me recogió y fuimos a una cafetería en la avenida Chile.

—Ya me hicieron el legrado —dijo—, en una clínica en el norte; fue una cosa supersencilla, era lo mejor. Es una especie de aborto quirúrgico. Me dio duro, pero no había caso. Tú tenías razón. Arrancar la vida con un niño a cuestas es jodido. ¿Quién va a meterse con uno? Lo hablamos varias veces y él dijo que ni por el putas aceptaba tenerlo. Se había reconciliado con la esposa y estaba en otro cuento. Le agradecí la sinceridad y me largué después del legrado.

—¿Y qué pasó con él?, ¿ya no lo ves?

—Obviamente quiere verme para tirar, pero a mí se me murió todo. Quiero pasar la página y volver a la vida normal.

—Entonces, ¿se te pasó la enamorada?

—Sí, y por culpa de él. Me hizo comer mierda y eso no se le hace a una nena como yo. A la larga fue mejor, porque yo andaba volando. ¡Cómo será la desintoxicada que hasta me planteé volver con Jimmy! Sólo que… ¿te cuento algo?

—Dale.

—El pobre lo pasó tan mal cuando lo dejé que estuvo dando tumbos, metiendo anfetamina y bebiendo. La tusa le pegó fuerte pero le ayudó, pues en una de esas, a saber en qué traba o en qué video andaba, acabó acostándose con un tipo y algo le hizo clic en la cabeza. Y ahora Jimmy es bisexual, aunque más del lado gay. ¡Tiene novio!

Me pareció increíble que tantas cosas hubieran pasado en la vida de ella en tan poco tiempo. ¡Apenas tres semanas!

Bueno, también en la mía.

La vida es un tremendo sube y baja. Ahora Rafaela y yo éramos las abandonadas, y estaba bien. Lo sano es que

Araceli estuviera con su man, al menos hasta la siguiente crisis, y pensé que esa ya no la viviría conmigo. Esperaba estar lejos.

Al final no le conté lo de la beca a Rafaela, pues ella nunca me preguntó para qué la había llamado. Daba por hecho que nuestras charlas debían naturalmente ser sobre ella y sus problemas. Era una pelada joven, bonita y rica. Yo ya había entendido hacía tiempo que mi vida iba a ser solitaria. Cada cual con su destino.

Llegó el mes de julio y, con él, la ansiada llamada de Cristo Rafael.

—Manuelita, ¿estás agarrada de algo? —me dijo—. Acaban de llegar los papeles de España, ¡te dieron la beca!

Me quedé muda, no pude decir ni mu.

—Vente ya para mi oficina, firmamos y lo dejamos listo.

Recibí la notificación y firmé que aceptaba. Rellené una hoja con requisitos e información. En un par de días me mandarían a mi correo los documentos escaneados para pedir la visa. Me daban los pasajes, la matrícula, cuarto en una residencia y ochocientos euros al mes, incluidos los meses de vacaciones.

Salí de la oficina de Cristo y me fui a caminar por la séptima. Esa parecía ser mi terapia. La ciudad ya no era lejana, sino transparente. Una ciudad de vidrio mohoso que yo podía ver al trasluz. Al fin me iba.

Llamé a Araceli y le dejé un mensaje. Quería contarle todo y devolverle la tarjeta bancaria. Respondió como a las diez de la noche, y dijo, Linda, ¡pero qué es esa maravilla de noticia! Te lo mereces, ¡tú vas para arriba como un cohete!

Le dije que quería devolverle la tarjeta bancaria y organizar lo del apartamento.

—No te preocupes por eso, linda, eso es secundario. Sigue usándolos hasta que te vayas, ¿bueno? Oye, te dejo porque estoy en una cena. Besitos, mi linda, bravo. Te llamo mañana.

Luego llamé a Gloria Isabel a Cali. Le conté la noticia y pegó un grito.

—Ay, qué orgullo, qué dicha tan grande me das.

Prometí ir a visitarla antes del viaje. No veía la hora de irme, pues tampoco tenía nada particular que hacer durante las vacaciones.

Tres semanas después, más o menos, compré un pasaje para ir a Cali. Elegí unas bobadas para llevarle a Gloria Isabel de regalo, y mientras esperaba el embarque en el aeropuerto, dando un paseo y mirando los almacenes, me detuve en la librería. Pasé el ojo por los lomos de los libros, abrí algunos y leí un par de líneas, hasta que en la mesa de novedades vi un libro nuevo de Araceli.

Cantos equinocciales, Araceli Cielo.

Qué emoción sentí. En la contratapa alguien escribía que con este poemario, Araceli "daba un nuevo paso, contundente y certero, hacia la comprensión poética de la vida". ¿Cómo es que no me dijo nada? Imaginé que estaría por llamarme, ocupada con lo que supone la edición de un libro. Serían los poemas de su viaje a Europa y pensé, para mis adentros, ¡cómo eran de cursis! Si los publicó ojalá los haya trabajado.

Justo estaban llamando a embarcar cuando llegué a la puerta y subí de carrera al avión. Al dar con mi silla le quité el plástico al libro y leí el primer poema. Luego el segundo y el tercero. Miré las primeras frases de los demás, los ojeé…

Empecé a llorar.

No podía creerlo.

¡Eran mis poemas! ¡Mi cuaderno verde!

Les había hecho ligeros ajustes: cambió algunos nombres propios, quitó algún verso. Recordé el día en que se llevó mi cuaderno. Araceli sabía que era la única copia y ahora sería mi palabra, la de una chichipata desconocida, contra la de ella, poetisa célebre y de la alta sociedad.

Me sentí violada por segunda vez. Y brutalmente. Pero esta vez fui yo quien abrió la puerta y lo entregó todo. Ese era el cobro que se hacía por sus atenciones. ¿Qué podía hacer yo ahora? ¿Quién iba a creer que esos poemas eran míos?

Al llegar a Cali entré al baño del aeropuerto, me eché agua en la cara y me repuse. No quise que Gloria Isabel se diera cuenta de nada. Vanessa tuvo salida de la clínica, así que pasamos los tres días juntas. Fuimos a comer cholados al parque del Perro, vimos por televisión un partido del América de Cali que, aunque no lograba subir de segunda, era el equipo que todas amábamos; el domingo me invitaron al club Los Farallones y me atiborré de lulada y aborrajados; hice lo que hacen los turistas, pues era mi despedida. ¿Cuándo volveré a Cali?, pensé mirando la ciudad.

Tal vez nunca.

De vez en cuando pensaba en el libro de Araceli y sentía una patada en el estómago. Se me iba el aire. ¡Eran mis poemas! Las palabras con las que estaba logrando domar mi pasado, la vida miserable y triste que me tocó vivir. ¿Era eso lo que ella quería robarse? Me carcomía la rabia y la segunda noche las cosas empeoraron, pues encontré por internet varias reseñas, todas muy favorables; también entrevistas a Araceli en las que hablaba con propiedad y gran desparpajo de mis poemas, explicándolos con mirada lejana, evocando misterios y dolores que ella nunca tuvo.

Lloré y lloré, pero esta vez de rabia. También de impotencia, pues no podía hacer nada.

Volví a Bogotá y me concentré en los preparativos del viaje. Ya tenía los documentos y el pasaje. Debía sólo esperar que llegara la fecha. Cristo Rafael me dio el contacto de algunos amigos suyos y me recomendó ver ciertas cosas de Madrid.

El día antes del viaje me fui a comer sola a un restaurante. Era mi despedida. No intenté llamar a Araceli y ella tampoco llamó, aun sabiendo la fecha. Era comprensible. Al día siguiente, antes de cerrar el apartamento, dejé la tarjeta bancaria sobre la mesa. Le entregué la llave al portero y pedí un taxi.

En el aeropuerto di algunas vueltas, nerviosa. Facturé las maletas y me dirigí a la zona internacional. En ese punto había gente emocionada, haciéndose fotos. Familias despidiendo a sus hijos. Yo en cambio estaba sola, pero mi fuerza emergía de no tener nada. Pasé en medio de esa multitud en lágrimas y volví a sentirme fuerte, como si fuera el primer ser vivo que se levanta y camina después de una gran conflagración.

¡Váyanse todos a la mierda!, pensé.

Traficantes, violadores, asesinos, ladrones… Quédense con su puto dios falso y con su país de sangre y mierda.

Yo me largo para siempre.

En el avión pensé otra vez en Araceli y en un rapto de cólera agarré el celular, el mismo que ella me regaló. Busqué los mensajes de Rafaela y encontré la foto del Sisga. Tenía la fecha y la hora, más el texto que decía:

"Estoy con él en el Sisga, en una finca divina. Lo estoy haciendo morder el polvo por malparido. Estamos hablando mucho de nuestro embarazo. Ya te contaré".

Y después la foto, los dos desnudos en un sofá de mimbre, con el escrito:

"Esta la tomé a escondidas, contra un espejo, mientras nos comíamos delicioso, ¿sí ves que me ama de verdad? Ya me lo ha dicho en todos los tonos".

Puse reenviar y busqué el número de Araceli. Le escribí antes una lacónica despedida: "Gracias por tu ayuda. Dejé la tarjeta bancaria en el apartamento, sobre la mesa, y las llaves con el portero. Felicitaciones por tu nuevo libro, que acabo de leer. También leí las reseñas. Eres una gran artista. Adiós".

El mensaje partió con las fotos y los textos de Rafaela en adjunto. Ahí le mando mi último regalo.

Eso pensé.

Luego el avión carreteó por la pista y cuando se impulsó para despegar sentí un gran vértigo. Al cruzar las nubes y adentrarme en un cielo oscuro y turbio, lejos de ese país que tanto me había herido, comprendí que por fin era libre. Y fue así como llegué a Madrid, doctor. Y el resto, mi vida acá, usted ya la sabe.

Gracias por leerme.

19.

A pesar de que esto ocurría en la moderna y cosmopolita París, es la Europa de fines del siglo XIX, un mundo mojigato e intolerante. El extraño vínculo y cuasimatrimonio entre estos dos varones, que además tenían edades tan distantes, no era fácil de tragar para nadie, ni siquiera para los poetas.

E incluso medio siglo después.

Su principal biógrafa, mi admirada Enid Starkie, utiliza términos como "sodomita" para aludir a Verlaine, y al referirse a las noches de la rue Campagne-Première habla de "orgías". También dice de Verlaine que es "débil y vicioso", y al mencionar el escándalo en París habla sin poner comillas de actos "de la más monstruosa inmoralidad" (las comillas son mías). Claro, Starkie escribía en los años cuarenta del pasado siglo, no muy lejos de los hechos, y era una católica irlandesa.

La situación fue tan embarazosa para algunos críticos que, por admiración a Rimbaud y a Verlaine, optaron por negarlo. Como si aceptar su homosexualidad fuera en detrimento del genio. Pero afirmar que su relación no era sentimental y sexual es tapar el sol con un dedo, pues incluso entre sus contemporáneos esto fue *vox populi*. La misma Starkie cita una crónica en la cual se comenta el estreno de una obra teatral de Coppé en la que otro escritor, Lepelletier, amigo de Verlaine, escribió lo siguiente:

Entre los literatos presentes en el estreno de Coppée se encontraba el poeta Paul Verlaine, del brazo de una encantadora joven, mademoiselle Rimbaud.

Está además el divorcio de Mathilde y Paul, el cual se decidió de forma expedita con la acusación de "malos tratos" por parte del poeta a su mujer, aunque esto se verá en detalle más adelante. Mathilde tuvo en su poder al menos cuarenta cartas de Rimbaud a Verlaine en las que todo era tan evidente que prefirió destruirlas, para que nunca llegaran a manos de su hijo Georges. Hay, además, un curioso examen médico practicado a Verlaine en Bruselas, en 1873, tras su detención por intento de asesinato a Rimbaud. En el informe, los médicos aseguran que se "advertían en su persona signos recientes de sodomía activa y pasiva". ¿De qué puede tratarse? Un biógrafo de Verlaine, de apellido Porché, no estuvo de acuerdo con el informe médico y escribió lo siguiente:

Las constataciones que pudieron hacerse sobre las deformaciones de la virgula viri y del antrum amoris no tienen hoy ningún valor probatorio desde el punto de vista médico y legal.

Lo más fácil, en el fondo, es mirar los poemas. Verlaine escribió en *El buen discípulo* lo siguiente:

Tú, el celoso que me llamó con el dedo
Aquí me tienes, ¡entregado!
Hacia ti me arrastro, indigno
Sube a mis riñones, ¡y húndelo!

En cuanto a Rimbaud, en *Una temporada en el infierno* está el capítulo *El esposo infernal y la virgen loca*, el primero de los *Delirios*, que describe los sufrimientos de una relación, y esto, para Starkie, no dejaría lugar a dudas. De cualquier modo, ¿es importante una prueba concluyente sobre el tipo de relación que los unía? Basta con la poesía que dejaron y el leve temblor de esos otros poemas que sabemos que existieron pero de los que ya no se tiene noticia, como el caso de *La Chasse spirituelle*, que Rimbaud entregó a Verlaine y que probablemente Mathilde destruyó con toda su correspondencia.

Ay, Mathilde. La posteridad que hoy sigue leyendo a Rimbaud comprende tu rabia. ¿Cómo podías saber el increíble valor de eso que tiraste a la chimenea? ¿Qué podemos reprocharte si, en el fondo, la historia de la poesía y de toda la literatura está llena de pequeños incidentes, manuscritos devorados por el fuego, perdidos o robados, o aún peor: de poetas o novelistas jóvenes que fallecieron cuando habían vislumbrado algo genial que nunca más será visto? La literatura es también lo que existió y ya no está, tanto como lo que pudo existir y lo que aún no se ha escrito.

Verlaine, desde fines de 1871, estuvo locamente enamorado de Rimbaud, y ese amor fue mezcla de dos cosas: admiración, y mucha, por el joven de Charleville, pero también ganas de afirmar su propio talento y su arte. Arthur lo consideraba un gran poeta, pero al mismo tiempo le decía que era ridículo verlo sometido a tribulaciones de tan bajo calado, como el pensar en una esposa y un hijo, una vida burguesa como la de cualquier persona del común. La poesía era una suerte de oligarquía humana y el poeta un noble. Por eso la vida cotidiana es vana y el poeta que se entrega a ella es poco menos que un polichinela. Esto le decía Rimbaud a Verlaine.

Antes de la llegada de Rimbaud a París, Verlaine no sólo aspiraba al reconocimiento, sino sobre todo a la respetabilidad, que es la peor enemiga de cualquier artista. Rimbaud odiaba todo eso y Verlaine se dejó arrastrar. El talento era incompatible con las obligaciones de un buen padre de familia. Arthur, en su construcción de lo que debía ser un poeta, respiraba por la herida de su propio padre ausente, y fue Verlaine quien pagó los platos rotos, pues a pesar de la diferencia de edad era el joven el que tenía la sartén por el mango, el que imponía el modo en que ambos debían vivir.

¿Existe un modo de vida mejor o más acorde para un poeta? El siglo xx dará muchos ejemplos de esta idea, a veces a favor y otras en contra. ¿Es mejor la poesía de alguien que vive una "vida de poeta" en los términos de Rimbaud? Algunos fueron obedientes funcionarios o sumisos maridos. Kafka, que escribió la mejor literatura del siglo xx, fue un ciudadano sumiso. Cualquier vida puede llevar a la literatura y por los caminos más enredados y sorpresivos. "La literatura es el triste camino que nos lleva a todas partes", escribió Breton. Y no sólo eso: además recibe a todo el mundo, sin examen de ingreso ni cartas de recomendación. Sólo con lo que cada uno trae en su carpeta.

Pero volvamos a ese París de 1871.

Cuenta Mathilde que cuando su marido llegaba en la noche se sentía aterrorizada, y que con sólo oír los pasos en la escalera ya sabía si estaba borracho o no. Una vez Paul intentó quemarle el pelo y luego la abofeteó. Otra noche le pegó un puño y le rompió el labio, pero lo peor fue cuando le arrancó el niño de los brazos y lo lanzó contra la pared. "¡Voy a acabar con todo de una vez!", gritó, borracho, y el bebé se salvó gracias a las mantas que tenía puestas. Luego trató de estrangularla. El suegro, alertado por los gritos, entró a la habitación y puso fin a la pelea.

Pero al otro día Verlaine pidió clemencia, se arrodilló ante el hijo y suplicó a los suegros que lo perdonaran, argumentando que estaba fuera de sí por el alcohol. Mathilde lo disculpó una vez más y tuvo una cierta ilusión, pero puso como requisito que el poeta diablo se fuera de París y regresara a Charleville. Enloquecido por la culpa, Paul aceptó y fue a pedirle a Arthur que volviera a su pueblo. ¡Qué escena! Rimbaud colérico y Verlaine suplicante. ¿Qué promesas le habrá hecho para que el joven, incapaz de comprender nada que no coincidiera con sus deseos, regresara a Charleville? ¿Qué le habrá dicho para que aceptara lo inaceptable? Rimbaud volvió a Charleville. Pero Verlaine no cumplió con la promesa de romper con él, muy al contrario: su amor se volvió imperioso.

En esos días, Rimbaud le escribió decenas de cartas a una dirección provisional. Mensajes llenos de lirismo, ideas alocadas, nostalgia. Verlaine le pidió tiempo: prometió que en un par de semanas arreglaría los problemas con su familia y entonces sería libre. En una carta de mayo de 1872, Verlaine le asegura que pronto se reunirán para no volver a separarse nunca, y esto, para el joven implacable, incapaz de perdonar o dar su brazo a torcer, tenía el sabor de una victoria.

En este punto se teje una de las leyendas más increíbles y trágicas del joven Arthur, y casi podríamos decir que de la poesía francesa. Es la historia de un poema llamado *La Chasse spirituelle* (La caza espiritual). Según Verlaine, fue lo mejor que escribió Rimbaud, lo que equivale a decir que fue uno de los más grandes poemas de la literatura de Occidente y que, por desgracia, desapareció.

¿Cómo pudo pasar algo así?

Rimbaud había vuelto a Charleville, un regreso sin gloria y con sabor amargo, expulsado de esa arrogante ciudad, París, a la que se había propuesto conquistar. Era un adolescente de 17 años y por supuesto habría preferido volver con alguna medalla. Este desasosiego está en los poemas fúnebres y pesimistas que escribió en esos días, poblados de imágenes de fuga y desprecio, metáforas de la soledad y el destierro.

Mientras tanto, en París, Verlaine se revolcaba en el infierno. Todo le parecía insulso y sin sentido. La vida que prometió a su esposa Mathilde lo hería continuamente. Se sentía humillado y extrañaba a Arthur. Lo amaba. En una de las cartas le ruega: "Escríbeme y dime cuáles son mis deberes y qué vida crees tú que debemos llevar". Añoraba la libertad que le inspiraba Rimbaud. También el intenso placer de la autodestrucción que sólo el joven podía darle. Necesitaba verlo pronto. Consiguió otra dirección de correos a la que Rimbaud podía escribir sin peligro, y cuando ya no pudo más le envió dinero y le suplicó que regresara.

Volvió en mayo de 1872.

Rimbaud se instaló en una habitación en la rue Monsieur Le Prince, y luego en el hotel de Cluny, en la rue Victor-Cousin. Para ambos fue como salir de un sarcófago: reanudaron las borracheras, las discusiones poéticas y filosóficas, regresó el humor. Se afirma que en esos días frenéticos Rimbaud escribió buena parte de los poemas que Verlaine publicaría más adelante con el título de *Iluminaciones*. Fue un verano prodigioso para su poesía, y en ese estado de euforia habría escrito *La caza espiritual*, que Verlaine leyó en los primeros días de julio de 1872.

Rimbaud y Verlaine se fueron a Bélgica el 7 de julio y el poema se quedó en París, junto a otros documentos que Verlaine tenía en su casa familiar. Por eso el poema desapareció. Lo extraño es que Verlaine lo haya dejado si lo consideraba tan valioso. ¿Cuáles fueron las circunstancias de esa fuga hacia Bélgica? Fue algo improvisado y casi fortuito, como tantas cosas en la vida de estos dos pobres amantes. Fue Rimbaud quien le dio la idea al verlo salir de la casa de los suegros, esa mañana. Lo abordó en la calle y le dijo: "¡Vámonos de aquí, ahora!".

Verlaine había salido a comprar unas medicinas para su esposa, y se lo dijo, pero Rimbaud exclamó: "¡Que se vaya al infierno!". No le costó trabajo convencerlo, así que tomaron un tren hacia el norte, a Arrás, casi en la frontera con Bélgica. Verlaine iba con lo puesto, lo que era inusual en él. En algún momento debió pensar en las cartas y poemas que había dejado en la casa, y se lo habrá dicho a Arthur. "Déjalo todo allá, es mejor no sacar nada de ese lugar maldito. Nos vamos ahora y para siempre", le habría dicho el joven. Puede también que cuando Verlaine dijera, "¿y tus poemas?", el joven haya dicho: "Mis poemas están dentro de mí, vámonos".

Y así *La caza espiritual*, del que no había copia, se perdió para siempre.

Esto es una suposición, claro. Pero uno puede soñar con que algún día, en un cajón olvidado del mundo, aparezcan la correspondencia y los poemas, y entonces podamos leer *La caza espiritual*. La última referencia está en una carta de Verlaine, desde Londres, en la que pide ayuda para recuperar los documentos que dejó en casa de su suegro. Ahí señala que *La caza espiritual* estaba "en un sobre aparte".

La historia de lo que vino después, cuando Mathilde se enteró de la fuga de su esposo con Rimbaud, demuestra hasta qué punto estaba dispuesta a proteger su matrimonio.

Veamos los hechos.

Al ver que pasaba el tiempo y Paul no volvía de la farmacia, Mathilde empezó a inquietarse. Por supuesto que una voz en la mente le advirtió: ¡por ahí anda el diablillo! Pero primero pensó que podría haberle pasado algo grave, así que fue a hospitales, comisarías de policía y morgues. Pero nada. ¡Qué nervios debió sentir y qué miedo a que estuviera ocurriendo justo lo que mucho se temía!

A los pocos días recibió un mensaje de Paul en tono culpable. Le explicaba que estaba en Bruselas con Rimbaud, y le pedía no llorar. En un rezago de orgullo, Mathilde se dijo: "Debo liberar a mi marido del hechizo de ese Satanás de provincias". Luego se lo contó a su madre y las dos mujeres decidieron entrar en combate. Y planearon su estrategia. Se ignora cómo dieron con su paradero, lo cierto es que encontraron el hotel donde se alojaban los poetas en Bruselas, hicieron una reserva y para allá se fueron. Al llegar, Mathilde se anunció a su marido y lo citó en su habitación. Cuando Verlaine entró, la encontró tendida sobre la cama, desnuda y perfumada.

Es probable, casi seguro que Verlaine estuviera muy borracho, así que sin pensarlo dos veces se lanzó sobre ella. Fornicaron alegre y salvajemente. En un poema muy posterior, Verlaine describe los abrazos y risas, los muchos besos. Acabada la faena, en un rapto de remordimiento, Paul le confesó la verdad sobre su relación con Rimbaud (que ella ya imaginaba). Sin embargo, le juró que volvería con ella a París.

El pobre Paul Verlaine, ¡una frágil canoa entre dos huracanes! Sus dos amores lo doblegaban y hacían trizas su voluntad. El embrujo de uno se inhibía al estar bajo el influjo del otro. Mathilde, aún desnuda y húmeda, le murmuró al oído que tras regresar a París harían juntos un largo viaje, muy lejos de Francia. Le habló de Nueva Caledonia. Su padre les daría el dinero y la madre se ocuparía del bebé en su ausencia. Una segunda luna de miel. Verlaine, jugueteando con los rosados pezones, enredando los dedos en su abundante vello púbico, se dejó mecer por esas imágenes, soñó con la lejanía y los poemas que podría escribir en esos puertos, entre salvajes atardeceres frente al océano.

Tal vez allá estaba la cura a sus incertidumbres.

—Sí, claro que sí, *mon cherie*. Iremos juntos a Nueva Caledonia y seremos felices —le dijo.

¿Y la madre de Mathilde? Sabedora de la artimaña debía estar cerca, agazapada en algún café o en otra habitación, a la espera de alguna señal. Tal vez espiaba por alguna rendija y se decía: el silencio es prueba buena. Silencio alcahuete y cómplice. Ella sabrá persuadirlo. Es un hombre y responderá a lo que ella le trae.

Pero al salir hacia la estación de trenes, Verlaine comenzó a despertar del embrujo y les dijo que antes de partir quería despedirse de Rimbaud. Juró que se reuniría con ellas a tiempo para tomar el tren. ¡Alerta, alerta! Las mujeres lo oyeron consternadas, pero Verlaine logró convencerlas y se fue, nervioso y abotagado.

A la hora de la salida, con el tren ya resoplando en la vía, las mujeres esperaban ansiosas. Mathilde miraba entre la multitud desde el estribo del vagón. ¡Ahí está Paul!, ¡ha vuelto!, gritó. Había cumplido su promesa, sí, pero ya no era la misma persona. Lejos de eso. Estaba muy borracho y evitó los ojos de Mathilde. Al subir al tren se sentó en su lugar sin hacer caso de lo que ellas decían, murmurando cosas entre dientes. El tren partió y las mujeres dieron un respiro. La batalla, por ahora, estaba ganada.

Al llegar a la frontera francesa, los pasajeros debían pasar por un control aduanero que los obligó a bajar del vagón e ir a una oficina de la gendarmería. Una vez terminado esto Verlaine ya no quiso volver a subir. Se escabulló en medio del tumulto y cuando al fin las mujeres lo vieron, hierático, le pidieron a gritos que subiera, pero él no se movió. Luego el tren arrancó y él las vio irse impávido, sin hacer el menor gesto.

Esa imagen fue la última que Mathilde tuvo de su marido. Nunca más volvió a verlo. Como si eso fuera poco, dos días después Paul le mandó un mensaje insultándola: "Me reúno con Rimbaud, si es que él todavía quiere saber de mí después de la traición que me obligaste a cometer".

Y así ella regresó a París definitivamente sola. Carcomida por el dolor, el odio y los celos.

Pero volvamos a *La caza espiritual*, ese poema.

En el caso de que Rimbaud lo hubiera escrito en Charleville, tres personas pudieron haberlo leído, pues tenía la costumbre de pasarlos a limpio con la ayuda caligráfica de su amigo Delahaye. Pero es extraño que Delahaye no lo mencione, ya que fue su primer biógrafo. La otra podría haber sido la misma Mathilde, si es que se dio el trabajo de leer la correspondencia y husmear un poco en los papeles de su marido antes de destruirlos. Esto es muy posible; de hecho encontró varios documentos que la ayudaron en su demanda de divorcio.

No es difícil imaginar la escena: Mathilde llena de odio, sola y sabiendo que Paul estaba emborrachándose y fornicando con el joven diablillo, entra al estudio de Verlaine y, sin hacer ruido, avergonzada ante la idea de ser sorprendida por sus padres, comienza a abrir cajones, a registrar la cómoda, la biblioteca, el *secretaire*; a espiar en silencio, a abrir cuadernos con sigilo para no despertar al bebé en el cuarto vecino, porque el silencio de la noche hace más intensos los dolores y más acuciantes la rabia y los celos. La noche, qué mala consejera, y por eso, cuando al fin encuentra algo palpable, lee con avidez esas palabras que busca y que prefiere ver escritas para que dejen de resonar en su cabeza. Quiere detener ese ruido y ahí están, ¡ahí están! Las lee una y otra vez, atacada en llanto, procurando ocultar el ruido.

Encuentra las cartas del joven, sí, y se dice que al menos no están las de su marido, pero igual puede imaginarlas, bañada en lágrimas de dolor. ¿Qué hizo mal? Piensa en su hijo y teme que algún día podrá leerlas, e imagina el tormento si ella no hace algo. Debe destruirlas para que no existan en ese mismo mundo en que ella quiso ser feliz con él, y así, poco a poco, fue tirando las cartas y los papeles al fuego, y entonces es lícito pensar que *La caza espiritual* tuvo un efímero paso por el mundo: fue escrita, leída con admiración y odio por sus dos únicos lectores, y luego volvió a la nada.

La caza espiritual, por esto, es el gran poema que no está. La obra genial que tal vez algún día regresará. Así eran los asuntos de ese joven poeta vagabundo, de ese *clochard* de las letras que fue Rimbaud, y por eso cabe preguntarse, ¿cuántos otros poemas desaparecieron? Las *Iluminaciones* estuvieron a punto de correr idéntica suerte. Verlaine las menciona por primera vez en una carta de agosto de 1878. Hoy se puede considerar que ese conjunto de poemas —no sabemos si Rimbaud los concibió como un libro— sobrevivió al olvido gracias a él. Los biógrafos desconocen el motivo por el que estaban en poder no de Verlaine sino de su cuñado, un tal Charles de Sivry. ¿Por qué? Misterio. El caso es que Verlaine, en una carta, le dice a Charles que volvió a leerlos y que muy pronto le devolverá el manuscrito. Luego vuelve a pedírselo, pero sin éxito.

Las cartas de Verlaine intentando recuperar las *Iluminaciones* se suceden hasta el 1 de septiembre de 1884, y por fin, después de una serie de rocambolescos y muy misteriosos cambios de propietario, las *Iluminaciones* se publican en 1886, en una revista de poesía llamada *La Vogue*, dirigida por Gustave Kahn.

Los poemas salieron entre el quinto y el noveno número de ese año. Al final de la novena entrega se anunció que continuarían, pero en la siguiente ya no se publicó nada. Meses después aparecieron otros cinco, y al final del mismo año el propio Verlaine publicó la primera edición de las *Iluminaciones* en forma de libro, con un prólogo suyo en el que dice, entre otras cosas:

"Arthur Rimbaud pertenece a una familia de la buena burguesía de Charleville (Ardenas), lugar donde hizo estudios excelentes pero un tanto indómitos. A los dieciséis años, ya había escrito los versos más hermosos del mundo, de los cuales no hace mucho di yo un extracto en un libelo titulado *Los poetas malditos*. Debe tener ahora treinta y siete años y viajar por Asia, donde se ocupa de trabajos de arte. ¡Diríase el Fausto del Segundo Fausto, ingeniero genial después de haber sido el inmenso poeta vivo de Mefistófeles y dueño de la blonda Margarita!

Se ha dicho varias veces que había muerto. De ello no sabemos detalle, pero si fuera cierto nos apenaría mucho.

¡Que lo sepa, en caso de que no le haya pasado nada! Yo fui su amigo y desde lejos sigo siéndolo"[1].

Las disquisiciones sobre la cronología de los poemarios son sabrosísimas. Biógrafos y críticos se trenzan en debates candorosos, se apoyan o desautorizan basándose en increíbles detalles. Se podría hacer una novela con estos personajes que, más que críticos, parecen albaceas espontáneos de Rimbaud, ya que algunos lo conocieron. Uno de ellos es Paterne Berrinchon, quien publicó en 1912 unas *Obras completas* que fueron la base de las ediciones posteriores en el siglo XX. Su autoridad proviene de ser cuñado de Arthur, casado con Isabelle, la menor de las Rimbaud y consentida del hermano. Ese volumen se editó con un prólogo de Paul Claudel, quien dice haber recuperado su fe religiosa al leer las *Iluminaciones*.

Para Starkie y Delahaye, las *Iluminaciones* fueron escritas entre 1872 y 1873, aunque Starkie se extiende y asegura que fue en un tiempo mayor, tal vez hasta 1874, pues los versos reflejan estados de ánimo muy diferentes. La "teoría Starkie" es que en 1874 Rimbaud decidió hacer copia en limpio de las *Iluminaciones* para publicarlas, y se las entregó a Verlaine a finales de febrero de 1875, cuando se encontraron en Stuttgart. El propio Verlaine dice que fueron escritas de 1873 a 1875, cuando el joven viajaba por Europa. Esta teoría tiene el apoyo de Bouillon de Lacoste, otro crítico y exégeta rimbaudiano. Los grafólogos que tuvieron acceso a los manuscritos opinan que los escribió en 1874, en Londres. Pero para Lacoste, el poema *Aube*

---

1. De *Iluminaciones*, A. Rimbaud. Visor de Poesía, Madrid, 1972. Traducción de Cintio Vitier, pp. 35-36.

(Alba) de las *Iluminaciones* sólo puede ser de 1875, ya que incluye una palabra en alemán, *wasserfall*, que según él Rimbaud sólo pudo aprender en su viaje a Stuttgart de 1875. Starkie contrataca diciendo que si Rimbaud hubiera aprendido esa palabra en Alemania la habría escrito correctamente, es decir, con mayúscula, como se debe escribir en alemán. Lacoste se refiere también al verso "Estás aún cerca de la tentación de Antonio", que según él sólo pudo escribir después de leer la novela de Flaubert *Las tentaciones de San Antonio*, publicada en 1874. Starkie contradice diciendo que Flaubert no fue el único en tratar el tema de san Antonio y que, además, ya circulaban fragmentos de la novela desde 1857.

Otros dos sabuesos rimbaudianos, De Graaf y Adam, en un artículo publicado en la *Revue des Sciencies Humaines* de octubre de 1950, afirman que las *Iluminaciones* se escribieron de 1878 a 1879. Uno de sus argumentos es que la expresión "les pays poivrés" (los países de pimienta), del poema "Democracia", sólo puede hacer referencia a Java, que Rimbaud conoció en esos años.

20.

Después del operativo *Teoría de los cuerpos lacerados* viajé a España. Acá la ultraderecha era más cercana a lo mío porque no estaba obsesionada con el tema racial, como la de Alemania. Sí existía la idea de una nación española de sangre pura e incontaminada desde don Fadrique, pero en la práctica era sólo un concepto, pues los españoles están muy mezclados y no es fácil dictaminar la pureza de sangre sin dejar a tres cuartas partes de la población por fuera, ¿me seguís? Por más que hablés de sangre pura tenés que adaptarte. Los reyes Isabel y Fernando ya tuvieron esa idea de la pureza, y desde esa época la cosa no era nada fácil. Expulsaron a moros y judíos, lo que estuvo muy bien, pero los moros vivían ahí hacía setecientos años, o sea que ya eran españoles con descendencia, y los judíos… ¡Esos llegaron a España antes de la crucifixión de Cristo! ¿Te imaginás hasta qué punto estaban mezclados?

Hace poco se conocieron los diarios de un tipo muy interesante del Tercer Reich, Alfred Rosenberg, autor de *El mito del siglo XX*, el segundo gran libro de la doctrina nazi. Cuando habla de España, Rosenberg dice que Franco "prefería mirar para otro lado al tocar el tema del antisemitismo por respeto a sus judíos marroquíes, o porque aún no comprende que el judaísmo se está vengando de Isabel y Fernando".

¿Ves lo que te decía?

De cara a la socialdemocracia o a la izquierda, el gobierno de Franco era racista, pero de cara a los nazis no era para nada antisemita, y esto es comprensible, ¿cómo hacés para sacarte un tercio de tu propia sangre? Es lo que le pasaba a España y por eso decidí venir acá, donde mis ideas podían comprenderse mejor.

Y bueno, estuve conociendo los grupos más interesantes y, en verdad, encontré algo muy distinto. ¡El tema de la Segunda Guerra no está tan presente! Franco, que era más jodido que la muerte, mandó cincuenta mil voluntarios falangistas a luchar con Hitler en Rusia, pero lo que ganó fue quitarse de encima a ese grupo de radicales que le estaban serruchando el piso. ¿Vos sabés que acá en España a los fascistas les dicen "falangistas"? Curioso ese nombre, *falange*, ¿no? Son las partes articuladas de los dedos. En fin. Andá a leerte cualquiera de las novelas de eso que se llama "memoria histórica" y lo comprendés, aunque ya las tenés que conocer.

Recién llegado a España elegí a Primo de Rivera, el fundador de la Falange Española, como punto de partida. De su discurso de fundación subrayé dos frases:

"Que desaparezcan los partidos políticos. Nadie ha nacido nunca miembro de un partido político; en cambio nacemos todos miembros de una familia; somos todos vecinos de un municipio; nos afanamos todos en el ejercicio de un trabajo...".

Y la segunda:

"Si nuestros objetivos han de lograrse en algún caso por la violencia, no nos detengamos ante la violencia. [...] Bien está la dialéctica como primer instrumento de comunicación, pero no hay más dialéctica admisible que la dialéctica de los puños y de las pistolas cuando se ofende a la justicia y a la Patria".

Esto, cuando lo leí por primera vez, me hizo saltar de la emoción. Entendí que había llegado a algo tangible, basado en la realidad y no en teorías románticas sobre la tradición, que era lo que me hinchaba un poco las pelotas de la gente de Berlín. Estos sí tenían los pies en la tierra, pensé, así que me dediqué a seguirlos y a entender lo que hacían. Lo de ellos era una pelea eminentemente política contra el comunismo y sus variadas metamorfosis, porque los comunistas se oponían a la patria, que era lo más sagrado, y por eso había que combatirlos. La otra cosa de los falangistas que me pareció buena fue su abrazo a la religión; vos sabés que no soy creyente, pero las grandes ideas políticas deben estar unidas a grandes propuestas espirituales, sean las que sean, y si no, no funcionan. Mirá hoy. Sin dimensión espiritual, la política se convirtió en un satélite de la economía y la estadística.

En España, la unidad entre patria y espiritualidad a través de la religión había sido muy natural. ¡Por Dios y por España!, se decía. El Generalísimo y el obispo de Burgos y la Iglesia andaluza y la de Galicia andaban de la mano, en procesión, con los generales y la Falange y con la Guardia Civil. Franco guardaba en su mesa de noche una astilla del fémur de san Juan de la Cruz y se hacía llamar el Caudillo, una apelación al mismo tiempo religiosa y heroica.

Cuando llegué a Madrid esos grupos estaban muy diezmados y ya no tenían ningún prestigio. Después de tres décadas de democracia no era tiempo de proyectos heroicos ni de grandes hazañas. La gente tenía la cabeza en otras cosas. La bonanza cambió a los españoles, y no es que yo los haya conocido antes, no, pero he leído y sé que el español tenía un espíritu campesino o de hombre de provincia, que era más comedido y austero, más cuidadoso. Pero con la entrada a Europa, la gente dijo, joder, ¡ya somos europeos!, y les entró la fiebre del consumo. Quisieron ser no sólo ricos, sino parecer ricos, y no sólo modernos, sino rabiosamente modernos, y entonces esto se llenó de boutiques de moda y de glamour y la gente empezó a ir a restaurantes no sólo para comer sino para que los vieran en tal o cual lugar, y fijate, esto vos lo debés recordar, fue cuando se olvidaron de América Latina. Le dieron la espalda porque se sentían ricos y europeos, ¿para qué iban a mirar al sur, a países con problemas políticos y económicos? España, nuestra hermana europea, nos cambió por el plato de lentejas de Europa que le dio la guita para sentirse bella y reluciente, y para creer que ahora sí estaba llegando el porvenir que tanto había esperado. Y nos dijeron más o menos esto:

"Chau, primos pobres, *arrivederci, au revoir,* nos vemos en el futuro, cuando dejéis de ser unos pringaos y podáis sentaros en nuestra mesa de mármol y manteles de seda. ¡Este es el exclusivo banquete de la modernidad y la civilización! Seguiremos vuestras vidas a distancia prudente y si necesitáis algo hacedlo saber y os lo enviaremos, acá hay de todo así que no os cortéis en pedir, ¿eh?".

Eso parecían decir los españoles nuevos ricos de los huevos a una comunidad latinoamericana que se guisaba en su propia salsa picante. Y cuando iban a nuestros países, ¿te acordás cómo llegaban al aeropuerto? Como John Wayne mirando desde el caballo con sus binoculares. Al abrir la canilla para lavarse los dientes, se lo pensaban dos veces, ¿tendrán agua potable estos hijos de puta? En los restaurantes sentían desconfianza: ¿habrán lavado la ensalada con agua mineral? Y luego se lanzaban de lleno a las mujeres, vos lo sabés, pues daban por hecho que cualquier latinoamericana estaba dispuesta a besarles el peludo trasero de quijotes a cambio de una promesa de papeles. Lo triste es que a muchos les funcionó.

Con las cosas así, ¿te parece a vos que alguien iba a escuchar un mensaje de dignidad nacional o de unidad? ¡Claro que no! Yo observaba de lejos, porque al fin y al cabo lo que pasaba en España era secundario. Lo mío es América Latina.

Mi rechazo a la democracia siguió creciendo, cada vez con mejores argumentos y con una comprensión más profunda de cuáles son los procesos que esconde: la burla a la gente, el cinismo, la ambición de apoderarse del erario. En una Arcadia futura, en una sociedad de seres plenamente educados y razonables, la democracia será el mejor sistema de convivencia. Pero no en un mundo como el nuestro. Aquí la democracia es un proceso de deterioro donde la debilidad conduce a la anarquía.

Mirá el caso extremo: África. ¿Vos te creés realmente que allá, por el hecho de que haya elecciones, se puede hablar de democracia? En países como Kenia o Ruanda o Burundi la gente vota por el candidato de su tribu y por eso siempre ganan los que tienen más población. ¿Cuál es el único modo para corregir esta injusticia? Y… Ya se ha visto: la solución es reducir la población electoral de los rivales con machete, como pasó en Ruanda. ¿Te creés que son tontos los negros?

Vamos a América Latina: allá lo de las tribus no opera, pero sí el interés económico. Los partidos políticos dejaron de existir y son meros grupos de poder; ya nadie cree en ideas de cómo debe ser la sociedad. O mejor dicho, los que todavía creen en algo están diseminados en partidos ínfimos, o son la parte débil de partidos grandes y ya formados. Mirá tu país. Allá la gente que vota es como la tercera parte del censo, ¿no? Y muchos venden los votos a cincuenta mil pesos. Eso quiere decir que con veinte millones de dólares te hacés elegir alcalde, donde vas a manejar presupuestos enormes, y por eso al llegar al poder hay que darse maña para recuperar la inversión, pues si no, ¿qué negocio sería?

La política que yo defiendo la hace una minoría ilustrada y con visión de porvenir que decide tomarse el trabajo de guiar a los demás, a la gran masa: a los que tienen las luces averiadas o bajas y a los que, por cosas de la vida, no tienen suficiente educación para entender qué carajo es una comunidad y eso de la *res publicae*. El líder es un gran padre que guía con afecto y puede ser implacable con la traición o la pereza o el latrocinio. Un padre enérgico que lleva a sus hijos por el espinoso camino de la vida, ¡eso es lo que le hace falta al mundo! Y esa persona, dejate de joder, no sale nunca de un proceso democrático.

A mí me conmueve cuando un pueblo se levanta y sigue a un líder y cree en él, en medio de la tempestad. Es un vidente que interroga el porvenir, como el ciego en la historia que mi padre le contó a mamá el día que la conoció, en el desaparecido hotel Contemporáneo: alguien que va indicando un camino y marcando el paso, así ese paso conduzca a la muerte, no importa, hay que seguir aun a sabiendas de que en el fondo es inútil porque sólo nos espera la muerte, pero ese es el destino de todo lo que está vivo y por eso debemos mantener el paso y creer, como si no fuéramos a morir, y es ahí, ¿me seguís?, justo ahí donde la política se transforma en un arte mayor.

Hay un tipo de violencia que yo llamo *visionaria* y que sólo se debe ejercer cuando se tienen ideales. En nuestra República futura el que engañe al débil y se aproveche de la ignorancia de otros para sus fines, sean políticos o económicos, ¡tendrá pena de muerte!

El que sea sorprendido utilizando para su propio bien lo que el Estado puso bajo su custodia, ¡será condenado a muerte!

El que use el poder que el Estado le confirió, en razón de sus capacidades, para obtener favores personales de cualquier tipo, ¡será condenado a muerte!

Servir al Estado será la suprema dignidad a la que puede aspirar alguien, y por eso quien lo haga debe ser un adorador del bien, un altruista del presente y del futuro. Un místico. Alguien que pueda honrar, además, la visión cercana de los símbolos, de la palabra profética y del porvenir.

Esa será la gran exigencia de nuestros futuros funcionarios, mezcla de *illuminati* y legionarios, dispuestos a morir por el supremo ideal que es la grandeza de la República, aun si se hace desde el más sencillo oficio.

Perdoname, ya te empecé a hablar como si estuviera en un mitin, disculpá, pero acá voy a decir algo que puede que sí te guste a vos, cónsul, y que yo repito en mis discursos:

En nuestra República las obras de Shakespeare serán obligatorias. Ahí está lo más profundo y noble: el honor, la dignidad y los valores antiguos de la condición humana en lucha contra la ambición, la traición, la mentira y la envidia. Y la más grave: la ignorancia, que es la madre de todas las maldades.

Hace años que entré en relación con comunidades de América Latina y Estados Unidos. He hecho viajes y hay una red sólida que crece, más en unos países que en otros. Es normal. En el tuyo va bien y somos fuertes. Estamos a la espera de que se resuelvan cosas. Hay líderes jóvenes que aún no son conocidos y que, creeme, surgirán en su momento. Gente con mística.

Pero bueno, te corto el rollo y sigo con mi vida.

Cuando mi viejo salió elegido papa yo andaba en el hospital psiquiátrico. Había tenido una crisis brutal. Iba camino de casa, por la calle Fuencarral, cuando de repente supe con toda certeza que en la esquina siguiente y en todas las demás que debía cruzar había enemigos esperándome con cuchillos de sierra, y uno con un bisturí médico. Pensaban amputarme los brazos y extraer el hígado y un riñón, así que me detuve en seco y me escondí en el portal de un negocio.

La enfermedad es así, viejo, vos sencillamente no podés hacer nada. Si mis neuronas anduvieran mejor podría evitarlo, pero no es el caso. Mis maestros decidieron usar el delirio para comunicarse, ¿y qué puedo hacer contra eso? Nada.

Me mandaron al psiquiátrico justo cuando a mi viejo lo iban a nombrar papa. Me sujetaron con correas, me dieron drogas hipnóticas, porque el problema de los enemigos se trasladó a los corredores del hospital: ahí los vi, los olí y vigilé sus sombras. Estaban tras las columnas, detrás de las cortinas. Esperaban que me durmiera para hacerme amputaciones.

Siempre fui un enfermo dócil. Mis brotes psicóticos no suponían lo que en términos clínicos se llama "pérdida cognitiva". A pesar de los ataques de pánico y las alucinaciones conservé un pensamiento ordenado, y claro, ¿cómo no iba a tenerlo? Mi esquizofrenia tenía destinación específica: un confesionario del otro lado de la conciencia. ¿Y qué fue lo que me dijeron esta vez mis maestros? Si yo fuera como las pastorcitas portuguesas pasaría a la historia contando esas conversaciones, pero no es así. Además de palabras veo destellos, chispazos de sentido.

Como si el porvenir se abriera ante mis ojos. De pronto se abrió una ventana y pude contemplar lo que habría de venir. Supe entonces que los cardenales del Vaticano iban a elegir a mi viejo, y que debía prepararme para regresar a mi región y luchar por ella.

Las palabras de mis maestros decían: "Debes proteger tu tierra, incluso con más violencia". Y algo más: "Sigue a tu padre pero no de la mano, pues él no podrá dártela".

Y una última: "Tú sabrás cuándo hacerlo, cuándo llega la hora de volver".

Y bueno, ya te lo conté casi todo, cónsul. ¿Tenés alguna duda?

21.

Al salir de las terapias de la mañana, con Pedro Ndongo empujando mi silla de ruedas, encontré en el cuarto al sacerdote Ferdinand Palacios. Estaba recostado en la cama y sostenía su Biblia. Apenas me vio frunció el ceño y dijo:

—Qué paliza le pegaron, oiga. ¿Y el otro cómo quedó? ¿O se chocó contra una tractomula?

Le expliqué lo que había pasado.

—Ah, es que esa sí es una regla sagrada. Nunca hay que meterse en peleas de parejas, porque al final acaban los dos dándole la muenda a uno. Bueno, que Dios le ayude con eso. Bendito sea que el otro no murió porque ahí sí la cosa se le habría ido a mayores. Voy a orar por que se le resuelva, ¿oyó, mijo?

Pedro me ayudó a pasarme a la cama y aseguró las esposas. Sentí el cansancio de la terapia y cerré los ojos. El sacerdote corrió la cortina y se dedicó a su Biblia.

—Descanse, hombre, que usted está muy aporreado —dijo.

—¿Y a usted no le duele nada, padre? Con esos vendajes.

—No se preocupe, a mí me duelen otras cosas. Ya hablaremos de eso cuando se reponga. Descanse que ya va a haber tiempo.

En los siguientes tres días habló sin parar, como si hubiera esperado años para hacerlo. Un oscuro (a veces tenebroso) torrente de palabras asomó por su boca. Fue así como me enteré de su increíble historia. Tal vez buscaba una confesión o dejar huella en alguien. Seguí el consejo de Pedro Ndongo y traté de memorizar lo que decía.

Él también quiso saber quién era yo, así que, de un modo desordenado, le conté algunos apartes de mi vida. ¿Contar una vida? La tentación más grande es evadirla o inventar una diferente. O hablar de ese *otro* perdido que aún sobrevive en uno.

Le dije que había escrito algunas novelas y un par de libros de viajes. Vivido en varios países y hecho una serie de labores, a saber: mecánico marginal en París, becario del Instituto de Cooperación Iberoamericana en Madrid, corresponsal y periodista radial en Francia, cónsul y agregado cultural en la India, primer secretario en la delegación de Colombia ante la Unesco.

Viajé por Europa, África, Asia y América, pero sueño con Oceanía y Micronesia. Quisiera, por encima de todo, pasar una temporada en las islas Tonga.

Sigo siendo escritor, le dije, a pesar de que el mundo literario, tal como lo conocí en mis inicios, se está yendo a pique. Ya casi nadie compra libros y la crisis acabó por imponer un cruel darwinismo. Sobrevivieron los más fuertes, los más *versátiles*. Algunos tomaron un rápido cursillo de *versatilidad*, pero sin grandes resultados. ¿Qué hacer cuando la atmósfera en la que crecimos, cuyo aire gestó nuestro metabolismo intelectual, desaparece de forma abrupta? Había que jugarse la vida, creer en algo e intentar sobrevivir. Como en esos filmes de guerra, cuando en la superficie destruida de una ciudad, después de un violento bombardeo, algo se mueve entre los escombros y vemos emerger a una fila de seres harapientos. Sucios, malheridos, pero con el corazón limpio e incontaminado. Hay en su interior algo que los protege mientras caminan, tal vez hacia lo alto de una colina o incluso hacia la muerte, pero con el paso seguro y libre de quien todo lo ha perdido. Soñé con ser uno de ellos. No el que llega incólume desde lo alto, sino el que se levanta del polvo y camina, contra toda esperanza.

Mi antídoto, le dije, fue evocar a ese joven de diecinueve años que soñaba con escribir libros y que aún vive dentro de mí. Pero tal vez ya sea tarde. Cuando muera el último lector, agregué, lo más probable es que esté escribiendo en algún desvencijado hotel, sin saber que ya nada tiene sentido. Puede que yo sea mi propio último lector, le dije. Hay una cierta dignidad en seguir haciendo cosas que a ninguno interesan y nadie celebra.

¿Algo más que contar?

Pasé una infancia feliz gracias a los libros de la escritora inglesa Enid Blyton. Puedo decir que leí toda la colección de *Los cinco* y del club de *Los siete secretos*. También Julio Verne y Salgari. A los once leí *El ruiseñor y la rosa*, de Wilde, y la *Carta al padre*, de Kafka, que disfruté a pesar de que mi padre era bueno. Me adentraba en terrenos más complejos hasta que un día, sólo por emular a mi hermano mayor, leí *Cien años de soledad*. Ahí empezó la vida adulta.

A partir de los veinte dejé la casa familiar y anduve por el mundo leyendo a Rimbaud. Sus libros siempre en la mesa de noche de albergues, pensiones y hostales, antes de continuar el viaje. Lo sigo leyendo hoy, pues mientras más intento escribir sobre la gente que se va y regresa, sobre ese flujo de migrantes que veo circular por el atareado y ruidoso mundo, más siento la presencia del poeta de la fuga, el que convirtió el *irse* en una de las bellas artes. El poeta que todo lo abandonó y que fue aplazando su regreso mientras se iba cada vez más lejos, al principio hacia Oriente, como Lord Jim, y luego hacia África.

Rimbaud y el arte de la fuga.

Esto fue, grosso modo, lo que le conté a Ferdinand Palacios, con la leve sospecha de que era yo mismo quien quería escuchar mi propia versión de esa vida que había dejado allá afuera y ahora sentía lejana. Es incluso probable que cuando Palacios me contó la suya con abundancia de detalles, allá en Aguacatal, un pueblo del Urabá antioqueño, haya hecho lo mismo: hablarse para seguir creyendo en algo, aferrarse a sus propias palabras como a una zarza ardiente. Al fin y al cabo, todos estamos sedientos de algo que nos proteja, así sea lejano e invisible. Lo único que uno puede hacer es contar historias y creer que algún día será salvado por ellas.

Pasaron dos, tres días. Las horas insatisfactorias de la quietud, esa monstruosa masa cruel que es el tiempo cuando no se tiene absolutamente nada que hacer. Sin embargo, logré establecer una cierta rutina.

Pedro Ndongo, mi amable enfermero y guardia, me mantuvo informado de lo que pasaba allá afuera, en la embajada de Irlanda, que ya cumplía su primera semana en medio de una dura negociación, motivo por el cual ya se oían voces cansadas que pedían el asalto con comandos de élite, al precio que fuera, para dejar sentado un precedente. Los familiares de los rehenes reunidos en Madrid pedían calma. Temían por sus seres queridos.

Una tarde Pedro me dijo que debíamos ir a un control especial. Dejé mi cuaderno sobre la mesa y, con esfuerzo, me incorporé para pasar a la silla de ruedas.

Al salir al corredor, me dijo:

—No hay ningún control, amigo, pero quiero darle dos noticias. Ambas buenas: la primera es que Francisco Reading abrió por fin el ojo. Está recuperándose muy bien.

Intenté abrazar a Pedro, pero sentí una punzada en las costillas.

—¿Y la segunda? —dije.

—La segunda es algo increíble: la esposa de Reading retiró la denuncia contra usted y le puso otra al marido, ¡una demanda de divorcio! Es por la chica colombiana. Él mismo se lo confesó.

Me sentí libre. Como si el mundo volviera a girar después de un horrible tartamudeo.

—¿O sea que ya me puedo ir?

—No, todavía no —dijo Pedro—, falta la sanción dictada por el juez por "riña callejera".

—¿Y mientras tanto tengo que seguir esposado a la cama?

—No, eso se acabó. Hoy mismo lo trasladan a otra sala del hospital. Y hay otra cosa, casi me olvido.

—Parece que hoy es mi día de suerte, ¿qué es?

—Tiene una visita.

El corazón dio un golpe en mi pecho.

—¿Juana Manrique?

—No, es la chica colombiana que lo golpeó. Está esperando en la sala de visitas, ¿quiere que lo lleve?

La reconocí a la distancia. Tenía unos jeans descoloridos, sandalias y una blusa blanca. Al verme, se llevó la mano a la cara. Mi aspecto todavía impresionaba. Vino hasta mí, casi se arrodilló.

—Ay, Dios, ¡qué es esto!

Cuando se repuso, estiró la mano y se presentó.

—Me llamo Manuela Beltrán —dijo—, qué tristeza tener que conocerlo así.

Pidió disculpas por el golpe. Dijo que se había asustado y no supo qué hacer.

—No te preocupes, fue una mala noche para todos. ¿Me dicen que tu amigo está mejor?

—¿Amigo? Qué va —dijo Manuela.

—Supe que es profesor tuyo.

—¿En serio?, ¿y cómo pudo saber eso?

—Estamos enfermos e inmóviles, sólo podemos hablar.

—Paco sufrió una contusión por el golpe que vos le diste. Lo operaron para controlar la hemorragia craneal y posibles lesiones. Según entendí, el coma fue inducido. Después de la operación decidieron despertarlo.

Se quedó un momento en silencio, volvió a apretarse la barbilla con una mano y dijo:

—Vine a pedirle disculpas.

No pude evitar una sonrisa.

—Tu golpe no fue lo peor. Ya me estoy recuperando. Me alegra que tu amigo esté bien, así habrá menos problemas.

—Él empezó la pelea, vos te metiste a defenderme.

—Sí, pero yo le di el golpe que casi lo mata.

—Accidentalmente.

—Entonces, ¿por qué me pegaste?

Manuela hizo un gesto infantil: sus ojos expresaron angustia y al mismo tiempo sonrió.

—Yo ni lo pensé. No sabía quién eras vos. Cuando vi a Paco en el suelo, sangrando y con la cabeza rota, me enloquecí.

—La esposa de tu amigo retiró la denuncia.

—Lo de las disculpas es en serio —dijo Manuela.

—Lo importante es acabar con esto.

—Quiero también agradecerle —agregó, tímida—, al fin y al cabo usted lo hizo por mí. Si hubiera estado en otra mesa no le habría pasado nada.

—No creo que llegue a ver a tu amigo —le dije—, pero dile de mi parte que siento mucho lo que pasó.

Los ojos de Manuela se llenaron de lágrimas.

—Fue culpa de Paco y por eso ya no quiero verlo. Me pegó en la cara, delante de todo el mundo. Me equivoqué con él.

—¿Estás enamorada?

Manuela se secó los ojos con la manga de la blusa.

—No sé, no he podido saberlo —dijo—, supongo que algo parecido.

—Se te pasará.

—Ahora que su esposa lo dejó, me pide que lo intentemos. Pero alguien que levanta la mano así muere para siempre.

—¿Es la primera vez que te pega?

—No, pero nunca tan fuerte. Es celoso y la cabeza le estalla cuando está tenso. Hace dos meses fuimos a Sevilla a un encuentro universitario. Estaba nervioso porque iba a encontrarse con un especialista en literatura medieval. Allá nadie podía saber que estábamos juntos. Es mi profesor y a muchas reuniones no pude acompañarlo, así que empecé a salir por ahí, a dar vueltas por la ciudad. Una tarde unos estudiantes me invitaron a unas cervezas y fui un rato, mientras él terminaba. Cuando volví al hotel estaba esperando, furioso. Me gritó lo mismo: que yo era una puta, que con quién estaba, que olía a hombre. Me pegó, aunque sin cerrar la mano. Yo salí corriendo y bajé a la recepción, y él, cuando vio que se iba a armar un escándalo, se calmó. Empezó a llorar, se arrodilló y me pidió disculpas. Es una persona frágil.

—¿Estudias Literatura?

—Sí, en la Complutense. En realidad, Literatura y Lingüística; la carrera se llama Filología Hispánica.

Sentí una pequeña conmoción.

—¿En serio? Fue exactamente lo que yo estudié, también en la Complutense. Hace treinta años.

—Yo ya sabía de usted —me dijo—. Lo he leído. Es un poco raro que se lo diga ahora, en esta situación. Cuando pienso que le rompí una silla en la cabeza me dan ganas de tirarme por una ventana. ¡Qué iba a saber quién era usted!

—Menos mal que no todos los lectores lo hacen.

Al fin se rio.

En ese momento llegó Pedro Ndongo golpeando la muñeca con el dedo. Era hora de volver al cuarto. Teníamos un par de terapias. Me despedí de Manuela y le agradecí la visita.

—Quisiera verlo otra vez, ¿puedo?

Hice un sí con la cabeza y ella sacó una tarjeta escrita en bolígrafo.

—Ahí están mis datos, por si sale antes de que yo vuelva.

—Estaré todavía unos días acá. Luego iré al Hotel de las Letras, en la Gran Vía.

—Ojalá se mejore rápido. Y disculpe otra vez.

Nos alejamos por el corredor hasta uno de los ascensores y Pedro me dijo:

—Es sincera, amigo. No sé qué le haya dicho, pero debe creerle. Sé reconocer la sinceridad en las personas. ¿Fue ella la que le pegó con el butaco?

—Sí —le dije.

—Pues menos mal que tiene brazos suaves y delgados. Si no usted estaría muerto.

—Es colombiana —le dije.

—¿En serio? Le juro que tengo que ir a conocer su país. ¿Tratan bien allá a los negros?

—Si tienen plata y pasaporte europeo, muy bien. Si no, muy mal. Y si son colombianos, peor, a no ser que tengan plata.

Llegamos a la planta quinta, que era la mía, y noté que Pedro tomaba el corredor por el camino más largo. Lo agradecí. No había ninguna terapia por hacer.

—¿Qué tal con su compañero de cuarto?

—Ha querido contarme su vida, una historia muy compleja. Cosas muy delicadas que no sé por qué me contó. ¿Qué sabes de su situación?

Al llegar a mi puerta pasó de largo. Daríamos otra vuelta por los corredores para poder charlar.

—Está pendiente un intercambio de dosieres legales, pero por ahora se queda. Sólo espero que haya seguido mi consejo.

—¿Cuál…?

—Memorizar —dijo Pedro.

Fue exactamente lo que hice.

Llegamos por fin al cuarto y el sacerdote no estaba. Recogí mis cosas y Pedro me llevó a otra zona del hospital, en el tercer piso del ala derecha. La nueva habitación daba a una arboleda con un *parking* en medio.

—Volveré a saludarlo antes de que se vaya —dijo Pedro.

Apreté su mano.

—Gracias por su consejo. Memorizar. ¿Ahora ya puedo tener un lápiz?

—Tenga mi bolígrafo, pediré otro en la secretaría. Ahora descanse.

Al quedarme solo saqué mi cuaderno y comencé a escribir lo que tenía almacenado en la memoria. Quería poner la extraña historia de Ferdinand Palacios sobre papel, así que empecé de inmediato. No sé si él hubiera aceptado ese texto. Prefiero creer que sí.

22.

Diario de un cura de provincias

Estoy detenido por paramilitarismo en la zona del occidente antioqueño, pero nadie me puede demostrar nada, y aunque pudieran yo le digo esto: a mí sólo Dios puede juzgarme. Soy un sacerdote y en última instancia sólo ante Él me debo explicar, porque fue Él quien me encomendó esa tarea.

Busqué refugio cuando vi que en Colombia todos acabaron aliados con los comunistas. ¡A la gente de bien le tocó irse! Y no es que yo admire a España, qué va. ¿Cómo voy a admirar un país donde los maricas se pueden casar y adoptar hijos? Y eso que el gobierno es dizque conservador. Qué va a ser conservador.

Me agarraron con ese cuentico, ¿ah? ¡Cómo le parece!

No siento ninguna culpa porque les serví a la patria y al Señor y lo que tuve que hacer fue por mandato de ambos: algo jodido y a veces cruel, no lo niego, pero que se debe entender en un contexto más grande: el de la lucha entre el Bien y el Mal.

Esa batalla fue dura, llena de crueldad y cosas injustas. No fui yo el que se la inventó. Y como pasa en todas las guerras, el que no estuvo no la entiende y anda juzgando a los que sí tuvieron las pelotas para darla.

¿Usted es de los que creen que los soldados del Diablo andan de uniforme negro, con cuernos y un escudo en el pecho que dice Batallón de Lucifer? No me crea tan pendejo. Los auxiliadores de los comunistas andan de campesinos, porque la mayoría son indios o gente del campo, pero también obreros y empleados, cocineros y mecánicos, voluntarios de oenegés europeas y periodistas, incluso miembros del Congreso y por supuesto estudiantes. ¡Hasta presidentes!

Eso fue lo que pasó en Colombia, ni más ni menos.

Para donde uno mire no hay más que basura. La mayoría de nuestras universidades son lupanares hediondos; más que a respetar a Dios y a la patria, lo que aprenden los jóvenes ahí es a drogarse y a ofender al Señor y a volverse comunistas. Eso ya es motivo suficiente para salir de este mundo a las malas. ¿No fue lo que hizo Él con sus propios hijos, Adán y Eva, su más bella creación, al ver que le habían desobedecido? Los sacó a patadas.

Para mí la patria era Aguacatal, un pueblito de unos pocos miles de almas, a medio camino entre Frontino y la serranía de Dabeiba, ¿conoce? A todo el mundo le suena pero nadie ha estado, por eso no entienden las cosas que pasan allá y las que uno tuvo que hacer para salvarlo. En ese peñasco estaba mi mundo. A cada uno le toca un pedazo de este misterioso paraíso, ¿no cree? Soy cura y tengo educación, pero en el fondo sigo siendo un campesino paisa.

Nací en Santa Fe de Antioquia y cuando sentí el llamado ingresé al Seminario Conciliar de Medellín. Fui un novicio estudioso, entregado a los misterios, la fe y la obediencia. Crecí viendo cómo a nuestro país se lo iban tragando la subversión, los corruptos, los terroristas. Después de Dios, Colombia y sobre todo Antioquia es lo que yo más amo.

¿Usted cree que el Señor creó esas montañas tan bellas, esos cielos, esas plantas tropicales y esos pájaros de plumas coloreadas, que hizo el colibrí y las mariposas, los mares y los picos nevados, los ríos y los árboles, para luego dárselo a los comunistas y dejar que lo volvieran letrina, casa de lenocinio, discoteca para marihuaneros y maricas? No, mi estimado. Es que los judíos ya mataron a Jesús una vez pero le cogieron gusto: lo quieren seguir matando a cada rato.

Llegué a Aguacatal a finales de los noventa, después de haber estado en la diócesis de Manrique y Santa Clara, en Medellín. Yo mismo pedí traslado a una zona de conflicto. Lo hice cuando el arzobispo metropolitano vino a decirme: "Ferdinand, ya acabó tu formación acá, ahora tenés que salir a defender la Iglesia, en nombre de la arquidiócesis". Y fue lo que hice. Pelear por Dios y por salvar este país de los comunistas.

Le decía que Aguacatal es un pueblo en la montaña, por el Urabá antioqueño. A mí me robó el corazón, se lo digo así. Y si viera nuestra iglesia. De color azul y blanco, imponente, frente a la plaza. El día que me instalé no cabía de la dicha.

¡Pero usted no se imagina lo que es llegar a dar misa un domingo y ver la basílica vacía! Ni una viuda, ni un viejito pensionado, ni un indio pendejo. ¡Nadie! La nave central con las luces encendidas, los ramos en los floreros, el diácono y los monaguillos con sus trajes, todos sin saber qué hacer.

Pero yo me emberrriondé y dije, acá se celebra misa porque es domingo, carajo, y subí al púlpito y empecé la oración. En el nombre del Padre, del Hijo y del Espíritu Santo. Los monaguillos y el diácono respondieron: Amén. Vi las bancas solitarias y saqué fuerzas para seguir con la lectura del sermón, mirando la cruz y el fresco de la pared con una escena de la Resurrección.

En un momento vi asomar la cabeza de un niño. Miró asombrado y volvió a salir. Luego supe que corrió por las calles gritando: ¡el cura está dando misa con la iglesia vacía!

La guerrilla había secuestrado a mi predecesor y en una escaramuza con el ejército este quedó herido. Ahora estaba en un hospital de Medellín, tratando de recuperar la movilidad en una pierna y un brazo. Gracias al Señor no lo mataron, que es lo que empezaron a hacer después cuando les caía la tropa: matar a los rehenes antes de entrar en combate.

Después de eso llegué yo. El cura herido y la gente aterrorizada. Ese fue el panorama al que me llevó el Señor en Aguacatal, ¡cómo le parece la trincherita! Pero yo soy frentero y le meto el pecho a lo que sea.

Lo primero que hice, después de esa misa vacía, fue irme al comando a hablar con el teniente, un joven de veintiocho años llamado Wilson Urrelo, que servía desde hacía apenas siete meses. A su antecesor también lo habían secuestrado, con peor suerte: un día apareció flotando en el río Gualí, con el estómago rajado. Por eso el teniente Urrelo se tomaba la cosa con calma. Yo entendí el peligro, pero me emberriondé con él: ¿cómo así que defender a la gente y proteger la iglesia era meterse en líos? Me fui al comando y al llegar vi que estaba en plena reconstrucción. Las paredes frontales tenían huecos de bala. Parecía un colador. Por atrás le habían lanzado tatucos y bombonas de gas con tuercas. Sólo quedó en pie la pared del frente y los laterales, ¿se imagina eso?

Padre, qué gusto saludarlo, dijo Urrelo, no he tenido tiempo de ir a la casa cural porque, como ve, estamos inundados de trabajo.

Ya veo, teniente, le dije, pero para ese trabajo no necesitan uniforme ni fusiles. Ustedes son policías y no obreros, con todo respeto, ¿cómo es eso de que nadie viene a misa por miedo a la guerrilla?

Urrelo me miró molesto.

Vea, padre, dijo, usted acaba de llegar y no sabe cómo es la cosa. La verdad es que la guerrilla nos tiene rodeados y si pasa algo la Cuarta Brigada no alcanza ni a llegar antes de que nos maten a todos. Estamos esperando refuerzos de la comandancia. Si me pongo a torearlos lo único que saco es que me maten a los once agentes que tengo, y los necesito para reconstruir el cuartel. Por ahora no se puede hacer nada más.

¡Qué coraje sentí al oír a Urrelo! Esto es obra de enemigos. Pero ya verán.

Las siguientes semanas las pasé yendo a visitar a comerciantes, empresarios y ganaderos. Me di cuenta de que la guerrilla los tenía jodidos: los extorsionaba, les secuestraba parientes, les sacaba ganado. Había oído hablar de los grupos de defensa en otras regiones de Antioquia y Córdoba. La gente de bien se unía en la batalla.

Yo mismo les hablé a unos ganaderos que ya sabían de estos grupos y estaban deseosos de empezar a dar no sólo plata, sino hombres, pertrechos y armas. Lo que les pidieran. Lo único que faltaba era un contacto y organizarse. Y ese era yo. En otros municipios de Antioquia hacía años que la autodefensa estaba limpiando la montaña, así que había llegado la hora.

Poco después logré contactar a un sacerdote de Yarumal, donde habían estado muy bien organizados desde hacía algunos años, y el buen párroco, cuyo nombre no recuerdo, me dio una cita en Medellín, en la cafetería de la arquidiócesis. Ahí le conté lo que pasaba en Aguacatal, y él me dijo, mirá, voy a informar en Yarumal del interés que tienen, a ver si podemos mandarles a alguien, al menos para que empiecen a organizarse. Una cosa solidaria, ¿cómo es que se llama el teniente del comando? Escribió el nombre en una libretica y dijo, muy bien, seguro que nos va a colaborar. Es con la ley que esto funciona, ¿no es cierto?

Al mes vino alguien de Yarumal e hicimos la reunión en la casa cural para no levantar sospechas, porque la guerrilla tenía una cantidad de soplones cerca del comando. Para qué negarlo: medio pueblo estaba con ellos.

Les di cita a algunos hacendados de la región, sobre todo a don Alirio Vélez y al doctor Paredes White, que eran los hacendados más fuertes. De Yarumal vino un señor Piedrahíta que nos explicó cómo era lo que hacían allá y pidió que llamáramos al teniente Urrelo. Ya habían hablado con él y estaba de acuerdo, porque el jefe del comando de Yarumal lo conocía. A los pocos minutos llegó con su uniforme bien planchado, y dijo, disculpe, padre, que entre con el arma, pero no puedo dejarla en ninguna parte. No se preocupe, teniente, al revés, le dije, si armas es lo que necesitamos, ponerlas a sonar para proteger este pueblito, ¿no?

Los comerciantes pusieron plata para que vinieran algunos hombres con Piedrahíta. Don Alirio y el doctor Paredes White dijeron que en sus haciendas se podían construir sendos campos de entrenamiento. Las reuniones se harían en la casa cural y en la hacienda Gaviotas, de don Alirio. Algunos de los trabajadores formaron el primer grupo y Urrelo ofreció la instrucción.

Lo siguiente, según dijo el de Yarumal, era empezar con la lista de personas que estaban en el boleteo, el vicio, que fueran comunistas, sindicalistas y auxiliadores de la guerrilla. Nos pusimos en eso. Alguna gente había empezado a venir a la iglesia, sobre todo a la confesión. Recuerdo a un joven trabajador de una fábrica de panela. Lo interrogué sin que se diera cuenta y le dije, ¿te sientes mal con algo que hayas hecho o visto, y que sea malo?, y él dijo, no, padre, no he visto cosas malas pero sí a gente que vive diferente, y yo le dije, ¿ah, sí?, ¿y cómo viven?, y él, en las montañas, padre, tienen un modo distinto de entender la vida, a veces cometen faltas pero es por un ideal, quieren ayudar y tal vez equivocan el camino, y yo le pregunté, ¿y tú por qué los conoces?, y él, porque a veces bajan hasta mi rancho, piden agua, preguntan cosas del pueblo, se están un rato y se van, no me roban las gallinas ni me piden plata, eso sí, dicen que luchan por mí, para que mi familia pueda vivir mejor, padre, no son mala gente, y entonces, cuando el joven salió, saqué el cuaderno y puse, Vladimir Suárez, y así, uno por uno, llegué a una lista de doce auxiliadores.

La llevé a la primera reunión y don Alirio apareció con otra de sindicalistas que estaban agitando en las haciendas y otra de vagos y marihuaneros. Con eso los muchachos empezaron a trabajar.

Por cosas de la vida el primero fue el joven que vino a confesarse conmigo. Los muchachos de don Alirio lo sacaron de su casa por la noche, con una bolsa negra en la cabeza, y en la carretera del Alto le dieron tres pepazos. Lo dejaron frente a la fábrica con un aviso colgado al cuello: "Auxiliador de la guerrilla, enemigo del país".

Recuerdo el nerviosismo al otro día, esperando la reacción de la guerrilla, pero no pasó nada, así que pasamos a otro, un sindicalista. Ese caso fue más complicado porque la esposa empezó a gritar y uno de los muchachos se puso nervioso y le pegó un balazo delante de los niños, una vaina horrible.

Al tipo se lo llevaron a la finca de don Alirio y lo interrogaron. Al principio se hizo el duro y lo tuvieron que ablandar a punta de tenaza hasta que dijo algo, pero poca cosa. Igual le dieron sus tres pepazos y fue a dar a una zanja a la entrada del pueblo.

La gente se empezó a dar por enterada, y también la guerrilla. Cada noche los muchachos se bajaban a dos o tres escorias, la mayoría marihuaneros y viciosos. Yo seguí interrogando y pasando el dato al comando. Urrelo transmitía a los muchachos y pum pum. Adiós dolores. Así era nuestra guerra. Y de pronto la iglesia volvió a llenarse, la feligresía se sintió segura y volvió.

Hasta que pasó algo feo y fue que la guerrilla secuestró a uno de los hijos del doctor Paredes White, Tomás, un muchacho de veintiún años. En el secuestro hubo fuerte chumbimba y quedaron en tierra tres guardaespaldas. Según un testigo, al joven se lo llevaron herido. Esa noche nos reunimos en la hacienda Gaviotas. Era la respuesta de la guerrilla y quería decir que estaban bien dateados. Empezaba la guerra y había que prepararse.

Entre los refuerzos enviados por la gente de Yarumal llegó un tipo de Cali, Freddy Otálora, que hasta a mí me daba miedo. De esos que llevan la muerte metida entre las uñas. Nos dijeron que tenía que esconderse por un problema con la ley y que era berraco en el combate. Había estado en las tropas jungla del ejército y sabía de antiinsurgencia. También era bueno armando emboscadas y sobre todo interrogando sospechosos.

El doctor Paredes White estaba destrozado. Juró que si al hijo le pasaba algo mataría con sus manos a cada guerrillero del país.

Comprendo lo que siente, le dije, su hijo es un soldado y yo voy a rezar por él.

Aquí vamos a tener que meter a Dios, padre, dijo él, porque yo soy capaz de quemar esas putas montañas si es necesario.

Al fin se estableció un plan. El teniente Urrelo propuso trabajar sobre estafetas menores, agarrarlos e interrogarlos hasta que dieran coordenadas de campamentos y localización de rutas. Una cosa así no pudo haberse planeado sin ayuda de la gente del pueblo. Había que estar muy atentos, y me dijo, padre, usted es el que más puede ayudar, a usted la gente le habla sin tapujos y nadie lo relaciona con nosotros.

En esos pueblos de Antioquia el campesino es muy católico, incluso si es auxiliador o amigo de los comunistas. Por eso el púlpito se volvió frente de guerra. Yo seguí interrogando hasta que una tarde llegó lo que esperábamos: una buena mujer, costurera en un almacén de creaciones, confesó que su hijo, que trabajaba en la cafetería de la bomba de gasolina de la carretera a Mutatá, odiaba a la familia Paredes White porque había sido peón en su finca y lo habían echado por una pendejada, porque un día se durmió y llegó tarde y otro día llegó con tragos. Ella sabía que el odio iba a llevarlo a hacer una tontería, y entonces la señora dijo, padre, tengo miedo de que mi muchacho haya participado en lo del secuestro del joven Tomás, y me voy a reventar si no se lo cuento a alguien, ¡es que ya ni duermo! Al menos se lo digo a usted, para que me dé alivio, y yo le dije, hiciste bien, todo sirve para comprender la naturaleza del alma humana, Dios está de tu lado. La bendije y, al terminar, salí corriendo a la casa cural a llamar a Urrelo.

Ya le tengo al primero, le dije, hay uno seguro, el hijo de doña tal y tal, pero no lo agarren hoy para no levantar sospechas.

Esperaron dos días y fueron por él. Lo llevaron a Gaviotas y se lo entregaron al caleño, al Freddy ese, y con apenas un par de sopapos el tipo confesó lo básico: había dado la información de los movimientos y la seguridad del joven Paredes White; Freddy agarró un machete, le estiró un dedo sobre la mesa y le dijo: tenés veinte segundos para decir a quién le diste esa información o te corto este dedo y paso al otro. El muchacho soltó los nombres. Resultaron ser un empleado de un aserradero y el dueño de una tienda en la carretera.

Ahí la cosa se puso buena. Al joven se le respetó la vida por esa noche y quedó encerrado en un sótano del que no podría salir ni una culebra. Sólo tenía espacio para cambiar de posición.

El doctor Paredes White prefirió no estar presente porque dijo, yo lo mato, y si lo mato no le podemos sacar nada. Wilson organizó para ir por los tipos esa misma noche. Y así se hizo, pero sólo lograron agarrar al de la tienda y hubo un problema porque estaba armado y se defendió. Ahí tuvimos una baja muy sentida, un joven bueno y trabajador, Farhid. No hubo mucho que hacer. El terrorista tenía una subametralladora y lo rafagueó nada más entrar. Fue en el motel Espergesia, en la carretera del Oriente, el tipo estaba bebiendo ron y ofendiendo al Señor con una dama a la que también hubo que llevarse, y que resultó ser del oficio. Yo intercedí para que no le dieran piso porque tenía dos bebés, así que la mantuvimos guardada un tiempo, mientras se resolvía el asunto. El bandido se llamaba Demóstenes y llegó malherido, con tres tiros en el estómago. Se le hicieron curaciones para que pudiera hablar, pero colaboró muy poco. Dijo que se lo habían llevado a Dabeiba, que no sabía adónde exactamente, y por más que Freddy le hizo doler en las heridas no dijo nada más. Luego lo llevaron a una zanja y ahí mismo le metieron tres plomazos. De una vez quedó enterrado.

Al otro día hubo nerviosismo. La noticia de la desaparición de Demóstenes corrió por el pueblo y se empezó a hablar de una toma de las FARC. "Los muchachos se están emberracando", decía la gente, así que Wilson decidió parar las acciones y darle a la inteligencia. La esposa de Demóstenes fue al comando a poner la denuncia del secuestro del marido, y el agente que se la recibió, la redactó y se la hizo firmar fue el mismo que la noche anterior le metió los tres pepazos en la nuca. Así era esa maldita guerra.

Otro día, Wilson llamó a decirme: padre, tenga cuidado, la madre del primer joven nos dijo que la única persona a la que le había hablado de su hijo, antes de que desapareciera, había sido usted, por eso debe cuidarse, ¿qué tal que le ande diciendo lo mismo a la guerrilla? Don Aurelio puso a dos hombres en la casa cural y me dio un revólver, pero yo no tenía miedo. ¡Qué miedo iba a tener! Le parecerá raro un cura con pistola. Los arcángeles eran milicianos, ¿no los ha visto en los cuadros, con espadas, arcabuces y lanzas? Hay que adaptarse a la época. Si Jesús viviera hoy estaría de nuestro lado. Tendría un camuflado y saldría por las veredas en las noches a reventar comunistas.

Con el secuestro de Tomasito Paredes, otros hacendados pequeños que hasta el momento no habían querido colaborar se decidieron. Vieron que la cosa iba en serio y que se trazaba una raya en el piso.

A los tres meses los guerrilleros le mandaron una comunicación al doctor en la que proponían cambiar a Tomás por un grupo de personas desaparecidas, y adjuntaban una lista de siete nombres. Lo analizamos con el doctor, don Alirio y Wilson, y encontramos un problema: ¡todos estaban chupando gladiolo!

A pesar de eso decidimos responder que sí, y pedimos prueba de supervivencia de Tomás. Esperamos la llamada con aparatos de interceptación, pero los hijueputas se las sabían todas y no se dejaron rastrear.

Con la ayuda de los demás finqueros se avanzó bastante. Ahora teníamos doscientos muchachos bien armados y con mística. Con ganas de servirles al país y a la justicia de Dios. Este grupo se puso a hacer rastreos, inteligencia. Salieron por la zona de la serranía y poco a poco fueron posicionándose.

Un día el doctor Paredes White le dijo al teniente Urrelo, vea, Wilson, no me vaya a hacer ninguna operación de rescate sin mi consentimiento, que esos tipos son peligrosos. Antes de cualquier ataque quiero ver cuáles son las condiciones, no vaya a ser que me lo bajen.

Y Wilson le respondió, no se preocupe, doctor, usted es el que manda, en eso estamos claros. Lo que estamos haciendo es darles seguridad a algunas zonas y avanzando en otras, a ver si logramos saber dónde lo tienen. Pero usted es el que da la orden.

Pasó el tiempo hasta que un día llamó Wilson y me dijo, padre, pasó algo muy feo... ¡Mataron a Tomás Paredes! ¿Puedo ir a la casa cural?

Claro, le dije, ¡qué fue esa tragedia! Vuélese para acá y me cuenta.

Había sido casi un accidente. Un grupo de los nuestros iba en caminata de reconocimiento y se les apareció una escuadra de la guerrilla. Los nuestros eran más y estaban frescos, así que los rociaron a bala, y cuando acabó encontraron nueve cuerpos. Al revisar para mandarlos a la brigada se encontraron con que uno era Tomasito Paredes, ¿ah? ¡Los hijueputas le habían puesto un camuflado! No sabemos si los balazos que tiene adentro son de ellos o nuestros, podría ser cualquier cosa, ¿cómo le parece el mierdero? Ya están volviendo con los cuerpos y van para Gaviotas. Van a llegar en la madrugada. No sé cómo anunciarle esto al doctor, padre.

Ay, Dios bendito, le dije a Wilson, ¡qué tragedia!

Me metí a la iglesia y me arrodillé. Señor, dame un consejo, una luz, ¿cómo decir lo que no se puede decir? A veces tus caminos son socavones profundos, y hasta yo por allá me pierdo.

Estuve arrodillado hasta las seis de la tarde, lloré y me contraje. Luego llamé a Wilson y le dije, mire, recójame por la puerta de atrás y nos vamos para donde el doctor, caigámosle sin avisar, es lo mejor, porque si yo lo llamo se va a hacer ideas y luego es peor. También le di instrucciones de cómo debían hacer los muchachos antes de traer el cuerpo de Tomás.

Me fui a la casa cural y saqué de la alacena una botella de aguardiente. Yo no es que tome pero soy paisa, le tengo el gusto, y ahí mismo me mandé tres copitas, incluso una cuarta. Cuando llegó Wilson, le dije, vámonos volados.

Cruzamos Aguacatal. Lo bueno es que el jeep del comando tiene vidrios polarizados y no se ve quién va adentro. Yo iba rogándole a Dios: pon las palabras justas en mi boca.

Las luces del jeep se fueron tragando el camino asfaltado de la carretera y luego uno de tierra. Cuando llegamos a la portada la guardia reconoció a Urrelo y nos dejó pasar levantando dos dedos. Más adelante aparecieron las luces de la casa, sobre una loma. Reconocí de lejos al doctor, esperando en el corredor. Fumaba un tabaquito, pero cuando bajamos lo tiró al suelo y lo destripó con la suela de la bota.

Buenas noches, padre. Teniente, buenas noches. Dios santo, ¿qué los trae por acá?

Vámonos a su oficina, doctor, le dije, y tráigase unas copitas de aguardiente.

Miró desconcertado y dijo, sí, padre, ya mismo.

Al fin Dios, con la intermediación del santo Escrivá, me ordenó las frases en la cabeza y le dije, doctor, vengo a anunciarle algo muy triste, aquí el teniente me lo refirió hace un rato.

¿Se supo algo de Tomasito?, preguntó el doctor.

Nuestros hombres se encontraron con una escuadra de la guerrilla, dije, y tuvieron que enfrentarlos. Después de un combate largo los bandidos se replegaron y en la trocha encontramos varios cuerpos. Y apareció don Tomasito asesinado…

El doctor se tragó el aguardiente de un golpe y apretó los dientes. Los ojos se le brotaron. Le di un abrazo y estuvimos así unos segundos que me parecieron eternos.

Su hijo luchó como un héroe, doctor, le dije, ¿no es así, Wilson?

Se portó como un varón y un patriota, confirmó el teniente.

El doctor Paredes me abrazó y dijo, padre, voy a avisarle a la mamá y a las mujeres para que recemos, ¿sí?

Subió al segundo piso y un instante después oímos los gritos de la mamá y las hermanas. Luego bajaron vestidos de negro y rezamos en la capilla. Como a las nueve llamamos a los muchachos y dijeron que estaban llegando. Nos dimos cita en la hacienda Gaviotas.

Después de revisarlos, se entregaron los cuerpos de los guerrilleros a la brigada. Tomás Paredes fue enterrado con honores en el cementerio de Aguacatal. La versión oficial fue que había sido asesinado por los terroristas.

A partir de ese día la guerra se recrudeció. El doctor Paredes White contrató instructores de contraguerrilla en El Salvador y los trajo a su hacienda. Los campesinos nos colaboraban con información, pero a veces eran muros de silencio que al doctor Paredes White lo enervaban. Una vez en El Tame, un corregimiento perdido por allá arriba en la montaña, le dio la crisis. Mandó escoger quince muchachos del pueblo, los arrodilló en un puente y les dijo: voy a contar hasta tres para que empiecen a decir nombres, y si no se los tendrán que decir al Señor.

Y empezó: uno, dos…

Todo el mundo pensó que iba a parar, que no seguiría, pero cuando dijo tres hizo el primer disparo. Eso les dio la señal a los muchachos. Los quince campesinos cayeron al suelo en medio de un plomerío y un estruendo infernal.

El doctor dejó a un administrador a cargo de su hacienda y se dedicó por completo a la guerra. La cosa se le había vuelto personal y eso fue muy importante para lo que se logró después.

En Aguacatal la vida mejoró. La gente entraba y salía tranquila de la iglesia. Ese fue el premio por mi sacrificio. La gente me quería. Me saludaban por la calle.

Una noche los muchachos fueron a levantar a un marihuanero que vendía droga. Eran seis pelados. Vendían basuco, pepas y cocaína en una zona de Aguacatal que era la verdadera podredumbre: había moteles y tres discotecas con señoritas, y claro, por allá pululaban estas escorias, en moto, llevando su veneno. Le daban dizque protección a esos metederos, así que una noche, con dos jeeps, los agarramos a los seis y nos los llevamos para Gaviotas. De esto se encargó Freddy, el caleño.

Allá les dijimos, tienen tres opciones: o nos dicen quién les da la droga y dónde la canjean, y luego se largan de Aguacatal para siempre, o trabajan con nosotros. Y para eso toca que dejen el vicio y se entrenen. La tercera es un balazo por el culo a cada uno.

Como era de esperar, se pasaron a la autodefensa. Yo no estuve de acuerdo porque esa gente era escoria, y escoria seguiría siendo. Pero así se hizo. Freddy fue el que los formó, y fíjese, como seis meses después don Alirio me llegó con el cuento de que había tenido que fusilarlos. ¿Y qué fue lo que hicieron?

Se metieron a una casa de familia dizque diciendo que eran de la guerrilla, y lo que hicieron fue buscar plata, dijo don Alirio. Estaban drogados. Violaron a dos campesinas y a una sirvienta india.

Les hicieron juicio y los condenaron a muerte. Después de que abrieran una zanja los hicieron arrodillarse dentro y Freddy les dio el pum-pum, listos, más carnecita fresca para la gusanera.

Así pasaron un par de años.

El grupo creció. Ya éramos como trescientos y teníamos un campamento en Alamedas, subiendo hacia Dabeiba. Allá los muchachos se entrenaban, tenían centros de estudio. Los instructores salvadoreños, con el caleño Freddy, daban clase de contraguerrilla. Exigí que se les diera un servicio religioso permanente y yo subía una vez al mes a celebrar misa.

La situación seguía tensa y se empezó a murmurar que habría toma del pueblo, el asalto final. La Caja Agraria cerró, lo mismo que las escuelas y Telecom. Todos estaban a la espera.

El domingo siguiente mantuve abierta la iglesia y de nuevo poca gente vino. Recuerdo a un muchacho moreno que nunca había visto. Entró y miró, como tomando nota, y comencé a inquietarme. Después vi a otro, sentado en las bancas centrales. Se arrodillaba y rezaba. Y uno más detrás de la fuente de agua bendita, que se persignaba sin venir a cuento. Me puse nervioso, no supe qué pensar, así que al acabar salí rápido hacia la sacristía.

En esas vi a don Alirio y le dije, qué bueno que venga a saludar al Señor, y él dijo, sí, padre, en esta época tan complicada hay que mantener el alma al día.

Nos reímos, le di un abrazo. Lo acompañé hasta la puerta. Cuando puso un pie afuera oí el primer tiro, y unos gritos: ¡paraco hijueputa!, ¡asesino! Empezó una balacera fuerte con los guardaespaldas, que estaban esperándolo afuera. Sentí los balazos contra el portón, pero contuve el impulso de tirarme al suelo. En la casa del Señor estaba protegido.

De pronto hubo un silencio muy denso. Y un grito: ¡Mataron a don Alirio!

Salí y lo vi en las escaleras, con una pistola colgando de la mano. La sangre bien fresquita bajaba por los escalones y se metía por las hendiduras y huecos de la piedra.

Ahí empezó la guerra en serio. Esa misma noche, Wilson nos pidió reunión con la viuda y el hijo mayor de don

Alirio, que se llamaba Jerónimo Vélez. Éramos quince entre hacendados, dueños de comercios, el teniente y yo. Estaba también Freddy, el tenebroso caleño, que había subido de rango.

Jerónimo dijo, señores, este es el día más triste, pero no me voy a quedar sentado llorando. Les anuncio que tomo en mano la hacienda y la colaboración con la autodefensa, ¿estamos claros?

Todos dijimos que sí.

Se decidió sacar a los muchachos en varios grupos y para eso llamamos a los jefes de escuadra: Palomino, Nuche, Toribio, Familia, Bombombún y Recocha. El coordinador iba a ser Freddy junto con el propio Jerónimo. La orden fue ir peinando cada zona y no parar hasta dar con los asesinos o sus cómplices. Yo di una descripción de los tres de la iglesia. Se habían volado en una camioneta Daihatsu roja y uno de los tipos cojeaba y echaba sangre.

Jerónimo Vélez les dijo a los muchachos: vean, al que me traiga la cabeza de esos manes le doy un premio, mejor dicho, ofrezco diez millones ya.

Jerónimo y Freddy se fueron con uno de los grupos y el doctor Paredes White con otro. Al doctor se le había envenenado el alma y tenía fama de que le gustaba volar cabezas disparando en la base del cráneo.

Yo muchas veces, en la confesión, le dije, doctor, usted debe buscar sosiego, ¿por qué no hace un viaje? Deje las cosas en nuestras manos por un tiempo. La prensa anda un poco mosca y con las antenas puestas.

Pero el doctor dijo, no se preocupe por mí, padre, en esta pelea estamos hombro a hombro, ¿cómo me voy a ir ahora? No se le olvide que ya vienen las elecciones municipales y hay que apoyar a nuestros candidatos, organizar a la gente en los pueblos, pedir los apoyos. Yo mismo me tengo que encargar de esa campaña que ya está comenzando. No me pida ahora que me vaya.

Dos días después los muchachos de Bombombún encontraron el Daihatsu con manchas de sangre cerca de Doradal, y para allá nos fuimos. Yo sentí miedo, pero algo me dijo que debía acompañarlos. Jerónimo pidió hacerse cargo de la vaina.

Y para qué le voy a decir, amigo, la cosa fue bastante jodida y cruel.

Al llegar, Jerónimo y Freddy reunieron al pueblo en la plaza, un empedrado pequeño con una jardinera y una cancha de básquet.

Jerónimo le habló a la gente con un altavoz: sabemos que los terroristas vinieron a esta zona, y al menos uno está herido, o sea que no deben andar lejos… A lo mejor están escondidos en alguna casa. Eso es lo que vine a preguntarles. Ya saben que esconder o no denunciar es un delito y en esta guerra eso se paga con la vida, así que voy a hacerles esa pregunta, ¿dónde están?

Freddy mandó sacar una fila de varones al frente. A los niños los llevaron al borde de la plaza.

Nadie dijo nada y hubo un silencio espeso. Al fin una mujer mayor, india, dijo, por acá no se han visto, doctor, no nos mate.

A Jerónimo le temblaron las mandíbulas de la rabia. Se acercó a la fila de varones y le disparó al primero en la nuca. La cabeza reventó y hubo gritos. Una mujer vino corriendo al lado y le dio un manotazo a Jerónimo, pero él dio un paso atrás y le disparó al cuerpo, luego a la cara. La mujer quedó tendida al lado del marido. Hubo un silencio horrendo. Se oyó un niño que lloraba desde el andén. Tendría cinco años y se tapaba los ojos.

Volvió a la fila y agarró del pelo a otro campesino. Lo arrastró al suelo y le puso el cañón en la coronilla.

Cuento hasta tres para que alguien diga algo: uno, dos… tres…

Brotó un chorro de sangre. El campesino hizo un par de convulsiones en el suelo, como una culebra, y quedó quieto.

Pasó al siguiente y lo agarró del pelo. Un joven campesino que temblaba de miedo. Su pantalón se humedeció.

Muy bien, dijo Jerónimo. Vuelvo a empezar a contar: uno, dos…

Espere, dijo alguien, una mujer.

¿Sí?, dijo Jerónimo.

Yo vi a unas personas subir hacia la serranía por el camino viejo. Llevaban una mula cargando a un herido. No tenían uniforme y no pensé que fueran bandidos.

Freddy la llamó al frente. Era una mujer de unos cincuenta años. Le preguntó dónde vivía y ella respondió que a la salida del pueblo y que los había visto el día anterior. Jerónimo quiso saber quién era su marido y ella señaló a un hombre de 65 años, arrodillado en la fila. Le dijo, venga, párese, ¿usted cómo se llama?, y el viejo dijo, Ananías Mejía, doctor. ¿Y usted también los vio pasar?, y el viejo dijo, no, señor, yo ni sabía que mi señora había visto eso, entonces Jerónimo le puso el cañón del rifle en el cuello y le levantó la barbilla, ¿no le contó nada?, y la mujer dijo, no, doctor, yo los vi de lejos y sólo ahora que usted pregunta me acuerdo.

Entonces el tenebroso Freddy le dijo a la mujer, ¿y por qué no lo denunció a la policía?, y ella respondió, casi llorando, pues doctor, porque acá no hay policía, tocaba bajar hasta Playón o a Aguacatal para ir al comando, y Jerónimo insistió, pero usted sabe que así se vuelve cómplice, usted sabe eso, ¿no es cierto?, y la señora dijo, yo no sé nada, doctor, soy analfabeta, no tengo educación.

Jerónimo acarició el gatillo y dijo, ¿dónde están?, ¿dónde se escondieron?, ¿de quién es la mula? El viejo temblaba y se le hizo una mancha oscura en el pantalón. ¿Qué voy a saber yo eso, doctor, si apenas ahorita me estoy enterando? Y la mujer agregó, era una mula rucia que no había visto antes por acá, a lo mejor la traían con ellos del monte.

Jerónimo, ciego de ira, le dijo, y usted ve una mula que no conoce, con gente que no conoce llevando un herido, ¿y no se lo cuenta a su marido? Mi señora, hágame el favor de hacerse a este lado.

Entonces le gritó a la gente, ¡cierren los ojos! Al que vea con los ojos abiertos le pego un tiro, ciérrenlos y pónganse las manos en la nuca.

Volvió a la señora y le dijo, a ver, comadre, llegó la hora de la verdad. Señáleme nada más con el dedo cuáles son de la guerrilla, cuáles son los que le ayudaron a ese grupo de terroristas y cuál es el dueño de la mula. Muéstremelos con el dedo y con eso le salva la vida a su marido, ¿ah, madre?

Pero la señora dijo, vea, doctor, yo no voy a matar a nadie señalándolo porque acá ninguno es guerrillero, los guerrilleros están en el monte y poco los vemos, esa gente es peligrosa. Nosotros lo que hacemos es mirar para el suelo y trabajar, sólo eso, doctor.

Jerónimo empezó a sudar a chorros. Y le dijo, vea, señora, es sin hablar que está matando a la gente, vea lo que va a pasar por no decir nada. Le hizo un gesto a Freddy y él agarró a un joven de la fila y le pegó un tiro en la frente. El cuerpo saltó hacia atrás dejando salir un chisguete de sangre.

La gente de la plaza se arrodilló, suplicante.

Ya no más, doctorcito, ya se vengó y no tenemos acá ninguna culpa, dijo el marido de la señora, pero Jerónimo le volvió a poner el cañón debajo de la mandíbula y jaló el gatillo: ¡pum! La cabeza se quebró en varias partes y el cuerpo cayó al suelo. La señora corrió hacia él y Bombombún la rafagueó.

La cosa estaba apenas empezando.

Ahí descubrí que Jerónimo tenía cosas raras y que con Freddy le pegaban a la cocaína. Los vi ir al carro a refrescarse y ahí se metieron un poco de ese polvo por las narices. Preferí no mirarlos. Luego volvieron a la plaza.

Bueno, mis queridos amigos, dijo Freddy, nosotros no tenemos afán y ya me estoy cansando del ruido del plomo.

Le hizo un gesto a Bombombún y este sacó un machete grueso, cortado a la mitad, como de carnicero.

Se lo pasó a Freddy y él se paseó detrás de los arrodillados, rascándoles el pelo con el filo. De pronto paró frente a uno y gritó, ¡este huele a mierda! Se había hecho en los pantalones. Hizo un gesto para que los hombres de Bombombún lo pasaran delante. Lo llevaron a la esquina y allá le pegaron el tiro. El chisguete de sangre dejó una flor en la pared. Con esto Jerónimo se emberracó y le gritó a Bombombún, vea, carajo, ¡le dije que no más ruido!

Y así fueron pasando, uno a uno, callados todos, meándose y cagándose. A uno Freddy le pegó tan fuerte con el machete que la cabeza se rajó completa por el medio.

Dejaron veinticuatro cuerpos en la plaza. Se fueron porque se aburrieron y les dio hambre. Ya eran como las nueve de la noche. Se lavaron las manos y la cara y dejaron escrito en una pared: "Pueblo amigo de los terroristas". A la salida pusieron otro que decía: "Así castiga el país a los asesinos".

"¡Viva Colombia!".

Después de eso me alejé del grupo. Me pareció que esos métodos, si bien son formas de combate y de la guerra, empezaban a salirse de lo humano. El odio y la injusticia acabaron con la mística, y desde que Jerónimo Vélez y Freddy Otálora se hicieron con el mando la cosa se jodió. Hasta que decidí irme.

El doctor Paredes White se volvió un sanguinario y ya no reconocía a nadie. Cuando se supo de las masacres, empezó el escándalo en la prensa y el teniente Urrelo pidió el traslado. Yo hice lo mismo. La arquidiócesis estudió el caso y aceptaron trasladarme a otra parroquia. Al final me mandaron a Guateque, en Boyacá. Para mí era igual servirles a la patria y a la Iglesia donde fuera. Después la cosa se puso aún peor, porque se supo de las torturas y le pedí a la arquidiócesis ayuda urgente para venir a España a hacer un curso. Mejor dicho les dije, sáquenme rápido de aquí que esto se está poniendo difícil y va a haber un escándalo, y me ayudaron: me matriculé en un curso de Propedéutica de la Fe el año pasado. Hasta que explotó la vaina y salieron fotos mías. Los comunistas empezaron a acusar y supieron que yo estaba aquí. Me encontraron y me aporrearon duro. Alcancé a defenderme. La policía me los quitó de encima.

No crea que le saco el gusto a recordar estas cosas tan crueles. Si se las cuento es para que al menos usted sepa que yo no maté a nadie. Di la pelea que creí que había que dar, eso sí, y ayudé, igual que otros ayudaron y ahora se lavan las manitas, y nadie los acusa.

No soy un asesino. Tengo las manos limpias, vea. Si me mandan de vuelta a Colombia van a decir que fui un bandido sangriento. Pero no. Si me salí fue precisamente porque los sádicos y sangrientos, como ese Freddy, acabaron por tomarse el movimiento.

Yo sé muy bien qué fue lo que hice y lo que no hice. Que al menos alguien como usted lo sepa me alivia. Ahí le dejo dicho.

tal vez hacia lo alto de una colina o incluso hacia la muerte, pero con el paso seguro y libre de quien todo lo ha perdido. Soñé con ser uno de ellos. No el que llega inoportuno desde lo alto, sino el que se levanta del polvo y camina, contra toda esperanza.

Mi antídoto, le dije, fue evocar a ese joven de diecinueve años que soñaba con escribir libros y que aún vive dentro de mí. Pero tal vez ya sea tarde. Cuando muera el último lector, agregué, lo más probable es que esté escribiendo en algún desvencijado hotel, sin saber que ya nada tiene sentido. Puede que yo sea mi propio último lector, me dije. Hay una cierta dignidad en seguir haciendo cosas que a ninguno interesan y nadie celebra.

¿Algo más que contar?

Pasé una infancia feliz gracias a los libros de la escritora inglesa Enid Blyton. Puedo decir que leí toda la colección de *Torchy* y del club de *Los siete secretos*. También Julio Verne y Salgari. A los once leí *El ruiseñor y la rosa*, de Wilde, y la *Carta al padre*, de Kafka, que disfruté a pesar de que mi padre era bueno. Me adentraba en terrenos más complejos, hasta que un día, solo por emular a mi hermano mayor, leí *Cien años de soledad*. Ahí empezó la vida adulta.

A partir de los veinte dejé la casa familiar y anduve por el mundo leyendo a Rimbaud. Sus libros siempre en la mesa de noche de albergues, pensiones y hostales, antes de continuar el viaje. Lo sigo leyendo hoy, pues mientras más intento escribir sobre la gente que se va y regresa, sobre ese flujo de migrantes que veo circular por el atareado y ruidoso mundo, más siento la presencia del poeta de la fuga, el que convirtió el *irse* en una de las bellas artes. El poeta que todo lo abandonó y que fue aplazando su

PARTE II

Rumbo al paralelo 5
(o La república de la bondad)

1.

El segundo degollado fue un joven de apenas veintidós años, Timothy Kindelan, nacido en Londonderry. Era estudiante de Ciencias Políticas en la Universidad de Dublín y estaba haciendo una pasantía de seis meses en la embajada irlandesa de Madrid como parte de su formación académica. Le faltaban apenas seis días para concluir el ciclo. Sabía español y le gustaba la cultura flamenca. Había hecho varios trabajos: uno sobre los irlandeses en la Guerra Civil y otro, publicado en forma de artículo en el *Irish Political Digest*, sobre la legalización del Partido Comunista de España tras la muerte de Franco. Era ayudante del consejero político e investigaba en la Biblioteca Nacional de Madrid sobre el legado del islam en la península, referido a los esquemas de organización comunitaria. Su novia, Elisabeth Hayes, debía llegar al otro día del inicio de la toma para acompañarlo en su última semana y luego partir de vacaciones a Andalucía. De hecho, ella continuaba en Madrid.

El "caso Kindelan" creó un verdadero *shock*, pues sucedió después de una semana de relativa calma e intensa negociación, lo que llevó a endurecer posiciones. Los debates en la televisión se fueron poblando cada vez más de radicales, como el analista y politólogo catalán Luis Bessudo, cuyo argumento relevante provenía de aquello que los especialistas llaman "comunicación estratégica". Para él, cada día de toma significaba millones de dólares regalados al fanatismo islámico en publicidad *prime time*, y por eso, según él, saldría más barato darles una fuerte cantidad de dinero para que salieran de ahí por las buenas, o activar un asalto concertado entre las diferentes escuelas de intervención antiterrorista que permitiera desalojarlos a la fuerza o suprimirlos con el menor número posible de bajas entre los rehenes.

Para Bessudo, la escuela israelí ya no era tan eficaz en términos operativos, acostumbrados como estaban a una lucha desigual y en la que las bajas civiles del enemigo no tenían la menor importancia, algo imposible en un Estado democrático y de derecho como España. También desestimó la cooperación con Rusia, que al final acabó por ofrecerse, pues aún pesaba en la memoria la temeraria acción de sus fuerzas de seguridad en el teatro Dubrovka de Moscú, en octubre de 2002, cuando un comando checheno tomó a 912 rehenes. La estrategia fue muy interesante e incluso original desde el punto de vista teórico, pero el resultado estuvo lejos de ser un éxito. Lo que se hizo fue bombear por los conductos de aire de la sala varias cisternas de gas 3-Metilfentalino, uno de los componentes activos de la principal arma química del ejército ruso, el Kolokol-1, para marear a los secuestradores y luego entrar a fuerza, pero el balance aún produce escozor: 129 rehenes muertos, más 39 asaltantes dados de baja. Diez años después, muchos sobrevivientes aún presentan problemas respiratorios. Por eso los especialistas prefieren acciones tipo SWAT, e incluso llegó a mencionarse el Gaula de Colombia, los comandos antisecuestro de la policía, adiestrados para proteger a toda costa la vida de los rehenes.

Por supuesto que el "caso Kindelan" marcó un punto álgido en la toma, pero la policía y los miembros del gabinete de crisis guardaron absoluto hermetismo. Corría el rumor de una negociación secreta entre los gobiernos de Irlanda y Gran Bretaña para reducir el flujo de los bombardeos de la OTAN contra el Estado Islámico, pero cuando se les preguntaba a los responsables lo negaban. La hipótesis del pago de una fuerte suma a Boko Haram era otro rumor, además de ser una solución ilegal, pues no se podía dar recursos públicos a un grupo terrorista, aumentando su poder de fuego.

La televisión de mi nuevo cuarto de hospital estaba empotrada en la pared, en medio de dos ventanas. Las otras tres camas estaban vacías, lo que me permitió mantenerla encendida todo el tiempo sin molestar a nadie.

En esas estaba cuando llegó Pedro Ndongo.

—¡Amigo colombiano! Prepárese que vengo con novedades. Haga un esfuerzo por relajar los músculos.

—Gracias, Pedro, ¿qué pasó?

—El asunto legal ya está resuelto. Por ser ambos extranjeros y sin antecedentes, ni en España ni en sus respectivos países, se decidió resolver amigablemente. Pero yo no le he dicho nada. En unos minutos vendrá su abogado a comunicárselo y hacerle la propuesta, que usted debe aceptar. Creo que el señor Reading ya firmó.

—¿Y cómo te enteraste?

—Jeje, el viejo Pedro Ndongo escucha a través de las paredes.

En ese momento se abrió la puerta y entró el abogado. Para no tener que salir, Pedro se puso a revisar con diligencia el soporte del suero, probando la estática de los colgadores y vigilando el goteo de la bolsa.

La explicación legal podría resumirse de este modo: la mejor y más expedita solución a este caso, que no involucra nacionales españoles, era la *conciliación prejudicial*, en que las partes llegan a un acuerdo y manifiestan su satisfacción, siendo en este caso la autoridad el "tercero que actúa o interviene". Habría sólo una pequeña sanción en forma de multa por "riña en espacio público". Para lograr esta *conciliación* yo tendría que hacer una concesión al señor Francisco Reading que consistía en prescindir del argumento de la legítima defensa, el cual podría muy bien sostenerse en juicio gracias a la profusión de testigos, pero que nos llevaría inevitablemente a una larga espera y a los rigores de un agotador proceso judicial.

—¿La legítima defensa me daría ventajas? —quise saber.

—Claro —intervino Pedro Ndongo desde detrás de la cama—, porque una pelea callejera puede ser evitada pero la defensa legítima no, y eso corre a su favor, dadas las circunstancias.

El abogado fulminó a Ndongo con la mirada.

—Gracias, enfermero, ¿tiene alguna otra consideración legal para comunicarle a mi cliente?

Pedro bajó la cabeza.

—Le pido disculpas, abogado. No pude evitarlo. Tengo un cierto aprecio por este señor. Ya me retiro.

Agarró su bolso con el instrumental, el tensiómetro y el estuche de órganos, y se retiró haciendo una venia.

Firmé unos cuantos documentos para el abogado. Me explicó que podría salir del hospital de inmediato, aunque debía dejar el pasaporte. Podría recuperarlo en la Oficina Central de la Policía una vez que pagara la multa en cualquier oficina de Correos.

Un rato después, Pedro Ndongo volvió con mis pertenencias y pude vestirme. Las inflamaciones de la cara habían bajado y el corsé en el pecho sujetaba mis costillas. Acabé el trámite administrativo con mi tarjeta del seguro social italiano. Acto seguido llamé al Hotel de las Letras, expliqué lo que me había pasado y pedí que se me volviera a dar el cuarto 411. Tuve suerte y estaba libre.

Luego Ndongo llamó un taxi y, mirándome otra vez con intensidad, dijo:

—Recupérese, piense, intente hacer algo bueno con eso que tiene en la mente y que desde acá afuera se ve un poco turbio. Siga sus instintos. Se lo digo yo, Pedro Ndongo Ndeme.

—Súbdito de Teodoro Obiang —agregué.

Pero él replicó de inmediato:

—Si pudiera le haría a Obiang una extracción de vesícula sin anestesia, y completaría el *check up* con una sonda de aluminio en la uretra.

Al final, casi a modo de despedida, dijo:

—A pesar de haber estudiado Medicina, si tuviera que ser súbdito de alguien elegiría a Frantz Fanon; también de los poetas de la *negritud* como Aimé Césaire y Léopold Sédar Senghor, Léon-Gontran Damas, Guy Tirolien, Birago Diop y René Depestre. Y claro, del negro cubano Nicolás Guillén.

En el Hotel de las Letras un botones me ayudó a bajar del taxi y el administrador salió a recibirme muy complacido por mi regreso.

Esto me pareció una excelente señal, así que me animé a hacer la fatídica pregunta.

—¿Hay algún mensaje para mí?

—No señor, no tenemos nada registrado.

Sentí una mezcla de frustración y de rabia. ¿Cómo era posible que en todo este tiempo Juana no hubiera llamado? Decidí esperar unos días, arreglar lo de la multa e irme de vuelta a Roma. El balance del viaje iba a ser frustrante.

Ya en el cuarto volví al sillón del que, por cierto, nunca debí levantarme, y llamé al servicio de habitaciones. Eran casi las tres y no había comido. Pedí un sánduche de pollo y una botella de agua con gas, y volví a encender el televisor. Dos segundos después sonó el teléfono. Era el *room service*: querían saber si me parecía bien agua Solán de Cabras. Les dije que estaba perfecto. Colgué pero volvió a sonar de inmediato, sacándome un poco de quicio. Ahora querían saber si prefería botella de litro o de medio.

—De litro, ¿pueden traerla ahora?

Colgué de nuevo, pero volvió a timbrar apenas posé el auricular en su base.

—Ya le dije que la botella de litro está bien, ¿qué más quiere saber?

Hubo un silencio en la línea.

—Soy yo, cónsul.

—¿Quién…?

—Yo… Juana. Soy Juana.

Me quedé sin palabras.

—Estoy en el lobby, ¿puedo subir?

—Claro.

Busqué el espejo, nervioso. Los moratones habían bajado. Con esfuerzo volví a ponerme el pantalón, que prácticamente me rodó por las piernas, pues había perdido varios kilos. Sentí un hueco en el estómago.

Toc, toc.

Abrí la puerta, pero el saludo tantas veces imaginado se hizo trizas. Al verme, Juana pegó un grito.

—¿¿¡¡Qué le pasó!!??

Había engordado y alguna cana asomaba en las raíces del pelo, pero su pinta de joven estudiante era la misma. Sentí ganas de abrazarla, pero fue ella quien se abalanzó sobre mí.

—¿Qué le pasó, cónsul? ¿Quién le hizo eso?

—Fue un accidente, acabo de salir del hospital.

—Pero… ¿quién? ¿Por qué?

Le conté lo que había pasado desde mi llegada a Madrid, la semana anterior. Escuchó con atención y al final dijo:

—Usted no puede quedarse en un hotel en ese estado. Mañana por la mañana vengo a recogerlo y se viene a mi casa. Lo voy a cuidar hasta que se cure.

—No es necesario que invada tu casa —le dije—, no quiero molestar. Puedes ayudarme estando yo acá.

—Ni hablar, cónsul, y además le va a salir carísimo. Fui yo la que le dijo que viniera. Déjeme ver sus diagnósticos y recetas. Acuérdese que trabajé como enfermera en Bogotá.

Le di la carpeta y la leyó con atención. Quiso saber si ya tenía todas las medicinas. Al ver que faltaban algunas se levantó como un rayo.

—Voy a traerlas, conozco una farmacia acá cerca. Mientras tanto, descanse.

No tuve fuerzas para decirle que se quedara y me contara de su vida, del niño, ¿dónde estaba Manuelito Sayeq?, ¿por qué me hizo venir a Madrid? Tenía mil preguntas, pero Juana salió disparada. Ya habría tiempo para eso.

Cuando regresó estuvo un rato organizando las medicinas que había traído y, a eso de las diez, dijo que debía irse.

—¿Por qué quisiste verme, Juana? —le dije.

—Es confuso, cónsul. Por ahora descanse y mañana vengo a recogerlo. Hablemos de eso cuando esté mejor y se pueda tomar un trago conmigo.

Se fue y me sentí más ansioso que antes de su llegada, y lleno de preguntas. ¿Volvería realmente? ¿Qué era lo que pasaba? Pronto los antiinflamatorios y demás pastillas me tumbaron en la cama.

Desperté con el ruido del teléfono a las once de la mañana. Era Juana.

—Ya estoy abajo, cónsul. Si no está listo puedo esperarlo leyendo el periódico. Se pasó la hora del desayuno, pero pueden hacer una excepción, ¿quiere que se lo suba?

Al mediodía estábamos llegando a su casa, en la calle de San Cosme y San Damián. Juana le pidió al taxista buscar un parqueo y ayudarnos con mi maleta, pues había que subir dos tramos largos de escaleras antes de llegar al ascensor. Era en el último piso, un apartamento de tres dormitorios con el techo abuhardillado y vigas de madera.

—Este es su cuarto, cónsul.

Una habitación grande y acogedora. La ventana daba a un océano de techos madrileños y el fulgurante cielo.

—¿Quiere descansar ahora? ¿Tiene hambre? Manuelito llega a las dos.

Tenía una falda hasta las rodillas y una blusa suelta. Tenis y medias blancas. La casa estaba llena de libros, alfombras persas, estatuillas antiguas, discos y cuadros. Incluso una pequeña colección de bronces con figuras mitológicas.

—¿Hace cuánto vives acá?

—Dos años, más o menos.

—¿Y qué haces?, ¿estás estudiando?, ¿trabajas en algo?

—Recuéstese un rato, cónsul, voy a prepararle un poco de café y luego bajo a hacer unas compras. Acomódese, está en su casa.

La habitación de huéspedes era claramente un estudio, pero no me pareció que fuera de Juana. En una esquina había un canasto de bambú lleno de bastones de colección

—no he conocido a la primera mujer que colecciones bastones— y los estantes estaban adornados con objetos que daban la impresión de haber sido acumulados en toda una vida de viajes por el mundo: estatuillas en jade de Buda, pequeñas tallas en madera de animales africanos, dos imágenes de Mao en porcelana, estuches en cuero para cigarros, petacas metálicas de diferentes contexturas y tamaños; y en las estanterías muchos libros en inglés y francés de análisis político, biografías de grandes militares, historias de revoluciones, un amplio bar sobre una mesa con ruedas y cajones llenos de posavasos, utensilios para preparar cocteles. En vano busqué alguna foto. Los portarretratos, que en este contexto encajaban a la perfección, parecían haber sido cuidadosamente retirados. ¿De quién era esa casa? Lo primero que pensé fue que Juana se había vuelto a casar, pero era extraño, pues si bien lo predominante no parecía ser ella, tampoco había algún signo visible o específico de la presencia de un hombre.

Cuando acabé de organizar lo mío, Juana vino con una taza de café y un plato con dos pastillas.

—Tómese estas ahora, cónsul. Yo vengo en una media hora para hacer el almuerzo. Descanse. Acá hay muchos libros, también música.

Quise preguntarle por la casa, pero me abstuve. Recordé nuestros días en Delhi. También ahí esperaba una historia y en un cierto punto, sin preguntar nada, Juana empezó a hablar. Y cuando empezó ya no hubo modo de pararla. No sé si alguien me haya vuelto a hablar alguna vez de ese modo, con tanta fuerza y conocimiento de la vida.

A la hora del almuerzo llegó Manuelito —para mí era Manuelito Sayeq, pero ella no usó su segundo nombre—. Un muchacho de unos once años, pelo negro y ojos muy vivos. Oírlo hablar fue la comprobación de que vivían en Madrid.

—Mamá me ha dicho que usted y ella son viejos amigos.

—Sí —le dije al niño—, te conocí cuando apenas caminabas.

Mis vendajes y heridas no lo impresionaron o al menos no lo expresó. Supuse que Juana lo habría aleccionado sobre eso antes de verme.

—Y que va a vivir con nosotros un tiempo.

—Bueno, unos pocos días, mientras me acabo de reponer de todo esto.

—Pues me alegro, señor cónsul. Bienvenido.

Ambos me seguían diciendo "cónsul", pero no me pareció el momento de cambiar las reglas y explicarles que había dejado de serlo. Juana, además, lo sabía.

En esa misma situación, llena de silencios y preguntas, pasamos los siguientes cuatro días, sin que nada perturbador viniera a cambiar la rutina. Me dediqué a hacer tareas escolares con Manuelito y a hablarle de las grandes aventuras del hombre. Le prometí que iríamos a comprar libros de Julio Verne y álbumes de Tintín. Le hablé del viaje al centro de la Tierra, a la que se llegaba a través de una grieta en la superficie que conectaba con un túnel descendente. Le hablé del Nautilus, esa casa submarina en la que un hombre había decidido encerrarse, lejos del mundo, con una biblioteca sumergida. Le conté la historia de las cinco semanas en globo y de las batallas entre tribus salvajes vistas desde el cielo, en un dirigible, y por supuesto del viaje más largo y difícil: el viaje a la Luna.

También hablamos de sus tareas de historia: de los mayas, su calendario y el maíz, la íntima relación entre ambos por el ciclo de cosechas y de cómo hicieron pirámides para ver de cerca el cielo y mirar por encima de los árboles. Dibujamos mandalas, hicimos operaciones simples de varios dígitos, estudiamos las guerras del Mio Cid Campeador y lo que se sigue llamando, en los colegios de España, la *reconquista*, que no es otra cosa que la expulsión de los españoles musulmanes por parte de los españoles católicos del territorio común.

Juana entraba y salía. En esos primeros días supe que iba de voluntaria a un centro de refugiados en Lavapiés, y se relacionaba con algunas ONG. Estaba siempre muy activa. Nunca le pregunté por qué demoró tanto en ir al Hotel de las Letras a cumplir la cita que ella misma me había puesto.

Estando con ella recordé a Teresa, la diplomática mexicana que tanto nos ayudó en Bangkok. Busqué su correo y le mandé un mensaje sólo para contarle que había vuelto a encontrar a Juana y al niño en Madrid, y para preguntarle dónde estaba. Supuse que en México.

En mi cuarto había un televisor, así que pude seguir la toma a la embajada de Irlanda, que de nuevo, tras el sangriento "caso Kindelan", había vuelto a bajar de intensidad hacia una calma que en realidad no tranquilizaba a nadie.

Había surgido otra noticia que empezó a compartir las primeras planas con todo lo anterior y fue una nueva oleada de inmigrantes que irrumpían en Europa, unida a la emergencia sanitaria.

Porque había otro grupo humano en medio de este torbellino de prófugos, tal vez el más desesperado: los que desembarcaban por las noches y en las madrugadas desde lanchones, pateras y naves de medio calado en playas solitarias de la misma Europa del Sur de la que otros ya emprendían la fuga. La gran mayoría llegaba a Italia o España. Exiliados de Siria, Libia y Egipto, abandonados a su suerte.

Prófugos de Nigeria o Mauritania, Níger o Mali. De las guerras civiles de Liberia y el Chad, que sembraron la tierra de manos cortadas a machete. Familias de inmigrantes del África más negra dispuestas a morir por cumplir un sueño: el de la supervivencia. Entrar vivos al paraíso o a lo que para ellos era todavía el paraíso. El que veían por las pantallas en viejos programas, allí donde la población tenía comida y salud e higiene y, Dios santo, ¡educación!

Ahí estaban de nuevo los analistas en los programas de debate de la TV, analizando y dando sus razones.

Sólo con la comida que se tira a la basura en los restaurantes de Europa, ¡se podría alimentar a setenta millones de personas cada año! Ellos, los prófugos, no lo saben. No conocen las cifras de la FAO sobre desnutrición, por supuesto, ni han leído *El hambre*, de Martín Caparrós. Pero lo intuyen y lo sienten en las tripas. De hecho, no pueden dejar de pensar en eso. Extraña paradoja: un porcentaje de estos prófugos del hambre acaba transformado en alimento de peces marinos, en la barriga de los tiburones del Mediterráneo. Sus embarcaciones se vuelcan, se incendian, quedan a la deriva. A veces los traficantes los tiran al agua para achicar peso. Cuerpos que llegan flotando a las playas, traídos por la marea. Hombres, mujeres, niños, ancianos. Los ahogados más tristes del mundo. Y la emergencia sanitaria.

Porque muchos de los que llegan están enfermos y aún no lo saben. Traen el ébola en alguna parte del cuerpo. A veces alojado en las pupilas, en el cerebro o en las ingles. Y el ébola salta de uno a otro, acaba por pasarse a cualquiera que se ponga delante.

Este era otro motivo de angustia en la apocalíptica Europa: el ébola. Ser negro en Italia o España, países menos acostumbrados a la piel oscura, se convirtió en sinónimo de apestado y agente transmisor. La derecha italiana presentó una ley que autorizaba al ejército ametrallar desde el aire esas lanchas. En los *talk shows* políticos las llamaban "naves de la peste" o "naves de Nosferatu" y se referían a ellas como cultivos flotantes de bacterias. En la práctica, para muchos, ¡era una guerra biológica! Ni más ni menos. Una guerra que atacaba a Europa y por eso había que militarizar las costas del continente.

Cada vez más ciudadanos, aterrorizados, estaban de acuerdo con estas tesis. Muchos se aferraban a la religión y preguntaban de rodillas: ¿qué hicimos, oh Señor? ¿Cuántas plagas nos faltan?

Son diez, parecía responder una voz.

Diez y apenas vamos por la cuarta.

Cuando al fin pude tener autonomía y salir a la calle encontré que el mundo seguía revuelto. El nerviosismo de Madrid por la toma de Boko Haram estaba ahí, pero la gente empezaba a acostumbrarse, a verlo como parte de un macabro decorado. Había incluso ya varios chistes, uno particularmente irónico sobre unas "vacaciones irlandesas" que la verdad no me atrevo a reproducir.

Fui a la Oficina de Correos con la boleta y pagué la multa por "riña en espacio público", que ascendió a la misteriosa cifra de 2.386,67 euros. Pagué y, con el boletín sellado, fui a recoger mi pasaporte a las oficinas de la Jefatura Superior de Policía, donde encontré, por cierto, un ambiente de irritación y nervios que reflejaba muy bien lo que estaba pasando en la ciudad y el país.

Al regresar a la calle de San Cosme y San Damián me acordé de Manuela Beltrán y decidí llamarla. ¿Dónde había dejado su tarjeta? Me llevó un tiempo encontrarla, estaba en la carpeta médica.

Se alegró de oírme.

—¿Cómo va su recuperación?

—Bien —le dije—, acabo de volver de mi primer paseo. ¿Cómo está su amigo?

—Sigue en el hospital, ya mucho mejor —y agregó—. Lo estuve llamando al Hotel de las Letras y me dijeron que se había ido, ¿sigue en Madrid?

—Sí, en la casa de una amiga, en Antón Martín.

—Me gustaría verlo, aún tengo cosas que contarle.

—Claro, claro. ¿Puedes hoy?

Juana debía trabajar hasta la noche y Manuelito tenía clase de música hasta las siete, así que la cité en la cafetería del Museo Reina Sofía. Al verme, su cara expresó un cierto alivio.

—Pues sí que está mejor, me alegra mucho; ya no tiene moretones —dijo Manuela.

Me habló de la Complutense e intercambiamos anécdotas de profesores que, veinticinco años después, seguían ahí. Algunos de ellos, increíblemente, con los mismos cursos y las mismas lecturas que en mi época. Le conté de mis años de huelguista de izquierda, de lector fanático del *boom* latinoamericano y aspirante a escritor. Cuando le pregunté por Colombia fue un poco evasiva. Dijo que era huérfana. Estaba en España con una beca que le había ayudado a conseguir el decano de Literatura de la Javeriana, y de nuevo hubo emoción, ¿Cristo? Me acordé de sus increíbles clases sobre Rulfo, de sus "desayunos amarillos".

Cuando volví a la casa le conté a Juana de mi encuentro con Manuela.

—¿Es la moza del tipo con el que se peleó?

—Bueno, alumna y amante.

—Conozco esa mezcla, cónsul: maestro "engullidor de alumnas" y niña *nerd* que se siente en las nubes porque se beneficia al profesor sabio y, de paso, les gana a las demás compañeras. Era un clásico en la Nacional y, supongo, en todas las universidades del mundo. Invítela a comer mañana. Me gustaría conocerla.

Al otro día, Manuela vino a San Cosme y San Damián pasadas las nueve de la noche. Traía una botella de Matarromera. Juana se sorprendió.

—No tendrías que haberte molestado, ¡ese vino es carísimo!

Nos sentamos en el salón mientras Manuelito jugaba en el *tablet* de su mamá a armar casas y bosques fantásticos con un juego que lo apasionaba y que intentaba enseñarme.

Juana puso algunos licores en la mesa. La larga convalecencia me hizo dar ganas de tomar un trago. La verdad es que prácticamente lo había dejado desde hacía un par de años, pero esa noche me pareció buen momento para reanudar, así que me serví una generosa ginebra con hielo, limón y agua tónica.

Manuela tenía una beca del Instituto de Cooperación Iberoamericana, como tuve yo, y por eso escucharla me llevó a evocar otra vez mi vida española. La noté muy cuidadosa de lo que revelaba, lo mismo que Juana. De su periodo en Cali y Bogotá no dijo casi nada. Apenas un par de líneas muy vagas. Como si su vida hubiera empezado al llegar a España.

Luego Juana le preguntó por Reading.

—Conocí a Paco en la universidad, tomé su curso de novela latinoamericana escrita en inglés, un curso que Filología Hispánica comparte con Inglesa. Leemos a autores hispanos de Estados Unidos. Me gustó su estilo de dar clase. Un man muy chévere, relajado con los alumnos, con una carreta muy bacana sobre la literatura. Un viernes salimos de su clase un poco más tarde de lo habitual y volvimos a pie hasta Moncloa, cruzando la ciudad universitaria. Alguien propuso tomar algo. Paco dijo que en Estados Unidos si un profesor se iba a beber con los alumnos se metía en un lío, pero le dijeron que en España era al revés: los que no salían con alumnos eran arrogantes, así que nos fuimos a un barcito y luego a otro y a otro, hasta que la cosa se transformó en parranda; de ahí nos fuimos a Malasaña, a una mezcalería, y bueno, a las cinco de la mañana estábamos todos borrachos, incluido Paco. En la repartición de taxis me tocó ir con él y quedamos de últimos. Al llegar a mi casa le pregunté si quería subir y ahí empezó todo.

Al decir esto, Manuela se sirvió otro tequila. Nada menos que un Don Julio reposado, pues el bar de Juana parecía el de un buen hotel. ¿De quién sería esa casa tan sofisticada? Yo escuchaba hablar a Manuela y observaba de reojo a Juana. ¿Se atrevería a contar algo de su vida reciente? Deseé intensamente que Manuela le preguntara por su vida, a ver qué decía, pero ella se sentía intimidada.

Aún debíamos pasar juntos un poco de tiempo antes de que Manuela se sintiera cómoda y empezara a tratarnos con confianza.

—Paco no me dijo que estaba casado —continuó diciendo Manuela—, pero yo lo supe muy rápido, una se da cuenta. Tampoco yo se lo pregunté, me gustaba mucho; que fuera tan maduro y tan inteligente me hacía sentir protegida.

—Es la ventaja de los hombres mayores —dijo Juana.

A eso de las diez de la noche acompañé a Manuelito a la cama. Le gustaba leer cuentos en voz alta y comentar la trama. Ahora leía un libro de historias nórdicas con dioses alados, ninfas y dragones en la portada. Por eso me hacía extrañas preguntas.

—¿Verdad que un elfo no puede ganarle a un dinosaurio pequeño, cónsul? ¡Es imposible!

—Por supuesto que es imposible —respondía yo, sin saber muy bien de qué hablábamos.

Cuando volví al salón, noté que Manuela y Juana se habían cambiado de silla para estar más cerca, y parecían, desde el corredor, dos viejas amigas haciéndose confesiones. Al verlas me detuve. Era extraño que tres desconocidos y un niño compartiéramos un espacio del que yo no sabía nada.

De repente tuve la certeza de que Manuela le había preguntado a Juana por mí. Imaginé muy bien la pregunta, pues Juana negó con la cabeza. Luego se echaron a reír con cierta picardía. Tal vez eran ideas mías. Ya llevaba tres buenas ginebras. Al fin volví al salón, rompiendo la burbuja en que ambas estaban.

—¿Se durmió? —preguntó Juana.

—Sí, le apagué la luz.

Seguimos bebiendo y charlando. De forma inevitable salió el tema de la embajada de Irlanda. Manuela dijo que la policía debía intervenir, pues la toma se estaba convirtiendo en una especie de villa olímpica de primicias noticiosas. Ese día la prensa había identificado a uno de los asaltantes españoles que resultó ser nada menos que una mujer, una joven de Vallecas, novia de un muchacho africano. Manuela había visto en la TV su página de Facebook, repleta de imágenes de Boko Haram, el Estado Islámico y el Rayo Vallecano. La noticia de que había españoles entre los asaltantes tenía conmocionada a España.

—Espero que no los maten —dijo Juana—; ojalá puedan volver a África o de donde vengan. No se ganaría nada con matarlos, y al fin y al cabo todos son víctimas de algo.

Cuando miré el reloj ya eran las tres de la mañana y comprendí por qué tenía tanto sueño. Pedí disculpas y me fui a dormir. Las dos mujeres siguieron charlando en el salón (las espié un rato desde el corredor), de nuevo con esa profunda cercanía de antes.

Al otro día abrí el ojo temprano y un molesto dolor de cabeza —¡las ginebras!— me taladró las sienes. Por fortuna tenía decenas de analgésicos, así que tomé uno y volví a la cama. ¿Qué hora era? Casi las ocho.

Más tarde fui a la cocina a calentar un poco de agua y, oh sorpresa, ahí estaban las dos, Juana y Manuela, charlando animadísimas. Ambas en piyama y desayunando cereales.

—Buenos días, cónsul —dijo Juana—, ya le sirvo un café, ¿quiere que le prepare unos huevos?

Le agradecí, yo podía hacérmelos.

—Déjese atender, cónsul —dijo Manuela—. ¿Por qué le dicen *cónsul*?

—Es una larga historia.

No me disgustó que ella también lo adoptara. Entre mis novelas favoritas había algunos cónsules que admiraba.

—Manuela se quedó a dormir en el sofá —dijo Juana—. Hoy pensábamos dar una vuelta por El Retiro. Tan pronto Manuelito se levante nos vamos, ¿quiere venir?

Preferí quedarme, estar solo.

Leí la prensa con calma, en un café. Hacia el mediodía fui a la Cuesta de Moyano a husmear libros de segunda, tal vez lo que más disfruto de Madrid. Pero me entristeció ver que vendían libros a un euro. Los libreros parecían tristes, como de otra época. Tres de ellos estaban reunidos en una de las casetas centrales y hablaban con absoluta desesperanza. Uno le preguntaba al otro:

—¿Tú cómo llevas la cuenta, por número de ventas o por dinero?

Y el otro respondió:

—Por ventas. Hoy llevo dieciocho.

—Coño, ¿y cuánto has vendido?

—Pues dieciocho euros.

Compré uno de Malraux sobre arte, la edición en francés de *Las metamorfosis de Dios*. Regresé dando un paseo por el jardín botánico, el Museo del Prado y el viejo hotel Palace.

Ellas volvieron al anochecer, de nuevo juntas. Juana llevaba en la mano un cuaderno que fue a llevar a su cuarto. Parecía algo muy valioso. Manuela se sentó conmigo.

—Cónsul, no me he atrevido a decirle que he leído un par de libros suyos. Puede que algún día le cuente mi historia.

Tres días después, Juana vino a mi cuarto con el cuaderno de Manuela y me dijo:

—Debería leer esto, cónsul, es la vida de Manuela hasta el día en que viajó a España. Lo escribió para su psicólogo. Le pregunté si podía mostrárselo y dijo que sí.

Empecé a leerlo después de tomar un café bien cargado y lo acabé a mitad de la tarde. Al cerrar el cuaderno tenía la respiración agitada, incluso una leve taquicardia. ¿Sería la misma persona? Desde la primera mención que Manuela hace de Freddy Otálora, ese hombre violento que irrumpió en su casa, su violador y el asesino de su madre, una incómoda antena se levantó en mi mente. Fui a revisar mis notas del cura Ferdinand Palacios y ahí lo encontré: era él, le decían el Caleño. El mismo nombre.

Manuela volvió a la casa de San Cosme y San Damián un poco antes de la hora de la cena. Le dije que había leído su narración y que estaba conmovido.

—Ahora ya sabe quién soy, cónsul.

Dudé en contarle lo de Freddy, pero me fue imposible hablar de otra cosa o siquiera mirarla sabiendo lo que eso significaba para ella. Mejor salir a la calle y dar una vuelta, con cualquier disculpa. Ahora que estaba rehaciendo su vida, ¿le convenía saber dónde estaba y qué había hecho ese hombre?, ¿no equivalía a sumergirla de nuevo en su horrendo pasado?

Pasó ese día y el siguiente. Manuela siguió viniendo a la casa a diario. Al verla, mi contradicción y mis dudas aumentaron.

Dos semanas más tarde decidí contárselo a Juana. Al principio me miró incrédula, así que le mostré mis notas. El nombre no era tan común y lo demás coincidía. Tras discutirlo, llegamos a la conclusión de que era la misma persona. No había duda posible.

—Debe decírselo, cónsul. Esas facturas pendientes van creciendo con el tiempo. Sería lo mejor para ella.

—Me preocupa su reacción y lo que vaya a hacer después —le dije—, déjame pensarlo un poco.

Pasaron otras dos semanas hasta que una noche, después de un montón de preámbulos que la intrigaron, me decidí.

—Hay algo que quiero contarte —le dije—. ¿Te acuerdas del cura colombiano que estaba conmigo en el hospital? Él me habló de un grupo de paramilitares que operaba en la zona del occidente antioqueño. En un momento de la historia mencionó a un caleño que estaba ahí porque debía esconderse, y se quedó a combatir con ellos. Se llamaba Freddy Otálora.

Manuela empalideció.

—¿Freddy Otálora…? —dijo.

—Estuvo hasta hace poco en una hacienda cerca de Aguacatal llamada Gaviotas.

Manuela cerró los ojos. Su cara se transformó. Yo empecé a temer su reacción y justo cuando volvió a abrirlos, dijo:

—Tengo que volver a Colombia a buscarlo.

—¿Buscarlo? —dijo Juana, sorprendida.

Se levantó y fue a la ventana, nerviosa. Una nube presagiaba lluvia. Un pajarraco, inmóvil sobre una antena de televisión, parecía interesado en nuestra charla. Luego volvió a la mesa.

—Buscarlo y matarlo —dijo mordiéndose el labio—; pero no matarlo a secas, sino del modo más cruel.

—No podrías hacer una cosa así, te matará él primero —le advertí.

—Eso no importa. Es él o yo.

Era el momento de servir algunos tragos, así que traje una botella de Gordon's.

—Habría que confirmar si es la misma persona —dije—, y luego hacer una denuncia.

Manuela se tomó un sorbo largo de ginebra.

—No creo que haya dos hijueputas con ese mismo nombre. ¿Una denuncia? Perdóneme, cónsul, no me haga reír. ¿Qué más le dijo el cura?

Saqué mi cuaderno y leí los apartes donde aparecía mencionado Freddy.

—Es la voz del cura, lo escribí con lo que pude recordar de la historia.

Manuela se acabó el trago y pulverizó un hielo con los dientes.

—Ese man es un asesino. Voy a ir por él.

Fuimos a la cocina y servimos la cena. Juana le llevó al niño un plato para que comiera frente al televisor.

—Con esa gente será mucho más peligroso —dijo Juana—, ¿no? Tendrá armas y estará rodeado de asesinos.

—He oído decir que con trescientos euros uno puede contratar a un sicario en Cali —dijo Manuela.

—Puede ser —le dije—, pero tiene que ir hasta ese pueblo y buscarlo. Es imposible.

—Lo voy a hacer —dijo Manuela—. Tengo que hacerlo.

Cuando Manuela se fue, Juana vino a mi cuarto.

—La entiendo. Es un poco loco lo que quiere hacer, pero la entiendo. Deberíamos ayudarle.

—No va a lograr nada, sólo que la mate a ella también —le dije—. ¿Y qué podríamos hacer?

—Yo puedo ayudarla —dijo Juana—, a mí esos asesinos no me dan miedo, ya los conozco, sé cuáles son sus puntos débiles.

No me atreví a decir nada, así que nos quedamos en silencio hasta que ella dijo:

—¿Ya se tomó sus pastillas?

Insistía en mantener el rol de enfermera. Le di las buenas noches.

Al otro día Manuela no vino, ni al siguiente. Me inquieté. Al fin apareció la noche del viernes.

—Estuve haciendo averiguaciones por internet sobre los paramilitares de esa zona. Hay artículos que hablan de las masacres, pero ninguno lo menciona.

—Puede que el cura se haya equivocado —dije—, o se lo haya inventado.

—No creo, cónsul —dijo Manuela—. Ese curita no es bobo. Además, investigué los demás nombres de su escrito y todos existen.

—¿De verdad? Eso cambia las cosas. ¿Y hay alguno preso? —quise saber.

—No, todos fueron investigados, pero según los artículos nunca hubo pruebas definitivas.

—Más que pensar en matarlo —dije—, deberíamos averiguar si está vivo. A lo mejor ya lo mataron. O de pronto está preso. Al fin y al cabo, la policía de Cali lo perseguía, ¿no?

Juana agarró su celular y empezó a buscar en su agenda.

—Yo sé quién puede ayudarnos —dijo—, a ver si lo encuentro. Acá está. Es un tipo un poco raro, pero maneja bien esos mundos y tiene contactos en Colombia. Me debe un favor. Si estás decidida, lo llamo. Nos ayudará a encontrarlo y a confirmar si es el mismo.

Manuela respondió con absoluta calma.

—Estoy decidida. ¿Quién es tu amigo?

—Un argentino bastante excéntrico y loco —dijo Juana—. Se llama Carlos Melinger, pero le dicen Tertuliano.

2.

Tras el melodramático episodio de Bruselas entre Mathilde y Paul Verlaine, la pareja de poetas prófugos se dirigió a Londres. Debido a la guerra del año anterior y al aplastamiento de la Comuna de París, la ciudad estaba repleta de refugiados franceses: políticos, periodistas, escritores, militares prófugos. Muchos estaban condenados a muerte en Francia.

A su llegada los recibió el artista Guillaume Regamey, quien les ayudó a conseguir hospedaje en el número 35 de Howland Street. El lugar era algo sórdido, sobre todo para Verlaine, que tenía hábitos refinados. Y eso que todavía era verano. Aún la niebla y el frío no habían hecho su aparición. Rimbaud, en cambio, se sintió muy bien. Era su primer contacto con una cultura distinta y en otra lengua.

Pronto lograrían adecuarse a la nueva vida, y la verdad es que en medio de esa gran cantidad de exiliados el par de poetas se fueron sintiendo cada vez mejor, hermanados en la idea de ser ellos también un poco marginales. Conocieron a Swinborne y a un joven poeta inglés, Oliver Madox Ford, que era incluso menor que Rimbaud y al que los medios literarios consideraban un genio de la poesía. Pero Madox Ford murió a los diecinueve años, lo que se consideró una gran pérdida. Pese a esto sus obras fueron olvidadas, igual que su nombre.

En Londres, Rimbaud y Verlaine hicieron vida de inmigrantes: aprendieron inglés, dieron interminables paseos por la ciudad, se sorprendieron con las diferencias, sintieron nostalgia de su lejana Francia y a la vez alegría de estar lejos, descubrieron cosas entrañables, pero también incomodidades y sinsabores. Como toda persona que llega por primera vez a un lugar a establecerse, es posible que hayan soñado con una nueva vida. Con ser otros.

Como dijo Rimbaud, *Je est un autre* (yo es otro).

No pasó mucho tiempo antes de que Verlaine supiera de las acciones legales que Mathilde llevaba a cabo en París para conseguir el divorcio. Malos presagios. La noticia lo puso nervioso y de nuevo el viento hizo girar su cambiante vela. En el fondo no quería divorciarse y mucho menos perder a su hijo. Como suele sucederle a los artistas, Paul lo quería todo, al mismo tiempo y sin condiciones. Comenzó a escribirle apasionadas cartas a Mathilde y, algo insólito, ella le respondió.

En noviembre de 1872, Rimbaud tuvo otro cambio sustancial y es que súbitamente empezó a preocuparse por la suerte de sus manuscritos, los que se habían quedado en casa de Verlaine y, *helàs!,* estaban en poder de Mathilde (o habían sido destruidos). Lo que ideó para recuperarlos fue lo más extraño y contrario a la lógica que alguien pueda imaginar: le escribió a Vitalie, su paciente madre, y le suplicó que fuera a París a hablar con la suegra de Verlaine. Una idea que, con los antecedentes que ya conocemos, era poco menos que un disparate. Pero el joven Arthur era inteligente y sabía cómo mover los hilos. Le dijo a su madre que esos manuscritos tenían valor y si se publicaban podrían obtener bastante dinero. Vitalie le hizo caso y viajó a París. Allí se reunió con la madre de Verlaine (hoy diríamos, su consuegra) para que le diera una carta de presentación ante los Meuté de Fleury. Como era de esperarse, la diligencia no tuvo éxito. La familia de Mathilde se negó a cualquier acuerdo o concesión y por supuesto no le entregaron los manuscritos (¿existían aún? ¡Ahí estaba *La caza espiritual*!).

Trato de imaginar esa reunión: por un lado, la madre de Rimbaud, altiva y muy nerviosa, intimidada por el lujo del salón de la casa privada (*hôtel*), y por el otro, la mirada de desprecio y dureza de los suegros de Verlaine, el choque brutal entre burguesía de provincia y nobleza parisina, todo muy contaminado por los antecedentes que los Meuté de Fleury tenían de la familia Rimbaud por vía del joven diablillo. La charla debió de ser tan tensa y llena de amenazas que Vitalie, al salir de ahí, le escribió de inmediato a Arthur pidiéndole regresar a Charleville y alejarse de Verlaine, pues se les venía un problema muy grande.

Lo increíble fue que Rimbaud aceptó.

Esa Navidad, después de lo que Verlaine hizo por estar con él, el joven Arthur regresó solo a Charleville, dejando a su amigo al azar del frío y la llovizna londinenses. Verlaine, deprimido hasta la médula y sintiendo la traición de su amigo poeta, escribió uno de sus más conocidos poemas:

Il pleure dans mon coeur
Comme il pleut sur la ville
Quelle est cette langeur
Qui penetre mon coeur?

Luego Verlaine cayó enfermo, lo que le permitió escribir a algunos amigos contando lo mal que se encontraba, y a su madre, a quien rogó que viniera, pidiéndole de paso que trajera a Rimbaud para acompañarlo en su lecho de muerte. La cosa funcionó y en enero de 1873 ya estaba de nuevo con su adorado y luciferino amigo, listo para reanudar la bohemia, esa que él mismo llamó "nuestra vergonzosa vida en Londres en 1873".

Hay algo importante (Starkie lo resalta) y es la fascinación de Arthur por el puerto y los muelles de carga. "¡Tiro y Cartago reunidos!", así los calificó, entusiasmado por esa variedad de rostros provenientes de las cuatro esquinas del mundo, algo que no había visto nunca y que habría de ser, tal vez, una temprana premonición de los lugares lejanos donde pasaría el resto de su vida.

Como el joven que observa a la multitud que baja de un buque con costales a cuestas y siente nervios, un ligero temblor de ansiedad, pues sabe que algún día él también se va a ir muy lejos en uno de ellos y por eso reconoce su destino. Escapar de ese mundo que él, con sus débiles fuerzas y atronadora voz de poeta adolescente, ya estaba imprecando, ya desafiaba y maldecía.

Según Starkie, Rimbaud pasó horas en esos muelles intentando hablar con los marineros que bajaban de los barcos, procurando entenderles en alguna lengua conocida por él, y preguntándoles por lo que habían visto en sus viajes, de qué lejanos lugares provenían y qué cosas fantásticas o escabrosas habían vivido. ¡Era la primera vez que veía barcos tan grandes!

Ya estaba poseído por el temblor del viaje. De nuevo venía a invadirlo ese runrún de tambores y ritmos lejanos.

Durante ese tiempo londinense, Rimbaud y Verlaine frecuentaron los fumaderos de opio del East End, cerca de la zona de los muelles. No es de extrañar que hayan sido clientes regulares. Arthur seguía en su búsqueda de mundos alternos, con una lectura poética de las alucinaciones, y el pobre Paul, con su personalidad adictiva, era esclavo de cualquier cosa que le ofreciera algo de placer.

Rimbaud, por mucho que se fuera al límite, lograba conservar la lucidez y el centro de su vida, que era la poesía. Se conjetura que en ese tiempo empezó a concebir *Una temporada en el infierno.* ¿Qué tanto de alucinación opiácea hay en esos versos? Esto es irrelevante, pues como dijo Baudelaire, las drogas sólo revelan lo que el poeta ya tiene por dentro. El mismo Rimbaud escribió al respecto en *Une saison en enfer*: "El desenfreno es estúpido, el vicio es estúpido". El joven está por concluir una nueva etapa y ahora se juzga de un modo despiadado. Reniega de sus antiguas ideas sobre la poesía y la vida. En *La alquimia del verbo* dice: "Ahora puedo afirmar que el arte es una tontería".

Esto es parte fundamental de la genialidad del joven Arthur: la velocidad con la que fue quemando etapas y el modo en que su poesía lo proyectó siempre hacia adelante, alimentándose de las ruinas de sus anteriores ideas. Un proceso que en otros autores podría tomar incluso décadas, en él fue asunto de meses.

Su poesía avanzaba hacia la oscuridad o hacia el porvenir con la velocidad de un cohete.

En abril de 1873 se fueron de Londres. Verlaine quería evitar a toda costa el divorcio con Mathilde, pero no se atrevía a ir a París. Temía que lo detuvieran por su participación en la Comuna y sus contactos con exiliados en Inglaterra. Por eso de Londres decidieron ir a Bruselas y al poco de llegar Arthur continuó solo hasta Roche, en las Ardenas francesas, para reunirse con su madre y hermanas en los predios de la antigua propiedad agrícola de los padres de Vitalie.

Montañas verdes, prados, árboles dibujados contra el atardecer… Y en medio de esas imágenes plácidas las ruinas de la guerra. Según su futuro cuñado, Paterne Berrinchon, Arthur se presentó por sorpresa y le alegró ver a su madre y hermanas, pero fue insensible a todo lo demás, así que pasó el tiempo recostado en un camastro, en duermevela y sin decir palabra. O se encerraba en el granero y pasaba las tardes, solo. Así lo recuerda su hermana Isabelle, que en ese momento tenía doce años.

Dice Starkie que hay dos probables causas para este temperamento sombrío: por un lado, que estuviera desintoxicándose de las drogas que tomó en Londres, y por el otro, que llevara a cabo un profundo examen de conciencia sobre su vida, necesario para iniciar la escritura frenética de *Una temporada en el infierno*. En una carta a Delahaye le dice que está escribiendo unos relatos breves en prosa cuyo título será algo así como *Libro pagano* o *Libro negro*.

"Mi destino depende de ese libro", le dijo.

Tanto que durante su paso por Bruselas, antes de ir a Roche, Rimbaud habló con un impresor y llegó a un acuerdo para publicarlo.

De nuevo fue Verlaine quien lo convenció de regresar a Londres y el 27 de mayo volvieron a embarcarse hacia Inglaterra. Rimbaud ya tenía, en su maletín, buena parte de *Una temporada en el infierno*.

Ahí estaban de nuevo, en una habitación en el número 8 de Great College Street, Camden Town. Pero la situación no era fácil. Los constantes cambios de ánimo de Verlaine exasperaban a Rimbaud. Paul vivía acosado por la culpa y los remordimientos, a los cuales escapaba con alcohol y probablemente sexo o drogas, que a su vez le generaban más culpa, y así, en un círculo infernal que no tenía fin.

Rimbaud, cansado, comenzó a humillarlo. No soportó más su sentimentalismo y fue cruel. Se burló de su figura, de sus cambios de humor. No hay que olvidar que mientras Verlaine sufría sus horribles psicodramas, Rimbaud continuaba la escritura de *Una temporada en el infierno*. Es decir, Rimbaud tenía una situación de fuerza: estaba creando una obra y la podía palpar entre sus dedos, mientras que Paul, el desdichado Paul, sólo escribía cartas a su madre quejándose de la mala suerte y haciéndole la lista infinita de sus penurias.

La situación acabó con una escena psicótica, muy al estilo de Verlaine. Luego de que Arthur se burlara de él, Paul salió de la habitación y se fue corriendo escaleras abajo. Cuando Rimbaud reaccionó y corrió a buscarlo lo encontró subido en un barco, sobre el Támesis, con destino a Amberes. Arthur le hizo señas de que volviera, pero Paul, muy digno, miró para otro lado. Ahí comenzó el más grande derrumbe vital de Paul Verlaine, pues desde el barco le escribió una carta a Mathilde con un extraño ultimátum: si no venía en los próximos tres días a Bruselas a reunirse con él, se pegaría un tiro.

Del lado de Rimbaud el drama también se hizo intenso. Es seguro que tras el abandono del amante se habrá ido a beber, y ya borracho le escribió una carta pidiéndole disculpas y suplicándole volver. "Si no vuelvo a verte me alistaré en el ejército o la marina. Vuelve, no hago otra cosa que llorar", le dice.

Verlaine respondió con una carta que es ya la cumbre del melodrama:

"Como te he querido intensamente deseo que sepas que si de aquí a tres días no me he reconciliado con mi mujer en condiciones satisfactorias, me saltaré la tapa de los sesos. Tres días de hotel y un revólver cuestan mucho, de ahí mi austeridad pasada".

No contento, Verlaine les hizo el mismo anuncio de suicidio a su madre y a varios amigos de París, con la esperanza de que le llegara la voz a Mathilde. Le escribió incluso a la madre de Rimbaud, y Vitalie le respondió intentando disuadirlo. "Haga como yo, muéstrese fuerte y valeroso ante el sufrimiento", le dice.

Mathilde no fue a Bruselas —la carta fue interceptada por su padre— y cuando expiró su propio ultimátum, Verlaine volvió a cambiar de plan. Ahora ya no quería matarse. Entonces telegrafió a Rimbaud y le pidió que fuera a Bruselas el 8 de julio para verlo por última vez antes de partir a España y unirse al ejército carlista.

Y claro, lo logró.

Pero al llegar, Arthur no encontró a un ser convencido de su destino y haciendo maletas para ir a la guerra, sino al mismo poeta sentimental y borracho de siempre, acompañado por su madre. Verlaine le pidió que regresaran juntos a Londres y dieran por concluido el *affaire*, pero esta vez fue Rimbaud el que se negó. El ambiente subió de tono. Llovieron rayos y centellas y Verlaine, muy borracho, suplicó y suplicó. Rimbaud quiso explicarle que no soportaría más esa vida. Verlaine bebió hasta perder el conocimiento.

Dos días después seguían las discusiones y Verlaine no paraba de beber, hasta que Rimbaud le anunció que se iba. Verlaine lo detuvo. Cerró con llave y se sentó delante de la puerta. Hubo un forcejeo, insultos. Entonces Verlaine sacó la pistola con la que pensaba suicidarse y le disparó tres tiros a Arthur. Uno le pegó en la muñeca y los otros dos fueron a hundirse en la pared. Al ver lo que había hecho,

Paul se asustó, salió del cuarto y fue corriendo al de su madre —que increíblemente aún estaba ahí, en el mismo hotel— y se derrumbó en la cama, llorando, diciendo que había estado a punto de matar a Rimbaud.

Al rato llegó Arthur y la madre, nerviosa, le puso un vendaje. Luego fueron al hospital pero no se pudo hacer la extracción de la bala, así que Rimbaud decidió volver a Roche con su familia, lo que enervó a Verlaine, quien volvió a sacar la pistola en plena calle. Un policía que estaba por ahí lo detuvo y lo llevó a la comisaría, pero el delito era grave. Lo trasladaron a la cárcel de L'Amigo y después a la Prison des Petits Carmes, acusado de intento de asesinato.

Rimbaud estuvo internado en el hospital una semana, por la operación en la muñeca y por su deplorable estado nervioso. En su declaración para el tribunal dijo que Verlaine estaba completamente borracho y se había vuelto loco. Al salir del hospital, el 19 de julio, retiró la denuncia y afirmó que había sido un accidente, pero el aparato judicial ya estaba en marcha y no era posible detenerlo. Para agravar las cosas, Mathilde se presentó en Bruselas buscando pruebas que la ayudaran en su proceso de divorcio. Verlaine fue declarado culpable el 8 de agosto y condenado a dos años de trabajos forzados, más doscientos francos de multa. Durante el juicio se hizo pública la relación que existía entre los dos poetas, lo que contribuyó a que el juez se mostrara inflexible.

Rimbaud volvió a pie a la casa de su madre en Roche, aunque otros dicen que la policía belga lo llevó hasta la frontera. El caso es que llegó a la granja de su madre y le anunció a su familia que necesitaba reposo y comprensión para acabar un libro. La madre decidió apoyarlo, así que Arthur se recluyó en el granero con sus cuadernos y lápices.

Era un joven de dieciocho años enfrentado a una labor colosal, luchando contra esa especie de marea oceánica que es una gran obra, solo, enfermo y frágil. Pero Rimbaud encaró la tarea, pues ese era su destino: ponerse delante del toro y enfrentarlo. Su hermana Isabelle dijo que varias noches lo oyeron gritar, proferir insultos en voz alta y llorar. Tal vez la literatura de Rimbaud debía escribirse así: en un viejo granero y aullando de dolor. Sólo salía para comer. Cuenta Starkie que al terminar, un mes después, le dio a leer el manuscrito de *Una temporada en el infierno* a su madre. Vitalie se lo llevó a su habitación. Pasadas unas horas salió y, blandiendo las hojas en la mano, le preguntó a Arthur:

"¿Qué significa todo esto?".

El joven poeta le dijo:

"Significa exactamente lo que dice, literalmente y punto por punto".

3.

El avión se elevó por los aires, dio un panorámico giro sobre Madrid y enfiló rumbo al suroccidente, hacia esa zona del mundo en la que tantos habíamos dejado asuntos no resueltos y que ahora nos esperaba con su mejor cara.

Un viaje de regreso hacia el nuevo país pacificado.

Tertuliano, con su habitual humor o su habitual cinismo, dijo que nuestro viaje podría llamarse *Teoría de las almas que vuelven*. Lo decía por nosotros, no por él.

Íbamos hacia el país de la paz.

Porque, efectivamente, el gobierno y la guerrilla lograron firmar un acuerdo que había convertido a Colombia en el país de moda. Todos querían venir a Bogotá y pasearse por la plaza de Bolívar con un amigo o una novia colombianos, leer autores locales, saborear la comida típica y aprender a bailar sus ritmos. Periódicos como el *Asahi Shimbun* de Tokio, el *Times of India* de Delhi, el *Renmin Ribao* de Pekín, el *Al Riyadh* de Riad o el *Kompas* de Yakarta enviaron corresponsales permanentes y montaron sedes en Bogotá. Las empresas japonesas, coreanas y rusas abrieron sucursales en varias ciudades y se disparó la venta internacional de las nuevas telenovelas centradas en el perdón y la reconciliación.

Asimismo, los europeos del norte se preparaban para pasar vacaciones en el Caribe colombiano, comprar fincas de reposo en la zona cafetera, visitar el patrimonio y la deslumbrante naturaleza. Los intelectuales de izquierda holandeses, franceses y noruegos buscaban casas en el barrio de La Candelaria de Bogotá, en Barichara o Villa de Leyva. Otros en Providencia o en las islas del Pacífico. El escritor y premio Nobel francés Jean-Marie Gustave Le Clézio compró una casa frente al océano Pacífico y regresó a vivir a la selva del Darién. Los pensionados alemanes, viudos, buscaban esposas colombianas entre los cuarenta y los cincuenta años, preferiblemente con hijos mayores de edad.

La finca raíz se convirtió en el gran negocio. El precio del metro cuadrado en ciudades como Bogotá o Cartagena superó al de Nueva York y Copenhague.

El director Oliver Stone tenía la intención de filmar la historia del guerrillero Tirofijo y para ello se reunía en Bogotá con los miembros de las FARC en sus oficinas del Congreso de la República. Corrió el rumor de que estaba pensando en Willem Dafoe para el papel protagónico.

El actor Sean Penn compró una enorme casa colonial en el centro de Cartagena de Indias y era muy común verlo de juerga en las noches acompañado por Bono, el cantante de U2, y Benicio del Toro. Un proyecto del arquitecto canadiense Frank Gehry fue el elegido para la construcción del Gran Museo de la Memoria y la Reconciliación, en Bogotá.

Colombia estaba en la cresta de la ola.

Si Europa estaba *knock out*, África se consumía en la crisis humanitaria y la pobreza, el Medio Oriente ardía por las guerras islámicas, el Cáucaso y Ucrania seguían enfrentando a la Rusia neozarista de Putin, y países de la región latinoamericana como Venezuela, México o Argentina tenían graves problemas, Colombia era la luz al final del túnel. Con su proceso concluido, era una de las pocas zonas del mundo con un proyecto que ahora, poco a poco, debía hacerse real.

La pregunta era: ¿podría hacerlo?

Los extranjeros de a pie, prófugos de sus reinos sacudidos por la crisis, llegaron a invertir sus pocos ahorros, pues veían excelentes oportunidades y un nivel nada despreciable de seguridad. Y no sólo los prósperos. También los europeos empobrecidos por la *debacle* vinieron a buscar trabajo, lo que le permitió al escritor Fernando Vallejo gritar —más bien vociferar— que eran muy bienvenidos, pero que debían empezar lavando sanitarios. Poco a poco los extranjeros se mimetizaron en esta nueva sociedad optimista y aún recelosa, que veía con temor lo que podía pasar más adelante. No era posible hacer un psicoanálisis colectivo que ayudara a digerir la nueva situación.

Los venezolanos ricos, prófugos del chavismo, habían cruzado la frontera antes de que se firmara la paz, pero ahora llegaban una segunda e incluso una tercera oleadas. Como los anteriores, trajeron sus poderosas chequeras y abrieron negocios. Crearon petroleras y enseñaron a hundir los tubos extractores en diagonal para llegar hasta esos enormes bolsones del subsuelo donde no operan las fronteras de la superficie. Hubo una gran bonanza que luego cayó, junto con el precio del crudo, pero se dieron cuenta de que si existen dos países que se parecen en el mundo en lo esencial, y cuyas diferencias son meras cuestiones formales, son Colombia y Venezuela.

Había otro grupo: los millones de colombianos que se habían ido a vivir a Europa a partir de los años ochenta y que ahora volvían, poco a poco, a medida que la crisis los alcanzaba en sus respectivos países.

Sin embargo, en Colombia no todo era color de rosa.

La firma del acuerdo permitió levantar la gran alfombra nacional y muchas cosas tremebundas que estaban ahí, ocultas, saltaron como escorpiones. La gente comprendió hasta qué punto fue importante resolver ese gran conflicto antiguo que no permitía ocuparse de los problemas nuevos. Los del hoy y los del mañana. Los del presente.

Ese mismo presente en el que ahora viajábamos, pues la aeronave se internaba en el atardecer semiestático de quien se mueve al occidente a mil kilómetros por hora. Pero el Sol va siempre más rápido y la noche acaba por caer. Entonces el avión se convierte en un punto de luz que alguien podría confundir con una estrella.

Yo había pedido la silla C, corredor, que me permitiría levantarme al baño con frecuencia. A mi izquierda, en la A, estaba Carlos Malinger, alias Tertuliano, y en D y E, respectivamente, Manuela y Juana. Manuelito Sayeq, mi gran compañero, iba en la silla F, al lado de su mamá. Le habían dado un kit infantil y ahora dibujaba en una enorme página llena de acertijos y siluetas por colorear.

No he contado aún cómo llegamos a este avión y es lo que me dispongo a hacer ahora mismo, tan pronto acabe este gin tonic que la azafata tuvo la gentileza de servirme, aunque bajito de ginebra y en vaso plástico, lo que es comprensible.

Retrocedo unas semanas —¿seis tal vez?—, hasta el momento en que Juana llamó a Tertuliano y le pidió que viniera a la casa de la calle de San Cosme y San Damián. Ahí lo conocí.

Un hombre inmensamente gordo, aunque no en el sentido de *obesidad mórbida*, sino de alguien fuerte y a la vez voluminoso. Como un jugador de rugby o incluso un luchador de sumo. Una masa dura de carne. De respiración agitada y siempre sudoroso. Pasándose un pañuelo por la frente a cada rato.

Verlo entrar al apartamento de Juana me inquietó. ¿Qué favor le debía él? Tenía el cráneo afeitado en los laterales y un islote de pelo al centro, muy corto, casi al rape. Muchos futbolistas usan ese corte. También decenas de colgajos: de las candongas, del cuello, de las pulseras e incluso de su enorme cintura. Luego supe que cada uno tenía un significado y fue peor. Detesto a la gente simbólica, pero no se lo dije a Juana.

Ahora, sentado junto a mí en el avión y comiendo sin parar, con los bolsillos llenos de chocolates M&M's y levantándose más o menos cada media hora para ir al baño a lavarse los dientes, me provoca algo de simpatía. Poco después de conocerlo, cuando Juana le explicó el problema y preguntó si podía ayudarnos, Tertuliano estuvo dos días completos contándome la extraña historia de su vida y su increíble proyecto.

Pero vuelvo a esa primera tarde, cuando lo conocí.

Juana le explicó la situación de Manuela y luego ella misma le contó los detalles: la violación y el asesinato de su madre. Tertuliano, cual investigador del FBI, fue tomando notas y haciendo preguntas:

—¿Edad del objetivo?

—¿Estatura?, ¿peso aproximado?

—¿Peligrosidad de uno a diez, siendo diez la máxima?

—¿Hombres a su servicio?

—¿Posible armamento?

Al decir frases largas parpadeaba más de lo normal, por lo que preferí no mirarlo a los ojos. Era muy desagradable. Constantemente se levantaba al baño y pensé que iba a meterse drogas, pero él mismo nos lo explicó.

—Tengo un problemilla de ansiedad con la higiene bucal y por eso me lavo los dientes a cada rato. Bah, nada raro: encías frágiles que absorben los microbios, ¡y estamos rodeados!

Como prueba sacó de su bolsillo una bolsita con un cepillo y tres tubos medianos de pasta de dientes.

—Me hago tres de estos al día, ¿te imaginás? Es el único modo de frenarlo. Se llama automisofobia: aversión a estar sucio mezclado con bacilofobia y dentofobia, que es aversión a los dentistas. Intentá imaginarte eso por un segundo. No, no podés, ¿verdad? Es un infierno, pero es *mi* infierno. Debo aceptarlo. Ya salí de otros más tremebundos.

Juana supo de él por una colombiana que le habló de las charlas de Tertuliano y le propuso que fueran a oírlo. Las daba en salas de cine de segunda que se alquilaban para conferencias o reuniones religiosas. Y a pesar de que eran verdaderos mítines políticos, Tertuliano las hacía con el rótulo de "conferencias". Se presentaba como filósofo romántico, defensor de la naturaleza y la patria. Era un tipo increíble.

Durante esas semanas vino mucho a la casa. En cada visita nos daba noticias de lo que él llamaba "el objetivo".

—Mi gente está buscándolo, parece que se movió de la zona de Aguacatal hacia el Pacífico. Estamos haciendo un mapeo y tratando de acercarnos.

Otro día llegó y nos dijo:

—Ya casi está ubicado, es un animal bien peligroso, ¿eh, Manuelita? Hemos sabido cosas.

Un día le pregunté:

—La gente suya en Colombia, ¿hasta dónde puede llegar con esto?

—Hasta donde yo les diga, cónsul, pero no te preocupés. Yo lo arreglo y me encargo de todo. Se lo debo a nuestra amiga, es una cuestión de honor.

Manuela prácticamente se vino a vivir a la casa de Juana, formando un extraño triunvirato al lado del niño. Es raro vivir con dos mujeres, creo que altera la percepcion del tiempo. Por fortuna no había vecinos en el mismo piso, pero sí un portero que hacía preguntas y al que decidí ignorar por completo.

Una noche algo me despertó y, al abrir los ojos, reconocí a Juana. Se había sentado a mi lado y me miraba dormir. Le pregunté si pasaba algo.

—Sólo quería estar un rato aquí, cónsul. Estoy triste.

Se recostó junto a mí. La abracé.

—Lo que me gusta de estar con usted es que no hace preguntas inútiles —dijo—. Eso me hace sentir bien.

Se durmió sin que nos tocáramos. Me aferré a su respiración como si en ella estuviera contenida la vida y la suerte de ambos.

Al amanecer, con la luz de la mañana, vi a través del piyama que tenía un nuevo tatuaje al final de la espalda: una enorme mariposa con cabeza de serpiente y las alas desplegadas.

Me levanté con cuidado, para no despertarla, y fui a poner un café pensando en mariposas: cambian de lugar, revolotean, parecen deslizarse y rodar por el aire. ¿Por qué la diosa Psique se representa con alas de mariposa? Recorre el mundo buscando a Eros, su amante perdido. Pensé la palabra en otros idiomas que conozco: *butterfly, papillon, farfalla, schmetterling, babishká, húdié, farashá*… Una leyenda dice que los círculos en las alas —los ocelos— son los ojos por los que los dioses espían lo que pasa en el mundo. Recordé que Tertuliano saludó un día a Juana diciendo: "¿Qué decís hoy, madama Butterfly?". Se me apretó el corazón; ¿habían sido amantes? No era necesario acostarse con ella para ver sus tatuajes. Yo mismo los conocía. ¿Madama Butterfly? No sé de óperas, así que busqué información. Es la historia de una mujer abandonada, en Japón. Ama a un hombre ausente del que tuvo un hijo. Cuando le preguntan por el niño, dice: "Su nombre es Dolor".

Volví al cuarto con las dos tazas en la mano. Al despertar, Juana vio que su piyama se le había subido a la cintura.

—¿Me estaba mirando la cola, cónsul?

Me reí. Le di los buenos días.

—No me conocía este tatuaje —dijo, tocándose la mariposa—. Es el último. ¿Le gusta?

—Mucho —le dije—. Madama Butterfly.

Se rio. Tomó un sorbo rápido de café.

—¿Usted por qué es tan bueno conmigo? —preguntó.

Me quedé en silencio, sin poder deshacer un nudo en la garganta, hasta que noté por su mirada ansiosa que en verdad esperaba una respuesta.

—No lo sé.

El sol de la mañana le daba en la cara y su piel parecía de cerámica. Entonces me atreví a preguntarle.

—¿Para qué querías que viniera a Madrid?

Me miró con una extraña expresión de cansancio. Luego caminó hasta la ventana y dijo:

—Pensé que si se había olvidado de mí, por algún motivo, entonces no vendría. Sólo quería saberlo.

—Pues aquí estoy.

Permaneció de espaldas, mirando un cielo indefinido sobre el que se proyectaban un amasijo de antenas, postes y, más allá, el trazado neblinoso e irregular de edificios lejanos. Tuve ganas de abrazarla y repetirle al oído "aquí estoy", pero me contuve. Temí que algo se rompiera. Lo que había en el aire era una confusa mezcla entre las palabras "amor" y "compasión". O algo aún más inquietante: como si uno pudiera desear lo que otra persona *es* y *ha sido* cuando está a solas, lejos de uno, en ese mundo inverosímil que es la vida ajena, cuyo eco a veces nos alcanza. Comprendí también que estábamos a salvo, uno frente al otro.

A partir de ese día vino todas las noches a dormir a mi lado, aunque sin nada que pudiera percibir como sexual. Sentí un gran deseo, pero debía ser ella quien diera el primer paso.

Madama Butterfly.

Una semana después, en medio de la noche, me dijo:

—¿Recuerda mi historia, cónsul? Le hablé de un abogado con el que trabajé en Bogotá, el que me ayudó a salir de Colombia.

—Sí.

—Él es el dueño de este apartamento —me dijo—. No lo usa porque vive en París y viene poco a España. De vez en cuando lo acompaño a algunos viajes, sobre todo a Washington o a Ginebra.

Luego continuó:

—Lo de Tertuliano tiene que ver con eso. Tuvo un problema bastante jodido en una conferencia, uno de sus seguidores se cayó desde el techo y se mató. Nunca entendí si fue una especie de suicidio maníaco, con deseo de representación pública, o un drogadicto común y corriente que se trepó allá y acabó cayéndose por accidente. Lo acusaron de sojuzgar la voluntad de los oyentes y ejercer dominio psicológico. Pensé que en algún momento Tertuliano podría serme útil, así que llamé a mi amigo y le conseguimos un abogado que no le cobró un peso y lo sacó de todos los problemas. Desde ahí, Tertuliano me manda regalos y me invita a todas sus charlas.

Pasaron los días.

La actualidad de España se metía por las ventanas.

La gran noticia tenía que ver de nuevo con la embajada de Irlanda. Una mañana encendí el televisor y vi que había comenzado el asalto. La banda inferior de la pantalla hacía un flash en rojo:

¡ALERTA! ¡ALERTA! ¡POLICÍA ASALTA EMBAJADA!

Varias cámaras de la televisión mostraban en directo el avance de las tropas tipo SWAT o sus equivalentes españolas. Por una de las ventanas salía humo y se oían disparos.

Los helicópteros giraban y giraban.

Se había evacuado toda la zona aledaña, considerada "de guerra". El temor de la policía era que hicieran saltar por los aires el edificio, pero el diseño del ataque no permitió a los terroristas accionar los explosivos.

¡ALERTA! ¡ALERTA! ¡POLICÍA ASALTA EMBAJADA!

De cualquier modo murieron tres rehenes y otros cinco resultaron heridos. Seis de los quince secuestradores fueron dados de baja en la primera carga, con disparos muy precisos y simultáneos desde el frente de la avenida. Otros cinco cayeron en el minuto siguiente. Los francotiradores estudiaron los trayectos de cada uno a partir de las ventanas y dispararon a ciegas, guiándose por sonidos y voces. Dos grupos más de fuerzas de élite entraron por una perforación en el techo y otros por las ventanas, descolgándose. También derribaron un muro lateral, y así cuando los de Boko Haram se dieron cuenta ya estaban invadidos. Hubo tres policías muertos y cuatro heridos.

¡ALERTA! ¡ALERTA! ¡TERMINA DRAMA EMBAJADA!

Juana vino a mi cuarto y vimos el desarrollo del operativo. Estaba nerviosa. Pasó de la cama al sillón, luego a un cojín en el suelo. Fue por un café y volvió. Trajo una botella de agua.

Según el presentador de TV, la decisión del asalto se tomó porque la policía supo a través de micrófonos introducidos en el muro que para ese día preparaban tres nuevos degollamientos, y se planteaban acelerar la solución extrema del martirio detonando los explosivos.

—Se hizo lo que se debió hacer —dijo el jefe de la policía de Madrid— para salvar el mayor número de vidas.

—¿Y qué se sabe de los terroristas españoles?, ¿están vivos? —quiso saber el entrevistador.

—Hay cuatro detenidos, pero no podemos revelar las identidades. Más adelante haremos público un comunicado ya oficial con el reporte exacto de lo que pasó.

¡ALERTA! ¡ALERTA! ¡TERMINA DRAMA EMBAJADA!

—¡Qué grupos de élite fueron los que entraron primero a la sede diplomática? —preguntó otro periodista en la TV.

—A pesar del altísimo riesgo, las tropas que entraron al asalto fueron comandos de élite antiterrorista de la policía española —dijo con orgullo.

—¿Y la participación de policías de otros países?

—Hubo consultas, pero el grueso de la acción fue nuestro. Acá tenemos experiencia.

El analista Luis Bessudo, partidario del asalto, ya estaba emitiendo opiniones desde la sede central, donde se había instalado una mesa de comentaristas.

—Es un problema de escuelas de concepción antiterrorista —dijo Bessudo—. En mi opinión se tardó un poco en actuar, aunque debo reconocer que el paso de los días facilitó el estudio de sus movimientos y el mejor emplazamiento de los comandos. A pesar de las bajas, el resultado es satisfactorio. Podemos sentirnos orgullosos de nuestra policía.

Uno de los invitados al panel era el expresidente español José Luis Rodríguez Zapatero, quien dijo:

—Es difícil aspirar a la paz y a la seguridad en un mar de injusticias universales, pues la pobreza, la exclusión social, la falta de educación y los Estados fallidos son los factores que abonan el terreno fértil para el sostén del terrorismo.

Aseguró que el arma más contundente para combatirlo era la democracia y recordó cómo los españoles, tres días después del atentado del 11M, salieron a votar masivamente —por él—, dando un mensaje de confianza en las instituciones y el Estado. Afirmó que el terrorismo era la reacción humana más bárbara, e insistió en su proyecto, ya formulado durante una visita a Estados Unidos, de construir una *alianza de civilizaciones,* en contraste con la idea de Samuel Huntington del *choque de civilizaciones.*

Otro de los invitados, el analista Alfonso García Ortegón, proisraelí, dijo que esto ya se veía venir y que España y en general Europa habían sido sumamente permisivos con los grupos islámicos.

—Lo vengo diciendo desde hace años, joder —dijo García Ortegón—: hay que sacar a los árabes de las madrasas europeas en Londres, Bruselas, París e incluso en Madrid, y ponerlos en una especie de control policial preventivo, y a la menor infracción, o cuando se sepa que están difundiendo la ideología del yihadismo, pues a la cárcel. Europa debería construir algo tipo Guantánamo para confinarlos, o replantearse la pena de muerte para ellos.

Se bebió un sorbo de una botellita de agua y continuó:

—España debe presionar a Europa y participar con su aviación en los bombardeos, pero no sólo en Irak y Siria, sino también en Gaza y Cisjordania, donde opera el grupo terrorista Hamás, uno de los que empezaron todo este follón. Hasta que no se elimine no se va a poder bajar la intensidad del conflicto en ninguna parte del mundo.

Estas palabras enardecieron al abogado y jurista internacional Antonio Segura, quien pidió la voz y, ya antes de decir nada, fulminó con los ojos a García Ortegón y se dispuso a responder leyendo un texto suyo:

—"En el 2004 los españoles tuvimos más muertos y heridos por ataques yihadistas que los israelíes —dijo Segura—, pero no por ello nos dedicamos a arrojar bombas sobre las casas de los supuestos terroristas. Los atentados del 11 de marzo fueron juzgados por un tribunal legal y legítimamente constituido, aplicándose un ordenamiento jurídico que recae por igual sobre todo tipo de delincuentes y en el que a tenor del mismo éstos tienen derecho a una defensa y a un procedimiento con todas las garantías, tal y como exigen las normas básicas de un Estado de Derecho. Las Fuerzas y Cuerpos de Seguridad del Estado detuvieron a los sospechosos, investigaron y aportaron las pruebas al procedimiento en virtud de las cuales se demostró, en unos casos sí y en otros no, la participación de éstos en los atentados, dictándose finalmente una sentencia que condenó a unos procesados y absolvió a otros. Esta sentencia fue recurrida y el Tribunal Supremo absolvió a más imputados, pues entendió que no había podido demostrarse su participación en los hechos juzgados".

Y agregó, levantando un brazo acusador contra García Ortegón, hundido en su silla y algo temeroso por la vehemencia del abogado, pues se trataba de alguien con evidentes complejos físicos:

—Esta es la verdadera lucha de una democracia contra el terrorismo. Lanzar bombas de una tonelada en el barrio más poblado del mundo o ejecutar a personas sin juicio previo es otra, desde luego, ¡pero no la que se utiliza en España!

¡ALERTA! ¡ALERTA! ¡TERMINA DRAMA EMBAJADA!

Hubo un corte a comerciales y el clásico anuncio de:

"Ya volveremos con más análisis e información sobre el asalto policial a la embajada de Irlanda".

En los anuncios, una compañía de viajes proponía "Buscarse mejor a sí mismo en un entorno natural, lejos del ruido usurpador, allá donde comenzó la historia del mundo", y lo que vi, para mi sorpresa, fue una imagen del río Amazonas y la publicidad de un crucero.

Luego una crema para depilación íntima, con el siguiente lema: "Porque sólo tú sabes hasta dónde quieres llegar".

De ahí se pasó a una marca de automóviles 4×4, ideal para las excursiones a la montaña: "A las altas cumbres, donde el único límite es tu imaginación".

La publicidad parecía dirigida a otro mundo.

Apagamos la televisión y Juana fue a buscar a Manuelito a la escuela. Yo salí para tomar el pulso de la calle. Supuse que la tensión debía estar en su grado máximo, pero lo increíble es que la gente, ya sentada en sus terrazas y preparándose para la tarde con los primeros gin tonics, estaba muy saludablemente alejada de cualquier nerviosismo. Todo lo contrario. Más bien parecía eufórica.

Sólo un grupo que pasó a mi lado, en la calle Atocha, dijo una frase que parecía acorde con la gravedad.

—¡Los cuatro que quedaron vivos son negros, macho! Los tres españoles la palmaron.

Una mujer joven venía hablando con otra, y dijo:

—Jooooder, nunca pensé que iba a vivir un día así en mi vida.

Agucé el oído para registrar su opinión, y lo que oí fue esto:

—Primero se cayó la red en la oficina por más de dos horas, luego se me apagó el móvil y no volvió a encender, ¡en plena conversación con Mario, tía! Y al salir a la calle… ¡Me había venido la regla! Joder, el broche de oro.

La otra le dijo.

—Al menos no estás preñada, colega.

El nivel de ruido en noticieros y programas de debate fue bajando y la vida regresó a sus cauces normales. La toma de la embajada fue cosa del pasado y muy pronto hubo nuevos y urgentes asuntos para los analistas: las lesiones de los futbolistas más queridos de Occidente o el romance de la década entre un premio Nobel de Literatura y una mujer del jet set, cuando los tentaba la frivolidad, o las embarcaciones africanas que seguían llegando en las noches y volcándose en altamar con centenares de personas entregadas al abismo, cuando optaban por algo más trágico. Y por supuesto los escándalos financieros, siempre al alcance de la mano, o los deseos de varias regiones de Europa de ser independientes para separarse de los hermanos pobres: desde la Padania italiana hasta Córcega, y por supuesto Cataluña y el País Vasco.

Así fue pasando el tiempo y todos, en la casa de la calle San Cosme y San Damián, estábamos un poco en vilo, hasta que ocurrió lo que todos estábamos esperando. Tertuliano llamó y dijo que tenía que vernos con urgencia.

—Mirá estas fotos, ¿lo reconocés?

Se veía a un hombre en traje camuflado, bajando de una camioneta Ranger.

Manuela se tensó como un felino, tragó saliva y clavó su dedo en la pantalla.

—¡Es él!

La frase actuó como una enzima que debe unir varias sustancias. Le pregunté dónde estaba.

—En una finca cerca del cañón de La Llorona, en Dabeiba, pero va con frecuencia a Cali y a Medellín a hacer negocios de droga. Ahora debemos ir a montarle el operativo.

Manuela habló de unos ahorros. Estaba dispuesta a hacerlo. Juana me miró y dijo:

—Tenemos que ir con ella, cónsul.

Podría ser un buen motivo para volver al país después de tantos años. Pensé en la idea del regreso y me pregunté si era realmente posible. ¿Es posible regresar? ¿Regresar a dónde? ¿A dónde volvemos realmente?

Tertuliano le dijo a Manuela que se olvidara de la plata.

—Esto coincide con nuestra lucha, querida, ¿y con lo que le debo a Juana? No te preocupés que allá tenemos gente que financia estas cosas. Vos quedate tranquila.

Eso dijo Tertuliano, "vos quedate tranquila". Y ahora estábamos todos aquí, viajando hacia el paralelo 5.

El avión ya se había internado en la noche, sin diferencia entre el abajo y el arriba. Las luces de la cabina estaban apagadas y los pasajeros dormían en total quietud.

Tertuliano, con la cabeza contra la ventana, roncaba hasta la apnea. Al despertarse se metía la mano en el bolsillo, sacaba un chocolatín y lo engullía. Luego se levantaba al baño a lavarse los dientes y volvía a dormir.

Yo también lo intenté tratando de olvidar que, en el fondo, íbamos a Colombia a matar a alguien; Manuela se levantó y fue a la parte trasera, al lado de los auxiliares de vuelo. Pensé en estirar un poco las piernas.

—Puedes cambiar de opinión en cualquier momento —le dije—. Nadie puede sentirse obligado a hacer una cosa así.

—Tengo que hacerlo, cónsul. Nada de lo que he hecho en la vida tiene sentido mientras ese man ande por ahí. Traté de construir una casa encima de un volcán, pero el volcán está activo. Que usted haya traído noticias de él me hizo entender que tengo que resolver eso si quiero aspirar a una vida verdadera y, sobre todo, incontaminada. Es que yo vengo de un infierno muy áspero, cónsul. Tiene que entenderme.

—Te entiendo.

—Me gustaría que leyera algo mío —dijo de pronto.

—Claro que sí.

—Cuando salgamos de esto le paso unos poemas.

Volví a mi silla y ella se quedó de pie, al lado de la puerta del baño, comiendo las papas fritas y los caramelos del servicio de crucero.

Tenía curiosidad por llegar a Bogotá. Hacía siete años que no iba y diez si pensaba en una estadía larga. Supuse que algunos viejos fantasmas de la adolescencia podrían resurgir.

4.

Ya lo dije antes: pasé una parte nada despreciable de mi tiempo dedicado a leer y releer versos de Rimbaud y a fantasear sobre su extraña vida, haciéndome las preguntas que se hacen todos los que se acercan a su poesía, a saber: ¿cómo puede alguien con tanto talento, un verdadero genio, abandonar la escritura? ¿Es posible realmente abandonarla? ¿Habrá seguido escribiendo para sí mismo en una suerte de hermafroditismo poético? ¿Es posible ser poeta de un modo tan radical e incluso violento y luego, un buen día, dejar de serlo? ¿Qué es entonces ser poeta? ¿Fue alguna vez consciente el joven Arthur del modo tan poderoso en que cambió la historia no sólo de la poesía sino de toda la literatura de Occidente? ¿Habrá por ahí, en algún desván, en Charleville, Harar o Adén, una maleta con manuscritos de su época etíope que algún día alguien encontrará?

Rimbaud personificó un movimiento que empezó en la época de las cavernas, cuando el hombre, solo, cruzó montañas y picos y lagos preguntándose qué había más allá. Fue la encarnación del fugitivo, obligado a irse muy lejos para cumplir un destino o encontrarse con él y abrazarlo. Incluso para interrogarlo, ponérsele de frente o mirarlo a los ojos. Irse lejos, cada vez más lejos, porque todo viaje, en el fondo, es una búsqueda de sentido. Recuerdo de nuevo a Lezama Lima: "La idea del destino es una frase que dice *nos vienen a buscar*, pero se completa con otra: *salir al encuentro*".

La humanidad, grosso modo, se divide en estos dos movimientos complementarios: los que se van a la conquista de algo, por lo general solos, y los que se quedan y fundan naciones.

Ambos han sido fundamentales.

Los *Homo sapiens* africanos de las estepas, parientes de Lucy, se fugaron al norte hace veinte mil años y encontraron a los neandertales. Ese encuentro debió provocar un furibundo choque y lo único que sabemos es quién fue el ganador: los africanos, los padres de los humanos de hoy. Al parecer, las extensas llanuras europeas no eran lo suficientemente grandes para que ambos grupos cohabitaran, no lo sé, cada uno de un lado del río. Tal vez lo que hubo fue el colapso de dos modos de concebir la vida: el fugitivo versus el poblador. Aquél es más hábil y tiene la sangre fría y puede llegar a ser cínico y asesino. El poblador es bueno y feliz. Está en armonía con su entorno. Ama las plantas y las montañas y las nubes. Por eso es más débil. Tiene la sangre caliente. Siente nostalgia y comprende a los demás.

La historia de la humanidad fue rejoneada por fugitivos. Como Odiseo, que erró por el Mediterráneo durante veinte años hasta regresar a su casa, o Eneas, que nunca volvió y, en su exilio, acabó fundando un país que siglos después erigió el primer gran imperio de Occidente. La voluntad de irse está gobernada por muchos demonios y fantasmas, no sólo el de la necesidad. Por eso en ocasiones el fugitivo vuelve, pero a todos e incluso a él mismo les parece que lo que hace es estudiar nuevas rutas, mapas mentales para nuevas fugas.

Un porcentaje alto de poetas y artistas fueron grandes fugitivos, lo mismo que los filósofos. Jesús, el hijo de María, pasó la tercera parte de su vida lejos de su tierra; ¿a dónde fue? En Cachemira, en el norte de la India, dicen que estuvo allá, en un monasterio budista. Esto tiene su lógica. Con ellos aprendió la piedad y el perdón, ideas imposibles en la despiadada Judea de su tiempo. Al regresar a su tierra brutal ordenó a los suyos amar al enemigo y poner la otra mejilla, y muy pronto fue crucificado. Al levantarse de la tumba donde lo dejaron por muerto, volvió a irse y al parecer desandó sus pasos hasta Cachemira. Allá le muestran a uno su tumba.

La tumba de Jesús.

Joyce se fugó, Van Gogh fue un fugitivo, igual que Gauguin; Nietzsche y Cioran se fueron de sus hogares a enfrentar la frialdad del mundo. El deseo de mirarse a sí mismo desde la orilla opuesta empujó a los escritores viajeros cada vez más lejos: Conrad, Bowles, Greene, Neruda, Henry Miller, Octavio Paz, Lawrence Durrell. Irse a buscar historias o, como dice Bowles, a verse modificado por otros paisajes y mundos, de modo que el libro que se escribe sea el resultado de esa modificación. Pero todos parecen seguir un mandato de Rimbaud, el que da en ese poderoso verso que está en *Adiós*, al final de *Una temporada en el infierno* y que señala con su brazo el rumbo que habría de tomar la literatura posterior a él:

À l'aurore, armés d'une ardente patience, nous entrerons aux splendides Villes.

En su discurso de recepción del premio Nobel, en 1973, Pablo Neruda leyó un texto titulado *Hacia la ciudad espléndida*, basado en este verso. Esto dijo Neruda, quien, fiel a su militancia, le dio un contenido político:

Hace hoy cien años exactos, un pobre y espléndido poeta, el más atroz de los desesperados, escribió esta profecía: "A l'aurore, armes d'une ardente patience, nous entrerons aux splendides Villes". "Al amanecer, armados de una ardiente paciencia, entraremos a las espléndidas ciudades".

En conclusión, debo decir a los hombres de buena voluntad, a los trabajadores, a los poetas que el entero porvenir fue expresado en esa frase de Rimbaud: sólo con una ardiente paciencia conquistaremos la espléndida ciudad que dará luz, justicia y dignidad a todos los hombres.

Así la poesía no habrá cantado en vano.

Arthur Rimbaud está preparado para irse después de haber escrito y publicado su gran obra, la única que vio con sus propios ojos en forma de libro: *Una temporada en el infierno*. Es agosto de 1873, en Roche. Pero vamos un poco atrás: el joven acaba de salir del granero con el manuscrito en la mano. Su madre pagó los gastos de publicación en Bruselas y cuando los ejemplares estuvieron listos, en octubre, fue a recogerlos para enviar copias a sus amigos.

Luego viajó a París a esperar las reacciones, pero la cosa no anduvo bien. Ay, joven Arthur, ¿y qué esperabas? Cualquier poeta sueña con ser aclamado y por eso el primer libro es un momento aterrador: darlo a ojos extraños, no a amigos pacientes y benévolos; un determinado y muy frágil orden de palabras que debe abrirse paso, solo... ¿Hacia dónde? El joven desea que se escuche su voz y que alguien la comprenda. Es la sublime ambición de cualquiera que publica un libro y se repliega, asustado, a esperar una reacción. El lector anónimo es cruel e injusto porque la literatura es así; sólo puede entrar a ella quien esté dispuesto a recibir golpes.

Arthur esperó esa lectura atenta, pero recibió un balde de agua helada. El ambiente no era bueno para un libro suyo, pues todos lo recordaban como el pequeño Lucifer que le trajo la desgracia a Paul Verlaine. Una tarde, a principios de noviembre, Rimbaud recaló en uno de los cafés parisinos más concurridos por poetas e intelectuales, pero nadie le dirigió la palabra. El joven esperó en vano hasta la hora del cierre y, adolorido, se marchó directo a Charleville. Al llegar, arrojó al fuego los ejemplares que le quedaban de *Una temporada en el infierno*.

¡Poética venganza hacia quienes lo ignoraban!

Hecho esto regresó a Londres acompañado de un nuevo amigo, el poeta y bohemio Germain Nouveau, colaborador de la revista *La Renaissance Litteraire et Artistique*, con quien compartió pensión en el número 178 de Stanford Street.

Se sabe poco de esos meses, hasta abril de 1874. Rimbaud se dedicó a leer y probablemente a escribir en la biblioteca del Museo Británico. Las bibliotecas del mundo son el hospicio de los poetas pobres; allá encontró calor y alimento. Se especula que tuvo una novia, Henrika. La menciona en el poema *Obreros*, de las *Iluminaciones*. Pero es sólo una hipótesis. La verdad es que se sentía solo y pronto pidió ayuda a su madre. Y así fue que Vitalie, con su hija mayor —llamada también Vitalie—, decidió ir a ver a su hijo. Arthur fue a recibirlas a la estación de Charing Cross y las llevó por todo Londres; les mostró la ciudad y se sintió orgulloso de que notaran su buen inglés. Los diarios de la joven Vitalie II, hermana homónima de la madre, describen esta visita y las atenciones que el hermano les brindó. Subraya que, a pesar de estar mucho tiempo con ellas, iba todos los días a la biblioteca del Museo Británico.

¿Qué leía?

Podría jurar que estudió con suma atención *First footsteps in East Africa or, an Exploration of Harar,* publicado en 1856, del explorador Richard F. Burton, donde se describe la ciudad abisinia de Harar y se dice que es un lugar prohibido para los europeos. Burton pudo entrar en una caravana haciéndose pasar por jeque afgano, con el nombre de *hayi* Abdullah, y quedarse el tiempo suficiente para que el propio *alem* de la ciudad le pidiera recibirlo como discípulo.

Esa región de África Oriental llamaba la atención del joven Arthur, pues una de las cosas que le mostraron a su madre y a su hermana fue la colección del emperador Teodoro de Abisinia en el Museo Británico, una visita que Vitalie II consignó en su diario con entusiasmo, fascinada por las túnicas, los diamantes y los utensilios de plata.

El viaje, el deseo de partir.

El joven estaba a punto de desplegar alas.

Una de las tareas de la madre era acompañar a su hijo a buscar trabajo, algo que se había convertido en una auténtica obsesión. Enviaron cartas, se presentaron a muchas entrevistas, y al fin, el 29 de julio, Arthur anunció que había conseguido algo.

Se fue el día 31 de Londres, a las 4:30 a.m.

¿A dónde?

Muchos biógrafos dicen que a Escocia, pero Starkie afirma que viajó a Reading, a medio camino entre Londres y Oxford, y trabajó en un colegio, tal vez como profesor de Francés. En la cárcel de esa ciudad, veinte años más tarde, entraría otro escritor y poeta, Oscar Wilde, nacido apenas cuatro días antes que Rimbaud, el 16 de octubre de 1854. Curiosa cercanía entre dos personajes tan diferentes pero igualmente geniales.

De esa época debe ser *Democracia,* una de las últimas *Iluminaciones,* en donde anuncia su inminente partida:

Me despido de todo, no importa hacia dónde. Reclutas de la buena voluntad, acogeremos la filosofía más feroz; ignorantes de la ciencia, atontados por el confort. Al diablo el mundo que gira. Esta es la verdadera despedida. ¡Adelante, al camino!

Y a principios de 1875 empieza su vagabundeo por el mundo. Una peregrinación que le tomaría más o menos cinco años.

La primera etapa fue Alemania, Stuttgart, donde llegó con el objetivo de aprender alemán. Vivió en una pensión, trabajó con su fuerza física para sostenerse y pasó horas en las bibliotecas. Su época alemana estuvo marcada por un episodio con su viejo amigo y amante Verlaine, que en enero de 1875 había salido de la cárcel convertido en fervoroso católico. Su fe explotó como un volcán de lava y lo puso de rodillas. Verlaine abjuró de su pasado irresponsable, de los errores cometidos por su falta de carácter y de haber perdido a su familia. Su primer impulso no fue buscar a Rimbaud sino a Mathilde, pedirle que lo perdonara. Increíble deseo en alguien que destruyó sistemáticamente cada una de las oportunidades que ella le ofreció, incluida la de esperarlo desnuda y perfumada en un hotel de Bruselas.

Por supuesto que Mathilde no le permitió siquiera acercarse y entonces Verlaine, desesperado, acudió a Delahaye, el fiel amigo de Rimbaud, suplicándole la nueva dirección del joven poeta. Ay, ilustre Verlaine: ¡ya se ven venir los problemas! Parece que la fe y la religión no fueron tan definitivas como para tapar lo que era importante.

Una tarde, en Stuttgart, Rimbaud se sorprendió al recibir en el correo una carta de Verlaine en la que le pedía un encuentro y le suplicaba que se convirtiera a la religión. El joven Arthur, que ya no era tan joven pues tenía veinte años cumplidos, debió sonreír y sentir curiosidad. Le respondió que fuera a verlo, que lo esperaba.

Verlaine llegó al otro día.

¿Cómo fue ese temerario encuentro?

Una carta de Rimbaud, citada por Starkie, nos da una idea somera: "Verlaine llegó a Stuttgart con un rosario entre las garras, pero tres horas después había negado a su dios e hizo sangrar de nuevo las noventa y seis heridas de Nuestro Señor".

El *convertidor* volvió, por enésima vez, a ser convertido por el Satanás de Charleville. La escena, como de costumbre, fue patética.

Ya muy borrachos, paseando por la orilla del Neckar, acabaron a los puños y Verlaine quedó inconsciente. Rimbaud era fuerte. Al otro día Arthur lo convenció de irse, por el bien de la amistad y para evitar más agresiones. Entonces Verlaine regresó a París.

Esa fue la última vez que se vieron los dos grandes poetas de Francia.

La errancia de Rimbaud continuó en curiosos giros: cruzó a pie los Alpes y llegó a Milán. De ahí fue a Brindisi también a pie, con la idea de embarcarse hacia la isla griega de Paros, pero se insoló y debió ser hospitalizado de urgencia. Al restablecerse el consulado de Francia, fue repatriado a Marsella. Pasó el verano en París y a fines de agosto regresó caminando a Charleville.

¡Definitivamente los pies de Rimbaud eran su mejor y más seguro medio de transporte!

En octubre de 1875 volvió a contactar con Verlaine y le pidió un préstamo para estudiar piano. Pero este se negó, cargado de resentimiento, y escribe de manera burlona que al joven Arthur "se le murió la gallina de los huevos de oro", refiriéndose a que ya no escribía poesía. "¿A dónde iría mi dinero?", le dice, "¡A manos de taberneros y mujeres de vida fácil! ¿Lecciones de piano? ¡Quién va a creer eso!". Ahora debe velar por la seguridad económica de su hijo, puesta en peligro por "las brechas abiertas en mi pequeño capital por nuestra absurda y vergonzosa vida de hace tres años".

Rimbaud no respondió.

A fines de 1875, siempre en Charleville, el joven genio habría aprendido otros tres idiomas: árabe, indostaní y ruso. Si a eso le sumamos el alemán y el inglés, el griego y el latín, ya vamos en siete con apenas veinte años. Y algo más: tal vez ofendido por la carta de Verlaine empezó a estudiar música y piano. Se dice que dibujó un teclado en la mesa de la casa y practicaba ahí, en silencio, mientras corregía los ejercicios de sus alumnos de idiomas.

Pero muy pronto el joven Arthur volvió a sentir picor en los pies. Es el joven de las "suelas de viento", tal como lo definió Verlaine. Quiso ir a Rusia con el dinero ahorrado, pero tuvo inconvenientes y alguien le robó la plata y el equipaje en Viena, donde debió mendigar para comer. De vuelta a la casilla de salida, la siguiente vez fue más ambicioso a la hora de buscar el modo de irse de Europa.

La respuesta se la dio Holanda, que tenía sus colonias en Indonesia, la lejana Batavia del tabaco y las especias. El joven Arthur no tuvo el menor problema en alistarse en el ejército holandés para ir a la isla de Java, comprometiéndose a permanecer en el ejército por un periodo de seis años.

Se embarcó el 10 de junio de 1876.

Atracó en Batavia el 23 de julio.

Las colonias holandesas en el Lejano Oriente eran conocidas con el nombre de Indias Orientales, lugar de temperaturas tropicales y poderosas selvas. Un mundo nuevo para alguien deseoso de huir de Europa. Es lo que el joven Arthur quería, pero los rigores de la vida militar muy pronto lo aburrieron. ¿Qué hacía ahí, en medio de soldados? ¡Él quería irse a conocer las selvas y los villorrios y emparse de los olores de esos árboles descomunales!

Tres semanas después de su llegada, desertó. Tenía el dinero que le dieron por el enrolamiento y, suponemos, alguna paga más. Con eso fue suficiente para que el joven estuviera un mes en selvas y poblados. Pero Oriente no lo sedujo. No escribió nada sobre lo que vio y tampoco intentó quedarse; al poco tiempo ya estaba buscando un buque que lo llevara de vuelta a Europa.

Quiero imaginar que en el exótico puerto de Samarang, desde donde regresó a Francia el 30 de agosto —hay varias hipótesis—, encontró un barco de bandera francesa cargando especias y tabaco, el Mont Blanc. Arthur lo vigiló largamente, sentado cerca del muelle. Siguió con atención el trabajo de los marineros preparando la estiba y a la tripulación moviéndose con agilidad por el puente. Tal vez pensó que podría embarcarse.

Acabada la tarde, un marinero se acercó a su taberna. ¡Era un jovencito menor que él! Le pareció un buen presagio así que intentó hablarle. Lo saludó en inglés y el marino, a pesar de comprender, no lograba expresarse con fluidez. Rimbaud reconoció un acento eslavo y le habló en ruso, mejorando las cosas. Al final, lograron comprenderse en francés.

El joven resultó ser polaco. Se llamaba Józef Teodor Konrad Korzeniowski, nombre que Arthur le hizo repetir varias veces. Bebieron juntos. Rimbaud quiso saber por la tripulación del Mont Blanc, la paga y las condiciones a bordo. Józef le explicó que de Batavia se dirigirían al norte de la península malaya y luego a Formosa, antes de regresar a Francia. El Mont Blanc debía ir originalmente a Martinica, que era el destino elegido por él, pero a último momento la compañía lo desvió a Oriente por el naufragio de otro carguero.

Las condiciones a bordo eran las normales. Un marinero murió cruzando el mar Arábigo, aunque no por una enfermedad contagiosa. Los turnos se hacían duros, pero eran justos. Partían al día siguiente, muy temprano. Era su última noche en Batavia.

Rimbaud quiso saber por qué se había embarcado tan joven y Józef le contó, de forma escueta, que era huérfano: su madre había muerto de tuberculosis y su padre, arrestado por algún delito misterioso, murió en la cárcel. Eso lo obligó a vivir con sus tíos, desde los doce años. Al acabar los estudios, a los diecisiete, decidió irse a Italia y luego a Marsella, donde se embarcó como marinero en el Mont Blanc.

Rimbaud le dijo que había estado hacía poco en Italia. Hablaron de las montañas alpinas y los caminos apacibles y los rincones sorpresivos de las ciudades italianas. Józef habló de Venecia y Trieste. Rimbaud le contó de su intento por llegar a Rodas, de su deseo no realizado de llegar hasta Rusia. El polaco escuchó la palabra Rusia y se puso alerta. ¿Te interesa Rusia? Para él, Rusia era la metáfora de la maldad y los peligros. Luego Józef le propuso probar el aguardiente de arroz traído de China en otra de las tabernas, así que cambiaron de lugar.

El joven Konrad era buen bebedor, y Rimbaud no se quedaba atrás.

Los jóvenes hablan siempre de viajes y aventuras. Entonces el espíritu de Rimbaud, mecido por el licor, empezó a emerger; le contó de la decadente vida burguesa de París, de los increíbles muelles del puerto de Londres, de sus aventuras en medio de la guerra contra Prusia y exageró con los cadáveres de soldados alemanes encontrados en los campos.

Konrad le habló de sus correrías por Múnich, Viena y Lucerna. Rimbaud le dijo que un cochero malvado le había robado su dinero y su equipaje en Viena, y que por eso ahora estaba ahí en lugar de estar en Moscú. Siguieron bebiendo hasta la hora en que el joven polaco debía regresar a su litera. Ya amanecía. Antes de despedirse, le dijo a Rimbaud:

—Debería enrolarse en un barco que lo lleve a América, a las islas del Caribe. Es el nuevo mundo. Yo estaré por allá.

—Mi esperanza por ahora está en África —respondió Rimbaud.

—Entonces lo buscaré en África. Buena suerte, francés.

Dicho esto, Józef Konrad pagó la cuenta y se dirigió a su barco. Una empleada de la taberna alcanzó corriendo a Arthur. Llevaba en la mano una pipa de madera pulida. Su amigo polaco la había olvidado en la mesa. El joven la recibió, se alzó de hombros y la guardó en el bolsillo.

Ya se la devolveré en África, pensó.

El regreso a Europa fue en un buque británico, el Wandering Chief, que partió de Batavia con un cargamento de azúcar el 30 de agosto. En esta hipótesis, Rimbaud habría estado en Java sólo treinta y siete días, y empleó en ir y volver cuatro meses, pues no llegó a El Havre hasta el 17 de diciembre de ese mismo año. De ahí fue a París y para la cena de Navidad ya estaba en Charleville.

Los intentos por salir de Europa continuaron, esta vez con otro norte: África.

¿Por qué África?

Es en África del Norte, en medio de guarniciones lejanas, donde está la sombra de su padre. El joven Arthur quiere saber qué es lo que hay allá, en esos espejeantes territorios, en esas dunas silenciosas y tristes que tanto lo deslumbraron.

No es una novedad que la desaparición o el alejamiento del progenitor sea el disparador de la creación literaria. Las obras de Joyce, Dostoievski y Proust están marcadas por esa ausencia.

En su libro *Le genie et la folie,* el psiquiatra francés Philippe Brenot menciona algo que podría coincidir con el caso de Rimbaud, cuando la ausencia del padre propulsa la figura de la madre. Dice Brenot:

"La frecuente homosexualidad masculina entre los creadores literarios puede explicarse por la relación edípica con esa madre yocastiana que centra toda la energía pulsional exclusivamente en el lazo que los une. Las mujeres son pálidas figuras al lado de la madre y ninguna se le puede igualar. Únicamente la homosexualidad y la función de sublimación preservarán de la tentación prohibida. Proust, Genet, Jouhandeau, Verlaine, Roussel, Wilde, Byron y Montaigne ensalzaron las virtudes homónimas. Pero no sólo ellos, también Sócrates, Aristóteles, César, Botticelli, Leonardo, Francis Bacon, Lully, Rimbaud, Gide, Max Jacob, Jean Cocteau, Montherlant, Nijinski, Pasolini... Y lo mismo les sucede a las mujeres, a quienes la homosexualidad protege de la tendencia incestuosa:

Ninon de Lenclos, George Sand, Sarah Bernhardt, Colette, Virginia Wolff…"[2].

En la primavera de 1877, Rimbaud hizo otro intento y viajó a Hamburgo con la esperanza de embarcarse como marinero hacia Medio Oriente. No lo consiguió y acabó en Escandinavia, trabajando como intérprete en un circo francés. Su gran patrimonio en esos años, como se ve, fue el conocimiento de las lenguas. Pero el frío nórdico doblegó sus fuerzas y muy pronto comprendió que debía irse. Al principio del otoño viajó a Alejandría, pero enfermó en altamar y debió desembarcar en costas italianas.

Y una vez más, de vuelta a Charleville.

Un año después, en 1878, volvió a insistir con Hamburgo y, por fin, encontró una oferta de trabajo en Alejandría. Debía embarcarse en Génova. El paso de los Alpes estaba cerrado por el invierno y debió cruzarlo a pie, con la nieve hasta la cintura. Llegó a Génova y se embarcó rumbo a Egipto. En Alejandría lo esperaba un trabajo en una explotación agrícola, cosa que muy pronto dejó. Ahora quería irse a Chipre, pero antes aceptó viajar a Suez a trabajar en una extraña labor que consistía en recoger el botín de barcos que se hundían o averiaban en las costas de Gardafui. De ahí saltó a Chipre, a ser capataz de una cantera en el desierto. Un trabajo duro y solitario. Se quedó hasta junio de 1879, cuando las fiebres tifoideas lo obligaron a volver a Francia. Tal vez había logrado resignarse a su suerte y ahora sólo veía pasar la vida, ya sin esperanza.

Lo que sí llegó fue la muerte del padre, en ese mismo año de 1879. Adiós al capitán Frédéric Rimbaud, quien se

2. Philippe Brenot. *El genio y la locura*. Traducción Teresa Clavel. Barcelona, Ediciones B, 1998, p. 116.

despidió del mundo en Dijon, acompañado por su segunda familia. Vitalie y sus huérfanos no fueron al entierro.

Cuenta Starkie que Delahaye, su más fiel amigo, le preguntó una vez qué pasaba con la poesía. Rimbaud echó los labios para adelante y respondió:

—No pienso nunca en eso.

Al cumplir los veinticinco anunció en Charleville que se iría por mucho tiempo. Un grupo de amigos le hizo una despedida en un café de la plaza Ducal. Allí llegó el joven poeta muy elegante y les dijo, con gran solemnidad, que sus años de vagabundeo acababan de concluir y que se preparaba para grandes tareas. Sus delirios poéticos habían quedado atrás. A partir de ahora viviría como una persona normal, trepando hasta lo más alto y construyendo una inmensa fortuna.

Ninguno de esos amigos volvió a verlo.

5.

Llegamos a Bogotá un poco antes de las ocho de la mañana, una hora neblinosa y fría que, a decir verdad, no presagiaba nada bueno, a pesar de que las calles ya bullían de actividad.

Este vislumbre de la ciudad, con sus nubarrones negros y su aire blancuzco que oculta los cerros, no era el mejor escenario para sentirse alegre, ni siquiera moderadamente. Todo lo contrario. Un vistazo a los demás pasajeros tampoco sugería nada feliz: soñolientos y bostezando, con el pelo pegado y la ropa arrugada, caminaban como zombis por el corredor central hacia la puerta de la aeronave para luego seguir por el brazo mecánico que lleva al terminal aéreo, cuyas baldosas gélidas y grandes ventanales no hacían más que multiplicar el frío y la desolación, esa orfandad que parecía bajar desde las oscuras nubes.

Hay que estar muy bien parado en el mundo para soportar la llegada a Bogotá sin sentir un golpe de angustia, una opresión en el pecho que corta la respiración y transforma la falta de aire en una especie de sanción moral. Todas las veces que he aterrizado aquí, desde niño, vuelvo a sentir esa pavorosa inquietud y un muy estructurado sentimiento de culpa, aunque sin sustancia. Como si fuera uno de los hermanos Karamázov, por ejemplo Aliosha.

¿Es la densidad del aire o el tono de la luz o la mezcla de aquello con mi propio pasado? Tal vez esa sea la clave: el pasado.

Allá está ese niño al que nunca le pasaron las cosas que quería que le pasaran y que miraba el cielo y los cerros preguntándose una y otra vez cuándo sería su turno. Esto podría extenderlo a mi adolescencia y en cierta medida aún lo siento. Cuando alguien tiene el foco de luz en la cara siempre hay otro en la sombra, un poco más allá, que agita las manos con nervios y está un poco triste y muy ansioso. Ese era yo. Las cosas que anhelaba les pasaban a otros, muy cerca de mí, y yo sólo podía resignarme a ocupar un modesto lugar. Cuando al fin la vida comenzó a darme algo ya mi piel era tan frágil que los focos me herían y lo que tanto esperé acabó por hacerme daño. Toda esa inquietud estaba ahí, en el aire espeso y frío de Bogotá, ese temblor de tierra de baja intensidad del que alguna vez debí alejarme para aspirar a una existencia propia.

Yo era uno más en la fila de los que caminaban despacio, entre el flujo de zombis bostezantes y grises que volvían, expulsados de la barriga del avión, con un maletín a cuestas por los infinitos corredores forrados de publicidad e imágenes alegres, colores y avisos, ¡Bienvenido a Colombia!, a la naturaleza y las aves, a las orquídeas, ¡a los cinco pisos térmicos!, "the country where the only risk is wanting to stay", el cóndor y la anaconda, el jaguar, el precioso colibrí y las aguas transparentes de Caño Cristales, la verde Amazonia y el misterioso desierto de la Guajira con sus indígenas wayú, la fértil zona cafetera, los pájaros de Malpelo, "The answer is... ¡Colombia!", los arcanos de San Agustín y Tierradentro, a los que se unió la serranía de Chiribiquete, con el arte rupestre más antiguo y de mayor cantidad de épocas sucesivas en el mundo, más la cumbia y el joropo y el mapalé...

Todo muy feliz y dispuesto para la llegada de los que se fueron expulsados por la guerra y la pobreza —no era mi caso—, un abrazo fraterno de bienvenida, pues gracias a la paz el país había dejado de ser lo que había sido durante medio siglo: un patio de fusilamiento de 1.178.000 km² de superficie, cuyos ríos y lagunas se habían convertido en depósitos de cadáveres y en el que ya se estaban exhumando, poco a poco, los millones de huesos enterrados debajo de la verde capa vegetal; esos que transformaron al país, por décadas, en la más hermosa y floreada fosa común de América Latina.

Las frases se agolpaban por los corredores del terminal de llegadas internacionales: "¡Gracias por regresar!", "¡Tu país nunca te olvidó!", "¡Feliz reencuentro!", "¡Contigo somos más y mejores!".

Y ahí íbamos, cansados. Otros, sin ganas de caminar, avanzaban en las cintas transportadoras de los corredores. Hombres y mujeres, niños. Todos los que volvían.

Eran ellos los destinatarios de esa alegría, pero la verdad no se los veía muy alegres. Más bien tensos y expectantes; aún no se atrevían a bajar la guardia, tal vez por causa de ese cielo oscuro y la llovizna pertinaz, que los llenaba de presagios.

El corredor parecía no terminar nunca y la opresión en el pecho me hizo sentir cada vez peor, hasta la entrega de maletas. La vigilancia, el agrupamiento de cada valija y la contratación de un cargador, ocupaciones que podríamos considerar "ontológicas" de la vida aeroportuaria, me fueron sacando de la pesadilla.

Al fin salimos. Y ahí estaba la llovizna.

Tertuliano se adelantó para anunciar que a partir de ese instante entraba en "modo operativo" y por supuesto no podría pernoctar con nosotros, aunque estaría en "permanente contacto por diferentes medios". Luego le dijo a Juana:

—Mientras estemos acá cancelá redes sociales, ¿eh? Y lo mismo vos, Manuela. Cónsul, ¿usted las usa?

Le dije que no. Ofrecí llevarlo a algún lugar de la ciudad y me miró picando el ojo:

—¿Vos te creés que puedo localizar a un bandido desde España y no tengo a nadie que venga a buscarme al aeropuerto? Gracias, lo aprecio. Sos un grande, cónsul. Pero es mejor así, por la seguridad de todos. Cada uno por su lado. Vayan a instalarse que ya Juana me dio los datos. Tan pronto arregle un par de cosas me comunico. Chau.

Tomamos un taxi en dirección a los apartamentos El Nogal, en la 7.ª con 81. Era otra de las lujosas casas de Alfredo Conde, ese abogado amigo de Juana que, la verdad, ya tenía ganas de conocer.

Por el camino me dediqué a observar con gran atención mi vieja ciudad, tratando de reconocerla en medio de la alegría institucional.

Y por supuesto que la vi.

Ahí estaban la congestionada avenida Caracas y sus empolvados hurapanes; la horrible calle 63 con su parque lumpenizado y su iglesia, que me pareció pequeña y pretenciosa; en los alrededores vi gente acostada, durmiendo en la calle, como en Delhi, aunque con menos mugre y basura; algunos desgreñados chupaban de frascos de plástico y toreaban carros, gente desdentada y fea que parecía sufrir con indiferencia el fastidio de una mañana gélida. Y en los andenes o paradas de Transmilenio, una multitud de ciudadanos insatisfechos, arropados en sus horribles suéteres y chaquetas.

Eso me puso otra vez mal. Sentí algo de taquicardia y pensé que debía comprar una dosis suplementaria de Losartán. Recé para que en la casa del abogado hubiera té de coca, pues ya empezaba a sentir un tableteo en la sien.

La altura de Bogotá.

Al cruzar la frontera de la zona norte, todo estaba tan cambiado que no daba crédito a mis ojos. Como el día y la noche. La avenida Chile era el nuevo centro financiero y sus edificios, cual estilógrafos erguidos sobre el cielo gris, proclamaban la bonanza económica y el anhelado crecimiento en puntos porcentuales del PIB por la nueva situación de paz. Esa era la Colombia de *The Economist*, la del crecimiento sostenido sobre índices altos, pero también, por contraste, la de la gran desigualdad entre salarios y patrimonio, lo que la convertía, a pesar de las buenas noticias, en uno de los países más injustos de América Latina.

Juana le iba mostrando la ciudad a Manuelito, que, pegado al vidrio, parecía querer tragársela con los ojos.

—¿Y aquí todos son colombianos? —preguntó el niño.

—Todos, todos —le dije.

El apartamento era grande y cómodo, decorado con gusto, repleto de libros y antigüedades. Me instalé en una habitación al fondo, hacia los cerros, desde donde podría contemplar no sólo el amanecer, sino el gran paisaje de la aristocracia capitalina. Manuela ocupó el cuarto de al lado y Juana dos más allá, con una cama doble para ella y el niño.

—¿No has vuelto a Bogotá en estos años? —pregunté a Juana.

—No —dijo.

—Pero tu familia vive aquí, ¿no? —preguntó Manuela—. ¿Y no la vas a ver?

—Tengo que pensarlo —dijo Juana, un poco seca—. A lo mejor convendría ir con Manuelito, no sé si sigan viviendo en la misma casa.

—Eso se puede averigüar muy fácil —repuse.

Manuela dijo que la única persona a la que querría ver estaba en Cali. Era la mamá de una de sus compañeras del convento. Me acordé de la historia, se llamaba Gloria Isabel.

—Pero no conviene que alguien sepa que estoy acá —dijo Manuela—. No se me olvida que vine a arreglar un asunto y no de vacaciones. Cuando esto acabe me largo y no vuelvo más a este país inmundo.

El olor de Bogotá era el mismo de hacía treinta años. Un viento frío de montaña mezclado con carburante y gases. También los ruidos.

Caminé hasta la avenida Chile y busqué una droguería. Me tomé un Losartán ahí mismo y me sentí mejor. La gente cruzaba de un andén a otro sin soltar su teléfono, expresando con su actitud atareada una gran laboriosidad. Doblé por la novena hacia el sur y seguí caminando. El barrio de casas inglesas estaba igual, aunque no pude reconocer ningún comercio. Tampoco recordaba algo específico, así que seguí y al llegar a la 67 el entorno cambió.

Cruzando la calle se entraba a un espacio de clase media. Había tiendas que vendían almuerzos y ocupaban el andén con mesas y sillas de plástico, obreros tomando gaseosa o cerveza, estudiantes, empleados. Más adelante vi los baños turcos El Paraíso, del que fui asiduo en mi adolescencia. El edificio seguía igual. Me sentí tentado pero era demasiado temprano. Luego llegué al parque de Lourdes y pude ver otra vez su deterioro. Cuando era joven esa iglesia tenía cierto prestigio. Ahora estaba en franca decadencia. Vi jugadores de cartas, emboladores —estos sí estaban—, dulceros, vendedores de minutos y una cantidad increíble de pedigüeños de toda índole, desde esos extraños seres con la piel tiznada y andrajos hasta población desplazada. Los olvidados del posconflicto. Había pobreza y necesidad pero la gente sonreía, si bien esas sonrisas no parecían corresponder a algo alegre.

Entré a la iglesia y me quedé sorprendido.

El episcopado colombiano, siguiendo las tesis de una Iglesia libre y moderna del papa Francisco, había cambiado sus antiguos conceptos. También ellos, de algún modo, estaban poseídos por el espíritu de reconciliación y el nuevo clima de bondad nacional, pues suponía una oportunidad para comunicarse con la gente a través de la asistencia espiritual, en dura competencia con las iglesias evangélicas. Para ello había que ser audaz e imaginativo.

Uno de los proyectos en curso era dotar a las iglesias del país de conexión wifi, de modo que el sacerdote al empezar la misa diera a los fieles el código de acceso para seguir la homilía y consultar los hipervínculos en tiempo real. Esto se acompañó de un nuevo servicio: el establecimiento de un horario de confesión vía Skype a través del programa *Párroco online*, que aseguraba la estricta confidencialidad y el mismo tratamiento cálido y humano que se podía esperar tras la cortinilla del viejo confesionario de madera.

En su adecuación a los nuevos tiempos también instalaron baños en las naves laterales, para evitar que los fieles tuvieran que salir de la iglesia a hacer sus necesidades y, probablemente, distraerse y no volver. Los nuevos cursos de formación de los jóvenes seminaristas, en las universidades católicas, ya incluían materias de *marketing* y comunicación estratégica.

La oscura nave de Lourdes incorporaba algunos de estos cambios.

En los muros laterales había pantallas que repetían la última misa, resaltando en letra Garamond tipo 46, y entre comillas, algunos pasajes especiales. Me adentré entonces hasta lo más profundo de la iglesia con la idea de ver de cerca el altar, en medio de la oscuridad, y sólo al llegar pude ver a un sacristán que tecleaba en el computador empotrado en el púlpito. El joven no se inmutó con mi presencia y siguió allí. Al pasar a su lado pude ver de reojo que tenía abierta una página de Facebook y chateaba velozmente con alguien apodado Loboferoz. Un hilo musical muy tenue reproducía una melodía de Bach. A pesar de que las puertas estaban abiertas, no había nadie más en la iglesia aparte de ese joven sacristán y yo.

De pronto oí un lamento, una voz muy tenue que provenía de la oscuridad, desde una de las capillas laterales. Me acerqué a tientas y alguien dijo mi nombre. Qué extraño. Estaba un poco mareado, así que me senté en una banca. Vi algunas figuras de santos entre las sombras, pero sin reconocer a ninguno en particular. Sus caras parecían feroces. Las sienes me volvieron a tabletear y volví a escuchar esa lejana voz: "¿Quién eres? ¿Qué viniste a buscar?".

Pensé en el entusiasmo que se vivía allá afuera y en cómo la incertidumbre, cualquiera, acababa por diluirse ante la fuerza de la fe en ese futuro cercano que a todos parecía ventajoso. Tal vez quien me hablaba tenía razón, ese ya no era mi país, ni siquiera mi ciudad; ¿qué hacía yo otra vez aquí? La aldea presuntuosa de los años setenta en la que fui adolescente sólo existía en mi memoria. ¿Volver? ¿A dónde podría?

A media tarde encontré a las dos mujeres y al niño durmiendo en sus respectivos cuartos. El *jet lag*. Me dediqué a leer y a hacer correcciones a mi ensayo biográfico sobre Rimbaud. Tendríamos que esperar a que Tertuliano nos diera una señal. Podían pasar unos cuantos días.

A la mañana siguiente fui con Juana hacia el norte, al barrio de Santa Ana baja, a buscar la casa de sus papás. Todo estaba cambiadísimo. El taxi nos dejó en la séptima y ella me guio, pero al llegar a la cuadra se puso nerviosa.

—Vamos despacio, no quiero que me vean —dijo.

La miré sorprendido, ¿estaba segura de que quería encontrarse con ellos?

—La verdad, sólo quiero saber dónde está enterrado mi hermano, nada más. Cuando me digan eso no volveré a verlos nunca. Quiero visitarlo y que Manuelito lo salude en la tumba.

Llegamos a la altura de su casa por el andén del frente y espió las ventanas, a ver si veía moverse a alguien. Propuse ir yo y timbrar. Al fin y al cabo, no me conocían. Le pareció bien pero quiso esperar un poco. Nos sentamos en una banca al final de la calle, en diagonal. Tenía la esperanza de verlos sin entrar a la casa y enfrentar los recuerdos.

—Puedo presentarme como cónsul, preguntarles por la tumba de tu hermano —insistí.

—¿Usted haría eso por mí?

Caminé hasta la puerta y toqué el timbre. Esperé un rato, pero nada. Volví a timbrar y sólo entonces oí una voz muy baja que llegaba desde el fondo.

—¿Síííí…? ¿Quién es?

—Un amigo de Manuel Manrique.

Hubo un silencio extraño. Ya iba a volver a timbrar cuando vi que alguien abría una especie de trampilla.

—¿Sí? ¿A la orden?

—Buenas tardes —le dije—, ¿es la familia Manrique?

La señora me miró de arriba abajo. Algo en su mente debió aprobarme, pues respondió con cortesía.

—No, señor. Los Manrique se fueron hace dos años. Puedo darle la nueva dirección si quiere.

—Claro que sí, señora.

Se habían ido a vivir al norte, cerca de la autopista, a un barrio llamado Villa Magdala. Tomamos un taxi y fuimos contando las calles. Era un edificio, apartamento 308.

—¿Quieres que vaya yo otra vez?

Juana se quedó pensando un momento. Recordé el dibujo de su cadera, Madama Butterfly.

—Sí, cónsul. Vaya usted.

Me hice anunciar con mi nombre y el cargo de cónsul en la India, lo que era falso.

—Siga —dijo el portero.

Me abrió la madre, una mujer canosa y flaca. Muy al fondo de su expresión creí ver algo de la dureza de Juana. Detrás estaba el padre, quien me invitó a seguir.

—Muy amable acordarse de nosotros, señor cónsul —dijo él.

La sala era un pequeño rectángulo en el que a duras penas cabía un sofá, una mesa de centro y un estante con la televisión. Era un lugar triste.

La madre trajo café y se sentó a la mesa.

—Fui a la dirección anterior, en Santa Ana. La nueva inquilina me dijo que se habían trasteado y me dio los datos.

—Sí —dijo la madre—, es una señora muy amable.

—Todavía me acuerdo de su llamada preguntando por Manuelito —dijo el padre—, se lo agradecí mucho. Me imagino lo que le debió costar.

—No quiero molestarlos ni traerles recuerdos tristes —dije—, sólo quería saludarlos personalmente y, si les parece, quisiera saber dónde está enterrado Manuel. En estos años no he podido olvidar lo que pasó, me gustaría ver su tumba.

Los dos ancianos se miraron con sorpresa, pero no hubo lágrimas. El padre fue a decir algo y no pudo, se quedó como encallado. Entonces la madre dijo:

—Está en los Jardines del Recuerdo, aquí cerquita, siguiendo por la autopista hasta la 207. Es el lote 839-F. Nosotros queríamos los Jardines de Paz, pero no se pudo, los precios estaban carísimos. Este lo conseguimos a cuotas. Todavía lo estamos pagando.

El padre la miró con molestia, ¿para qué decía eso?

—Manuel me contó que usted trabajaba en una sucursal bancaria —dije, mirando al padre.

—Sí, hace años... Pero con la agitación política de esa época me trasladaron a Cedritos, a un sitio horrible. Pedí una jubilación anticipada para no tener que lidiar con esos clientes muertos de hambre.

La madre alcanzó un plato de galletas.

—Claro que así la jubilación salió por la mitad, ¿no? —dijo ella—. En fin. Hay que ser optimista. Dios sabe por qué hace sus cosas.

El padre hizo una sonrisa extraña, más bien una mueca, aunque no dirigida a mí ni a la madre sino a algo situado fuera de la ventana.

—Ahora que veo esto de la paz, yo me alegro —dijo—, pero me alegro por los demás, porque a nosotros la violencia nos lo quitó todo. Se llevó a los dos hijos, imagínese.

Sentí ganas de decirles que su hija estaba abajo y que tenían un nieto, pero me contuve. Debía respetar la voluntad de Juana. Como si leyera en mi mente, la madre dijo:

—Lo mismo la niña; quién sabe dónde estará enterrada, pobrecita. Siempre tan contestona y dura. No se parecía en nada al niño, que era suavecito y tímido.

Acabé el café y me levanté.

—Muchísimas gracias —les dije.

—A usted por querer ver a Manuelito —dijo el padre—, será la única persona, aparte de nosotros, que se acuerda de él.

—No es así —le dije.

Se me quedó mirando, interrogante. No supe qué decir.

—Todos vamos a morir y a ser olvidados.

Salí al *hall* y bajé las escaleras muy rápido, con la esperanza de que el aire frío me secara las lágrimas.

Juana me esperaba en una cafetería.

—¿Pudo hablar con ellos?

Le alargué un papelito con los datos.

—Ahí está Manuel. Jardines del Recuerdo.

—Gracias, cónsul —dijo.

No preguntó nada más, no quiso saber de sus padres. Volví a oír las palabras de la mamá: "Siempre tan contestona y dura".

Eran ya pasadas las cinco cuando subimos a un taxi. Regresar a esa hora hasta El Nogal parecía una empresa de titanes. La ciudad se veía densa por el tráfico, como sacudida por un pequeño temblor provocado por el desplazamiento breve de millones de neumáticos sobre el asfalto. La gente, cansada y con los ojos rojos, miraba con resignación. El taxista intentó bajar a la autopista pero la avenida estaba bloqueada. Luego pensó en la novena y ahí estábamos, estáticos. Juana evitó mirarme, se refugió en los audífonos conectados a su celular.

Los operadores de telefonía eran los grandes beneficiados de la ciudad atascada e inmóvil. Todo el mundo charlaba y manoteaba en sus carros, algunos con el "manos libres", otros con el parlante accionado por *bluetooth* y los más desobedientes con el aparato en la mano o sosteniéndolo contra el hombro. Las mujeres, estadísticamente más dadas a los mensajes —"mensajitos", les dicen—, abarrotaban a esa hora la central repartidora de WhatsApp. Al pasar por la 127 traté de reconocer mi barrio de adolescencia, pero estaba muy cambiado. La panadería, la casa de los Pinto, mi propia casa en la esquina del parque, ¿dónde habían ido a parar?

A diferencia de ciudades como París o Roma, Bogotá es la ciudad de la memoria. Toda persona que mira hacia una esquina está viendo otra cosa: lo que había antes, lo que fue derribado para dar paso a lo nuevo.

Llegamos muy tarde a El Nogal.

Manuela estaba acompañando al niño, que se divertía en el *tablet* con ese juego que consiste en construir islas y refugios. Ella en cambio leía uno de los muchos libros que había en la casa. Miré el lomo y sentí algo: *Una temporada en el infierno*, Arthur Rimbaud.

—¿Te gusta? —quise saber.

—Sí —dijo Manuela—, ya lo leo desde hace años.

—¿No te da ganas de escribir al leerlo?

Se quedó mirando al aire unos segundos.

—Me siento traicionada y por ahora no pienso seguir. Perdone que hable así, cónsul.

—Te traicionó una amiga, no la poesía.

—Vieja malparida. Ojalá se pudra y se vuelva muy fea.

Mi situación en esa casa era cada vez más extraña, pero aun así no quise llamar a ninguno de mis antiguos amigos. Me gustaba la idea de estar de incógnito en mi propia ciudad. Además no había que perder de vista lo fundamental, y es que habíamos venido a cumplir una venganza. Aunque aún esperaba que Manuela se arrepintiera. Siempre creí que lo haría llegado el momento.

Viendo televisión y leyendo un poco la prensa comprendí que el nuevo héroe, en la Colombia pacificada o del *posconflicto*, era aquel que abría los brazos y encontraba a alguien con quien reconciliarse. La ética del perdón llegó a suplantar el viejo darwinismo local y se convirtió en una forma de política. Más que recibir el perdón, todos querían perdonar. En eso consistía pasar a la acción. El nuevo prototipo aspiracional era el estatus de víctima, real o simbólica, y nunca como entonces haber sufrido cosas horrendas había tenido tanto prestigio.

Los colombianos estaban inundados de estos sentimientos, presa del vértigo de la bondad y la tolerancia. Por eso las programadoras de televisión cambiaron de forma drástica los formatos de sus *realities*. Se buscaba al hombre del presente. Las modelos de curvas sinuosas y los muchachos de músculos tonificados en el gimnasio tenían otro proyecto, una aspiración nueva en la vida: ser endiabladamente comprensivos y tolerantes.

El nuevo capitalismo nacional tendía a premiar el paradigma de *agente* responsable y solidario en oposición al modelo previo de misántropo exitoso, abstencionista en las urnas y metrosexual. Eran los nuevos códigos sociales para acceder a la respetabilidad. Las agencias de publicidad comprendieron que el cambio de modelo obligaba a modificar los viejos parámetros, y del hombre caucásico y blanco de la craneología de Blumenbach, joven y fuerte, se pasó a un varón de rasgos mestizos, estructura corporal algo más gruesa y rostro redondo, más *Homo familiaris* que *Homo faber*, que según los estudios correspondía a la moderna imagen/marca psicosocial.

Por todos lados se respiraba este extraño huracán de bondad, aunque si uno abría bien los ojos en la calle, en ciertas esquinas de la ciudad, volvía a encontrar las miradas torvas de siempre y la sensación de que en cualquier momento y sin previo aviso se podría desencadenar el horror. Bogotá siempre fue así y en eso era el mejor reflejo del país: en su capacidad para la indiferencia y en ocasiones la crueldad. Aunque esta permaneciera oculta por la alegría y el deseo de redención.

Era extraño. Nosotros veníamos de otra atmósfera, viciada y enferma, con el propósito de eliminar a alguien justo en el lugar en donde la humanidad parecía más alegre y reconciliada. En el fondo, Manuela era la única que podría realmente perdonar, pero... ¿estaba dispuesta?

Al otro día, a media mañana, Manuela llegó de la calle con un libro.

—Estos son mis poemas, cónsul.

El título era *Cantos equinocciales*, y la autora, Araceli Cielo.

La conocía. Habíamos coincidido en algún congreso hace unos años. Tal vez en Puerto Rico o México, no sabría decirlo, pero claro que la recordaba: altiva, profética, elegante, siempre con un enigma o una percepción metafórica en cada frase. En la cubierta del libro había un sticker, "3.ª edición", lo que no era frecuente en libros de poesía.

Comencé a leer y encontré una voz muy poderosa, tanto que dudé de que fuera realmente Manuela. ¿Sería verdad su historia del plagio? He aprendido que los huérfanos tienen una marcada tendencia a inventar vidas que, con el tiempo, dejan de ser paralelas y se confunden con la propia hasta llegar a suplantarla. Como si la biografía truncada por la ausencia del padre o la madre creara un vacío que sólo pueden llenar con palabras.

Muchos escritores, caso de Rimbaud, buscaron al padre sin descanso: crearon redes para atrapar a esa figura que los abandonó o se fugaron ellos mismos, en pos de algo ya sin rostro y materia, tal vez con el deseo de personificar al ausente. Los poemas de Manuela mostraban esa herida en el centro de su vida, una cicatriz que volvió a abrirse varias veces. Padre ausente, madre traidora, agresión. El dolor era el origen de su creatividad, pero debía vengarse para seguir adelante.

Es lo que ella creía.

Leí el poemario y me convencí de que la autora no podía ser otra que Manuela. Todo correspondía a su vida. Lo extraño es que nadie del entorno poético de Araceli Cielo haya sospechado nada, pues las referencias de los poemas no tienen mucho que ver con ella, una poeta más bien fantasiosa y frívola, a medio camino entre la mujer objeto y la simbólica. Es lo que recuerdo, pero es posible que la imagen provenga del retrato brutal que hace Manuela en su memoria. No lo sé.

Tertuliano apareció al fin. Habló con Juana y dijo que el asunto estaba casi listo. Traía noticias.

Al entrar no lo reconocí. Tenía un suéter de rombos y una camisa de cuello alto. Chaqueta café, pantalones de pana y botines Clarks. Parecía un arquitecto. Una bufanda de seda alrededor del cuello y un sombrero completaban el atuendo. Como recién salido del Gun Club.

—Qué elegante —le dije.

—Es un disfraz mimético, dejate de joder. Vos sabés que el mejor modo de que nadie te vea, acá en Bogotá, es vestirte de pijo burgués de centro izquierda, o de intelectual afrancesado. Yo elegí una síntesis. ¿Qué tal me queda?

—Parecés un directivo de Canal Capital —dijo Manuela.

Tertuliano no se reía. Fue directamente a la mesa del comedor, miró hacia los techos, revisó las esquinas y fue a asomarse a la ventana.

—Che, ¿estamos seguros aquí? ¿Nadie nos oye?

Juana le aseguró que era una casa completamente segura.

—Mirá que es una cosa muy compleja esto, ¿ah?

—Es 100 % segura —insistió Juana—, vamos al grano.

Tertuliano dejó la chaqueta, la bufanda y el sombrero en la percha, sacó del bolsillo unas hojas dobladas y las desplegó sobre la mesa.

—Bueno, ya tenemos algo concreto. Fíjense en este punto, es una casa a las afueras de Cali, en la zona de Pance. Un barrio de lujo. Va a haber una reunión con fiestichola dentro de diez días y Freddy está invitado. Se van a repartir con otros dos capos la venta y distribución de la cocaína rosada prácticamente en todo el país.

—¿Cocaína rosada? —dijo Juana.

—Es un alcaloide —dijo Tertuliano—, una droga recreativa, vaya, no sé bien qué carajo es, pero no es la cocaína de siempre. Lo que sí sé es que es más cara. Vale 150.000 pesos colombianos y por fuera como 75 dólares por una dosis. Es para yuppies e hijos de papi, para jovencitos ricos y andróginos que aún no descubren su verdadera sexualidad; también segundas esposas jóvenes de magnates de la tercera edad, ¿sabés? Esas minas que se pasan la mañana cogiendo con el entrenador de pilates, la media tarde cogiéndose al instructor de tenis, el atardecer chupándole la pija al de yoga y en la noche le dicen al marido que prefieren no coger para no sentirse cosificadas, ¿me copiás? Perdoná, Juana, y vos también, Manuela, ya saben que soy políticamente incorrecto.

Tertuliano sacó un pañuelo y se secó el sudor, que ya asomaba en su cráneo descubierto.

—Bueno, las opciones son dos: tenemos un infiltrado en el grupo organizador de la fiesta, el que se ocupa de conseguir las minas. Usted me entiende, cónsul, ¿no? Minas: mujeres. No los explosivos.

—Le entiendo —dije.

—Bien. Esas fiestas acaban todas igual, con los tipos borrachos, metiendo pichicata o anfetas o pasta básica hasta que cada uno se va a un cuarto con dos o tres pendejas a coger. Ese es el libreto.

Sacó la segunda hoja, con un croquis de la casa.

—La cosa es así: tenemos que meter ahí a una chica que, en ese momento, cuando el tipo esté con los calzoncillos abajo, lo neutralice, le dé una sustancia que lo tire al suelo y quede frito. Luego esa chica abrirá una ventana y permitirá la entrada de mi equipo para sacar al objetivo de la casa y montarlo al furgón.

Puso el dedo en el mapa y lo movió por el croquis de la casa.

—Cualquiera de las habitaciones, incluso las del segundo piso, tienen ventanas grandes y dan al jardín interno, pero como no podemos saber cuál usará necesitamos que la chica nos lo diga. Una vez que nos lo llevemos todo está arreglado. Hay un lugar B predispuesto donde Manuela podrá estar con él y trabajarle lo que quiera: un sótano insonorizado en medio del campo.

—¿Y cuál es la segunda posibilidad? —quise saber.

—Y bueno, la segunda es un poco más peliculera, si querés. Consiste en interceptarlo por el camino y reducirlo a fuego. Lleva siempre dos autos con escoltas, pero los podemos cagar con armas largas y bien parados en la carretera. Claro, esto tiene el inconveniente del ruido y del azar. Si llega a pasar por ahí alguien de la policía, nos caga. Y si se da cuenta de que lo anda buscando alguien se va a esconder y ya no podremos agarrarlo en quién sabe cuánto tiempo.

—O sea, que te inclinas por la número uno —le dije.

Tertuliano volvió a golpear con los pulgares sobre la mesa.

—Mirá, yo sí la prefiero. Es el tipo de proyecto que me agrada porque el riesgo se concentra en vectores relativamente calculables, y donde la operación depende por completo del talento de los agentes, no de la potencia del fuego ni de otras variables. Incluso la inteligencia juega un papel. Es como una operación de microcirugía, mientras que la otra es como fumigar de arriba o pescar con dinamita, ¿me hago entender?

Todos los ojos, obviamente, se dirigieron a Manuela.

—Hagamos la primera —dijo—, yo me meto a la fiesta.

Tertuliano se sorprendió.

—Mirá, no sé si se va a poder, porque si te reconoce no salís viva. Vos no sólo sos testigo, sino que, según me contaste, le diste su nombre a la policía. Sos una enemiga. Por mucho que te cambiemos puede reconocerte y todo se va al carajo.

—Antes de que me mate lo apuñalo.

Tertuliano se rascó la barbilla y el cuello.

—En esas fiestas a las chicas les hacen una requisa completa, con visita vaginal y y de colon, ¿me entendés? Ahí no podés entrar ni un alfiler. Ese es el problema. Vos más bien te quedás en la casa y cuando lo tengamos entrás en acción.

Juana había estado observando desde atrás. Dio un paso hacia la mesa y dijo:

—Yo lo hago, yo voy.

Imaginé que lo iba a proponer y me pareció una locura, pero preferí que Tertuliano se lo dijera.

—¿Estás loca? Vos tenés un nene y este juego es peligroso. Mis contactos están ubicando a unas cuantas mujeres para entrenarlas.

—Conozco a esos tipos y puedo hacerlo —dijo Juana—, yo ya fui puta y en ambientes peores. Esto sólo lo sabía el cónsul, y ahora ustedes. Sé cómo hacer para que venga conmigo al cuarto. Lo hago yo.

La frialdad y el convencimiento en su voz nos dejaron perplejos. Y a mí, asustado, impotente, desesperado. ¿Cómo podía querer hacer algo así? ¿Cómo disuadirla? A Juana le gustaba ponerse a prueba. La idea de participar en una venganza contra un asesino y violador la exaltaba. Sentí miedo por ella y por el niño, pero decir algo sería como gritar debajo del agua.

Manuela la miró sorprendida.

—¿Vos fuiste puta? —le dijo.

—Por venganza, no por plata —dijo Juana—. Y esto es la misma vaina, ¿no? A mí también me sobran motivos.

Tertuliano la miró con admiración, la agarró del brazo y le dijo:

—¿O sea que al final estamos todos del mismo lado? Eso es importante, la mística. Creer en las cosas por principio y no por interés. Qué grosso. Bueno, Juanita, si estás decidida la misión es tuya. Sacar de circulación estas bolsas humanas, contenedoras de basura radiactiva, es mi misión en el planeta. Pero vení, antes tengo que hacerte un entrenamiento, ¿estás segura?

Juana me miró.

—Cónsul, usted qué dice.

Me quedé en silencio, con una leve taquicardia. Pensé en Manuelito Sayeq jugando con la tableta en el dormitorio. En los padres de Juana, solos, en esa casa triste. Pensé incluso en mí. De algún modo yo había provocado todo esto.

—Si te pasa algo nunca me lo voy a perdonar.

—Claro que sí —dijo Juana—, este es el país del perdón.

—Sólo te pido que después, cuando esto acabe, vayamos a ver a tus padres. ¿Podrías?

Las mejillas de Juana se tiñeron de escarlata. Fue a decir algo y se detuvo. Caminó hasta la ventana. Al fin volvió a la mesa y dijo:

—Está bien, cónsul, se lo prometo.

Al día siguiente, Tertuliano vino por Juana muy temprano, para iniciar lo que denominó *entrenamiento previo a la acción*, y que empezaba con una serie de ejercicios físicos.

Cuando se fueron pasé un rato mirando la lluvia. Esa extraña capacidad de alejarnos de la realidad, de hacerla más leve o menos impetuosa.

Pensé en investigar por mi cuenta sobre el personaje que debíamos *retirar* y su negocio, así que hice una excepción y llamé a alguien de absoluta confianza.

Era un viejo periodista de mi generación que había trabajado en la crónica policial de varios periódicos nacionales y desde hacía varios años era corresponsal de un grupo de diarios de México. Abrí un viejo archivo en mi computador y encontré sus datos. Le mandé un mensaje diciéndole que quería hablarle y para mi sorpresa me respondió a los diez minutos.

"Este es mi número: 317… Llámeme".

Lo llamé de inmediato.

—¿Víctor? —dije.

—Sí, soy yo —contestó del otro lado—. Qué sorpresa tan berraca, ¿cuándo volvió?

—Estoy de paso —le dije.

—En esta época todos vuelven —dijo Víctor—, como en la canción de Rubén Blades. ¿Sigue de diplomático?

—No —le dije—, hace ya más de cinco años que salí.

—¿Y está escribiendo? ¿Vino por algún libro?

—Más o menos —le dije—, estoy investigando y para eso lo llamo, ¿podemos vernos?

—Claro, ¿le parece el Juan Valdez de la 7.ª con 61?

—Mejor un sitio donde pueda estar seguro de no encontrarme con nadie. Después le explico.

—Perfecto, dígame dónde puedo recogerlo y vamos a un *no lugar* que conozco.

Una hora después me recogió en la avenida Chile con séptima. Víctor estaba muy cambiado. El pelo blanco, la barba blanca. No había engordado. Le iba bien a juzgar por su carro, una camioneta Jeep negra. Se recostó sobre el sillón y me dio un abrazo.

—¡Qué bueno verlo, hermano! —dijo—. Vámonos.

Dio unas vueltas hacia algo que, según entendí después, era la avenida Suba, y al final entró al garaje de una de esas casas de la antigua urbanización de Niza IV.

—Es mi casa —me dijo—, *bienvenue!*

Nos sentamos en un sofá de mimbre instalado en el jardín interior, al lado de una parrilla y un *barbecue*. Víctor fue por un cenicero y volvió empujando una mesita de rodachines donde había varias botellas: whisky, ginebra, vodka, aguardiente, tequila, crema de café Khalúa, Bailey's, Havana Club.

—Caramba, el bar del hotel Ritz —dije.

—¿Con o sin hielo?

—Dos cubos, ginebra doble, tónica —le dije.

Brindamos, luego Víctor dijo:

—Bueno, maestro, ahora sí cuénteme, ¿en qué le puedo ayudar?

—Usted puede hacer preguntas que yo no puedo y tiene los contactos, pero vamos por partes.

Mi pregunta inicial fue sobre la cocaína rosada. ¿Qué diablos era, de dónde salió y quién la vendía en Colombia? Víctor hizo varias llamadas a periodistas de su confianza y me fue explicando.

Lo registré en mi libreta de este modo:

El nombre químico es 2C-B, que explica el otro nombre genérico, TwoCB, o en lenguaje criollo: *tusibí*.

Fórmula: *4-bromo-2,5-dimetoxifeniletilamina* de la familia 2C.

¿Efectos del *tusibí*? A caballo entre el LSD y el éxtasis, pero no igual a la mezcla de estas dos sustancias. No tan intensa como el LSD y menos estimulante y eufórica que el éxtasis.

Se le dice "cocaína rosada" (*rose cocaine*) por el color sintético hecho con anilina y su presentación en polvo. ¿Por qué ese color y no otro? Un efecto de *marketing*. Hay una metáfora sexual clara, ya que desinhibe y potencia los estímulos. Un juego de espejos con el "viagra rosado". Es un polvo que se inhala; también puede fumarse, ingerirse en tabletas o inyectarse. Cuando llega al cerebro se fija a los receptores de dopamina, adrenalina y noradrenalina. Produce vértigos, sensación de vuelo, hiperconfianza y amor por sí mismo o los demás, sobrevaloración de las propias ideas.

La dosis cuesta 150.000 pesos y en Estados Unidos 75 dólares. Lo que se vende al público está mezclado con anfetaminas. Pura tendría un poder muy fuerte y sería peligroso.

En Colombia no es fácil conseguir los componentes. Se extraen de pastillas como el Rivotril, que tiene clonazepam, ansiolítico y anticonvulsionante. Se usa en tratamientos neurológicos.

Nos servimos otra ronda de licores. La ginebra Bombay discurría alegremente por mi cuerpo.

Le conté a Víctor la historia del cura Ferdinand Palacios en el hospital de la policía de Madrid y la relación con el paramilitar Freddy Otálora. ¿Qué tan importante era este sujeto en el tráfico de cocaína rosada?

Víctor buscó en sus archivos y no encontró el nombre, lo que quería decir que no era uno de los grandes capos. Llamó a una amiga que trabajaba en la sección de orden público y antinarcóticos de un semanario y esta le confirmó que sí, que era un narco en ascenso; ya estaba muy fichado por una serie de crímenes previos como paramilitar. Se movía entre Antioquia, Caldas y el Valle. Efectivamente, estaba relacionado con la cocaína rosada y había negociado con los capos más grandes para quedarse con una parcela del negocio. Era cercano a varios clanes que manejaban el menudeo. Tenía buenos contactos y a pesar de que estaba aún en la categoría de "mafioso local" se lo consideraba una ficha clave de los carteles mexicanos en

Colombia. Su poder de negociación, en realidad, provenía de ahí.

—¿Conoce a Quitzé Fernández? —preguntó Víctor.

—No —le dije—, ¿quién es?

—Un periodista del *Diario de Sinaloa*. El cartel lo secuestró el año pasado y casi lo matan por algo que escribió. Lo tuvieron como un mes y al final lo soltaron, malherido. Fue considerado sobreviviente y el gobierno mexicano y el diario quisieron mandarlo a Europa, pero él se negó. No quería pasar de investigar túneles clandestinos y degollamientos a informar de la cerámica azteca en el Museo del Louvre. Le propusieron Estados Unidos y volvió a negarse. "Gringos pendejos", dijo, "allá no voy ni muerto por como tratan a los mexicanos". Lo único que aceptó fue Colombia, para estudiar las ramificaciones y alianzas de los carteles.

—Ese es el tipo —le dije.

Víctor sacó el teléfono y lo llamó. Habló un rato y al final me dijo:

—Ya viene para acá.

Al verme, Quitzé se golpeó la frente con la palma de la mano y dijo:

—Yo a usted lo conozco, mano, un amigo mío hizo un seminario que dio en la Ibero, en México. Híjole, y fui a verlo cuando vino a la Feria del Libro de Sinaloa, hace dos años.

Se sirvió un vaso largo de whisky y vino a sentarse. Sin más rodeos, Víctor lo puso en situación y le preguntó por Freddy Otálora.

—Bueno, está comenzando a sonar con fuerza. Los mexicanos confían en él porque les consigue buenos proveedores de cocaína y pasta base. La idea de los carteles es controlar la cadena del negocio, desde el origen y producción hasta la venta al menudeo. Son una de las expresiones más contundentes del capitalismo, sólo que en versión ilegal: no hay control ni límite por parte del Estado. Por eso necesitan tener gente aquí. Los narcos saben que el que tenga mejores contactos en Colombia será el más fuerte allá. Es un problema de tiempo. Los carteles venían trabajando con algunos bloques de las FARC, sobre todo en el Putumayo, pero el proceso de paz vino a joderlos: las reglas cambiaron, se perdió el control territorial y los guerrilleros que siguieron con el negocio tenían el problema de que los otros, los que se acogieron a la amnistía, sabían las coordenadas de los laboratorios, las rutas y el modo de trabajar con sembradores y raspachines. Normal, ¿no? Después del proceso hubo un montón de capturas y bombardeos. Los mismos desmovilizados dirigían al ejército. El volumen de envíos a México cayó un 40 % y en la frontera las cosas empezaron a calentarse, y no nada más por falta de coca, sino por los precios, que empezaron a subir. Y vino el desmadre: la que recibían estaba ya muy cortada, infladita con porquerías, y entonces en la venta, donde vuelven y la cortan, pues ya no quedaba nada. ¡Eso fue un caos! Y el caos provoca una reacción estándar y es que ruedan cabezas, pero no en sentido figurado. Es nuestro modo de matar, chingados. La Revolución mexicana se hizo cortando cabezas, como con los aztecas.

Quitzé se bajó de un trago lo que le quedaba en el vaso y fue a servirse. Víctor le alcanzó un cuenco con papas fritas y maní.

—Por eso los carteles empezaron a trabajar con los exparamilitares. Como dicen los exportadores: para asegurar la contraestación. Que fueran enemigos de sus socios de las FARC les valía madres. Su lema es: "No te metas en problemas ajenos". Ellos hacen lo suyo, pagan, transportan y ya. Si tienes problemas con tu madre es cosa tuya, y es lo que dicen: mientras nos cumplan está bien y si después se quieren matar a chingadazos entre ustedes, pues están en su santo derecho, pero primero lo primero, ¿no? Es la moral del capitalismo en versión Tigres del Norte, ¡Colombia es su tierra de promisión! El término que se está usando para esta práctica es "desintermediación", un modelo gerencial agresivo y moderno; yo odio escribir esa palabreja, pero quiere decir exactamente eso: acabar con los intermediarios externos y tener bajo el mando toda la cadena. Usan el mismo sistema con las armas: no se las compran a ninguna mafia mexicana que se las traiga de Estados Unidos, sino que tienen ellos mismos la gente que hace ese trabajo. Es un modelo empresarial muy refinado, a diferencia de otras organizaciones como Los Zetas, que de todos modos controlan la zona del mar Caribe por Veracruz, mientras que Sinaloa está más fuerte en el Pacífico.

Quitzé hablaba haciendo con los dedos largas líneas en el aire. Era un hombre bajito y entrado en carnes; tenía una ligera cojera por la que no me animé a preguntar.

—Ellos tenían y todavía tienen gente ex FARC por el Caquetá y el Meta —siguió diciendo—, y sobre todo por el Catatumbo, para pasarla a Venezuela por el Táchira y de ahí, con la ayuda de los de gorrita roja, salir hacia el norte. Luego el ejército les bajó a Megateo, que era su aliado en la zona, y tuvieron que reorganizarse. ¡Y cada inconveniente de esos tiene un costo enorme! Por la zona del Cauca trabajaron con Macaco, el paramilitar que fue extraditado, o sea de esto hace ya años, ¿no? Desde esa época los de Sinaloa comenzaron a adueñarse del Bajo Cauca. Su gente compraba la cocaína al mejor postor, hacían pacas de media tonelada y la embarcaban por el Pacífico en lanchas *go fast*. Luego en altamar las recogía un barco y las llevaba a Centroamérica o directamente hasta México. Haciéndolo ellos mismos la ganancia se triplica y ya no tienen que alimentar a ningún cartel colombiano, que a la larga serían competidores. Calcule que aquí en Colombia un kilo de cocaína vale 2.400 dólares, pero puesto en la frontera con Estados Unidos ya sube a 33.300 dólares. Y luego, partido en dosis pequeñas en Nueva York o Houston, produce 120.000 dólares. ¿Conocen ustedes algún otro negocio en el mundo que tenga esa desproporción entre valor de producción y de venta al público?

"Es ahí donde Freddy Otálora se vuelve importante, porque maneja bien la zona del Urabá antioqueño y tiene contactos en el Valle y el Cauca. Además les sirve de agente doble, porque los de Sinaloa están en plena *narcorrevolución*, diversificando con éxito su negocio hacia las drogas sintéticas. Tienen laboratorios en Culiacán, donde hacen el proceso de síntesis a nivel industrial y de ahí distribuyen por todo el país y la frontera. Como son fuertes en los puertos, traen los ingredientes bien baratos de China o India. Acá en Colombia es más difícil, y por eso Freddy está ganando la partida de la cocaína rosada con sus competidores en el Valle. Los de Sinaloa le pagan con insumos químicos o incluso se los dan y luego le cobran porcentaje de ventas. A los otros grupos les toca buscar el ingrediente en medicamentos de venta controlada para enfermos psiquiátricos. Ahí la cosa no es tan fácil y el margen de ganancia es bajito.

Sonó el timbre y Víctor dijo, ah, es un domicilio, pedí unas cosas para comer. Al segundo volvió con una bandeja de alitas de pollo al BBQ y salsa picante en vasos de plástico.

—Faltan las tortas, pinches colombianos, ¡cuándo van a aprender a comer!

Víctor lo señaló con el índice a la altura de la nariz.

—Si sigues jodiendo con la comida le voy a contar a tu periódico que andas tomando whisky y no tequila.

—Mi trago favorito no es el tequila, ni siquiera el mezcal, para que sepas. ¿Que no conocen el sotol de Coahuila? Bebida indígena de rituales y celebraciones. El tequila que se consigue acá es muy malo, el bueno es carísimo.

Comimos las *wings* con la mano. La verdad es que la ginebra ya estaba pidiendo compañía. Quitzé siguió con su historia:

—Por esa ventaja que tiene con los de Sinaloa es que Freddy Otálora se abrió un espacio y está creciendo, y ahora lo que busca es una estructura más grande. Él viene de los paramilitares del Urabá antioqueño. Como esa organización era financiada por finqueros y terratenientes, la desmovilización hizo que la mayoría de los combatientes, los meros soldados, la pinche raza, se devolvieran a sus tierras o se fueran a seguir la pelea como bandas criminales. Algunos hasta se metieron a la guerrilla. Haber aprendido a ganarse la feria con el fusil malcría y luego ya no es fácil salir. Por eso Freddy se quedó solo, tampoco tenía dinero para mantener a toda esa gente. Y por eso está buscando alianzas con grupos más grandes. En eso está. Los de Sinaloa le dan libertad de hacer sus trapicheos como le plazca, siempre y cuando les cumpla, porque el día que falle aparecerá en un barril de cemento o con la calavera en tan mal estado que sólo podrá reconocerlo su pinche dentista.

Me sentí mareado por la ginebra y llamé un taxi. La información de Quitzé me hizo comprender que debía convencer a Manuela, a toda costa, de volver a Madrid, acabar su psicoanálisis y seguir adelante con su vida. Era un juego demasiado peligroso para una joven estudiante de letras. Y la primera víctima podría ser Juana. No quería volver a perderla.

6.

Su temporada africana comenzó en 1880 y tuvo un prólogo en la isla de Chipre, a donde volvió para trabajar como capataz en una empresa constructora de Limasol, el gran puerto. Desde que los británicos tomaron la isla se construían grandes obras y era fácil conseguir trabajo. De haberse quedado en ese lugar habría podido progresar, pero el joven Arthur ya pertenecía a esa ansiosa legión de los que sueñan cada día con hacerse ricos al siguiente. ¿De dónde le venía ese afán? Tal vez de las expectativas sociales de la madre.

Rimbaud tenía con el dinero una relación algo caótica. Durante varios años fue mantenido por Verlaine y no tuvo que preocuparse; sus borracheras estaban aseguradas y también su comida. ¡Cosas importantes ambas para un poeta! Cuando se quedó solo consiguió pequeños trabajos que le permitieron dar el siguiente paso, pero no perseveró en ninguno. Un mes, dos semanas, máximo dos meses. El ansia de éxito económico era tal que el joven veía pasar el tiempo como una condena.

¡Debía hacerse rico ya, ahora mismo!

Esa obsesión lo llevaba a odiar a sus jefes, que nunca le pagaron lo que él creía merecer. Porque otra característica de esta legión de ansiosos es la de considerarse eternamente subvalorados, ya que se suelen dar a sí mismos una estimación que, por desgracia, nadie más reconoce. De ahí que Rimbaud acabara siempre insultando al superior y dando un portazo. La dignidad soliviantada y levantisca conspira contra ellos y los lleva a tomar decisiones funestas.

Así se fue Rimbaud de Chipre, con la cabeza en alto y sin un centavo. Cruzó el mar Rojo y se dedicó a buscar en varios puertos hasta que llegó a Adén, que hoy pertenece a Yemen, donde encontró trabajo como agente comercial con un exportador francés de café llamado Pierre Bardey.

Y se estableció en la ciudad.

"Adén es el cráter de un antiguo volcán con el fondo cubierto por la arena del mar. No se ve otra cosa que arena y lava, incapaces de producir vegetación alguna. Los alrededores son un desierto de arena absolutamente árida. Y aquí dentro las paredes del cráter impiden que entre el aire, de manera que nos asamos en el fondo de este agujero como si estuviéramos en un horno de cal"[3].

Esta es la tremebunda descripción del lugar que le hace a su madre, pues si bien quiso irse de Europa para siempre, enviándole en sus poemas rayos destructores, la verdad es que tampoco lo seducían los lugares que visitaba, o al menos nunca lo expresaba. Tal vez no lo hacía en las cartas a su madre para mantenerla nerviosa y de su lado.

El modesto trabajo en Adén le permitió iniciar su acercamiento a Abisinia. Años antes, en la biblioteca del Museo Británico, había leído las crónicas de Burton sobre Harar, la ciudad sagrada del islam con sus ochenta y dos mezquitas, amurallada y cerrada para los europeos durante décadas y abierta al comercio sólo desde 1875, cuando fue conquistada por Egipto.

Imagino la sorpresa de Rimbaud al escuchar en boca de su jefe la mención de Harar, ciudad clave en la ruta comercial

---

3. Carta del 25 de agosto de 1880, citada por Starkie. *Op. cit.*, p. 485.

del interior de Abisinia y por donde circulaban café, marfil, pieles y caucho. Tanto que Bardey decidió ir a investigarla y, entusiasmado con las posibilidades, alquiló una enorme casa para transformarla en tienda y almacén. Luego, en noviembre de 1880, envió a Rimbaud a hacerse cargo de esa sucursal.

Para allá se fue el joven poeta, aunque ya no tan joven y ya no poeta, según él, cuando en realidad ya era el más grande poeta de Francia.

¡Harar! Tras pasar bajo los portones de la ciudad amurallada y penetrar en ese dédalo de calles oscuras, Rimbaud volvió a dejarse llevar por sus sueños de grandeza. Era el único francés de la ciudad y debía aprovechar esa ventajosa situación. Podría hacerse con el monopolio de lo que se producía en la zona. Esto disparó su imaginación y le pidió a la madre que le enviara libros sobre los oficios más extraños. Quería aprenderlo todo para ser comerciante y a la vez constructor. Pero este entusiasmo repentino, como de costumbre, se apagó muy pronto, y el joven Rimbaud volvió a su realidad, que era la de ser un agente comercial en negocio ajeno, mientras que la vida en Harar, apenas caía la tarde, era insoportablemente tediosa.

En una carta a Vitalie de febrero de 1881 le dice que se muere de aburrición y que muy pronto se irá, cuando pueda ahorrar el dinero suficiente, pues ya entendió que la vida en Harar no lo conducirá a la anhelada riqueza. Buscando alternativas y un espacio propicio para realizar sus sueños, recordó a ese extraño marinero polaco con el que bebió licor de arroz chino en el puerto de Samarang, antes de irse de Java. ¿Será América el continente donde podrá lograr su anhelo? ¿Tendría acaso razón ese joven, de nombre Józef Konrad, al decirle que era el "nuevo mundo"? Lo cierto es que en la misma carta en la que se queja de la falta de oportunidades que le ofrece Harar, le pide a su madre lo siguiente:

"Mándame noticias de los trabajos de Panamá. Tan pronto como empiecen me iré para allá. Me gustaría marcharme de inmediato".

Se refiere a los trabajos de la Compagnie Universelle du Canal Interocéanique de Panama, empresa francesa que había comprado la concesión y se disponía a ejecutar el proyecto de Ferdinand de Lesseps, el ingeniero del canal de Suez, que desde 1879 estaba en el istmo organizando el inicio de las obras.

Por eso, Rimbaud supo del proyecto interoceánico. Lesseps debió llevarse a Panamá a muchos de los que trabajaron en el canal de Suez y en toda la región, incluido Adén, debía correr con fuerza la voz de esta nueva obra que comenzaría en 1881.

Pero Rimbaud era incapaz de mantener hasta la noche los entusiasmos de la mañana, y la idea fue rápidamente olvidada y suplantada por nuevos delirios.

Tras contraer la sífilis —¿de qué modo?, ¿con quién?— volvió a pasar una temporada en Adén, ya con ganas de renunciar a la casa comercial Bardey, pero al no concretar nada distinto se vio obligado a seguir a regañadientes.

Uno de sus intentos fue trabajar para la Société de Géographie de France enviando crónicas de sus viajes por zonas aún inexploradas. La Société no se interesó en ese momento por él, aunque sí unos años después, en 1884, cuando publicaron un informe sobre su viaje a la provincia de Ogaden, hasta el río Web, en el límite sur de Harar.

Dice Starkie que el texto fue muy bien recibido y la Société le escribió pidiéndole información biográfica y unas fotos para incluirlo en un álbum de exploradores famosos, pero Rimbaud no se dignó responder. Su actitud, más que desinterés, escondía algo más profundo. La herida por el desdén hacia *Una temporada en el infierno* aún estaba abierta y no quiso ser reconocido como simple cronista de viajes. Imaginó a cualquiera de los poetas parisinos que detestaba diciendo con sorna: "Mira esto, el joven Rimbaud ahora se dedica a escribir crónicas de viaje, vaya, vaya".

Su vida continuó en Harar, aunque no pararía de quejarse y de transmitirles a la madre y hermana esa sensación de estar abandonado, de ser víctima de algo que desconoce: como si una extraña e incontrolable conspiración metafísica se hubiera cernido sobre él.

El 6 de mayo de 1883, les dice:

"Lamento no estar casado y tener una familia. (…) ¿De qué sirven tantas idas y venidas, tantas fatigas y aventuras entre razas extrañas y todos los idiomas acumulados en la memoria?; ¿de qué sirven tantos sufrimientos sin nombre si no me va a ser posible, al cabo de unos años, reposar en un lugar que me guste, tener una familia y engendrar por lo menos un hijo? (…) ¿Quién sabe cuánto se prolongarán mis días entre estas montañas? Y podría desaparecer, en medio de estas tribus, sin que la noticia llegara jamás al exterior"[4].

No podría jurar que Rimbaud era sincero al escribir esto sobre el lugar en el que vivió diez años y fue razonablemente feliz, pero le gustaba mantener compungida a su madre para que lo ayudara en sus alocadas empresas. Vitalie le seguía enviando libros de los más variados temas,

---

4.   Carta del 6 de mayo de 1883, citada por Starkie. *Op. cit.*, p. 493.

un gasto que no era pequeño si se sumaba el envío. Curioso: se conocen las listas de los libros que solicitó y ni uno solo es literario. ¿Quiere decir que no sólo abandonó la escritura, sino también la lectura?

Esto aún está por demostrarse.

Pudo haber encontrado libros en Adén, en el Grand Hôtel de l'Univers, por donde pasaban tantos extranjeros; podría tener una biblioteca personal. Es muy poco creíble que alguien como él haya realmente abandonado la literatura hasta el punto de no volver a leer. Dejar de escribir puede hacerse, pero ¿dejar de leer?

Es más difícil.

Sobre este tema no hay, que yo sepa, antecedentes. ¿Lectores que dejan la lectura? Quien ha leído y ama los libros es como el que ya probó la frescura del agua o los placeres del sexo o la buena comida. Puede que deje de cocinar, pero no de comerla. Un chef puede dejar de inventar platillos exquisitos y refinados, pero dudo que prescinda de la buena mesa y decida voluntariamente pasar el resto de su vida a pan y agua.

Por ahora su gran objetivo, el corazón revelador que nunca dejó de golpear, incesante, fue el deseo de hacerse rico, tal vez con la idea de regresar a Charleville o París rodeado de lujos, redimir a su familia y vengarse de la intelectualidad parisina. Esto podría zumbar en la mente o incluso en las tripas del joven, por lo cual decidió jugarse el todo por el todo.

La guerra en Abisinia continuaba y en 1884 Egipto perdió el control de la zona, así que los británicos prefirieron replegarse y Harar quedó en medio del caos. Rimbaud se fue rápidamente a Adén, con una sorpresa. ¡En esta ocasión llegó con una joven abisinia! No se sabe el nombre, sólo que era alta y delgada, como todas las mujeres hararíes, y con una piel bastante más clara de lo normal para una abisinia. Los europeos que los veían pensaban que era una esclava, pero está confirmado que Rimbaud tuvo con ella vida de pareja, aunque sin hijos. Se los veía felices y Rimbaud la envió a la escuela de la misión francesa. Tras pasar unos meses con ella en Adén, la devolvió a su tierra dándole algo de dinero. Probablemente cuando la situación se calmó en Harar.

Arthur necesitaba toda su concentración para acometer su siguiente proyecto, su más ambiciosa hazaña comercial, que consistía en venderle una partida de armas traídas de Francia y Bélgica al rey Menelik de Soa, en guerra con el emperador de Etiopía y rey de Tigré. Rimbaud calculó que podría ganar cinco veces lo invertido y se lanzó a ello con todas sus fuerzas. En octubre de 1885 tuvo una violenta discusión con su jefe Bardey y renunció a su empleo en la casa comercial.

Él mismo lo narró a su madre:

"Son muchos los servicios que les he prestado y se imaginaban que, para darles gusto, iba a seguir con ellos toda la vida. Han hecho lo indecible por retenerme, pero yo los he mandado al diablo, con todos sus privilegios, su comercio, su espantosa tienda y su sucia ciudad"[5].

Ese monstruoso orgullo que en sus variadas metamorfosis adopta el nombre de "dignidad" volvía a apoderarse de Arthur. ¿Qué importaba un modesto trabajo de agente comercial cuando estaba a punto de hacerse rico? La idea era comprar las armas en Europa, desembarcarlas en Adén y llevarlas hasta la costa somalí, desde donde partiría él

5. Carta del 22 de octubre de 1885, citada por Starkie. *Op. cit.,* p. 500.

mismo en caravana hacia el reino de Menelik. Su capital para invertir fue de seiscientas libras. Según Starkie, eran los ahorros de seis años.

No bien puso en práctica el negocio e inició los preparativos, surgieron mil problemas. Primero debió obtener un permiso especial de la autoridad británica para desembarcar los rifles, cosa que logró después de mil dificultades y mucho tiempo. Luego decidió iniciar la expedición desde la concesión francesa de Tadjoura, famosa por el tráfico de esclavos, y que era un villorrio inhóspito y malsano.

Tuvo que esperar un año antes de partir, un tiempo que debió de ser infernal. Para acelerar las cosas y sentirse más seguro de cara a Menelik pactó una sociedad con otro comerciante francés de apellido Labatut, quien tenía relaciones con Menelik y parecía ser un buen aliado. A principios de 1886 las armas estaban listas en Tadjoura y entonces Rimbaud se dio a la tarea de conseguir los camellos para la caravana, pero los nativos de la zona, de etnia danakil, los usaban en sus faenas diarias. No estaban dispuestos a alquilarlos. Tardó varios meses en reunir los que le hacían falta, debiendo incurrir en gastos no calculados.

Pasaba el tiempo y la desesperación era cada vez mayor.

Las cifras debían bailar en su mente y el calendario giraba y giraba. Además de camellos necesitaba porteadores dispuestos a hacer el viaje, pues la travesía era una de las más peligrosas de la región. Otras caravanas habían sido atacadas y una de ellas, la del explorador Barral, acabó en sangrienta matanza. Los cadáveres mutilados fueron devorados por los buitres y las fieras del desierto.

Para acabar de completar el panorama sombrío, su socio Labatut enfermó de cáncer y murió antes de la expedición. ¿Y ahora qué recurso le quedaba? Labatut era el mejor enlace con Menelik, la garantía de que el sinuoso rey iba a pagar el lote de armas que estaban por llevarle. La solución fue aliarse con otro traficante de armas francés, de apellido Soleillet, pero la suerte ya estaba echada: ¡en septiembre de 1886, de repente, Soleillet murió en una calle de Adén!

De nuevo la idea de la conspiración metafísica y los ataques de ansia.

Entonces Rimbaud decidió irse solo a buscar a Menelik y así fue como, a comienzos de octubre de 1886, partió la caravana.

Puedo imaginarlo delante del convoy, a caballo, viendo la silueta de los camellos avanzando en fila al atardecer y pensando que en esa línea móvil estaba su destino, su inmediato futuro. ¡Cuántas cábalas había hecho con esas armas que se tambaleaban en el lomo de los camellos! Debía hacer un último esfuerzo e invocar la suerte. Lo más importante era cruzar el territorio danakil a salvo, hasta el reino de Soa, y esperar que Menelik fuera hombre de palabra y cumpliera lo que había prometido hacía más de un año a un socio que ya había muerto.

La cosa no pintaba fácil, joven Arthur.

El terreno era casi infranqueable, la mayor parte sobre lava volcánica negra. Sólo podían contar con el agua que llevaban en sus odres, la cual, recalentada, acababa por ser un veneno. Y luego estaba el peligro de ataques de los danakil u otras tribus consideradas "salvajes". Según Starkie, para una de esas tribus el máximo galardón de guerra consistía en cortar los genitales del enemigo. Esto debió alterarlos.

Entre las curiosidades del viaje, que luego Rimbaud escribió, está el paso por el lago Assal, que es de agua salada, una especie de mar Muerto en territorio abisinio —o *abeshá*— rodeado de piedra de basalto y lava. Al llegar al río Hawache ya Rimbaud se sintió cerca del triunfo, pues al bajar de las montañas volvieron a encontrar tierra fértil y color verde. Cruzaron el río haciendo flotar los camellos y poco después llegaron a Ankober, capital del reino de Soa.

¡La travesía duró cuatro meses!

Pero al llegar, el rey Menelik no estaba.

Nuevo percance, nueva sensación de tener al destino jugándole malas pasadas. ¿No sabe escuchar el extraño lenguaje del destino? Hace ya varios años que una voz lo persigue para decirle: calma, respira profundo, detente en algún lado.

Pero nada podía detener a ese joven ansioso, así que arreó la caravana hacia la localidad de Entotto, donde estaba el rey, y al llegar allá todavía debió esperarlo algunos días. La empresa completa hasta ese día le tomó un año y medio. ¡Y todavía no tenía la plata en su bolso!

Al entrevistarse con el rey, comenzó la segunda parte de los dolores. La dura travesía por las tierras danakil pasó a ser la parte más fácil. Menelik resultó ser un tipo rudo, un negociador vivo y lleno de exigencias. Y, además, con excelente memoria. Lo primero que hizo fue confiscar las armas y anunciarle al joven Arthur que no las pagaría por unidad sino a precio global, lo que reducía el monto. Luego recordó que el primer socio de Rimbaud, Labatut, tenía una deuda con él, así que la descontaría del pago. Pero su exsocio tenía contraídas deudas con muchas otras personas, así que muy pronto se vio rodeado de acreedores. La propia viuda de Labatut exigió su parte en las ganancias. Rimbud no supo qué hacer. Para acabar de completar, Menelik le dijo que no tenía dinero en contante, sino que debía pagarle en especie, sobre todo en marfiles.

Rimbaud no aceptó y entonces Menelik le dijo que fuera a Harar, pues el nuevo gobernador, el *ras* Makonen, sí disponía de fondos en metálico. Él le podría pagar el saldo de lo que se le adeudaba.

Ese fue el triste final de los sueños de riqueza. Tras descontar las innumerables deudas y repartir aquí y allá los beneficios, la ganancia neta fue bastante pobre. Recuperó su inversión, pero obtuvo poco por los dos años de duras labores, gastos y gestiones.

Y un buen día, en Adén, Rimbaud fue consciente de que llevaba siete años en la zona del mar Rojo y su situación económica no mejoraba.

La lacónica carta que le envió a su madre dice:

"… mi vida camina hacia su fin. Basta con que se imaginen cómo tiene que encontrarse una persona después de hazañas como las siguientes: travesías y viajes por tierra, a caballo, en bote de remos, sin muda, sin alimentos, sin agua, etc.

"Estoy terriblemente cansado. No tengo trabajo y me aterra perder lo poco que me queda"[6].

Rimbaud estaba físicamente agotado por su temeridad y los constantes abusos a su fuerza física. Hay un testimonio sobre él, de principios de 1888, citado por el investigador Charles Nicholl, que proviene de Ato Joseph, el cónsul de Etiopía en Yibuti. Es la impresión de algunos viajeros y de una pareja francesa de apellido Dufaud que regentaba un hotel en Obock y que, por eso, conocieron a Rimbaud y lo hospedaron.

---

6. Carta a la madre del 23 de agosto de 1887, citada por Starkie. *Op. cit.*, p. 517.

"Físicamente, Rimbaud era un hombre más bien delgado, de estatura algo mayor que la media, con un rostro demacrado y poco atractivo, incluso feo, que le hizo decir a sus *hoteliers*: 'Abisinia no va a formarse a través de él una impresión demasiado buena de la raza francesa'".

Esto era lo que quedaba, tres años antes de morir, de ese joven angelical de ojos azules y bucles de oro que encantaba por su inteligencia y belleza. Lo único favorable de toda esa alocada expedición fue que entre el 25 y el 27 de agosto de 1887 el diario de Egipto en lengua francesa, *Le Bosphore Egyptien*, publicó su informe sobre el viaje desde Tadjoura, desaconsejando la ruta para el comercio. Ese otoño, desde Adén, les propuso sus artículos a otros diarios de París, como *Le Temps* y *Le Fígaro*. Pero nada. También se ofreció como corresponsal de guerra —para el conflicto entre Italia y Abisinia—, pero *Le Temps* no lo consideró, aun cuando Rimbaud era ya muy conocido en los cenáculos literarios de París. Vale recordar que un año antes, en 1886, Verlaine había publicado las *Iluminaciones* con ese famoso prólogo en el que dice ignorar si "el señor A. Rimbaud está vivo".

Los sueños de grandeza de Arthur no cesaban y algo le decía que, a causa de la inestabilidad en la región y del creciente empeño militar europeo, las armas tendrían que seguir siendo buen negocio. Y se lanzó por ese camino. Obtuvo entonces algo muy difícil: una licencia de importador de armas hacia el reino de Soa, es decir, las tierras de Menelik, y con ese valioso documento se fue a tocar la puerta de los dos más grandes traficantes de armas de Adén. Dos franceses de apellidos Tian y Savouré.

De este modo volvió a Harar para dirigir una sucursal del negocio de Tian y Savouré en términos muy similares a los de su antiguo patrón Bardey.

Esto alegró a Rimbaud, pues al fin y al cabo Harar había sido el lugar en el que creó lo más parecido a un hogar, donde tuvo una amante y donde los vientos de montaña refrescaban el aire, lejos de ese trepidante calor de los pueblos costeros en los que había tenido que permanecer gran parte de estos años. En la nueva Harar ya había comercio, se conseguían licores y algo que para él podía ser un signo de vida civilizada: casas de prostitución. Rimbaud ya había contraído la sífilis, pues debía ser un visitante asiduo. Podría tener mucho de místico y soñador, pero en el fondo era un poeta.

7.

El huracán de bondad nacional envolvió por completo la realidad, maquillándola, pues el disfrute de esa paz tan anhelada era algo demasiado grande como para ser perturbado con la comprobación cotidiana de que, aquí y allá, resurgían nuevos y graves conflictos.

Era apenas normal. Las naciones están pobladas de seres humanos soñadores, egoístas y nerviosos, conscientes de su finitud y con la problemática ambición de pretender ser felices. Y no hay nada más conflictivo, desde el punto de vista social, que la búsqueda de la felicidad. Mucha gente no lo veía porque no quería verlo, pero el mundo seguía siendo sustancialmente el mismo.

Sin embargo, el índice de autoestima nunca estuvo tan alto como en esos meses; como si toda la población estuviera experimentando el *subidón* artificial provocado por ciertas drogas recreativas, como la famosa cocaína rosada de Freddy Otálora. La gente estaba feliz porque quería estar feliz y no habría permitido jamás que nada empañara esa alegría asistida y, por eso mismo, precaria.

Haciendo gala de gran patriotismo, y respetando el mandato constitucional de apoyar el devenir de la nación, las Fuerzas Armadas se sumaron a la construcción de una nueva sociedad sana, activa y feliz. Su propuesta consistió en canalizar el excedente de amor colectivo hacia disciplinas físicas, estableciendo rutinas deportivas con vistas a una mente sana y consagrando el ejercicio como una propuesta de enlace entre la autoestima presente y la fe en el porvenir. Su lema podría ser: "¡El paso del tiempo no debilitará nuestras convicciones!".

Por ello, desde muy temprano, los campos, canchas y gimnasios de los batallones se abrían al público para ofrecer instrucción deportiva, de modo que el ciudadano pudiera ejercitarse al lado de los soldados de la patria y con instructores militares en casi todas las modalidades del atletismo: carrera, salto, levantamiento de pesas, juegos de equipo como baloncesto o fútbol, e incluso en algunas se impartía equitación (por cuanto pueda tener de deporte esta actividad en la que es el caballo el que mueve los músculos).

Las labores daban inicio a las seis de la mañana, hora en que las emisoras del país emitían el himno nacional, y así en todos los cuarteles se abría la jornada deportiva con los soldados cantando a voz en cuello la letra de Rafael Núñez, con la mano en el pecho, sintiéndose orgullosos hasta niveles microcelulares de esa música y esos versos. También el ejército se sentía orgulloso de ver a su población cada vez más sana, expresando sin tapujos su amor a la patria. Una alegría tan inesperada y pura que producía nervios.

Al volver de mi paseo matutino, un poco golpeado por las ginebras de la noche anterior —Víctor y Quitzé, según supe, se embarcaron en eso que los paisas llaman "rasca completa" y que consiste en beber hasta la ebriedad y luego irse a La Piscina a terminar en brazos de alguna flor de fango o belleza malvada—, tomé un café en la cocina con Manuela.

—¿Sigues convencida?

—No lo he vuelto a pensar, cónsul. Es lo que debo hacer y punto.

—Anoche supe cosas de Freddy —le dije— y la verdad es que es un tipo muy peligroso. Respeto lo que dices, pero piensa que también hay otra posibilidad y es regresar a Madrid, seguir construyendo eso que es sólo tuyo y alejarte de esa enfermedad del pasado. Tu poesía es buena, debes retomarla. Yo creo que ese es el camino.

—No puedo —dijo Manuela—. Esto es algo que me duele todos los días. Ya no me deja ni respirar. Saber que él anda por ahí me quita el aire. La idea de que existe es tan invasora que me esconde las demás ideas, no sé si me entiende. Lamento que Juana vaya a tomar semejante riesgo por mí, y créame que le he pedido en todos los tonos que no lo haga.

—La conozco y lo va a hacer. Esperemos que no le pase nada.

El niño dormía aún y Juana no había vuelto durante la noche. El entrenamiento debió extenderse hasta muy tarde. Sólo a media mañana llamó y dijo que nos preparáramos, que esa misma noche viajábamos a Cali.

—Bueno, ya empezó esto —le dije a Manuela—, nos vamos esta noche.

—¿A Cali?

—Sí.

Le vi hacer una extraña y compleja sonrisa. Cali era el espacio de su pesadilla, pero también de su infancia. Y uno es de donde fue niño, aunque no haya sido feliz.

Juana y Tertuliano llegaron al mediodía para los preparativos. Manuelito Sayeq estaba listo, con su morral y su tableta. Viajaríamos separados. Tertuliano por su lado. Manuela en un avión y Juana, el niño y yo en otro.

—Es mejor estar compartimentados, ¿me entendés eso, cónsul? —dijo Tertuliano.

—OK, entendido —le dije.

Al llegar a El Dorado vi reflejada nuestra imagen en uno de los portones de vidrio: el niño, Juana y yo. Los tres de la mano. El viaje fue muy corto y en el aeropuerto Bonilla Aragón sentimos otro olor y la calidez del aire. De inmediato Manuelito se alegró.

—Está llegando el verano.

—Acá es verano todo el año —le dijo su mamá.

Fuimos en taxi hasta un lugar del sector oeste, una vieja casa trepada en el cerro. Desde la calle sólo se veía un muro empedrado al que se accedía por una puerta lateral. La casa estaba arriba, cubierta por árboles, sólo visible desde los segundos pisos de los edificios vecinos. Tenía jardín y una terraza con piscina. Era una casa burguesa de los años cuarenta. Poco después llegó Manuela, así que esperamos instrucciones. Tertuliano vino por la noche.

—¿Está bien?, ¿les gusta?, ¿se sienten cómodos? —dijo Tertuliano, haciendo una venia—. Es sólo para ustedes. Yo no me voy a quedar acá, y vos, Juanita, venís conmigo. Hay cosas que debemos preparar y tenés que moverte un poco en el medio antes. La fiesta es dentro de ocho días y nadie puede dudar de nada. Cónsul, Manuela, ustedes esperan acá con el niño. Cuando la carne esté en el sándwich vos entrás en acción, Manuelita, ¿me hago entender?

Juana se despidió de su hijo. No era la primera vez que se ausentaba y el niño lo aceptó con facilidad. Se fueron entre sombras. Cuando me despedí de Juana, le dije:

—Cuídate, yo me encargo de Manuel.

—Si me pasa algo, protéjalo. Pero no se preocupe, no me va a pasar nada.

—No estás obligada a hacerlo —le dije.

—Sí estoy obligada porque es lo correcto, ¿era usted el que lo decía? Creo que sí.

—"Cuando uno sabe qué es lo correcto, lo difícil es no hacerlo". Proverbio judío.

Me dio un abrazo fuerte. Su cuerpo se pegó al mío con fiereza.

—Me gusta su olor, cónsul.

—Cuídate y vuelve. Todavía no me has contado nada.

—Yo sé que usted quiere mucho al niño. Diviértalo.

—Estaré con él cada segundo.

Luego abrazó a Manuela. Me pareció ver alguna lágrima y miré hacia otro lado. Nada de lo que hacíamos era aún irremediable, pero no parecía posible cambiar nada.

Entonces Tertuliano se me acercó y dijo:

—Che, cónsul. Sé que vos estás un poco lejos de todo esto, y sin embargo estás acá, al lado de ellas, poniendo la cara. Sos un grosso, lo digo en serio. Dejame abrazarte.

Su panza me obligó a una muy exigente flexión de cintura, pero logré llegar al cuello. Sudaba a chorros y parecía de granito.

—Vámonos, Juanita —dijo—, no te despidás tanto que trae mufa. Estaremos de vuelta en una semanita, ¿no?

Manuela y yo los vimos bajar por las escaleras, al lado de la piscina, y salir a la calle. En la casa reinó el silencio.

Cali tenía un olor amigable. Me recordaba a Delhi por los árboles y la vegetación caótica entre el asfalto y trepando por los muros. También por el calor y la sensación de que la temperatura cambia el estado de ánimo. En la casa había de todo, pero decidí dar un paseo y comprar provisiones: un poco de leche, pan, pandebonos, frutas; Manuela se metió a la piscina con el niño.

Un poco más tarde le dije a Manuela:

—¿De qué hablas cuando estás esperando algo?

Miró hacia arriba un rato y dijo:

—No sé, de cualquier cosa. De animales salvajes o de insectos asesinos o de organismos unicelulares. ¿Y usted, cónsul?

—De las mismas cosas que tú. También de aventuras francamente imposibles.

—¿Imposibles…? —se rio—. ¡Y entonces para qué hablar si son imposibles! A ver, dígame una.

Ya había imaginado su pregunta.

—Por ejemplo, la idea de volver.

—¿A dónde?

—A cualquier parte, sólo volver.

Miró la ciudad del otro lado de la ventana y asintió con la cabeza. Luego dijo:

—¿Y nunca habla de poesía? Cuénteme de Rimbaud.

—Rimbaud… —lo pensé un momento—. Él quiso volver, sólo que la mayor parte de su vida no supo a dónde. Y cuando al fin lo comprendió ya no pudo. Le amputaron una pierna, perdió un brazo y parte del otro. Murió en el intento.

—¿Y a dónde quería volver?

—A Harar. Allá estaba su única casa.

Manuela se me quedó mirando, interrogante.

—Eso queda en Etiopía, cerca de Somalia —le dije.

—Y a usted, cónsul, ¿adónde le gustaría volver?

—No sé. No he encontrado todavía un sitio.

—Entonces deberíamos ir allá.

—¿A dónde?

—Pues a Harar —dijo Manuela—, adonde quería Rimbaud. A lo mejor recupero la poesía que me robaron, la que se llevó esa vieja malparida.

Me alcé de hombros. Podría ser.

Afuera estaba Cali.

Por las tardes, a eso de las cinco, corre una brisa que mece el espíritu. Manuela y yo salíamos a la terraza a recibirla mientras el niño jugaba con unas aeronaves Lego compradas en el aeropuerto. La empleada que Tertuliano contrató nos dijo que la brisa venía del mar, detrás de las montañas. Allá estaba el océano Pacífico. Y era verdad: algunos atardeceres vimos volar gaviotas. Todo eso que nos exaltaba, sin embargo, no lograba disipar el miedo.

—¿Estás escribiendo? —le pregunté una tarde.

—No, qué va —dijo Manuela—. Hasta que no resuelva esto no podré. El día después de la venganza será el primero de mi nueva vida. Tal vez ahí pueda. Lo he pensado, cónsul. Ese día seré libre.

La fecha se acercaba.

Me obsesioné con las noticias: radio, periódicos, noticieros de TV. Si Freddy iba a venir a Cali podrían ocurrir cosas que nos hicieran abortar nuestro plan. Por ejemplo, que la policía lo agarrara en el traslado. ¿Lo más deseable? Que el ejército le hiciera una emboscada en la carretera y él se resistiera con sus guardaespaldas. Que muriera acribillado por las metralletas de un helicóptero militar, como el narcotraficante Gonzalo Rodríguez Gacha. Era una idea improbable, pero posible. Así Juana y Manuela se salvarían de lo que iban a hacer.

Esperar, esperar...

El día se divide en boyas flotantes a las que es necesario llegar con esfuerzo: el almuerzo, la comida, el sueño, el desayuno. El que espera —este texto está lleno de insufribles esperas— siente el paso del tiempo y su velocidad de un modo físico. Lento y fastidioso.

No sé quién sentía más el peso de esta quietud, si Manuela o yo; lo cierto es que al estar siempre en la casa —salvo mis breves salidas matutinas por víveres, a las que Manuela se negó por miedo a que alguien la reconociera— cada uno acabó por marcar su territorio, y ella prácticamente se recluyó en su habitación.

El niño pasaba más tiempo conmigo, lo que me permitió sobrellevar mejor las horas. El tiempo de los niños es como un acordeón, se abre y se cierra; su único objetivo es divertirse, jugar y tener ocupada la mente. Pasarlo bien. Por eso es el compañero ideal para una espera. Pasé horas fabricando cohetes de Lego, extraños autos de combate y naves espaciales, o leyendo historias de personajes fantásticos. Vimos programas de Animal Planet en la televisión, y su gran descubrimiento en Colombia, *¡El Chavo del Ocho!* Al principio le pareció raro, pero tan pronto se acostumbró empezó a verlo durante horas y, poco a poco, a repetir sus graciosas frases.

Por las noches, cuando el niño dormía, yo volvía a mi cuaderno de Rimbaud y me perdía en esa vida extraña y triste, llena de esperas y deseos y sueños que casi nunca se cumplieron.

El día señalado Manuela y yo parecíamos dos fantasmas, yendo a mirar la calle desde la terraza una y otra vez. Apenas cruzamos palabra.

No quise salir por si sucedía algo extraordinario y por primera vez agradecí que un niño pueda pasar veinticuatro horas inmerso en los juegos de su tableta. Eso me permitió concentrarme en los noticieros para vigilar lo que pasaba en Cali.

No hubo novedades durante el día y hasta bien entrada la noche, así que intenté dormir, lo que fue imposible, lo mismo que para Manuela, que decidió sentarse en una de las chaise-longue de la piscina con el celular al lado.

Estaba leyendo en la cama cuando irrumpieron en la casa.

Tertuliano no estaba con ellos, sólo Juana y tres extraños personajes. Serían las cuatro de la mañana, aún no había amanecido. Manuela salió de su cuarto con una camiseta al ombligo y bóxers, pero al ver a los desconocidos volvió para vestirse.

Juana tenía un vendaje en un brazo.

—¿Te pasó algo?, ¿cómo salió todo? —le dije, angustiado.

—No es nada, sólo una pendejada. Ya lo tenemos.

—¿Fue difícil?

—Difícil no, ¡casi imposible! Déjeme descansar y mañana le cuento. ¿Manuelito?

—Dormido, sin problema.

—Gracias, cónsul, usted es un ángel de la guarda.

—¿O sea que el plan funcionó?

—Hubo algo inesperado… Cuando me despierte hablamos —dijo—, ahora estoy medio borracha y un poco drogada. Manuela tiene que irse con ellos ahora.

Manuela salió del cuarto en jeans, tenis y camiseta negra. Me dio un abrazo y se fue con los tres hombres.

—Ten cuidado —le dije.

—Sí, cónsul. Gracias —dijo Manuela.

Se abrazó con Juana y le dijo:

—Sos una berraca, te debo la vida.

—Y eso que todavía no sabes cómo fue la cosa.

—Cuando vuelva me contás.

Rodeó la piscina y bajó las escaleras. Juana fue a mirar al niño, aún dormido; le dio un beso en la frente.

—Él se va a despertar en un ratico y yo estoy muerta, cónsul, no quiero que me vea así.

—Yo me ocupo de él, ve a descansar.

Antes de irse me dio un beso en la boca. Sentí su lengua ansiosa. De repente se separó.

—Perdóneme, cónsul, ya le dije que estoy borracha y drogada.

Se fue a su cuarto y cerró la puerta.

Me toqué el labio donde me había besado y pensé que al día siguiente no se acordaría. Haría bien yo también en olvidarlo. Debí luchar contra otra idea, que era entrar a su cuarto, besarla y hacer el amor salvajemente, como había soñado tantas veces en estos años.

Volví a mi cama y traté de dormir.

Me levanté pasadas las siete. Encendí el televisor de la cocina en el programa de noticias y, al fin, encontré algo. Hablaban de una masacre en el sur de Cali, en una casa de lujo, "predio que estaba judicializado y en extinción de dominio por pertenecer a una persona extraditada a Estados Unidos", según el periodista que hizo el informe.

El jefe de la policía, hablando en directo, dijo lo siguiente:

"Lo que hemos podido elucidar hasta el momento, ¿sí?, con los primeros indicios y algunos testimonios, es de que dos grupos delincuenciales, presumiblemente relacionados con el tráfico de drogas sintéticas, pero de las normalitas también, se dieron cita en esa residencia para una fiesta social y presumiblemente, ¿no?, para llegar a acuerdos sobre repartición de zonas. Ya ahí debió surgir un altercado o a lo mejor uno de los grupos ya tenía la mala intención previa, esto no lo sabemos, el caso es que hubo un intercambio de disparos entre los asistentes, con resultado de seis muertos y tres heridos en estado muy grave. Entre los cuerpos sin vida se hallan dos mujeres, presumiblemente trabajadoras sexuales que habían sido contratadas para amenizar la velada. Otra de ellas se encuentra en estado grave. Cuando la policía irrumpió en el predio los maleantes la enfrentaron con armas y hubo un nutrido cruce de disparos, hasta que la mayoría de los sicarios se dio a la fuga entre las casas vecinas, lo que dificultó las operaciones de rastreo. De todos modos la acción de la fuerza pública logró capturar a tres, que en este momento están siendo interrogados. Se decomisaron doce fusiles, armas automáticas, granadas y munición de diverso calibre. Por el tipo de heridas se conoce que los occisos fueron ejecutados a corta distancia, mientras que otros presentan disparos en diferentes zonas del cuerpo. En el lugar se encontraron bebidas alcohólicas y drogas que estaban siendo consumidas por los invitados, para su esparcimiento, en el momento de la riña. Se decomisaron cantidades importantes de cocaína rosada y blanca, basuco, marihuana y pastillas de éxtasis. Las primeras hipótesis apuntan a una *vendetta* o reacomodo en el mundo de la distribución de las drogas sintéticas. Uno de los occisos, Néstor Pombo Holguín, alias Cusumbosolo, segundo al mando en la organización del paramilitar Freddy Otálora, es famoso en los ambientes del hampa por sus conocimientos científicos para montar cristalizaderos de droga. La última de estas usinas destruidas de forma controlada por la policía, vale recordar, se encontró a orillas del río Cupí, vereda El Zanjal, municipio de Timbiquí, Cauca, zona selvática a la que las tropas tuvieron que llegar por helicóptero y descender por cuerdas. En cuanto al paramilitar Freddy Otálora, de quien tenemos plena certeza que se encontraba en la fiesta, pudo darse a la fuga y se desconoce su paradero".

En otro noticiero, el informe agregaba algo:

"Según datos de la policía, el exparamilitar y narcotraficante Freddy Otálora estaba negociando una alianza con las bandas criminales del norte del Valle para la comercialización de la cocaína rosada y su posterior exportación al sur de América, hasta países como Chile, Argentina y Uruguay, pero al parecer no se logró llegar a un acuerdo, lo que provocó la riña y posterior desenlace violento. También se informó que en la residencia se decomisaron bolsas con cocaína blanca, presumiblemente de prueba con miras a negocios futuros, pues presentaban ocho marcas diferentes, lo que podría significar que iba a ser entregada a ocho carteles del narcotráfico, entre ellos al de Sinaloa, del cual, según los últimos informes, Freddy Otálora era representante".

Jugar a matar
(Relato de Juana)

Cuando salí de acá Tertuliano me llevó a una casa a las afueras de Cali donde había un grupo de mujeres, todas jóvenes y remamacitas, sobre todo caleñas y paisas, que son las viejas buenas de este país, y algunas normales, como yo, pero la mayoría de culo inflado y tetas operadas y con unos labios, cónsul, que más que boca parecían vaginas por las que podían hablar y comer. Ahí estuve una tarde entera, para que las demás me vieran. Eso estaba bajo el control de los contactos de Tertuliano, así me dijo él que los debíamos llamar, *contactos*, y además sin nombre, sólo Contacto A, Contacto B, y yo le dije, listo. Debíamos hablar lo menos posible. Desde el inicio vi que eran verdaderas nenas del oficio, con todas las de la ley, empezando porque casi ninguna estaba sobria después de las cinco de la tarde y a la medianoche tenían tanto perico en el cerebro que a duras penas podían controlar los maxilares y se les caía el cigarrillo de la boca. Usted me conoce, cónsul, yo soy guerrera, así que me puse un short descaderado y un top y me lancé a esa jungla; ya no soy joven, el calendario me pasó por el cuerpo y explotaron bombas y hubo derrumbes, pero ahí sigo, aguanto, así que me senté con ellas. Los contactos A y B les dijeron que yo iba a trabajar, que venía de Bogotá, y todas me miraron con cierto rechazo, usted sabe que a los rolos no nos quieren en ninguna parte del país, pero como son nenas profesionales saben que no deben hacer preguntas y nadie dijo nada ni yo pregunté, sólo el nombre de cada una, pues igual todas sabemos que es falso, así que yo dije, me llamo Susan, ¿Susan?, dijeron las lobas, y yo, sí. Había una que se llamaba Sthephany, otra era Lady Johanna y una que se llamaba sencillamente Cuca. Le daba risa decir que ese era su nombre de trabajo, que había preferido una estrategia de *marketing* directa, soy Cuca y ya, y las paisas le decían, oíste, piroba, ¿y por qué no te pusistes Chimba de una vez?, ¿o Panocha?, y otra dijo, o Candidiasis, ¿por qué no?, y así se reían las nenas, usted sabe, cónsul, yo conozco esos ambientes, soy capaz de mimetizarme, mi cerebro es como un computador que entra en reposo y me voy a otro lugar, lejos de ahí; dejo sólo una oficina con la luz encendida, lo mínimo, y que alcanza y sobra para socializar con esas pobres viejas que no son la furia del intelecto, pobrecitas, y el poco que tienen se retira con el cuarto aguardiente y la segunda raya de perico.

Como al tercer día el Contacto A me vino a hacer unas fotos para poner en un celular que iba a ser mío; Tertuliano dijo: no es creíble que no tengás celular, y el celular de una mina como vos debe tener fotos así y asá, y yo le dije, claro, y me dijo que al entrar a la casa lo más seguro es que nos requisaran a todas los teléfonos, por seguridad, y eso quería decir que se iba a quedar allá, así que las fotos debían ser sin la cara; también le pusieron un montón de contactos falsos en la agenda, sólo para que los narcos o incluso la policía, si querían indagar, no encontraran nada comprometedor; luego me habló de las pastillas de cianuro, me dijo que en estos casos lo mejor era llevar una en las encías, debajo del labio superior: sólo se vaciaba el contenido si uno la mordía o la quebraba con la uña, y era lo único que podía pasar la requisa, es lo único que podés usar allá, dijo, te la sacás de la boca, la quebrás y echás el polvillo en un vaso, la persona muere más o menos a los doce minutos, de acuerdo a la contextura, pero yo tampoco es que sea tan boba y le pregunté, ¿esa no es la píldora del suicidio?, y él me dijo, bueno, de eso también te quiero hablar, Juanita, y es que si te ves en una situación muy jodida, donde te pueden hacer mucho daño o amenazarte con cosas, vos sabés que tenés una salida, basta que la bajés a la boca con la lengua y la mordás, y ya, te liberás de todo, es sólo una hipótesis, la píldora está recubierta con una capa de hule y no te va a pasar nada por tenerla ahí, si luego no la usás basta escupirla, y yo le dije, listo, entendido, y entonces pasamos a la otra pastillita que también debía esconder en la boca, del otro lado, y que contenía un concentrado de éter etílico y era para lo mismo: cuando fuera al cuarto con el objetivo, o sea con Freddy, debía ponérselo en el trago para tumbarlo y seguir con el plan, encender y apagar la luz tres veces, de modo que los contactos A, B y C supieran en qué dormitorio estaba, y venir con sus vestidos de ninja para sacarlo y llevárnoslo. El plan era bastante sencillo; si había guardaespaldas o seguridad ya no era problema mío, los contactos se encargarían, era un grupo bien entrenado, mejor que los "hombres jungla" del ejército, me dijo Tertuliano, y así seguimos con la formación, aunque a mí a veces me daba un poco de risa el secreteo, él me mostró varias fotos del que llamaba Objetivo 1 y de los siguientes, los segundos y terceros y algunos guardaespaldas, el tipo que ellos tenían infiltrado sabía que debía llamarme a mí, a Susan, pero no sabía para qué, así que no podía contar con él en caso de problema; no tenía orden ni instrucción para protegerme, por eso al entrar a la casa estaba sola, me dijo y lo repitió un montón de veces, y yo le dije, sí, ya lo sé, lo sé desde el primer día, y luego volvió a decir que en cuanto yo diera el anuncio con la luz ellos se aproximarían a la ventana, y dijo, si antes de entrar hay alguna urgencia yo tenía dos opciones, o encender y apagar la luz dos veces, o gritar "¡Me vengo, papi!", ¿te queda claro?

Especificó que en ese caso tratarían por sus propios medios de comprender lo que pasaba, y que ahí ya eran ellos, los contactos, quienes debían tomar cualquier decisión de acuerdo a su experiencia. Y había algo más: si la cosa se ponía muy jodida, si yo estaba en extremo peligro por algo, lo que debía hacer era gritar "¡ayuda!" y ahí mismo tirarme al suelo o protegerme, porque en ese instante se iba a abrir el infierno desde la ventana, los contactos dispararían ráfagas a una altura mínima de un metro, y esto me lo repitió muchas veces, un metro, recordá bien, ¡un metro!

Hicimos prácticas con hombres del mismo peso de Freddy, sobre todo el Contacto C, con quien me entrené en dar una serie de golpes aparentemente no muy fuertes y de tremendo impacto en zonas sensibles, obviamente las huevas, pero no sólo ahí, también el riñón, y así pasamos la semana, entre Power Points de los tipos, quiénes eran y qué habían hecho y cuál era la peligrosidad y qué edad tenía cada uno y qué vicios y qué enfermedades, más ejercicios físicos y principios de lucha, y la táctica que yo debía usar para que Freddy acabara eligiéndome a mí; ellos sabían que a él le gustaban las mujeres que sobresalían por algo, que no fueran del montón; la elección de las otras estaba estudiada para que yo resaltara, y bueno, debía poner de mi parte para atraparlo, trabajo de ojos y señales, eso cualquier mujer lo sabe hacer, ¿no, cónsul? Los entrenamientos me sirvieron y fue gracioso, debí hacerlos con un top y en bóxer, nada más, para estar en las mismas condiciones que iba a tener en la casa, así que los contactos A, B y C con los que trabajé no hicieron más que mirarme los tatuajes y preguntarse, seguramente, ¿quién es esta loca?, ¿de dónde salió este museo?

Finalmente llegó el día.

Tertuliano no cree en Dios, sino en una cosa rarísima que él llama los Maestros Antiguos, y así nos obligó a hacer un ritual agarrando puñados de tierra y besándola. Los contactos lo hicieron a regañadientes porque eran católicos y completamente nazis. El contacto C, con el que practiqué mil veces la defensa, tenía tatuada una esvástica en la tetilla izquierda, y me pareció que eran tipos con tal formación militar y unas armas tan pesadas que sería muy raro que no fueran del ejército o paramilitares, pero no pregunté nada, sus uniformes eran unos trajes negros muy pegados al cuerpo, chalecos antibala, pasamontañas negro y casco, ¡una imagen perturbadora! Encontrarse a un tipo de esos de frente, en mitad de la noche, debe ser para orinarse del susto; los narcos a los que íbamos a atacar, empezando por Freddy, estaban metidos en la grande, ni se imaginaban lo que les venía subiendo por la pierna, y bueno, el infiltrado llamó y siete de las nenas del apartamento tuvimos que ir.

Nos montaron a una camioneta 4×4 hasta una casa, que no era la definitiva; ahí nos hicieron cambiar y efectivamente nos requisaron de arriba abajo, nos quitaron celulares y hasta nos hicieron pasar a todas por una ducha y, algo horrible que ya Tertuliano nos había anunciado: una mujer de seguridad se aseguró de que ninguna tuviera cosas guardadas en la vagina y el ano, como quien dice, nos dieron dedo por lado y lado, guante de caucho y gel lubricante. Al pasar, después de la ducha, pudimos elegir ropa de un armario lleno de cosas lobísimas, yo me puse unos shorts muy corticos, en jean, y un top que dejara visibles mis dibujos, sabía que eso iba a marcar una diferencia con las otras, que tenían pintadas cosas banales; ahí mismo nos dieron varias rondas de aguardiente para animarnos y sacaron pastillas y espejos con rayas, blancas y rosadas, pero yo me hice la tonta y no metí, pensé que era mejor estar lúcida para la llegada, al menos hasta no tener empezado el plan de acción, y bueno, como a las nueve de la noche nos montaron a otra camioneta y ahí sí nos llevaron para la casa, a media hora de calles y semáforos y cruces repentinos, no sabría decir dónde diablos era eso y ni una sola vez miré hacia atrás, a ver si el carro de A, B y C andaba por ahí, pero obviamente no se iban a dejar ver, ya sabían dónde era, así que llegamos y nos hicieron entrar por una puerta lateral, tremenda casa con piscina, jardín detrás de un muro, y yo pensé: ¿por dónde van a entrar mis ninjas? Si algo saben hacer los ninjas es trepar muros.

La casa estaba toda encendida y antes de entrar volvieron a requisarnos con bajada de calzón y revisada óptica, hecha por una mujer que se estaba comiendo una presa de pollo con la mano y estaba untada de grasa hasta el codo. Hablaba y se le veían en los dientes tiras de carne incrustadas, y babeaba esa grasa, una vaina asquerosa, cónsul, y yo pensé, esto comienza muy raro; moví un poco el labio superior para comprobar las dos pastillas, que ya ni las sentía, y nos hicieron seguir a un camerino para retocarnos; había otra bandeja con aguardiente y ceniceros de pepas y perico, y una especie de madama nos dijo, bueno, reinitas, ustedes ya saben a lo que vinieron, ¿verdad?, espero que todas traigan el tajalápiz bien afeitadito y aseado, ¿no?, acá se les va a pagar como a princesas y lo único que tienen que hacer es olvidarse de la palabra *no*, sólo eso, hagan de cuenta que esos señores de allá son los reyes del mambo, ¿sí?, y si les dicen que se abran de patas encima de la mesa y echen a volar el gallo ustedes hacen caso, ¿bueno, mis princesas?, la primera que diga *no* sale de esta casa con una patada en el culo si es que está de buenas, ¿me entienden, mis mamis?, y todas dijimos, sí, y entonces agarró a una y le dijo, vení te hago un examen, vos sos... Selene, uy, qué nombre tan de puta te pusiste, vení, a ver, decime, si un man de esos viene y te dice que le hagás pipí en el bolsillo de la camisa, ¿vos qué hacés?, y Selene, que era una paisita, muerta de risa por el examen, le dijo, ah, fácil, mamita, me le subo y lo meo donde el doctor me diga, y la señora aplaudió y dijo, bueno, otra, a ver, y miró la lista y dijo, ¿cuál es Mireya?, y otra paisa dijo, yo, señora, vení, ¿y vos qué haces si uno de los doctores te dice que te metás un lápiz por el culo y escribás el número de tu cédula?, y ella, poniéndose colorada, le dijo, pues me meto el lápiz, señora, pero le escribo el de mi tarjeta de identidad porque soy menor de edad, o si prefiere mi número de celular, y todas se rieron, y la señora llamó a otra, Virginia, uy, qué nombre, ni que fueras virgen, y le dice, ve, Virginia, y si uno de los doctores te pide que le mordás el gallo a Mireya, ¿vos qué haces?, y Virginia dijo, bueno, yo sí se lo muerdo pero hay que ver si ella se deja, y Mireya dijo, claro que sí, ¿ya te lavaste los dientes, so cochina?, y siguieron las risas hasta que abrieron una puerta doble y nos hicieron salir al salón donde estaban los señores.

Había dos sofás muy grandes de cuero blanco dispuestos en *L* y un montón de sillas y sillones: era una sala que se continuaba en la terraza y luego en la piscina, una tremenda casa. La señora, para anunciarnos, les dijo: disculpen, doctores, llegaron las princesas, ¿no se merecen un aplauso estos bizcochuelos?, y todos aplaudieron y yo los fui revisando uno a uno hasta que lo vi, allá estaba, en el ángulo de la *L*, ese era, Freddy Otálora: tenía delante una botella oscura de whisky, y vi que cada uno tenía una distinta. Alrededor estaban los guardaespaldas, pero resultaron ser más bien meseros, uno para cada invitado, cuando alguien quería encender un cigarrillo o servirse más trago o meterse un pase no tenía sino que señalar para que el sirviente lo atendiera, y así nos lanzamos a la sala y nos fuimos sentando donde caímos, yo me hice en una posición de frente a mi objetivo, sin mirarlo a los ojos, y le puse conversa a otro señor, que me invitó a un vodka; ya debían llevar un rato porque tenían los ojos brillantes, y entonces uno que reconocí como el anfitrión, alias Camándula, nos dijo, ¡qué sería de este mundo sin mujeres!, y levantó su vaso y dijo, bueno, estas bellezas están acá para ustedes, mis invitados, ¡siéntanse en su casa! Pero alguien repuso, uy, no jodás, Camándula, yo lo último que quiero ahora es sentirme en mi casa, ¡que no me den esposa por cárcel!, y soltaron la carcajada, y otro dijo, no, yo también prefiero esta casa a la mía, y levantaron copas.

Vi que Freddy tomaba un whisky muy fino, Johnny Walker sello azul en copa de aguardiente, y empecé a hacerle el trabajo de mirada que hay que hacerle a un tipo para que se fije en uno y que consiste en pasearle el ojo unos diez centímetros por encima de la cabeza, eso no falla; le empecé a mandar llamados visuales; los otros señores me invitaron y me charlaron, pero yo evité que alguno me agarrara hasta que pedí ir al baño, que estaba detrás del sofá de Freddy; al preguntarle a la señora me dijo, ay, reinita, métaselo acá, pero le dije, no, disculpe, es que tengo ganas de hacer pipí, y dijo, ah, ¿pipí?, bueno, si es así andá a mear, es por allá, y me señaló el camino que yo ya sabía; entonces le hice la pasarela a Freddy con todo el armamento, le pasé al lado y al llegar al baño pensé: si aguanta me le quito el sombrero; al salir y volver a pasar, muy despacio, me dijo, ¿vos no sos caleña, cierto?, y le dije, no, soy de Bogotá, y él dijo, vení a sentarte conmigo un rato que a mí me fascinan las rolas, y yo me dije: primera fase del plan, culminada con éxito, ahora tengo que afianzarlo; me invitó a un whisky de su botella personal, y cuando dijo que le gustaba sin hielo dije que a mí también, si se demoraban veinticinco años sacándole el agua uno no podía coger y echarle, y así empezamos a hablar, y cuando me hizo sitio al lado, en el sofá, entendí que la cosa era pan comido, ya no era sino dejar que el tiempo pasara. Los hombres son... ¡tan previsibles! Pronto me propondría ir al cuarto, así que me relajé y le seguí la caña, y claro, me hizo tomar whisky a su ritmo, haciéndome la dura, a puro fondo blanco, y tocó meterle perico para estar fuerte y aguantar, y entonces me dijo, ¿y a vos no te gusta el perico rosadito?, y yo le dije, me da miedo que me pasme, después solitos me lo haces probar, y el tipo dijo, listo, reina, vos aquí sos la reina, por ahora dale al otro que está bueno, sabrosito, estos manes son los duros de eso pero la rosadita la hago yo, y entonces le dije, haciéndome la boba, ¿de verdad?, entonces usted debe ser una persona muy importante, qué honor que esté conmigo, y él dijo, cuando estemos solos, mamita, me explicás qué son todos esos garabatos que tenés pintados en el cuerpo, y yo le dije: los mejores no se ven porque están más abajo, se va a sorprender; le puse la mano cerca de la cintura y listo, ya estaba en pura fase dos, el pájaro entrando solo a la jaula; pasaron unas dos horas así, hablando pendejadas, bailando amacizados, ¿qué puede uno hablar con un tipo de esos? Vi que era fuerte y estaba nervioso, y tenía una pistola en la bota, se la noté al bailar, y recordé que esas manos habían violado a Manuela cuando niña y quemado a la mamá, y le dije desde mi mente, con la mirada: gócese este baile, malparido, porque puede ser el último, su último tango y no precisamente en París, y bueno, la cosa siguió, las demás chicas ya estaban emparejadas, nos seguían dando trago y drogas; a una de las paisas que estaba con los guardaespaldas fumando basuco ya le metían mano a la vista del público y ella ni se daba cuenta o no le importaba, tan llevada la pobre; otras ya estaban besándose y dejándose tocar en el baile. Sentí nervios porque me pareció que no iba a ser capaz de dejarme tocar y mucho menos besar de Freddy, esa parte del entrenamiento falló, me creí más fría y más dura y más profesional; comencé a sentir disgusto y lo que hice para contenerlo fue decirle que me gustaría hacerle de todo pero a solas, no delante de la gente como las demás, y me puse a criticar a mis colegas diciendo que esas nenas trabándose con basuco y dejándose dar dedo eran lo peor, y entonces Freddy, increíblemente, me dijo, ah, mamita, es que vos sos especial, vos no sos una cualquiera y eso se nota.

De pronto el dueño de casa dijo que hiciéramos un concurso de baile y el que ganara se llevaba un maletín con veinticinco mil dólares. Lo sacó y mostró la plata, y entonces Freddy dijo, bueno, ¿y quiénes van a ser los jurados?, y el dueño de casa dijo, todos vamos a votar, aquí les reparto planillas y lápices, cada uno pone un puntaje de uno a cinco y al final sumamos, el que más tenga se lleva la platica, ¿comenzamos? Una de las parejas salió a bailar en la terraza, con los invitados haciéndoles círculo, y Freddy dijo que iba un momento al baño. Yo pensé: aquí fue. Dejó su whisky en la mesa, así que me saqué la perlita de éter sin que nadie me viera, la quebré con la uña, se la eché a la copa y revolví con el dedo; agarré el vaso y aprovechando la distracción de la fiesta me fui hacia el baño a esperarlo. Pero cuando iba hacia allá, por una puerta que daba a la cocina, vi pasar a varios tipos; iban agachados y tenían armas, y pensé, acá va a pasar algo gordo, no eran mis contactos A, B y C, así que seguí, y al llegar al baño encontré a Freddy que ya salía.

Se le quedó su whisky especial, papi, vine a traérselo, y él dijo, usté es una princesa; se mandó la copa de un trago y como si fuera un corte de película de acción sonaron los primeros tiros. Ráfagas, gritos, cosas que se rompían. Freddy trastabilló y volvió a meterse al baño, agarrándome del brazo; cerramos la puerta y le di al interruptor de la luz varias veces, y él dijo, ¿qué hacés? Y yo, nada, apagar para que no nos vean; en ese instante se le cayó la cabeza hacia delante; sacó el revólver de la bota y dijo, balbuceando: ¡qué hijueputas me dieron! Y se desmayó. El vidrio de la ventana se hizo trizas y uno de los ninjas saltó adentro. Hágale, Susan, me dijo, salga que acá se está armando el mierdero; en la casa sonaban tiros y gritos de dolor, también órdenes. El dueño de casa les decía a los sicarios, a este, ¡a ese de allá!, y hasta llegué a oír, ¡¿dónde putas está Freddy?!, ¿qué se hizo ese hijueputa?

Me acerqué a la ventana y un brazo me jaló hacia arriba, pero cuando estaban izando a Freddy oí golpes en la puerta del baño y varios tiros que no sé si pasaron al otro lado. La puerta acabó cediendo y la abrieron justo cuando mi ninja B estaba por saltar a la ventana, así que le tocó darse vuelta y rafaguear a los sicarios, que quedaron secos, pero llegaron más asesinos y empezó una balacera. Luego oí gritos que decían, ¡por el techo, por el techo! Y más bala. Corrí por esas tejas con unos tenis que me trajeron y los de la casa seguían gritando, ¿¡quiénes son los del techo?! Y una voz que decía, será la seguridad de Freddy, ¡se lo están llevando! Cuando llegamos al muro vi el furgón y di un respiro. Arrancamos a mil y todavía nos hicieron varios tiros.

Adentro la balacera siguió, se ve que algunos guardaespaldas de Freddy lograron atrincherarse y devolver, no sé cómo porque supuestamente estaban sin armas, aunque debían tener pistolas escondidas, el caso es que antes de salir y como parte del plan se llamó a la policía; lo que sí no estaba en nuestros cálculos era que los de la fiesta intentaran matar a Freddy, o sea que de algún modo lo que hicimos fue salvarle la vida; cada segundo que ese hombre respire a partir de esta noche es tiempo de descuento, pero a lo mejor va a lamentar no haber muerto en esa casa.

Salimos a una avenida grande y vimos por el otro carril a varias patrullas con la sirena encendida y un camión de fuerzas especiales. Tertuliano, que estaba en el furgón, dijo: mirá vos, esto salió mejor de lo que pensábamos, tenemos la salchicha dentro del *hot dog* y la balacera allá adentro nos va a cubrir las huellas, ¡grande!

Vi a Freddy tendido como un bulto, con varios cinturones atándole los brazos y una cinta de plástico alrededor del cuello que le mantenía la cabeza pegada al suelo, por si se despertaba, aunque uno de los ninjas, creo que C, estaba sentado al lado.

Tertuliano me dio una palmadita en la pierna y dijo, bravo, Juanita, sos grossa, ¿fue buena la fiesta?, ¿se divirtió el hombre?, y yo le dije, no alcanzó a darse cuenta de mucho, cuando abra el ojo va a creer que somos de la banda enemiga, y entonces Tertuliano dijo, eso es bueno, eso nos va a cubrir. Pero te digo algo: ahora el sueño lo protege, porque cuando despierte lo espera el infierno. Estos minutos serán para él lo último parecido a la vida. Se va a dar cuenta de que está sentado en un sartén con aceite, ¡y el fogón está encendido! Lamentará haber nacido y lo más probable es que acabe maldiciendo a la puta que lo parió. Yo a estos tipos, ya te lo dije, ni siquiera los considero humanos: el retiro de estos humanoides es una buena noticia para cualquier ser vivo, incluso del reino vegetal. Ahora que venga Manuelita veremos qué se hace y qué quiere hacer ella, aunque a mí, así por lo pronto, ya se me están ocurriendo ideas, cosas que hace rato no practico, vaya, dijo Tertuliano, en el refugio hay buen instrumental quirúrgico, algo que no alcancé siquiera a ver pues cuando llegamos sentí una nostalgia infinita de mi hijo, de estar rodeada de personas y no de asesinos, así que me cambié, quemé la ropa que traía puesta y me vine corriendo, y cuando lo vi en la puerta, cónsul, se lo juro, me pareció que usted era el primer hombre bueno al que podía abrazar sobre la superficie del mundo.

8.

En Harar se quedó otros tres años, los últimos de su vida, dedicado a ser un agente comercial: el mismo cargo que antes de su experiencia de traficante de armas había repudiado con la casa Bardey. Regresaba a la casilla anterior, aunque una parte de sus negocios siguieron siendo con armas e incluso con esclavos, en la ruta de Tadjoura, la que tanto desaconsejó en su informe a la Sociedad Geográfica Francesa.

Fue una época de gran actividad comercial. Menelik había por fin unificado el territorio, proclamándose *negus* de la región, una palabra que quiere decir "rey de reyes" o emperador. Y Harar era el punto central del comercio, el paso obligado de las caravanas que venían del interior hacia la costa somalí y, además, un lugar privilegiado por su agradable temperatura. Addis Abeba aún no había sido fundada, así que la ciudadela donde estaba Rimbaud parecía el mejor lugar para alguien con espíritu comercial y ganas de hacer buenos negocios. Y esto, según Starkie, era justamente lo que le faltaba a Rimbaud: sentido comercial. Por eso jamás logró amasar un patrimonio sólido que le permitiera cambiar de vida. Uno podría preguntarse, ¿qué tipo de vida quería y para qué? Arthur, experimentado viajero, era muy torpe a la hora de solucionar problemas prácticos, y a la vez demasiado orgulloso para rebajarse y negociar con ciertas personas o llegar a acuerdos que le facilitaran la vida y la supervivencia; no era muy hábil para obtener condiciones favorables en las negociaciones, como se vio con Menelik en el asunto de los rifles o con los acreedores de su socio muerto, Labatut.

Los sueños de riqueza se fueron alejando tanto de su vida real que, con el tiempo, Rimbaud empezó a contentarse con amasar al menos un pequeño patrimonio. Se volvió una persona tremendamente ahorradora y austera. Comía poco y mal. Dejó de frecuentar los cafés y tabernas de Harar. Se movilizaba a pie. Un sacerdote francés de Harar, monseñor Jarosseau, citado por Starkie, dice que vivía "sobria y castamente, como un monje benedictino, y que debería haber sido, por derecho, trapense"[7]. Era el más trabajador, madrugaba a abrir su negocio y estaba ya muy activo cuando llegaban sus empleados. Este religioso da un testimonio clave sobre Rimbaud. Dice que iba a verlo con frecuencia para charlar: "Hablábamos de cosas serias y nunca de él. *Leía mucho* y siempre parecía distante".

Leía mucho.

Cuando se dice de alguien que *lee mucho* nunca se refiere a manuales prácticos sobre el riego de los campos o el mantenimiento de canales interoceánicos. Se dice de quienes leen obras humanísticas o literarias. También su antiguo jefe Bardey, de la casa comercial en Adén, en carta a Paterne Berrinchon —el marido de Isabelle Rimbaud—, dijo que Rimbaud escribía constantemente. Tal vez con los años y el sosiego que trae el calendario Rimbaud hizo el balance de su vida y regresó a ciertas cosas que para él fueron importantes, como la lectura y la escritura.

Hubo otra actitud nueva y en apariencia contradictoria: durante sus últimos años se volvió extremadamente

---

7. Enid Starkie. *Op. cit.*, p. 528.

generoso. Es lo que dicen quienes lo trataron, incluidos jefes y asociados. Tal vez darse cuenta de que la fortuna que soñó estaba por completo fuera de su alcance fue liberador y lo ayudó a poner de nuevo los pies en la tierra. Entonces se vio rodeado de personas normales, con las cuales debía convivir, y dejó atrás a ese altivo e iracundo jovencito al que no le importaba qué debía hacer o decir para darle curso a sus caprichos, mantenido por Verlaine o por su madre, a la cual chantajeaba sentimentalmente. Ese joven para el cual la implacable coherencia de las ideas poéticas debía cumplirse a rajatabla daba paso, ahora, a un adulto algo más acostumbrado —por los repetidos golpes— a la contradicción dolorosa de la vida, y tal vez por eso empezó a ser afable y leal.

Dicen los biógrafos que no sólo era generoso en lo material, sino también con palabras y gestos. Le ayudaba a todo el mundo; recibía en su casa a cuanto explorador o comerciante pasara por Harar y le ofrecía sus consejos. Esos visitantes comentaban la simpatía y el genio verbal de Rimbaud. Su "ingenio chispeante".

"Nunca le he hecho mal a nadie. Trato, en cambio, de hacer el poco bien que está a mi alcance y esa es, de hecho, mi única satisfacción". Esto les escribió a su madre y hermanas en 1890, durante su último año en Harar.

Hay un episodio muy revelador de quién era Rimbaud en esos últimos años, y del modo en que valoraba su pasado. Se trata de una carta que él conservó y tuvo siempre consigo en la que el director de la revista *La France moderne*, Laurent de Gavoty, le propone ser colaborador, haciéndole grandísimos elogios por su poesía. En el año de 1891, en febrero, la revista anuncia haber dado con el paradero del joven genio. "Sabemos dónde está Rimbaud, el gran

Rimbaud, el único Rimbaud verdadero, el Rimbaud de las *Iluminaciones*"[8].

Esto quiere decir muchas cosas, pero la más importante es que ese pequeño libro, *Iluminaciones*, publicado por Verlaine en 1886, fue recibido como a Rimbaud le habría gustado que se recibiera *Una temporada en el infierno*. Extraña suerte de la poesía y de la vida. Mientras intentaba hacer fortuna en Abisinia y Somalia, sus poemas, circulando lejos de él, le habían labrado una enorme reputación, y ahora era aclamado en ausencia. Haber guardado esa carta significa que, allá en el fondo, alguna de sus fibras fue alcanzada. Ningún poeta, por altivo e implacable que sea, es capaz de ignorar un elogio. Tal vez Rimbaud pensó en usar ese contacto más adelante, algo que fue interrumpido por su enfermedad y súbita muerte.

Su vida en Harar, el haberse establecido en una casa propia —un lugar en el mundo—, lo llevó de nuevo a soñar con el matrimonio. Aparte de la joven que llevó a Adén se supo de otras relaciones con mujeres de la región, pero con ninguna, que se sepa, se estableció.

El 10 de agosto de 1890 le preguntó a su madre, en una carta, si creía posible que él pudiera casarse al año siguiente, y sobre todo si habría en Charleville o Roche alguna mujer dispuesta a seguirlo a Abisinia, pues reconoce que no podría quedarse en Francia por sus negocios. Esa mujer, hipotética aún, debería acostumbrarse a su constante vagabundeo. ¿Existirá alguien así? Es lo que se pregunta. Rimbaud era un viajero irredento, que relacionaba el viaje con la libertad y la plenitud.

Viajar, vivir y ser libre.

8. Starkie. *Op. cit.*, p. 536.

Ya lo había escrito al despedirse, en el texto final de *Una temporada en el infierno*. "Y en la aurora, armados de una ardiente paciencia, entraremos a las ciudades espléndidas". ¿Cuáles son esas ciudades?

Me lo he preguntado mil veces. El propio Starkie hace su análisis hablando de la magia y la alquimia, la lucha entre Satán y Merlín que representaría el fin de su pretensión de igualarse a Dios. Otros mencionan las ciudades de Dios, cuyas puertas se cerraron de pronto para él y que ahora se abrirán, lo que es motivo de júbilo.

Pero yo creo que se refiere a algo bastante más sencillo. Simplemente, el deseo de señalar un camino literario: el de las misteriosas ciudades. Es en ellas donde ocurren las buenas historias y donde viven los desconocidos. Gran parte de la novela del siglo XX siguió esa línea. Con esa frase Rimbaud selló para siempre la unión entre escritura y viaje, entre la libertad y ese misterio que es la creación, en esa particular soledad que sólo se encuentra en hoteles y pasos de frontera.

Viajar, irse cada vez más lejos.

Y de vez en cuando, volver.

La vida de Rimbaud en Harar era apacible a pesar de sus constantes quejas. Uno de sus mejores amigos fue nada menos que el *ras* Makonen, es decir, el rey o gobernador de Harar, que era sobrino de Menelik. También estaba su criado Djami, al que Rimbaud quería mucho. Era un joven de veinte años, su constante compañero de correrías. Según la hermana Isabelle, cuando Arthur estaba en agonía, Djami fue una de las pocas personas de las que el poeta se acordó con afecto.

En 1891, el destino precipitó las cosas y lo obligó a volver a Francia. No definitivamente, claro. Nada es definitivo a los 37 años, sobre todo con los sueños y deseos del joven Arthur. Un volcán que cualquier pequeña chispa volvía a encender.

Hacia el mes de febrero empezó a sentir molestias en la rótula de la pierna derecha. ¿Qué era ese malestar? Un hombre de acción como él, acostumbrado a caminar veinte kilómetros diarios, encontró mil explicaciones antes de imaginar una enfermedad grave. ¡Mucho menos que podría conducirlo a la muerte!

Ah, joven Arthur, has desafiado durante mucho tiempo a esa implacable mujer de negro.

El dolor en la rodilla persistía, así que pensó en remedios caseros. Se puso un vendaje apretado creyendo que se debía a un problema de circulación y várices, y siguió con su vida normal. Pero la cosa se fue poniendo cada vez peor: ahora tenía inflamados el muslo y la espinilla. La hinchazón le llegaba hasta la pantorrilla. Comenzó a tener fiebre.

Las obligaciones comerciales lo retenían y se resistió a buscar una mejor atención médica. En Harar, el último médico se había ido hacía un par de años. La pierna empeoró. Ya no podía doblarla y estaba muy hinchada. A pesar de esto, dejó pasar dos meses antes de tomar la decisión de ir a Adén, para lo cual tuvo que cerrar su negocio y, como era lógico, asumir cuantiosas pérdidas. El viaje hasta el puerto de Zeila fue agónico, en una litera con toldo y dieciséis porteadores.

Se fue de Harar el 7 de abril de 1891.

Y ya no volvería.

Starkie reconstruye el viaje, en medio de la lluvia, los camellos que se desperdigaban por las tormentas, la falta de comida y los calores. El zarandeo de la litera y el insoportable dolor. Todo esto durante tres agónicas semanas hasta llegar a Zeila para embarcarse hacia Adén, y sufrir otros tres días de suplicio en la cubierta.

En el hospital de Adén, el médico vio la pierna y estuvo a punto de amputarla, pero tuvo miedo de que el paciente muriera y decidió hacer un tratamiento con la esperanza de lograr alguna mejoría. Una semana más de sufrimientos sin ningún resultado. Cuando al fin se decidió su repatriación, Rimbaud liquidó los bienes que le quedaban. Fue enviado en el siguiente barco a Marsella, donde fue recibido, de inmediato, en el hospital de la Concepción, ingresando con el número de registro número 1427. Tras ser visto por los médicos, el 22 de mayo, le envió el siguiente telegrama a su madre:

"Una de las dos debe venir hoy mismo a Marsella, en el tren expreso. El lunes por la mañana me amputan la pierna. Peligro de muerte. Asuntos muy importantes que arreglar. Hospital Concepción. Respondan pronto.

Rimbaud"[9].

La suerte estaba echada cuando Vitalie llegó a acompañarlo. Le amputaron la pierna, pero muy pronto comenzó a sentir punzadas en la otra. Su madre debió regresar a la granja, en Roche, pues la hermana pequeña, Isabelle, cayó enferma. ¡Qué gran dolor y desolación debía tener, habiendo perdido a su hija mayor y teniendo ahora a su hijo en el hospital, sin una pierna, y a la menor con problemas de salud! Qué viajes más tristes los de Vitalie, sola, subiendo y bajando por Francia.

9. Telegrama citado por Starkie. *Op. cit.*, p. 545.

Rimbaud, recién operado, intentaba sobreponerse al dolor de una amputación y comprender que era para siempre. Ay, él no sabe que el "para siempre" con el que puede contar es de apenas unos meses, pues la señora de traje oscuro ya está sentada a los pies de su cama, velando su sueño, pasando los helados dedos por su cabellera mientras duerme. Acariciándolo. Esa dolorosa amputación era la plena derrota. Él mismo llevó su vida por ese extraño camino que, tras muchas peripecias, lo arrinconó en ese triste hospital marsellés.

"Mi vida se ha acabado, no soy más que un tronco inmóvil", le escribió a su hermana Isabelle.

A finales de julio Arthur salió del hospital y, convaleciente y en muletas, volvió a la granja de Roche a reunirse con su madre y su hermana. Habían pasado doce años y ahora volvía envejecido prematuramente, sin una pierna y sin riqueza. No ignoraba que en París era aclamado, pero pasó de largo para esconderse en la granja familiar. No quiso ver a nadie, ni siquiera a Delahaye, al que escribió tantas cartas.

Para Isabelle, la llegada del hermano fue el acontecimiento central de su vida. Tenía sólo diecinueve años cuando Arthur se fue, lo que quiere decir que era una mujer de treinta y uno en el momento del regreso. Se esmeró en arreglar el mejor cuarto de la granja, puso flores, limpió y decoró con intenso amor. Si entráramos en su cabeza veríamos a una joven lastrada por la muerte de la hermana cuando era adolescente, con un hermano mayor, Frédéric, que era el badulaque de la familia, y con este otro extraño ser, poeta y rebelde, lejano, del que tuvo noticia a través de las cartas que todo lo mitifican, una extensión palpable de ese padre lejano, el otro Frédéric, al que apenas conoció y que la abandonó.

Por eso fue ella y no la estricta y severa Vitalie, endurecida por la vida, quien se ocupó de cuidar a Arthur en Roche. Isabelle se convirtió en su sombra y su enfermera. Y más importante aún: en su amiga. Charlaban sin parar y él le contaba detalles de sus aventuras en Abisinia. Con el paso de los días, fue a ella a quien confió su deseo de volver a Harar, en realidad su verdadero hogar. A pesar de estar al borde de la muerte, cuando salió de Abisinia pensó en llevar con él una colección de tapices y objetos que consideraba especiales y que lo harían recordar su casa allá donde estuviera. Esas esteras y adornos estaban ahora desplegados en su habitación.

Los dolores continuaron, lo mismo que las fiebres y el insomnio. Con frecuencia su brazo derecho, del mismo lado de la amputación, se quedaba insensible. Algo extraño lo corroía por dentro. Su consuelo para el dolor y las fiebres era encerrarse en su cuarto, bajar las persianas para evitar el sol y tocar un arpa abisinia con cierta melancolía mientras le contaba historias a Isabelle.

En París su celebridad crecía y ya muchos lo consideraban el más grande poeta del siglo, pero nadie sabía que estaba tan cerca, convaleciente. Si los poetas de París lo hubieran sabido habrían venido a aclamarlo, y eso, tal vez, le habría dado algo de vida. No podemos saberlo. Su presencia era un pequeño secreto en Roche, aunque secreto a voces, pues dice Starkie que algunos habitantes del pueblo venían por las noches a su ventana para oírlo tocar y cantar, como si fuera un santón oriental.

Pero el verano fue frío y su salud empeoró. Ya casi no podía mover el brazo derecho y continuaban las fiebres, los malestares. Pensó con horror que su destino era quedarse paralítico, y a pesar de los cuidados de su hermana

Isabelle, que lo alimentaba como a un neonato, decidió que debía irse. ¿Dónde estaba su amada Harar? ¿Por qué tan lejos? El frío del norte lo hizo sentirse en peligro y se entregó al sueño del regreso, con toda su fuerza.

¡En Abisinia los soles le devolverían la vida!

En contra de la opinión de Vitalie, que ya no daba más, Arthur decidió volver a Marsella. Hubo titubeos, llanto. El insomnio lo volvía irascible, inseguro de las decisiones que tomaba. Pero en algo se mantuvo: debía acercarse a África. El 23 de agosto, él y su hermana tomaron el tren, en medio de dolores insoportables. Al llegar a París hicieron trasbordo en un coche de caballos hasta la *gare* de Lyon para continuar el viaje hacia el sur.

Llovía en París.

Las imágenes de esa ciudad húmeda y semidesierta, al anochecer, fueron lo último que se llevó de la gran capital. Ninguno de los que vieron pasar el cabriolet, bajo la lluvia, habría podido sospechar que adentro iba el más grande poeta de Francia, y menos aún que se dirigía a la cita con la mujer de traje negro, que lo esperaba sentada en una cama del hospital de la Concepción de Marsella.

Al llegar, los médicos le dijeron que tenía un carcinoma. Se pensó que la enfermedad podía estar relacionada con la sífilis que había padecido años antes. Con el paso de los días su cuerpo se fue paralizando. Era incapaz de levantarse solo de la cama. Para Isabelle, este tiempo al lado de su hermano fue un extraño viaje místico. Los médicos le aplicaron morfina para el dolor y él se dejó llevar, despierto, por ensoñaciones muy profundas.

Cuando Arthur deliraba, hablaba de Harar.

También de Djami y de las caravanas, del aire fresco de las montañas, de los indígenas hararis. Decía palabras en amárico que ella no comprendía. La última lucha de Isabelle fue convertirlo, salvar su alma. Arthur, paralizado y atiborrado de morfina, aceptó recibir la extremaunción y, al parecer, según Isabelle, se convirtió a última hora, lo que para ella fue su más grande alegría. La carta en la que se lo cuenta a la madre es eufórica. Parece gritarle, ¡lo he salvado! Pero de inmediato, con algún ramalazo de lucidez, Rimbaud volvía a imprecar contra la religión.

Quiso escapar de la muerte una última vez, el 9 de noviembre de 1891. Le pidió a su hermana escribir una carta a la compañía naviera de Marsella para pedir que lo llevaran de urgencia a Adén, insistiendo incluso en la hora en que podrían embarcarlo, teniendo en cuenta que estaba enfermo y paralizado.

Fue su último intento de fuga, pero en vano.

Murió al día siguiente, el 10 de noviembre.

La suprema y última fuga fue la muerte, alejándose de la vida que no pudo contener y se le escapó entre los dedos.

No alcanzó a regresar, porque al volver a Francia, al llegar a su casa familiar en Roche, al pasar brevemente por París, comprendió que su único regreso posible era a Harar.

Ese lejano valle era su único lugar en el mundo.

Ese hombre debería trabajar y entristecerse y aprender y olvidar
y volver al oscuro valle del que vino,
para iniciar de nuevo sus tareas.

Tal vez antes de morir, aún con la esperanza del regreso, recordó estos versos de Blake, leídos en la biblioteca del Museo Británico. Ese aferrarse a la vida con todas sus fuerzas escondía las mismas palabras: volver, entristecerse y olvidar. Reiniciar sus tareas al día siguiente, sin duda en la aurora.

En Harar, sólo en Harar...

Allá, en su oscuro valle.

9.

Los periódicos del día siguiente publicaron fotos de la "casa de la masacre" en el sur de Cali, así la llamaron, y en sus ediciones digitales mostraron una detallada galería de imágenes con la advertencia legal de "Puede herir su sensibilidad".

Las vi con Juana y ella me fue diciendo quién era quién. Algunos, además de heridas en el pecho, tenían un tiro de gracia en la nuca. La explicación que se le dio al hecho puede resumirse en este recorte de prensa:

"Una vendetta, ajuste de cuentas o guerra de control territorial son las hipótesis que manejan los expertos en criminalística del CTI de la Fiscalía, en colaboración con unidades técnicas de la Sijín, después de haber inspeccionado el predio en esta exclusiva zona al sur de Cali en el que ayer a la madrugada, durante la celebración de una fiesta, se presentó una balacera con saldo de seis personas muertas y otras tres heridas de gravedad.

Entre los cuerpos hallados se encontraba en primer lugar el de Néstor Pombo Holguín, alias Cusumbosolo, segundo en la organización de Freddy Otálora, el exparamilitar y jefe de una organización dedicada a la producción y venta de cocaína rosada, el cual se pudo dar a la fuga. Entre los muertos se encuentran otros miembros de la banda delincuencial como Belisario Córdoba Garcés, alias el Maluco; Andrés Felipe Arias Carvajal, alias Palmasoya, Enrique Gómez, alias

Pelaíto (menor de edad), y las mujeres Esperanza Echeverri Santamaría (de Medellín), alias Mireya, y Martina Vélez Uribe (menor de edad, también paisa), alias Cuca.

El lugar se encontraba acordonado y rodeado de patrullas de la Policía. Un fiscal especializado coordinaba las investigaciones para esclarecer el múltiple crimen".

Ahora debíamos esperar a Manuela. Otra larga espera.

Me sentí culpable de no ser como la mayoría de mis compatriotas: optimista y enérgico, proyectado hacia el futuro y con un plan para contribuir a la construcción del hombre nuevo.

Un leve temblor de mi teléfono volvió a indicar mensaje y pensé en Manuela. Tal vez quiso comunicarse por esta vía, pero no.

¡Era Teresa, la diplomática mexicana!

"Qué onda, cónsul querido, y qué bien que te hayas vuelto a ver con Juana. ¿Cómo está ella? ¿Y el niño? Si puedes sácales fotos y me mandas. Yo me fui de Tailandia al DF en el 2010, pero desde el año pasado volví a salir, ¡ya como embajadora! No vayas a creer que me mandaron a Washington o a París, qué va. Estoy en Addis Abeba, Etiopía. México acaba de abrir embajada porque aquí es la sede de la Unión Africana y se puede dialogar directamente con cincuenta y cuatro países, haz de cuenta la Bruselas de África. Deberías venir a verme, tengo una casa más bonita que la de Bangkok y mucho más grande. ¿Qué no te vienes a pasar unos días con Juana?, ¿dónde están ahora? Desde Roma hay vuelo directo de Ethiopian. Cuéntame si te animas.

Cariños, Teresa".

Me llevé una sorpresa: Etiopía, Etiopía.

Volví a mi puesto de vigilante frente a las noticias, a la espera de nuevas revelaciones. La actualidad es tal vez la única droga que puede hacer más llevadera la espera. Sin embargo, me sorprendió la cantidad de noticias sin importancia que se producían a diario.

"Dos camiones colisionaron de frente, incendiándose, a la salida del centro comercial Unicentro de la ciudad de Pereira, dejando saldo de un herido y pérdidas por varios millones. Uno de ellos transportaba artículos de alimentación provenientes de Venezuela, por lo que se creyó que podía tratarse de un acto premeditado".

"Un ciudadano italiano de nombre Rocco Dozzino, empresario de jóvenes futbolistas colombianos ante clubes europeos, reapareció ayer en la ciudad de Cartagena de Indias, donde había sido presuntamente secuestrado hace quince días. La supuesta desaparición alarmó al consulado de su país, el cual dio parte a las autoridades. Al tomar el avión de regreso a Bogotá, el señor Dozzino se mostró sorprendido de que lo estuvieran buscando y explicó que se había retirado a un hotel discreto en una de las islas de Barú con su nueva pareja sentimental, el ciudadano afrocolombiano Luis Pupo, de 36 años, exguardameta del Cortuluá Fútbol Club. De cualquier modo —y esa era la otra noticia—, el señor Dozzino deberá enfrentar en el país varias acusaciones por estafa".

Y por supuesto, continuaba la lenta y laboriosa construcción de la República de la Bondad.

Uno de los principales cambios en el sistema judicial fue la figura del "jubileo legal", que consistía en que un día cada dos meses las oficinas de la Fiscalía estaban abiertas para todo aquel que quisiera confesar un delito, obteniendo con esto una sustancial rebaja en la pena, siempre y cuando no se tratara de delitos de lesa humanidad o atroces. Esto con el objeto de institucionalizar el perdón y dar incentivos que permitieran cauterizar las viejas heridas del conflicto.

En este sentido, la Unidad de Fiscalías y el propio Ministerio de Defensa crearon en el canal institucional un programa llamado *La hora del perdón*, el cual llegó a destronar en *rating* a las más exitosas telenovelas y en algún caso a partidos de fútbol de la amada selección nacional de fútbol. La dinámica del programa era la presentación de casos de excombatientes de cualquiera de los bandos y sus víctimas. Se filmaba en espacios abiertos y con gran afluencia de público. En la mayoría de los capítulos el victimario presentaba el caso ante la víctima, que lo observaba desde uno de los sillones del improvisado set. Al terminar, el victimario se acercaba y, con un micrófono inalámbrico, pedía el perdón, en ocasiones incluso poniéndose de rodillas. Este era el momento más emotivo del programa, pues la víctima, por lo general en lágrimas y apretando los dientes, acababa por aceptar y decir, "sí", "lo perdono", lo que propiciaba un atronador aplauso, gritos de felicitación y chiflidos de alegría por parte del público. En algunos casos, victimario y víctima se daban un abrazo.

Este programa de reconciliación había sido importado de la experiencia de la República de Ruanda, donde la población hutu exterminó a un millón de ciudadanos de etnia tutsi en un lapso de dos o tres meses, en 1994.

Pasaron muchas horas antes de que Manuela volviera, y Tertuliano nos dijo que debíamos regresar a Bogotá de inmediato. Él viajaría esa misma noche a Ámsterdam. Me llamó la atención su extraño atuendo de golfista: un pantalón de cuadros y una chaqueta ligera.

—Bueno, mis queridos, fue un placer —dijo, haciendo una venia—, la naturaleza puede sentirse orgullosa de nosotros. La Tierra Madre es un poco mejor de lo que era hace un rato, y eso es algo que nuestros ancestros nos agradecerán; en fin, ya Manuelita les contará el final de esta historia. Quiero sólo repetirles dos consignas: manténganse unidos pero no a la vista, ¿estoy siendo claro? Juanita: vos y yo estamos al día. Fue un gusto poder ayudarlos. Cónsul, el honor fue todo mío.

Dicho esto, se marchó.

Dos horas después estábamos en un vuelo a Bogotá. Manuela mantuvo su mutismo durante el viaje y al llegar al apartamento de El Nogal se encerró en su cuarto. Luego Juana fue a ofrecerle un té y la encontró en el suelo, con las piernas abrazadas, en posición fetal.

Esa noche, al ver el noticiero, Juana y yo supimos lo que había pasado.

Teoría de los ácidos
(Relato de Manuela)

Cuando llegamos a la casa me quitaron un antifaz que me habían puesto porque Tertuliano dijo, si pasa algo es mejor que vos no sepás adónde fuimos, y por eso sólo pude ver cuando ya estaba adentro, claro que por las nubes y el aire y por el olor y lo que se ve a lo lejos supe que estábamos en algún lugar entre Cali y Palmira, ¿cómo no voy a saber dónde si es mi tierra? Él me dijo, Manuelita, pensá bien en lo que va a pasar ahora, ¿sí?, vas a verlo inconsciente porque le dimos un somnífero muy fuerte; igual está amarrado y sujeto con cuerdas por si se despierta, pero quiero que vos interioricés bien lo que vas a hacer, ¿sí?, que no te vaya a dar el bajonazo, y yo le dije, cuál bajonazo ni qué nada, este es el momento que he estado esperando toda mi vida, ¿cómo me voy a echar para atrás?

La venganza es el gran polvo del odio, pensé, es cuando uno puede al fin darle forma a lo que ha venido sintiendo y arrullando por dentro, como el feto de una preñada, porque uno al odio le dedica energía e imaginación, casi tanta o más que al amor; y bueno, a mí me han hecho daño, claro, pero la vida es así, robarse unos a otros, aunque acá es distinto porque Freddy me robó la infancia y vos sabés que la infancia es la verdadera y única patria, y a mí ese man me sacó a patadas de la mía, la hizo trizas y luego mató a mi mamá, que era una boba que primero dejó ir a papá y luego se metió con semejante hampón, por pendeja, y por eso murió en su ley, que es la ley de la ignorancia y de la huevonada femenina, pero a pesar de eso era mi mamá y el tipo la mató.

La humilló y la mató.

Tertuliano me hizo bajar por unas escaleras al sótano, preguntó si estaba lista y dijo que lo tenían detrás de la puerta que iba a abrir. Le contesté que se quedara tranquilo, estaba preparada, y entonces él, que es un man lleno de rituales, hizo que un sirviente le trajera una urna llena de tierra y explicó que antes de verlo debíamos honrarla, que agarrara unos puñados y la besara, y él hizo lo mismo y hasta se la pasó por las mejillas, y al terminar abrió y menos mal que Freddy seguía dormido porque al verlo me temblaron las rodillas, sentí un golpe pero me lo tragué.

Y así entramos.

Lo tenían en un catre metálico, como de hospital, con el suelo cubierto de plásticos pegados a la pared con Scotch; ahí le vi la cara, esa cara maldita que tanto recordé. Se había conservado bien el malparido, la vida entre paracos lo mantuvo en forma. Iba a ser un cadáver esbelto. Había perdido pelo y tenía la cara más ancha, pero el resto era lo mismo, esa expresión del que está a punto de hacer algo terrible o explotar en cólera; luego me concentré en sus manos, yertas sobre la colcha, y miré sus dedos: no pude evitar la imagen de esos garfios inmundos bajándome los calzoncitos de niña, separando mis piernas, tocándome con su porquería; fueron esos dedos los que me violaron, y pensé, a cuánta gente habrán matado, a cuántas mujeres golpeado o herido estos dedos hijueputas, cortos y anchos, con un pastizal de pelos en el dorso; me impresionó que tuviera las uñas tan bien cuidaditas, y claro, como iba a una fiesta se mandó hacer el manicure; qué bueno presentarse con tan buen aspecto ante los jueces, porque este será un juicio final anticipado.

De pronto noté algo imperceptible, un movimiento reflejo, así que levanté la vista y lo vi mirándome: ahí estaban sus horribles ojos; un esparadrapo ancho le cubría la boca y no pudo hablar, pero el modo en que me miró mostraba lo que discurría por su cabeza, o lo que intentaba comprender, pues creo que me reconoció: lo vi en el modo frío e intenso con que miraba; sentí un desgarro en el estómago tan fuerte que hasta me bajó la regla de los nervios, pero no grité ni expresé nada, y cuando Tertuliano le dijo, hey, ¿qué tenemos acá?, ¡un angelito que abre los ojos!, buenos días, che, te tengo una noticia bastante regular para vos que tiene que ver con tu futuro inmediato, ¿no es verdad?

Freddy se movió y trató de zafarse pero las correas lo mantuvieron atado a la cama, y entonces Tertuliano me dijo, bueno, ¿qué querés hacer?, esta bolsa de basura es toda tuya, ya dispuse algunas cosas para darte ideas, no sé, tenemos por ejemplo un buen frasco de ácido sulfúrico, que es corrosivo para los tejidos, a veces llega hasta el hueso, y ni te digo si alcanza la tráquea, ¿lo ves?, sé mucho de esto porque, debo confesarlo, el ácido me encanta, tengo debilidad por los ácidos, si uno sabe hacer las cosas puede lograr una perforación gástrica y provocar una peritonitis, y ahí ya la suerte está echada, a un paso del colapso circulatorio; lo común es que el sueño eterno venga después, no sé, elegí vos, me dijo Tertuliano, y yo sentí la lengua pegada al paladar, la boca seca, y no pude emitir sonido alguno.

Pedí excusas, salí un momento de la habitación y vomité en el baño, agachada, mientras uno de los colaboradores de Tertuliano me sostenía el pelo; cuando acabé me aclaré la boca y volví, ya repuesta, y le dije: no voy a ser capaz de matarlo, sé que han tomado riesgos por ayudarme, este mundo me da un asco infinito, pero matarlo sería pasar del otro lado, entonces Tertuliano dijo, no te preocupés, Manuelita, vos no tenés que hacer nada, sólo decime qué querés y ya, este hombre es un error de la naturaleza, un tumor operable de la raza, un humanoide y una escoria, vos sabés que nada va a cambiar bajo las estrellas cuando esta mierda se vaya, chau, negro, ¿eso lo sabés, verdad?, y yo le dije, sí, claro que sí, lo dejo en tus manos, es tuyo, yo no lo perdono; y le confieso, cónsul, que incluso hice un esfuerzo por perdonarlo, pero no lo logré.

Hice más de dos años de psicoanálisis en Madrid, me dediqué a estudiar gurúes indostánicos, como Osho, que enseñan a controlar los "pensamientos asociados", y nada. Al final entendí o creí entender que el perdón sólo puede ser colectivo y formar parte de un proyecto; sólo así vuelve a ser *humano* y es posible que alguien lo acepte, pero entender esto me alejó todavía más porque nadie iba a reconstruir nada con mi probable perdón, ni siquiera yo misma; en mi caso, sería mantener fresco el pasado y no dejar que el futuro ocupara mi vida; dejar que la cicatriz siguiera abierta y goteando, como ha estado desde el día en que ese hombre me mutiló.

No podré matarlo, le dije a Tertuliano, pero debe sufrir un horrible castigo. Mi odio volvió a subir y se sobrepuso al miedo, y entonces le dije a Tertuliano, matarlo sería un regalo. Que tenga que vivir sufriendo y añore la muerte, y que quede marcado.

Entonces Tertuliano dijo, esa idea me gusta, Manuelita, siempre fui favorable en lo conceptual a lo que llamo *retiros parciales*, y por lo mismo que vos decís, ¡hay allí una verdadera labor pedagógica! De todos modos, quedate tranquila: este caballero o lo que quedará de él irá a la cárcel apenas lo encuentren; puede que no lo reconozcan a primera vista, de eso podés estar segura, y con los antecedentes que trae encima no creo que vuelva a pasar libre un solo día de su vida. Creerá que lo que vamos a hacerle proviene del clan enemigo. Él te vio, claro, pero cuando vuelva a abrir el ojo pensará que fue un sueño.

Luego Tertuliano dijo, ahora pasemos a lo práctico, yo soy muy partidario de las amputaciones, ¿qué querés que le quitemos?

Sugirió hacer dos cortes grandes, un brazo completo y una pierna, de lados contrarios, y por ser violador la emasculación era casi obligatoria; si además quería hacer algo en nombre de mi madre se podía pensar en una aspersión controlada de ácido, en los pómulos, lo suficiente para quemarle la piel y algunos cartílagos de modo que ni su puta madre lo reconozca, así dijo Tertuliano, cónsul, qué pena repetirle estas cosas, y yo respondí que sí, me parecía bien, aunque odiaba sus dedos, sobre todo sus dedos violadores, y él dijo que en el brazo que le pensábamos dejar podría hacérsele otra amputación menor y dejarle sólo el pulgar.

Entré a verlo por última vez y volví a sentir esa cuchillada de fuego en el estómago, así que me retiré a espiar desde el hueco de la puerta. Tertuliano y sus ayudantes se pusieron en acción. Trajeron alrededor del catre varias mesitas de metal llenas de instrumentos de cirugía: separadores y pinzas, tijeras y escalpelos, tres tamaños de sierra metálica, martillo de precisión y regla milimétrica de aluminio; al ver todo eso Freddy tembló y forcejeó. Vi el pánico en sus ojos cuando, al levantar un poco la cabeza, descubrió que el piso estaba cubierto de tela plástica.

Me senté en el corredor y los vi poniéndose batas y guantes. Tertuliano parecía emocionado; cuando iban a empezar lo oí decirle a Freddy: bueno, estimado amigo, ahora te vamos a hacer un último regalito sorpresa, un coctel de eterina y otros dos anestésicos, cortesía de la casa, naturalmente, para que tus músculos se queden relajados mientras te quitamos un poco de cosas que la verdad ya no vas a necesitar, verás cómo te vas a sentir relajado y ligero cuando te despertés, pero eso sí, aprovechá ahora para mirarte por última vez porque en breve vas a perder aproximadamente el 30% de tu masa corpórea; lo primero que te vamos a sacar es la pija, retiro y sutura, y agradecé que no soy tan buen cirujano porque si así fuera te pondría una concha artificial, para que te den por ahí en la cárcel. Lo más probable, mi estimado, es que te utilicen de muñeca inflable y te rompan el orto, espero que te guste, dicen que sólo duele la primera vez y nunca es tarde si la dicha es corta; en fin, estimado Freddy, esto que ves a tu alrededor es a la vez mausoleo y sala de partos, se va uno y nace otro, una metáfora de la vida, ¿no te parece? Más adelante tendrás tiempo para reflexionar sobre la existencia, sobre el doloroso predominio de la carne.

¡OK! Terminado el discurso de inducción, chicos, ¡adentro con él!

Oí jadeos y forcejeos.

Comprendí que le habían puesto los anestésicos cuando dejó de moverse y emitir ruidos. Me atreví a mirar y ya lo estaban operando. Tertuliano silbaba y decía cosas inconexas. Una especie de canto antifonal al que los otros respondían, como en un coro. Los escuché un rato y sentí taquicardia, sudores, mareo. Le pedí a uno de los hombres, el que me había sostenido el pelo mientras vomitaba, que me sacara de ahí. Me llevó a una habitación de empleados donde había un televisor y una cama. Quise distraerme un poco y me quedé dormida. Cuando desperté alguien miraba desde la puerta y me hacía señas. Todavía era de noche, o tal vez estaba en un punto de la casa al que no llegaba la luz. No pude saberlo.

El maestro quiere verla, dijo, así que fui otra vez por el corredor y llegué a la puerta del cuarto, pensando que no había oído que lo llamaran "maestro". Tertuliano salió sudoroso y cansado y me dijo, querida, la operación fue un éxito, ya le quitamos una parte importante del cuerpo, incluidos los dedos que vos querías, y le pusimos una mascarilla de ácido sulfúrico, nada muy profundo, lo suficiente como para que quede deforme sin que se le meta hasta los huesos. Fue difícil controlar la nariz y al final se le quemó casi todo el cartílago, yo estaba cansado, logramos salvarle la mitad. Ah, casi me olvidaba: también le quité la poronga. Con esa cara tan quemada y deforme igual no iba a usarla mucho, ¿no te parece?

Los colaboradores acababan de retirar los plásticos. En una caneca de ácido de cinco litros deshicieron los miembros amputados. Luego al fuego. Miré lo que quedaba de Freddy y realmente no vi nada. Tenía la cara cubierta con una venda y una sábana azul encima del cuerpo. ¿Cuánto tiempo iba a estar así?, quise saber, y Tertuliano dijo, se despertará en seis horas. Le dejarían conectada una bolsa con suero y una aplicación dosificada de morfina. Porque ahora nos vamos, dijo, pero antes llamamos a urgencias médicas y a la policía para que vengan por él.

Che, quiero que sepás algo, dijo Tertuliano al salir: cuando este tipo abra el ojo y vea el infierno a lo mejor piensa en vos, aunque es improbable que recuerde lo que vio. La dosis de anestésicos que le pusimos recorta la memoria reciente. Poco a poco recordará la fiesta en la otra casa, donde lo hubieran matado si no lo sacamos.

Lo que vi en el informativo de esa noche me dejó estupefacto. Estaba en todas las noticias de apertura: el hallazgo de Freddy Otálora abandonado en una vieja casona campestre, vivo y con horribles amputaciones y la cara deshecha por el ácido. Tras la masacre en la casa del sur de Cali, parecía una continuación aún más macabra; a nadie le cupo la menor duda de que ambos hechos estaban relacionados, que el segundo era una consecuencia de la masacre, interrumpida por la policía. Ese tipo de torturas y amputaciones llevó a pensar en los carteles mexicanos, famosos por sus crímenes horrendos.

Uno de los principales editorialistas de un informativo de la noche dijo lo siguiente: "Estas guerras intestinas entre bandas criminales dedicadas al tráfico de estupefacientes son un ejemplo de cómo la nueva acción de la policía y el ejército, que en este nuevo país se pueden consagrar exclusivamente al orden público, surten un efecto devastador para la delincuencia, pues generan tal nerviosismo e inseguridad entre las bandas que acaban por aniquilarse entre ellas mismas".

Cuando Manuela acabó de contarnos su historia, le pregunté:

—¿Te sientes mejor ahora?

—No, cónsul —dijo—, debo dejar pasar un poco de tiempo. Miro por la ventana y siento miedo.

Dos días después, el domingo, fui con Juana y el niño a visitar la tumba del hermano. Juana cumplió la promesa de ver a sus padres, pero insistió en ir primero al cementerio.

Supuse que podríamos encontrarlos ahí, en la tumba de Manuel, y no me equivoqué. Llevaba al niño de la mano cuando los vi de lejos. Juana también los vio.

—Espéreme acá un momento, cónsul, quédese con Manuelito. Déjeme ir primero a mí.

Llevé al niño hacia unos jarrones de flores, por donde volaba un colibrí, y la vi acercarse a ellos. No disminuyó el paso hasta estar muy cerca. Los dos ancianos estaban frente a la lápida y la madre, con unas tijeras de jardinería, podaba el pasto crecido alrededor.

La madre fue la primera en verla. Dejó caer las tijeras y se puso una mano en la boca. Luego el padre. Le dio un abrazo y la miró y volvió a abrazarla y la madre también se unió al abrazo. Se me agitó el corazón. Los seguí con la vista mientras el niño jugaba a imitar con los dedos el colibrí. ¿Qué se decían? La escena era demasiado íntima para estar cerca, así estaba bien. De pronto Juana se dio vuelta y buscó a su hijo con la vista. Entonces le señalé a la madre y le dije:

—¿Ves allá a tu mamá? Corre muy rápido que te tiene una sorpresa.

El niño salió disparado, saltando hileras de flores y caminos de piedra. Corrió y corrió con una alegría pura e incontaminada. En ese movimiento del niño hacia ella y sus nuevos abuelos creí al fin reconocer algo perdurable, esencial.

Era bastante más de lo que estaba buscando, así que me alejé hacia la avenida. Antes de salir los vi a lo lejos. Desde donde estaba parecían felices. Cuando paré un taxi para irme comenzaba a llover.

Esa noche volvió a la casa bastante tarde.

—Gracias, cónsul —me dijo—. Nunca voy a olvidar todo lo que hace por mí.

Manuela seguía pegada a las noticias, sedienta de asistir a un desenlace. Pensaba que Freddy podía morir por las heridas, pero la noticia no llegó.

A partir de ese día, Juana empezó a visitar a sus padres todas las tardes, con el niño. Sin embargo, al cuarto día me dijo:

—Tertuliano dice que estemos alerta, podría haber problemas de seguridad.

Pensé que debíamos irnos, aplazar una vez más el definitivo regreso, aunque de nuevo me pregunté a dónde. No era Ulises para volver al lado de una mujer. No había islas para mí en el mundo. El único regreso posible, me dije, sería a un lugar desprovisto de incómodas y obsoletas vivencias. Regresar allá donde soñé ir y no pude. Pero ¿cuál era ese lugar? Pensé en las palabras de Manuela y en Teresa, la mexicana: tal vez el mismo al que Rimbaud quiso volver.

EPÍLOGO

Volver adonde quería Rimbaud

Vista desde el avión, Addis Abeba parece una mesa inclinada. Una verde meseta que sube y se pierde en las montañas de Entoto, cuyos picos se ven lejanos. En amárico, el principal idioma del país, Addis Abeba quiere decir "flor nueva", flor sobre una tierra en declive. Son las tierras altas de África, sin mosquitos ni malaria. El sol es brillante aunque inofensivo y el viento reseca la piel. ¿A qué huele esta "flor nueva"? Temprano en la mañana, aparte del denso aroma del café, huele a viento frío de montaña y a carburante de motores no muy aceitados, a humo de hogueras y monóxido de carbono: los tubos de escape de taxis y buses que suben trabajosamente por la avenida Bole hacia la plaza Maskal.

*

Llegamos cansados de un largo viaje.

Teresa nos espera con dos funcionarios de su embajada en el aeropuerto, el Bole International. Como diplomática pudo llegar hasta la puerta del avión y ahí nos dimos un gran abrazo. Estaba idéntica, ni una cana en el pelo.

—¡Bienvenidos! —dijo.

Nos ayudaron a rellenar los impresos y a cumplir las formalidades de inmigración. Teresa le dio un fuerte abrazo a Juana y alzó al niño.

—¿Y esta ricurita?

Le tenía de regalo una caja de Lego.

Le presenté a Manuela y salimos rumbo a su residencia. Hacía un día esplendoroso.

Los diplomáticos de Addis viven en el Turkish Compound, un barrio elegante cerca del aeropuerto, de palacetes y *bungalows* rodeados de jardines. Empleados de uniforme cortan el pasto o riegan las plantas y otros recogen del suelo las hojas secas. Hay palmeras, árboles de sombra. Al fondo pasa un río cuyas aguas, extrañamente, acumulan espuma.

Al llegar, Teresa nos muestra los recovecos y salones de la casa y las tres habitaciones que tenía preparadas para nosotros: Juana y el niño en una, otra para Manuela y la tercera para mí.

*

Miré por la ventana de mi cuarto: del otro lado de las cercas de madera y los jardines están las residencias de Brasil y Portugal. En el cielo vuelan una docena de marabúes, esos enormes pajarracos que parecen vestidos de levita, con un pico curvo que se hunde cual escalpelo en la carroña. Su vuelo en círculos indica basurales o el costillar de un animal muerto. También hay halcones y águilas, tal vez los verdaderos dueños de la ciudad.

Teresa estaba expectante, pero dijo:

—Me tengo que ir para la oficina, pero ustedes acomódense y descansen. Esta casa de México es la suya.

Y agregó para mí:

—Si quieres darte una vuelta por la ciudad, Tibabu te lleva. Ya en la noche nos pondremos al día.

Tibabu era su chofer.

*

Las mujeres y el niño decidieron quedarse. Yo necesitaba estar solo y perderme un poco, tratar de olvidar lo que habíamos dejado atrás. El viaje es también esto: volver a empezar, o purificarse en medio de la anónima multitud.

El conductor me dejó cerca de un lugar llamado África Hall, en la avenida Menelik II. La contaminación me hizo llorar los ojos. Ahí estaba la sede de la Unión Africana. Pasé de largo, hacia el centro, y poco después se acabaron los andenes. La gente caminaba por el borde de la calle pero los conductores eran amables. Luego de un rato llegué a algo que, según vi, era el punto central de la ciudad. Lo llaman Piazza. A pesar del mugre en las paredes y el aire empolvado aún expresa una cierta nobleza, sobre todo en los altos portales y balcones. Más allá encontré el hotel Taitu, el más antiguo de Addis. Era ya el atardecer y noté gran animación.

Sobre la calle había un pequeño mercado de las pulgas que no parecía improvisado. ¿Qué vendían? Viejas biblias amáricas ilustradas, cruces de plata ortodoxas, iconos, cuentas de ámbar, cucharas de cuerno, animales de madera. Al final de la calle vi una farmacia. Más allá, un taller de mecánica. Del motor de un Peugeot 404 sobresalían unas piernas.

*

Observé a la gente. El etíope tiene un físico hermoso. Ojos muy negros, rasgos finos. Son delgados y altos, como los masáis. Las mujeres sonríen y sus dientes esplenden. En la cafetería del hotel pedí una cerveza y charlé con el administrador, un hombre de camisa blanca y corbata que deambulaba entre las mesas y la recepción.

—Hay tres tipos de personas en el mundo —me dijo—: los *faranyis*, los negros y los *abeshás* (o abisinios).

Recordé que por la calle los niños me gritaron: *"¡Faranyi, faranyi, faranyi!"*, que quiere decir "extranjero blanco". Esa palabra es una vieja conocida. En Tailandia la pronuncian *farang* y en Malasia, *feringui*. Es una degeneración de la palabra "franco" que, desde las cruzadas del siglo XII, viaja con el islam desde el Magreb hasta Asia y que, por extensión, se refiere a cualquier occidental blanco.

*

Al cabo de un rato decido volver a la residencia. Cae la noche y no conozco la ciudad. Las calles de Addis son oscuras y están llenas de edificios a medio construir o en obra negra. El sistema de andamiaje está hecho con largas guaduas y parece frágil. Da vértigo imaginar a los obreros ahí arriba, mecidos por el viento.

Tomo un taxi en el Taitu. En el camino de regreso veo comercios con la mercancía en la puerta, quioscos y casetas empolvadas, pero también, más adelante, centros comerciales con estrafalarias luces de neón. Copio en mi cuaderno el nombre de uno, el más estrambótico: Bole Dembel Shopping Center.

*

—¿Dónde estuvo, cónsul? —me preguntó Juana al llegar.
—Di una vuelta por Addis.
—¿Y es bonita?

—Sí.

—Lo que vi desde el carro me pareció como triste y pobre —replicó Manuela.

—Es África —le dije.

Ninguno de los tres quiso mirar en la prensa *online* la continuación del caso de Cali. Lo último que supe, desde el aeropuerto de Roma —vinimos hasta Addis en Ethiopian—, fue la descripción del cuerpo de Freddy Otálora, "desfigurado por el ácido y con extraordinarias y macabras amputaciones". Así decía un periódico. Todo se le seguía achacando a la banda rival.

*

Más tarde llegó Teresa y nos sirvieron una cena exquisita. El ambiente de orden y calma de esa lujosa residencia contrastaba con nuestros devastadores recuerdos, pero nadie dijo nada. Yo aún sentía el alma sucia. Luego salimos a la terraza y Teresa abrió el bar. Tequila, gin tonic, whisky.

Juana, por primera vez, habló de su vida.

—Estuve un tiempo en París con un amigo colombiano —dijo respondiéndole a Teresa, que no tuvo problema en preguntarle, algo que yo no me había atrevido a hacer—. Aprendí francés, trabajé con exiliados políticos, viajé un poco. El niño entró al colegio y vivimos una vida normal. Entré a colaborar con una ONG que estudiaba casos de violación de derechos humanos en Colombia, pero me mantuve lejos del país. Luego fui a Madrid a trabajar para esa misma ONG francesa. Me dediqué a mirar las ventanas de las casas. Una vida simple, como la de tantos. Nada heroica.

*

Pasaron tres días y Teresa nos llevó a ver algunos lugares de la ciudad como el Merkato, el gran mercado al aire libre, con callejones de especias, cestería y verduras, telas y cuero, tallas de madera y herrería. En la zona de anticuarios vimos cruces ortodoxas, relicarios, rosarios, ámbar y las curiosas imágenes funerarias del pueblo konso, que representa a sus muertos en postes con penes tallados en la frente. Tomé notas, reviví en mí al escritor de viajes que había dejado adormecer en los últimos años, pero no olvidé que nuestro verdadero objetivo era Harar, la casa de Rimbaud. No quise decírselo aún a Teresa.

*

Otro día nos llevó al Memorial del Terror Rojo, sobre la gran represión de Mengistu en 1974[10]. Vimos fotos de estudiantes masacrados, listas de nombres y algo sobrecogedor: muñecos humanos en extrañas posiciones ilustrando las técnicas de tortura. Manuela comenzó a sentirse mal y apuré la visita. Otra de las salas estaba repleta de calaveras y huesos extraídos de fosas comunes. Copié el nombre de dos jóvenes: Walelegne Mebratu y Marta Mebratu, dos hermanos estudiantes brutalmente torturados y asesinados. De pronto Manuela corrió hasta la puerta de salida. Vi que estaba llorando.

Salimos.

---

10. En 1974 el teniente coronel Mengistu Hailie Mariam dio un golpe de Estado, tomó el poder y asesinó a Selassie –me cuenta Tibabu–. Fue el líder de una junta militar llamada el Derg, y luego, en 1987, instauró la República Democrática Popular de Etiopía, aliada de Moscú. Duró hasta 1991. Mengistu escapó en un avión repleto de oro, bolsas de dólares y joyas. Hoy vive en Zimbabwe, su amigo Robert Mugabe lo protege. Está acusado de genocidio y ya fue condenado a muerte. No puede volver a Etiopía.

*

Tibabu es profesor pensionado de la Universidad Nacional de Addis y decidió aleccionarnos sobre su cultura:

—Tenemos nuestro propio alfabeto, nuestras lenguas, que nadie más entiende, e incluso nuestro sistema horario y un calendario que va cuatro años por detrás del gregoriano. El amárico es una lengua semítica, la más hablada, pero también están el oromo, el tigriña y el harari.

*

Al volver a la casa le digo a Teresa que queremos ir a Harar y por supuesto nos ofrece organizarlo todo y conseguir una camioneta. Le ruego que no: siento que debemos viajar solos, con nuestros medios. Llegar de la forma más sencilla.

*

Al día siguiente fui a comprar pasajes en la compañía Salam Bus y nos preparamos para un trayecto por carretera de once horas. La vieja línea de tren francesa que comunica a Addis con Dire Dawa y el mar Rojo, en las costas de Yibuti, está cortada. No había elección. Podríamos ir en un destartalado Canadair de Ethiopian, pero queríamos acercarnos despacio, ver las montañas y los ríos.

Ahora sí, rumbo a Harar.

*

Aún estaba oscuro cuando llegamos a la plaza Maskal para tomar el bus. Hacía frío. Una mujer arrastra un carrito con varios termos. Tomamos un café y esperamos. Manuelito Sayeq, adormilado, parece muy tranquilo. Comprendo que está acostumbrado a la compañía de adultos y a extrañas situaciones. Juega con un muñeco y lleva en la mano una bolsa con fichas de Lego. Somos un extraño cuarteto, pero la mirada de la gente, en medio de la oscuridad, es amigable.

Al fin aparece el bus, un vehículo moderno, color verde limón, y un grupo silencioso de viajeros, ateridos de frío, comienza a abordar. El amanecer va surgiendo detrás de los techos de los suburbios de Addis hasta que, delante nuestro, aparece la carretera: dos carriles amplios, con un asfalto que parece renovado hace poco. "Lo arreglaron los chinos", me dice alguien. Harar está al este, cerca de la frontera con Somalia. Salimos por el lado occidental de la meseta inclinada.

Estoy ansioso.

*

La vegetación sigue siendo verde, aunque de arbustos secos y espinosos. Y la tierra negra como arcilla volcánica. Todo está muy seco a pesar de la altura. "Es por el viento", explica un vecino de puesto. Surgen extraños montículos, cerros que parecen gigantes caparazones de tortuga caídos sobre la planicie. El bus pita para dispersar rebaños de cabras. A la orilla aparecen burros con cargas de madera atadas al lomo, niños descalzos arreando vacas con sonajeros de madera y algunos camellos. Se ven caseríos de chozas circulares con techo de paja. Sube la temperatura. Cerca de los animales hay campesinos y las jovencitas llevan alzados a sus hermanos menores. Un poco más adelante, casi al mediodía, veo a un niño sentado al lado de un charco marrón. Dios santo, ¡bebe agua! Al fondo, entre las dunas y las zarzas espinosas, una mujer camina muy erguida llevando en la cabeza una enorme tetera. Parece un cuadro de Dalí.

Mis tres compañeros duermen. Yo no puedo dejar de mirar por la ventana y escribir en mi cuaderno. Siento que dejamos atrás un mundo para internarnos en otro, nuevo y recién descubierto.

*

A medida que la carretera baja aparecen sembrados y la tierra se hace más fértil, es la tierra roja de África. Veo sembrados de maíz, pequeños huertos, vástagos de plátano. Mejoran las condiciones de los campesinos, pues el clima templado hace más llevadera la pobreza. En los poblados hay chozas cuadradas con techos de zinc, mezcladas con las circulares de paja. Los muros son de tierra apisonada y madera.

La vida está en la carretera. Los niños se acercan al bus pidiendo empaques vacíos, botellas plásticas. Son recicladores. Alguno fija el vehículo con mirada profunda. Tal vez sueñe con irse, algún día, en uno de esos buses. Las mujeres venden atados de fruta. Mandarinas y plátanos. Dentro, un televisor transmite una película de Jean-Claude Van Damme. La gente es solidaria. Alguien detrás de mí abre un paquete de papas fritas y les ofrece a sus vecinos. Otro reparte las mandarinas que acaba de comprar.

Poco después paramos en un poblado, es la hora del almuerzo. Nos sentamos en una especie de cantina y Juana saca una bolsa con frutas y sánduches preparados por las cocineras de Teresa. Yo pido una cerveza. Uno de nuestros vecinos de puesto ordena *inyera* con salsa picante de pollo. Tenemos media hora.

*

Se reanuda la marcha. La carretera rueda por una empinada cornisa. Son las tierras altas. Al lado izquierdo se ven infinitas planicies, un horizonte que podría estar a centenares de kilómetros. Es una vista majestuosa, constelada de halcones y marabúes. Ahora Manuelito está a mi lado y juntos miramos el paisaje. Vemos unos árboles que parecen aves con los brazos plegados, parecidos al *ashok* de la India. ¿Qué es?, pregunta el niño. "Se llama *ziqba*", nos dice alguien, "y ese de allá es el *wanza*, de hojas más claras".

Muchas horas después llegamos a Dira Dawa, el villorrio pobre donde está el aeropuerto. "De aquí a Harar son sólo cincuenta minutos", nos dicen. Y de nuevo el bus sube a la montaña.

*

¿Hace cuánto sueño con llegar a Harar?, ¿es este el definitivo regreso? Manuela se sienta conmigo en la terraza del hotel Ras y desde ahí miramos la vieja ciudad amurallada. Nos reponemos del viaje con una Harar Beer. Cuando Juana y Manuelito están listos partimos al encuentro.

"Y en la aurora, armados de una ardiente paciencia, entraremos a las ciudades espléndidas", escribió Rimbaud.

También nosotros estábamos a punto de entrar a esta vieja ciudad. Al cruzar la muralla sentí una extraña e inexplicable nostalgia.

Rimbaud traspasó ese arco hace poco más de ciento treinta años, pero los muros y las piedras acumuladas a los lados parecen ser los mismos. A la ciudad intramuros le dicen el *Jegol*.

Ingresamos al *Jegol* por el arco occidental, el de Asmaddin Beri. En ese tramo las murallas tienen alminares de influencia árabe, el muro es de tierra y piedra seca. La puerta es una torreta de ladrillo con un arco ojival, decorado con breve caligrafía islámica y dos líneas de azulejos amarillos. Hay un mercado pobre en el que la gente ofrece sus cosas sobre trapos o esterillas. Todo se ve bastante empolvado. Hay mendigos y leprosos. *"¡Faranyi, faranyi!"*, nos gritan los niños. Una mujer de aspecto enloquecido se acerca a Manuelito y él no se asusta, sólo la mira con curiosidad.

Dentro del *Jegol*, caminando por la calle principal, la Andegna Menguet, que va hacia la plaza. A los lados hay casas de dos pisos y almacenes en todas las puertas: vendedores de telas, joyerías, confecciones y regalos, tiendas de abastos. También carnicerías en las que despiezan camellos y cabras, colgando en la puerta los pedazos. Es comercio local. No hay negocios de *souvenirs* o esas cosas.

En el suelo están los mascadores de *qat*, la hoja verde de propiedades anfetamínicas naturales. Las ancianas, en cuclillas, venden manojos a un dólar y medio. Hay hombres esqueléticos, con ramas deshojadas en torno, durmiendo en los polvorientos andenes. El *qat* alivia los dolores y reemplaza la comida. Los que no duermen miran al cielo y beben agua con ojos rojos, fijos en algún punto: no se sabe si interrogan el porvenir o simplemente miran el foco del poste en el que revolotean los insectos.

*

Harar es una sucesión de callejuelas estrechas bordeadas por casas de un piso, construidas en tierra y piedra, con muros pintados en estuco de colores. Hay ochenta y dos mezquitas, la mayoría de madera. Los padres tutelares de la ciudad son el sheik Abadir, que llegó de Arabia en el siglo x, y el emir Nur, en el siglo XVI, quien construyó la muralla.

Pero nuestro extraño cuarteto, incluido el niño que no sabe pero todo lo comprende, está acá por el poeta.

*

La casa original de Rimbaud fue derruida. Hoy es un modesto hotel llamado Wesen Seged, en la plaza Feres Megala. Una casa de dos pisos, con dos ventanas azules.

Es justo ahí, aunque la construcción sea otra.

¡Arriba, en las ventanas azules! (le señalo a Manuelito).

Hay un bar muy oscuro en el primer piso. Los bebedores diurnos nos miran y se alteran. Lo que ven sus ojos enrojecidos debe avanzar por el nervio óptico y cruzar una densa capa de cerveza tibia antes de llegar al cerebro. Voy hasta la parte de atrás. Una escalera en madera podrida conduce a las habitaciones del segundo piso. Huele a orines. Junto a la escalera destartalada pienso en el deseo de Rimbaud de alejarse de Europa y yacer para siempre en lugares sórdidos, donde lo único memorable sea la sonrisa de la gente. No es poco.

Las personas hacen que los lugares más sucios y lejanos parezcan bellos, por eso hay una gran belleza en la fealdad de estas pobres ciudades.

*

Ciudades polvorientas, oscuras en la noche; ciudades de la noche roja habitadas por seres enloquecidos que mascan *qat* y beben agua, pordioseros malolientes, ancianas desdentadas y locas, leprosos. Así debieron ser las ciudades del medioevo. Volver a Harar es volver al pasado, a algo esencial que no se modifica con el tiempo. Rimbaud lo soñaba desde joven y ya lo había escrito antes de venir: "Me gustaba el desierto, las tierras calcinadas, los mostradores marchitos, las bebidas tibias. Me arrastraba por las callejuelas malolientes, con los ojos cerrados, y me ofrecía al sol, al dios del fuego". Un lugar ideal para personas acechadas por oscuros recuerdos. Sólo en medio de esa atmósfera podríamos curarnos.

*

El Ras Hotel tiene un pequeño bar a la entrada. Después de comer ellas fueron a dormir y yo me quedé un rato, bebiendo una ginebra en silencio. Luego subí a mi cuarto a dormir. Estaba a punto de apagar la luz cuando escuché unos golpes en la puerta. Era Juana.

—¿Puedo entrar?

—Claro.

Cruzó la habitación sin mirarme y fue a la cama. Levantó la colcha y se metió debajo, pero antes dejó caer al suelo la bata que usaba de pijama y unos calzones muy blancos.

—Ya no más, cónsul —dijo con tristeza—. Me cansé de esperar a que usted dé el primer paso. Le doy treinta segundos para decir que no quiere, si no quítese la ropa y venga acá conmigo.

No besaba con tanto gusto y deseo desde la adolescencia. Lamí sus labios y su cuello, pasé la lengua por todos sus dibujos tatuados, chupé sus senos y la piel arrugada debajo del ombligo; separé sus piernas y me llené de su olor y sus flujos. Su cuerpo comenzaba a aflojar, pero estaba repleto de una vida que yo anhelaba. En un momento tuve a la mariposa tatuada delante de mí.

Madama Butterfly.

Podría jurar que batía las alas.

*

Rimbaud convivió con mujeres de etnia oromo o harari, musulmanas la mayoría, cubiertas con largas faldas de algodón estampado, velos de colores y rasgos finos. Vio a jovencitos filiformes, los *abeshás* (abisinios), tan delgados como esculturas de Giacometti, deambulando en la oscuridad con sus gorros de hilo, mirándolo con curiosidad y, sin duda, llamándolo *faranyi*. Tichaka, el joven del bar, me dice: "Rimbaud se quedó entre nosotros porque encontró una vida ruda y salvaje". Él pronuncia *Rambo* y sólo conoce *El barco ebrio*, que está impreso en un pendón, en el centro cultural que lleva su nombre: una casa de madera de tres pisos que perteneció a un comerciante indio y fue restaurada.

*

Rimbaud hablaba amárico y árabe y tuvo amigos entre la población local, vivió incluso con una mujer por algo más de un año, y viajó, encontró en este lugar empolvado y rocoso el envoltorio perfecto para su alma agitada. Tal vez buscaba en la distancia y en la soledad un quimérico encuentro con su padre, siempre lejos de él en su infancia, siempre allá en los desiertos, en guarniciones lejanas. Simplemente, Rimbaud optó por irse.

Como dice el escritor y viajero Paul Theroux: "Rimbaud es el patrón de todos nosotros, los viajeros que a lo largo del mundo hemos repetido una y otra vez su pregunta incontestable, esa que él pronunció por primera vez en Harar: ¿qué estoy haciendo aquí?".

*

Una mañana, al desayuno, Manuela me dijo:

—Anoche, oyendo los alaridos de los animales salvajes, sentí que la venganza también me hirió, aunque de un modo distinto. Mi rabia sigue intacta pero ya no lloro: ahora puedo leer y recordar. Muy pronto podré escribir.

Pensé que debía agradecérselo a las fieras de la noche y a la lejanía del mundo.

*

Afuera del hotel se oyen los aullidos de las hienas y los ladridos de los perros. Es un estruendo infernal que proviene de las montañas alrededor de Harar, pobladas de animales. Una extraña locura invade esta ciudad en las noches. Las hienas salvajes se acercan a los muros y un hombre las alimenta ("el hijo de Yusuf", me dijo Tichaka), les da huesos y restos de carne que recoge durante el día en las carnicerías. Existe el mito del hombre hiena que viene a asolar la ciudad. Darles comida es un modo de evitar que ataquen a los campesinos. Ese escabroso concierto nocturno de perros y hienas nos hace sentir protegidos.

*

Juana buscó un rato en su computador y al final me hizo leer un extraño texto.

—Vea —me dijo—, esto es de cuando yo también leía a Rimbaud. Un invento disparatado. A ver si le suena.

"Hoy fue la muerte la que vino a visitarme.

Antes mi vida era un festín en el que se abrían todos los corazones, donde todos los vinos corrían de vaso en vaso, de boca en boca.

Una de esas noches senté en mis rodillas a la muerte y la encontré amarga. Y la injurié.

'Ah, muerte, ven a llevarte el pensamiento de la muerte', leí en un viejo libro.

'Huyen de mí y yo soy las alas', respondió la muerte desde otro poema.

Reuní todas mis fuerzas. Me planté frente a ella y rechacé su mandato aterrador. Y escapé.

La muerte tenía mil rostros.

Por ejemplo, tenía ojos azules y era un joven poeta contemplando el crepúsculo, en el puerto de Adén.

Ya está aquí la muerte, y qué puntual. Señor, su invitada lo espera en el salón. Confié mis más preciados tesoros a las brujas, a los espíritus de la miseria, al odio. Logré que desapareciera de mi alma toda esperanza humana.

Ya se lo dije: hoy fue la muerte la que vino a visitarme. La Chingona, la Pelona, la Todohuesos. La muerte que no cesa en sus trabajos, en sus desvelos.

La que nos ama y discurre entre nosotros como un viento, un *venticello*, una música lenta y densa, una nube oscura.

Llamé a mis verdugos para morder sus fusiles, convoqué a todas las plagas para hundirme en su arena o en su sangre.

La desdicha fue mi dios. Mi único y amado dios.

Luego me recosté sobre el barro rojo de Harar y vi otra vez al joven poeta.

Escribía cartas, miraba hacia el sur. De vez en cuando hundía su mano en la tierra roja y la dejaba correr entre sus dedos.

Jugábamos (¿fantaseábamos?) con la locura, hasta que la tarde trajo a mi boca la aterradora sonrisa del idiota.

Pero recuperé el apetito y regresé a las fiestas, al vino. La muerte seguía ahí, no podía ignorarla.

Todo esto sólo prueba que aún puedo soñar".

Lo leo dos veces, sorprendido.

—¿Tú lo escribiste? ¿O sea que tú…?

—No me haga esas preguntas, cónsul.

*

Escuchando los aullidos de las hienas en la terraza del Ras Hotel, repaso la correspondencia ligada a Rimbaud y encuentro una carta de 1887 escrita por el vicecónsul francés en Adén, en la que pide información sobre un compatriota llamado "Raimbeaux, o algo así", que le fue entregado por la policía. El sujeto no tiene documentos y su aspecto es sucio y desgarbado, de caminar vacilante. Siento envidia de esa descripción, que espero algún día merecer.

*

Manuela prefiere no salir del hotel en las noches y se queda con el niño. Escribe y escribe. Juana y yo vamos a beber algo al Bar Nacional, un local antiguo, oscuro y, sobre todo, vacío. Al acostumbrar la vista veo que la música proviene de un humilde dúo: una cantante y su organista. Interpretan canciones románticas y, en la oscuridad, ella mueve los brazos, conmovida por sus propias palabras, tratando de animar a un público de fantasmas. Pedimos dos cervezas. Cuando acaban la canción no hay un solo aplauso, claro, pero la mujer, con su traje de gala, hace una venia solemne hacia la galería.

Pienso que es el saludo más desolador y triste, pero también el más bello que he visto en mi vida.

*

Al día siguiente regresamos a Addis.

F
Gamboa, Santiago
Volver al oscuro valle

DUE DATE **BRODART 06/17   19.95**
